20 世纪 50 年代的草婴。

不同版本的《幸福》。

作者自传

我在1899年出生在彼得堡一个铁路职工家里。不久,因为母亲生病,我们一家搬到格鲁吉亚去住,格鲁吉亚就成了我的第二故乡。我的童年是在动荡多事的年头度过的。我隐隐约约地记得1905年①,记得武装工人跟警察的冲突。我们跟父亲(母亲在搬到梯佛利斯②之后不久就去世了)住在城里最穷苦的拿哈洛夫克区,那里大半住着铁路工人。我记得大人们讲起高尔基的事情。他那时常到工人们家里,还跟我家附近的许多人交了朋友。我好久无法相信,那些讲的人真的认识高尔基。高尔基和夏里亚宾③(也有许多人认识他)那时在我的心目中已是神话里的勇士了。

在开始阅读高尔基作品之前,我就已经知道他,敬爱他,而且崇拜他,把他看成本地出身的一位巨人,或者说,同乡(他在拿哈洛夫克区确实住过一个时期)。

我在梯比利斯念完中学,中学毕业后参加了红军。

还在学校里,我就梦想做一个作家,曾为一本叫《我们的田地》的

---

① 指1905年的俄国第一次革命。

② 梯佛利斯是格鲁吉亚苏维埃社会主义共和国的首都,现在叫梯比利斯。

③ 夏里亚宾(1873—1938),世界著名男低音歌唱家,还擅长绘画、雕刻、写作。

手抄刊物写过一些东西,不过应该怎样开始写作,我当时并不知道。农艺师和教师的工作曾经吸引过我,可是生活却让我当了一名士兵。

我在1920年入党,起初当政治指导员,后来当中队政委。复员后,在阿塞拜疆和格鲁吉亚搞了几年党工作。在这几年里,我起先在一张红军的报纸《红色军人》上,后来在《东方曙光》上发表文章。我写了一些不长的特写和党问题方面的文章。1924到1927的三年我是在土耳其度过的,当时我在苏联商务代表处工作,但没有放弃为《东方曙光》和《敖德萨新闻》撰稿。根据在土耳其所得的经历,写成了我最初的几个短篇小说和特写集——《伊斯坦布尔和土耳其》。这些短篇小说都是唯美主义的,凭空臆造的。

我之后的一部作品是中篇小说《沙漠》。《沙漠》是我在1930年参加作家旅行团游览土库曼之后写成的。跟一批有才华的、文学经验比我丰富的作家一起旅行,得益不浅,让我学到了许多东西。这次旅行使我对自己所写的有数的几部作品抱批判态度,并且开始找寻新的道路。不过,我不敢说,在我写成了《沙漠》之后就马上找到了这条道路。

就是在《沙漠》里,也还存在着很浓的唯美主义的气息,存在着对东方异国情调和装腔作势的形式美的追求。

1932年,我的第一部长篇小说,描写巴黎公社事件的《街垒》问世了。在这部作品里,我虽然靠拢了现实主义,但还没有完全掌握现实主义的写作手法。有一位批评家说,《街垒》是一部打有漂亮补丁的不成功作品。在《街垒》出版那年,在我的生活中发生了一件大事,这件事断然改变了我的写作道路——我认识了高尔基。两年之后,我到了远东,并且从那里带回来长篇小说《在东方》。这部小说受到我国读者的欢迎,并且在国外被译成六种文字,其中包括中文在内。从那时起,我开始试写电影剧本。最初我把《在东方》改编成电影剧本，后来又陆续出版了《亚历山大·聂夫斯基》《亚柯夫·斯维尔德洛夫》《宣誓》《攻克柏林》。另外还有几个剧本没有上银幕。银幕之所以吸引我，首先因为这是一座大讲坛，从那里可以跟千百万观众讲话。我相信电影是散文的产物，而不是戏剧的产物，散文作家要比戏剧作家更接近电影，我老希望将来什么时候能写出一部没有毛病的电影剧本出来。在1932到1938年期间，我曾经编辑《三十天》杂志，后来还编过高尔基所主持的《第二十二年》不定期刊，做过许多新闻记者的工作。我一生都爱好和重视报纸工作。报纸对我来说，永远是一位最好的老师。在1934年第一届全苏作家代表大会上，我当选为苏联作家协会理事会理事，从1938到1941年，我以主席团成员身份在苏联作家协会主席团工作。

1939年我亲眼看到人民在建设费尔冈运河时所表现的伟大热情，我根据这个主题同时写作电影剧本和长篇小说。跟白芬军的战争使我不得不暂时丢开电影剧本和长篇小说，因为当时我要以红军报纸《英雄的进军》随军通讯员身份参加这场战争。1940年我正打算回到费尔冈运河的主题上去，可是不久就开始了伟大的卫国战争，我当了《红星报》的随军通讯员。我到过西线、勃良斯克战线、克里米亚战线、外高加索战线和第三乌克兰战线。

在战争时期，我写了一部非常失败的《俄罗斯故事》、短篇小说集《刚毅之路》、纪录片《德军溃败莫斯科城下》的说明和电影剧本《宣誓》。

1945年，在攻克维也纳的第三近卫军里，我结束了军事生活，来到了克里米亚。在克里米亚写了长篇小说《幸福》、几个短篇小说、电影剧本《攻克柏林》和一部短短的中篇小说《草原的太阳》。

1938 年我跟一批苏联作家一起获得了列宁勋章;1940 年因为参加跟白芬军的战争而获得红星勋章,1943 年获得红旗勋章。

我获得斯大林奖金,第一次在 1940 年,为的是写了电影剧本《亚历山大·聂夫斯基》,第二次在 1946 年,为的是电影剧本《宣誓》,第三次在 1947 年,为的是长篇小说《幸福》。

从 1946 年起,我领导苏联作家协会克里米亚分会,编辑不定期刊《克里米亚》,从 1947 年起我是《旗帜》杂志的编委。《旗帜》基本上是跟我的全部文学生活联系着的。

战后我出国的次数相当多:为了编写电影剧本《攻克柏林》去过布拉格、维也纳和柏林,为了参加全美保卫和平大会去过美国。国外的经历鼓励我写一部新的长篇小说。但是我无法忘怀曾经一度由于人民建设费尔冈运河而潜入我心头的那股热情。我欠它一笔债。我也欠尤利乌斯·伏契克[①]一笔债——我跟他是 1935 年在莫斯科认识的。关于他,我应该创作一部充满英雄气概的影片。我还欠塞瓦斯托波尔一笔债。总之,当我翻阅笔记本时,我明白,我必须再写比已经写成的更多的东西,而且,必须写得比我直到此刻为止所写成的更加好几倍。

我活着,我满怀信心工作,相信这些愿望总有一天会实现的。

彼·巴甫连柯

---

① 尤利乌斯·伏契克(1903—1943),世界闻名的和平斗士,捷克文艺评论家、作家,1943 年被德国纳粹党徒杀害,在狱中写有轰动世界的《绞索套着脖子时的报告》一书。

目 录

献给　H·K·特烈袅娃

第 一 部

第一章

"亲爱的朋友!

我收到阿列桑德腊·伊凡诺夫娜·高烈娃的来信。

信里有这么几行是同你有关的:

'您可知道伏罗巴耶夫现在在什么地方?他负了重伤,被送到后方去了。

'据说他们给了他无限期休假,但实际情况我们可什么也不知道。他把我们全都给忘了。

'您要是打听到他在什么地方和他的情况,请即写信告诉我。我的军邮号码还是原来那一个。'……"

伏罗巴耶夫把信揉做一团,扔到船舷外面。轮船向防波堤驶去。天色晚了,群山已蒙上一层阴影。它们洋溢着青色的衬影,画意十足地悬挂在城市的上空,仿佛雷雨时节低垂的乌云。城市四周白濛濛的大花园,好像弥漫在山凹口的雾气;而投射在山坡上的浓烈云影,却又像是辽阔而阴暗的峡谷。

小湾里亮晶晶的海水，反映出青色的——变了色的——群山，柔和的天色，以及一种肉眼看不见的深远、纤细和美丽的东西，它正从上空俯视着海洋，——也许，这是从远处房子里传来的音乐，也许，这是降落到水面上的树林的浓香，也许，这是一个正在无线电里播音的女人嘹亮有力的歌声。这歌声是那么奔放地荡漾在大地和海洋之上，同眼前的景色那么协调，看来它是属于一个居住在这里山间什么地方的人的。

还在老远的地方，当轮船刚刚小心地驶入海湾的当儿，伏罗巴耶夫就看到被破坏得一塌糊涂的滨海街、毁坏了的码头和被炸得七零八落的防波堤。他不由得皱起了眉头，——这种满目凄凉的悲痛之感，在斯大林格勒、在基辅、在他看到德国人破坏遗迹的每个地方，曾经不止一次地涌上他的心头。

防波堤和滨海街，战前常聚集着来迎接从敖德萨或巴士米来的轮船的愉快、喧闹的人群，并且听得到至少六种不同语言，现在可变得冷清清的了。

几座德国人遗下的用多孔石灰石砌成的碉堡，突出在原来是人声喧闹的水上俱乐部的旧址上。海滩上横七竖八地散乱着登陆艇的残片。

“不该上这儿来的呀。”伏罗巴耶夫一面忧郁地想，一面烦恼地盘算：在这个面目全非的半死小城里，他该到什么地方去安身，以及一开头先做些什么。

“一座死城。”像在鉴定一所新辟港口似的注视着海岸的船长，向他转过身去，同时摆了摆手。伏罗巴耶夫从司令台上俯下身去眺望。

大约有一百五十名旅客，库班来的移民，在声嘶力竭地叫嚷，你推我挤地阻塞在吊梯口。

牛只从货舱里卸下来。它们被挂在起重机的绳索上,在半空中疯狂地挣扎,恐惧地大声嗥叫。

裙子翻得高高的哥萨克女人,在防波堤上跑来跑去,其中有几个在用各种不同的声调使受惊过度的牲畜安静下来;有几个在搬动装在麻袋里的猪仔和装在菩提树皮编成的筐子里的母鸡,有几个在抚拍由于晕船而变得呆头呆脑的孩子,还有几个在男人们的嘲笑声中,庄重地捧着不知带来作什么用的栽着无花果的花盆。

“这里多可怕!”一个才上年纪的哥萨克人胆怯地环顾着山和海,对一个年轻的女人——看来是他的儿媳妇——说。“可怕,像女人爬到高高的炕上去一样可怕……不过这里呀,12 月的天气简直暖和得像 5 月……”

这几句话安慰不了那个年轻的女人。她高声地吸了一下鼻子,准备哭出声来。

“达曼人,史塔罗斯吉勃里耶夫人,斯拉文斯克人!快来登记!……残疾的,到斯托依柯那儿去!……士兵们,上这儿来!……”

“嗳,斯杰潘内奇!”有人从防波堤上喊着老头儿。“你在等什么呀!”

于是他就忙碌起来,不断地点着头,怯生生地瞟了一眼周围的人们,沿着吊梯走下来。

“见鬼,全都是些鲁滨逊!”船长说,“什么魔鬼把他们带来的呀?……上校同志!您难道也是跟他们一起来的吗?”他问。

“不!我是自己来的。”伏罗巴耶夫忍住了咳嗽回答,不过并没有说出他为什么到这里来。

说是从医院里获得长假,想到这里来弄一所小房子住住的吗,看来有些不好意思，虽然像他这样扶着拐杖、佩着金色或红色荣誉军人胸章的人，昨天他在船上就看到好几个。

“您是本地人吗？”船长问。

“也可以说是本地人。”为了避免进一步的盘问，伏罗巴耶夫这样回答。

“噢，那还可以，还说得过去。要不，难道在这里也可以过日子吗？您可别也这么忙着下去呀，”他发觉伏罗巴耶夫想从司令台上走下去，就说：“他们会把您挤倒的，会把您的命也给挤掉的。我看您那条腿还是新近才丢的吧？您还没有用惯假腿呢……我真不懂他们是来干什么的，这算是一种什么移民哪，有什么意思呢？这里就连一枚钉子也找不到，战争把什么都带走了，而这里的老百姓呢，就是知道讨这个，要那个……我老实对您说吧，不到冬天，全会跑光的。要在精光的石头上建立生活，岂不是不可思议的事吗？荒唐！荒唐……简直是吉卜赛的派头！”

伏罗巴耶夫不听船长的话，他左手扶着拐杖，右手握住栏杆，小心翼翼地从司令台上走下去。一个水手帮他把皮箱和背囊拿下吊梯，于是伏罗巴耶夫的脚就快活地接触到了地面。他的头脑高兴得有些眩晕。他一面咳嗽，一面慢吞吞地朝城里走去。

在防波堤上，在码头废址旁边的广场上——战前原是全国运输协会办事处的所在地，一向是非常热闹的——现在连一个人影子也见不到了。

滨海一带变成了一片无人居住的废墟。

城市搬到离海较远的一边去了。

党委会里也很冷静。那边，在几个曾经一度很华丽、而现在却是四壁剥落、桌上点着自制煤油灯的空房间里，大家都感到说不出的惊奇，因为他们听说有一个生病的独脚上校到这儿来休养，但他并没有带疗养证——如果他带有疗养证，事情也要好办一些，因为这里已经有一两所疗养院开了门——却打算一个人孤零零地在这里租一座小房子住下来。

大概就是由于这种普遍对他感到惊奇的缘故吧，他们立刻把他来到的消息，报告了区委书记柯磊托夫。书记向会客室里望了一下，就过去挽着伏罗巴耶夫的手臂，把他带到自己的办公室里，并且帮他在一张安乐椅上坐下来。在还没有看来人的文件之前，怀疑地向他的眼睛瞟了一下。

柯磊托夫的脸，枯黄而多皱纹，像是有病的样子，而他的目光，当它和一个奇怪的来客相遇时，则充满着狐疑、甚至骚乱的神色。这不是一张讨人喜欢的脸：憔悴、呆板，第一眼就不吸引人。

“您没有把我当作骗子吧。”

书记扬起眉毛，没有回答。

“老实说，像您这样的人在我这里还是头一个呢，”书记把伏罗巴耶夫的所有文件看了几遍之后说：“你从什么地方下手呢，上校？”他好奇地问，可是接着又自己回答，似乎没有发觉伏罗巴耶夫的骚乱不安：“首先，你最好去弄个过夜的地方。这是第一！然后再吃一点东西。这是第二！不过，朋友！今天这些已经来不及了。饭我们是一天只吃一顿的。那么，这地方你熟悉吗？”又是不等回答就继续说：“那么，一切都随你的便好了。你打算做些事呢，还是坐吃抚恤金？”

书记一面询问，一面用并不友好和怀疑的眼光瞅着伏罗巴耶夫，在他的双眼和全部神色里，显然充满一种将发生不愉快纠纷的恐惧——

跟这位在战事还没有结束就跑来休息、并且岸然像一个至少得过三次苏联英雄称号的人那样要求配给房子和花园的荒唐上校,这种纠纷是无法避免的。柯磊托夫自己呢,他就住在一所窗上没有玻璃的房子里。

“请听我说,柯磊托夫同志,”伏罗巴耶夫说,同时小心地从书记手里拿回自己的文件。“我坦白告诉你:我确实是个傻瓜,会到这里来。这一层我明白。不过,不论怎么说,我一定尽量不来麻烦你。”

“你不会麻烦我的,不然我也会一下子把你摆脱掉,”书记以厌烦和果断的语气打断了他的话,“不过,不管麻烦不麻烦,主要的是这地方对你毫无意义。”

“我懂,我懂。那么,你是说我得先去找一个安身的地方,然后再来,再来谈工作的事吗?”

“你不愿当检察长吗?”柯磊托夫心不在焉地问。“那么,担任一些讲师的工作,你觉得怎样?工作并不肮脏,我也不会要你负担太多的事,而且口粮也有,还有这样那样什么都有……你就来当讲师吧……苏陵娜!”他暴躁地叫了一声。“随便叫哪个干部来一下!……真要命,没有电话。口头联络,老兄,真像是在打空手仗呀……”

没有一个人到办公室里来。柯磊托夫像刚才从伏罗巴耶夫手里拿过文件时一样,性急地在写字台上摊开一张破破烂烂的纸,画起满颜色铅笔的城市规划图来。

“您可以自己选择一下,”他用手指敲了一下城的西南部分,指指一所坐落在著名的茶山脚下有花园的、原来很富丽的大庄院。“或者在这里。”他用手在东南方挥了一下,指着一所公路附近规模庞大的国营农场的葡萄园——在葡萄园之间散布着几所私人别墅和小型休养所。

“房子,你也明白,全都打毁了,需要一番修理,至于怎样去搞这些修理的事,我可不知道,而且我也没有办法帮你的忙,这你也一定明白……要是我这里有些人,多少还可以想想法子,可是,你明白,我没有,我这里什么人也没有……真该死!”

柯磊托夫一撇开他认为荒唐至极的伏罗巴耶夫的私人问题之后,立刻就焦虑不安地谈起本区的各种事情来,他那含有困惑和猜疑神色的疲惫双眼和瘦削的脸,显然变得活泼了。

他谈起一些使他感到极度不安以至好久不能再想其他事情的问题。他的思想始终关注在那些万难解决的生活问题上,而这些问题他又必须在近期解决。他说不等他打开僵局,想出办法,中央就又会派给他许多别的工作,可是这些工作的处理却必须等上一批尚未解决的问题解决之后才可以进行,而他根据经验知道,不是今天,就是明天,又会有第三批问题、第五批问题、第十八批问题压到他的肩上来,可是这些问题的解决却又必须依赖第二批问题、第四批问题和第十七批问题的解决,同时他更明白,他没有权利把它们推卸掉,而且除了自己之外,也不能推到任何人的肩上去。因此,他在睡梦中也常常发脾气。他即使睡在床上,也在骂人、攻击人。

柯磊托夫越讲越变得和气起来,虽然他所讲的绝不是什么动听的事,不过问题在于——他要使伏罗巴耶夫相信——整个黑海沿岸没有一个地区比他柯磊托夫那个区更有光辉的远景,他说就是那些琐碎的日常小事一直在妨碍他柯磊托夫去接近这个远景。

这时办公室的门没有经过叩敲就被推了开来,一个身着白色侍者服,脚穿软底毡鞋的瘦小女人端着一个盘子进来,盘里放着一玻璃杯茶和一小盆用鸡蛋粉做的蛋饼。

她走进来,看到一个陌生人就站住了,同时不以为然地向他瞧了一眼。伏罗巴耶夫立刻发觉她那不以为然的神色,而他的惊奇目光跟她的敌意目光对视了足有一秒钟,弄得两个人都有点窘。柯磊托夫一面继续讲述,一面向她做了一个手势,要她把盘子放在写字台的一边,同时,并不停止说话,举起两个指头,示意她给客人也弄一份晚餐来。

女人微微地摇摇头,回答没有第二份晚餐,接着她把自己庄重的灰色眼睛转向放着柜子的角落,柯磊托夫发觉她的目光,又肯定地摆了摆手,再给她看两个指头。

柯磊托夫滔滔不绝地讲个不停,抱怨区里没有人,而那个女人却轻得没有一点声音地走过去,从柜子里取出一个开过的酒瓶,两只在伊朗用来喝茶而在格鲁吉亚只当酒杯用的上口大、下脚小的玻璃杯来。她把瓶和杯子放在台上后,就把身体靠在墙壁上,等待柯磊托夫谈完话。

"不过,你当然明白,自然虽然被人征服了,它可还是不能没有人照顾。"柯磊托夫继续说,一面在玻璃杯里斟满酒,用叉把蛋饼截成两半,接着又用手势请伏罗巴耶夫动手吃喝。他仿佛生怕他的话一停下来,伏罗巴耶夫就会告辞。

"葡萄藤好比牛。牛单单喂些草料是不够的,它还需要抚爱。老兄,你如果常常摸摸它,它就会给你整桶的牛奶。葡萄藤也是这样。你要是不按时在这个鬼东西的周围松土、修剪、浇水,你就连个屁也甭想收获。品种又不好,你收得的葡萄就会像野生浆果一样酸。不过主要的原因还在于这里可以使用的机器只有一种,那就是一双赤裸裸的手。什么都用手,好像高罗赫皇帝①时代一样。"

① 高罗赫皇帝是神话里的一个太古时代的人物,因此高罗赫皇帝时代就是太古时代。

伏罗巴耶夫留神地听着。他几次想俯身从背囊里取出一听罐头牛肉来,可是差不多每次都被柯磊托夫强迫阻止了。

“水,水又没有!真该死!”他越来越憎恶当地的生活条件,毫无倦容地说下去。“亲爱的朋友!你是跑来休养身体的,你只需要风景、山水、花卉和海洋,不过这些个东西只相当于涂着口红的嘴唇、画着黑煤的眉毛。事实上,这里的情形再糟不过了。”

伏罗巴耶夫瞥了一眼墙旁的女人。她那苍白而坚毅的脸赋有一种说不出的魅力,对他们的谈话却露出不关痛痒的神气。这个纯粹的哥萨克女人两条乌黑秀眉下的一双灰色眼睛,安详地打量着来客。

“现在你可了解我了吧?你听我说,燃料没有,运输工具没有……区里原来有一千多辆汽车,现在却只剩五架没有轮胎的‘战利品’了。电灯也没有。真是糟糕!”

听着柯磊托夫的讲述,伏罗巴耶夫逐渐明白:他作为一个光荣的共产党员,却为了个人的事到此地来,这将会给柯磊托夫一个怎样荒唐、奇怪甚至可耻的印象!是的,他是一个光荣的共产党员,曾经四度受伤,被锯掉了左腿,还患着肺结核,不过,无论如何他依旧有许多工作可做,然而他竟在做着安度田园生活的好梦。

他瞥了一眼柯磊托夫愤激的脸色,想了解书记的愤怒是不是对他个人而发的,但是不得要领,就起身告辞。

柯磊托夫对客人的告辞并不感到惊奇,也不加以挽留,只是一面摇着手,一面继续说那没有说完的话。

女人从墙旁走过来,把两只酒杯、盛蛋饼的盘子和一只满是香烟蒂头的烟灰缸一起收在托盘里。

从全部谈话里,她只懂得一点:来客尽管佩着勋章,官衔很高,而且长得英俊，可是他会在这里吃苦的。他那张蜡黄的脸，青色的眼圈，以及那双炯炯有光、像是永远在激动的眼睛，说明他是一个有病的人，一个病得很厉害的人。她叹了一口气，悄悄地走出办公室。

柯磊托夫在伏罗巴耶夫身后高声说：

"过两三天你一定要来为党的积极分子作一次演讲。随便讲些契卡索娃运动[①]的事。好不好？"

"你常常召集人来开会吗？"伏罗巴耶夫站在门槛附近的位置问。

"不很常常。没地方，没工夫，而且，你也知道，食物问题很伤脑筋。老兄，人民的情绪是要受食物支配的呀！"

"可不是，这个我也感到的。"伏罗巴耶夫说。

柯磊托夫无可奈何地摊开了双手。

会客室（从前显然是所富丽住宅的客厅）里差不多已经完全黑了。煤油灯在半明不灭地冒着烟。

"您还是把东西留在我们这里吧，"有人在黑暗中说。"我会把它们在屋里锁好，谁也偷不掉的。"

"是谁呀？"

"是我，列娜。"那回答的声音使伏罗巴耶夫立刻明白，这就是那个端晚餐来的瘦女人。

伏罗巴耶夫把皮箱留在她的地方，拿起装有食物的背囊，就走出了那所住宅。

---

① 契卡索娃运动，契卡索娃是斯大林格勒的一个居民，她在著名的斯大林格勒战役之后，立刻动手修理住屋，因此契卡索娃运动就是一种加紧复兴工作的运动。

天很黑,房屋都消失在暮色中。他站住了,想使眼睛在黑暗中习惯一些。地面上蒸发着一股湿漉漉的暖气。从远处的什么地方传来了人声。显然,这是那批移民在从港口走散。波涛有节奏地拍着海岸。根据这些声音,伏罗巴耶夫能够辨别的只是海在他的左边,而人声,也就是说街道,在他的右边。但他不能移动一步,因为他无法辨明,哪里是房屋,哪里是铺砌的道路。他的夜光表指着十二点不到一些,到天亮足足还有四个钟头。他不知道该怎么办。

"您怎么,迷路啦?"列娜的白制服隐隐约约在他身旁闪过。"您要上哪儿去?"

"上集体农庄去,"他把首先想到的说出来。"我得上那边去过夜。"

伏罗巴耶夫猜想她一定耸了一下肩膀,不过,在黑暗中自然看不见。

"我也是那个方向。来吧,我带您去。"列娜说。

伏罗巴耶夫随着那件时隐时现的白衣服大胆地迈开脚步。这女人穿着软底毡鞋,走起路来悄悄地没有一点声音,以致伏罗巴耶夫几乎感觉不到她就在身边,只有她的呼吸提醒他旁边还有一个人在。

"把手给我吧,不然您简直像一个鬼。"伏罗巴耶夫笑着说,接着他听到低声的警告:

"当心,别摔跤。在前线您虽然保全了性命,但是在我们这儿您却可能受到致命伤的。"

"可能的。您走得慢一些吧！我气喘呢。"

他们手挽着手,好像散步一样沿着仿佛花园小径一样夹在树木之间并且发散出芳香的街道慢吞吞地向上走去。无人居住的房屋默默地站立在街道的两旁。

空气中发散着湿漉漉的旧焦木气味,没有一种动作,没有一个声音,送入他们在这异样寂静中紧张到极度的耳鼓里。

“连狗叫的声音都听不到,”伏罗巴耶夫喃喃地说。“狗也全都跑了。”

“您打算在我们这儿居住吗?”列娜问。

“是吧!”

“带家眷一起住呢,还是一个人?”

“家眷,我只有一个七岁的儿子。就是为了他,我才想搬到这儿南方来的。”

“他有病吗?”

“是的,”伏罗巴耶夫不愉快地回答,觉得这个女人对他所表示的关心,不是出于关心,而是企图把打听到的一切明天向她那个柯磊托夫报告。“你们这里的生活糟得很。你们的这位柯磊托夫……”他咳嗽起来,停止了说话,“说实在的,我不喜欢他。”

她岔断他的话,摇了摇他的手:

“他不能让您在他的地方过夜,上校同志,他实在不能,请您相信我。他只有一个小房间,他、他的夫人和两个男孩子全都胡乱地睡在一起。”

“不是的。他简直不近人情,难道他就不能让我在区委里过夜吗?”

“他绝不是不近人情的,”女人很有把握地说。“难道这只是安顿您一个人的事吗?人们一批批跑来,都只有一句话——要!要!这个要一所别墅,那个要一座宫殿,还有一个又不知道要些什么……可是,有没有人问过一声,我们是在过着怎样的日子！面包每隔两天发一次,至于糖呀,油呀——我简直已经把它们全都给忘了,但我们也有孩子,也有……”

她忽然沉默起来,似乎在害怕她所讲的不能使一个外来人相信。

“也许是因为他们没有把实际情形告诉斯大林,”她沉默了一会说,伏罗巴耶夫好像又看到她耸了一下肩膀,“也许是因为我不明白这究竟是怎么一回事。老是计划,计划,可我们活人却不知给搁到哪儿去啦？这些计划已经堆得要没过我们的头顶了。”

“这您得感谢你们的那位柯磊托夫。计划在有本领的人的手里原是必要的。”

“你们倒舒服,没有什么计划：要就是别墅、花园,而且还得有三棵苹果树——谢天谢地,一到夏天就可以收这么一两千个苹果。你们尽可以随意评长论短。”

“您以为我是到这里来做水果生意的吗?”

“他们全都在做……”

伏罗巴耶夫沉默了。女人也不再说下去。街道陡直地向上升,超过古老的花园,上去就变得光亮一些、开阔一些了。在前方远处,一闪一闪地跳动着篝火的火焰。

“这样说来,您是一个鳏夫了。”女人重新说。“不要紧,这件事是可以补救的,”她开玩笑说。“反正现在她们不管老不老,什么样的都要。”

伏罗巴耶夫感到很不愉快,因为她不容争辩地把“老”字跟他联在一起了。

“那么,您可是一位寡妇,还是没有结过婚的小姐?”他问,准备用想到的第一个讽刺来回敬她。他感到她那只长着细小、粗糙、似乎浮肿的指头的瘦手，抖动了一下。

“不知道，”她说。“也许是一个寡妇，也许是一个弃妇。我的丈夫本来在塞瓦斯托波尔。有三年不通音讯了。就连报丧条子都没有送来过。”

他们默默地走了好一阵。

“这就是您要去的集体农庄。再见！我要拐弯了。”最后，伏罗巴耶夫听她这么说，同时她那只轻盈的手臂移了开去，时隐时现的白衣裳向右方高处走去。

“谢谢您！”

“不用客气……”

在不知什么缘故被称为乡村而实际上是城郊的小广场上，在店铺的敞开的门口，在人行道上，街道中央，在包裹上，箱子上，藤篮上，或是干脆就在地面上，坐着和躺着乘晚班轮船到来的人们。

这座临时的野营看上去有点纷乱。这种纷乱的光景常常存在于那些没有显著目的、偶然聚集在一起的人群中。

“好像处在包围中似的，”伏罗巴耶夫的头脑里闪过这样的念头。“毫无秩序，毫无纪律。”

真的，人们并没有休息，虽然黑夜笼罩着院子，不过，他们也并没有在做什么事，他们只是心神不宁地醒着，好像在码头上或火车站里迷迷糊糊地守着所有来往轮船和火车，以免因睡去而错过自己一班的人们那样。这里，有人在烧东西吃，有人在喂疲劳的牲口，有人在无忧无虑地唱歌，也有人聚在一起等待着什么人。

伏罗巴耶夫问他们，集体农庄主席在什么地方。

他们指给他一个胸佩“红星”勋章和“保卫塞瓦斯托波尔”奖章、军服左手虚垂着一只袖子、身材高大、面目俊美的人。他正在跟一个穿水手服的老人谈话。他们互相挥动燃着的灯笼,在争辩着什么事。伏罗巴耶夫目不转睛地望着他们,在篝火前面坐下来。

他渴望伸展一下四肢,不仅是躺下来,而是干脆伸展一下身体,然后睡去。不过,要是睡觉办不到,那么他想吃一些东西。像在前线一样,吃一顿简单的饭。不过,在大庭广众之前解开背囊,却又觉得不好意思。他在篝火旁躺下来,把头枕在背囊的边缘,就合拢了眼睛。

这是个像春天一般潮湿而温暖的静夜。空气在懒洋洋地抚摩大地,发散出一种美妙的、像蝉叫一样有催眠性的南国的芳香。

“真美呀……”伏罗巴耶夫想,睡醒了,但依旧用双手抱着头。他坐起来,用目光搜寻主席,可是主席已经不在了。

人们走开去了。坐在篝火旁边的人也都站起来,跟着大家走去,把一只盛满土豆的铁锅留在篝火上。

他想站起来,可是没有半点力气。这是什么缘故?他在篝火旁宿了一夜。他把手伸进裤腰里,小心地松下假腿,屏住呼吸,伸了一个懒腰,皱了一下眉头,摩摩麻木的残肢,觉得自己马上又会睡着的。

他真的又迷迷糊糊地睡着了,这种微睡是孩子们所常有的——他们会在梦中听到周围人们的谈话。真奇怪,伏罗巴耶夫虽然鼻子里打着鼾,但是却听到有人在高声谈着关于空房子的事,而且还听到他们在说马上就要搬进去。

“三个房间,一座阳台,一间贮藏室,统统齐备!”不知什么人用响亮而威武的声音喊道。

过了一秒钟,另一个沙喉咙——后来他猜想这是身上佩着“红星”

勋章的美男子，集体农庄主席米柯拉·斯托依柯的声音——喊了起来：

"西陀联科！……斯杰潘内奇！"

"在这里，米柯拉·彼特罗维奇。"

"这是您的房子，进来吧……上帝祝福您！"

"主耶稣基督……让预言实现吧……劳驾，让一让好吗？迦尔品娜……孩子们……谢谢主耶稣，你们进去……让我来带头吧！"

伏罗巴耶夫听着，笑了笑，用舌头舔着挂到嘴角的泪水。

在黑暗的夜幕下，在闪闪烁烁的灯笼火光和篝火的烟雾中，在这个疲倦的营地人们的混乱中，在附近的什么地方，正在发生一件多么伟大、多么甜蜜的事啊！

他没有看到——差不多谁也没有看到——那个携着儿媳妇和孙子们同船来的老集体农庄庄员，怎样一瘸一跛地走进了那所隐蔽在花园绿荫深处的灰泥小房子里。他走进去，手里拿着儿子的照片。他把照片放在窗槛上，对着房子的四壁深深地鞠躬。

"让我们在这座房子里居住，在这座房子里干活吧！你为了我们，我们也要为你……"他像在念符咒似的喃喃说。"愿上帝赐下和平，赐下幸福。迦尔品娜，你来擦一下地板！"

这当儿，黑暗中传来一阵欢天喜地的声音：

"五个房间，两边都有阳台，还有一座小花园，里面种有十五棵树。"

沉默。咳嗽。接着是一个沙喉咙的声音：

"赫伐托夫！特伏罗任柯夫！"

两个声音抢着回答：

"在这里！在这里！"

“你们两个愿意住在一起吗？一个住这一边，一个住那一边……”

“彼特罗，怎么样，咱们不会打架吧？”

“不会的。你拿左边的一半吧，反正都一样……真该死，总共只有十五棵树。每家八棵还分不到……自来水龙头在谁的一边呢？”

“在我的一边！”

“呸！还是让我们来抽签吧……”

每堆篝火旁边黑暗中的唧唧低语，并不妨碍主要的谈话。

“这里的土地多么肥沃。今晚你去睡觉时，还是一片荒地，明早你一起来，就什么都长得茂茂盛盛的了。”

“你喝醉啦，睡觉去吧！”

“哪来这样蓬勃的生气呀，”伏罗巴耶夫想。“还有这种无比天真的心灵，这种随时准备创造奇迹的信心，这种对一切新事物的爱好——即使它是艰苦的，——哪来这样永不枯竭的精力呀？我们是从哪里把这一切带来的？我们是怎样把它们全都给保存起来的？啊！多么美妙哇……”

最后，他完全睡着了。

把伏罗巴耶夫带到集体农庄的广场之后，列娜沿着石级小路走到了遮蔽着城市的小山顶上。她蹑手蹑脚地打开一座半毁的小房子的不易被人发觉的门，像一阵风似地走进屋子里，可是她那个跟六岁的外孙女睡了已有好久的母亲，立刻就听到有人进去，不安地问道：

“列娜，是你吗？”

“是我，”列娜相当大声地回答。“火油灯在桌上吗？”

“在桌上，靠左手。干吗今天这么晚？开会吗？”

“给一个残疾人领了路。”列娜点着火油灯回答，接着就立刻讲述伏罗巴耶夫的事情，讲到他跟柯磊托夫的谈话，讲到区委里来了些什么人，为些什么事情，以及怎样处理他们的事情，还讲到这几天就要分发还是从前月起就拖欠下来的口粮。

最奇怪的是列娜关于伏罗巴耶夫的讲述，给母亲留下了最深刻的印象，她几次三番地询问，他的样子怎样，年纪大不大，之后又叹息了好一阵，叽里咕噜地咒骂着：

“他们一个个都爬我们头上来了。这个佩着勋章，那个扶着拐杖……呵，主哇！……”

列娜坐着补袜子。补完了袜子，她又从箱子里拿出女儿的短衫来补——这件短衫是她恐怕母亲缝补损坏眼睛，早上故意藏起来不让她看见的。

“现在他们全都来了，”老太婆叽里咕噜地说。“残疾的、受伤的、骨折的。他们什么都占先，你又不能拒绝……等到他们全都要找房子时……”

“可不是吗。”列娜心平气和地同意说。

“你最好去请求柯磊托夫，”母亲带着阿谀的口吻说，“让他把房子登记在你的名下。要不然，像那种独脚的跑了来，就会把我们赶出去的。到那时你才不知该怎么办好！”

“他不会把我们赶出去的，”列娜回答。“就算要我们出去，他们也会另外给我们房子的。”

“我们干吗要别的房子呢？”母亲固执起来。“这样的花园，宝贝，现在是不容易找到的——二十三棵树，一棵挨着一棵。至于房子需要修理一下，这也没关系，我们还可以住这么一两年的……你去跟柯磊托夫说说，别不好意思。”

“好的，我去说，”列娜回答。“妈妈，您睡吧，再睡一会儿吧，明天您不是又得一早起来去排队了吗？……”

当列娜放下塔尼雅的短衫，开始脱衣服的时候，天差不多快亮了。她留神地顺次细看脱下来的衣服，发现有松了线的钮扣、小洞，或是别的毛病，她就立刻把它缝好。然后，她用牙齿咬着针线，继续脱衣服。

补好了短裤和衬衫——衬衫已经补过三次，——她把针插在糊壁纸上，吹熄了油灯，盖上被子，就在箱子上躺下来。

列娜刚安息下来，开始发出鼾声，老太婆就起来了。她笨手笨脚地起来，嘴里叽里咕噜，同时发出沙沙的声音，好像一只忙碌的老鼠。她给外孙女被服盖得更暖一些，然后拿起油布的购物袋和两只玻璃罐，出去了。在门口她打了一个非常大声的哈欠，弄得列娜和塔尼雅都一下子被吵醒了。她们侧耳倾听，想知道再下去有什么动静。

这是一个不眠之夜。移民们都没有睡觉。他们踏进了一个新的生活。那些已经弄到住屋的，正在喂牲口，打扫院子；那些还没有领到住屋的，紧紧地盯住农庄主席，寸步不离。主妇们排着队，坐在还没有开门的铺子前面的地上，互相讲述自己旅行的经历。孩子们在维持着篝火。

伏罗巴耶夫睡在最靠边的一堆篝火旁——昨夜他就坐在那里——老太婆，列娜的母亲，在上铺子去的时候，根据女儿的描写，立刻认出了他来。

最初的几道阳光已经射在伏罗巴耶夫的脸上。他梦见他在许多小猫可爱的咪咪声中睡着觉。他不愿醒来，想继续做他的好梦，可是有人把他粗鲁地推醒了。

一个陌生的老太婆站在旁边。

“你睡得要错过早餐了，队长，”她一本正经地说。“早餐只供应到早上九点钟。柯磊托夫自已就在这里。”

他怎么也不能明白，她，这个老太婆，是谁，不过他猜到她是在说区委里的食堂。

他匆匆整了整假腿，负起背囊，在女人和孩子们的目光下轻快地爬起来，仿佛他还是一个二十岁的青年。而且曾经一度在基斯洛伏德史克医治心脏病的并不是他，在基洛夫保卫阿斯特拉汉城时生过一场严重伤寒病的也不是他，他也没有在争夺雅萨城时冲过锋，也没有受过结核症咳嗽的折磨。

近来他的东西越来越少了，只有年龄例外，不过现在他倒没有因为年龄日长而感到一种可耻的负担。时常成为他回忆资料的不幸遭遇，在这暖和的清晨，当处身在像他一样正在开始新生活的许多陌生人之中时，也没有引起他的烦恼。

差不多在同一时刻，他看到了柯磊托夫，他正在给移民们讲当地的远景。当伏罗巴耶夫走近拢来，困难地抑制着咳嗽，开始留心听他讲话时，书记的脸并没有显出特殊愉快的神色。谈完了远景，柯磊托夫就想说说现实的条件，不过，他好像忽然记起了什么，停下来，接着用激怒超过谨慎的声调，半瞅着伏罗巴耶夫说：

“你还是去给他们当会计吧，上校。他们马上会给你一个房间的，要是你带家眷来，他们将来还会给你盖一所房子呢。”

集体农庄庄员们都回头对伏罗巴耶夫望了望。

集体农庄主席斯托依柯，那个左手虚垂着一只袖子、面目俊秀的高个子，照例做了立正的姿势。

“我们不会委曲您的,上校同志。”他用谨慎而又非常坚决的口气诚恳地说。

“让我先瞧瞧再说。”伏罗巴耶夫回答,没有作任何说明。

“战报你们没有听到吗?”他问。

谁也没有回答他。

柯磊托夫并不想说服人们,却镇静地把话题转到当地的条件上去,照他在每个细节上都不厌其详地叙述的情形看来,他并不想很快结束他的讲话。

可是,伏罗巴耶夫所提出的“战报”那个问题,却引起了听众的骚动。人们喃喃地低语起来,并不用心去听柯磊托夫的演讲。

“他不该先讲那个的,”伏罗巴耶夫这么想。“战报、战报、最高总司令的命令、前线的消息——这些才是目前主要的东西。”

他自己也不知道什么缘故,大概是想单独清静一会儿吧,竟开步向山上走去。

太阳正在晒干好像潮湿的细纱一样喷射在山的南坡上的夜雾。这里有着各色各样的雾气。有的浓厚、稠密得好像毡毯,有的稀薄、透明得犹如丝绸,有的宛如一群受伤的白鹅。在群山的上空挂着被风吹成碎片的潮湿的天鹅绒似的白云,把海洋和群山用一片活动的帘子隔了开来。海洋呈现青紫色,好像一只油漆不匀、盘面不平而有皱纹的盘子。盘子上竖立着一样东西——也许是一条船,也许是一大块阴影。

常绿的针叶树的芳香,艾蓬的甜腻腻气味,薄荷和三叶草沁人心脾的清香,从山上吹送下来,荡漾在黎明的阳光里。虽然现在不是一个百花怒放的季节,花草的芳香却毫无疑问地可以闻到。也许这只是一个回忆,不过那有什么关系！芳香毕竟是存在的。

伏罗巴耶夫在花草的芳香中走着,差不多完全没有注意到自己是在爬山。小城落在后面了。他在一所四周围着破残花园的砖屋的废墟上,在弯弯曲曲犹如枯干死蛇的紫藤之间坐下来吃早点。事实上,他从昨天中午起就一直没有吃过东西。他的面包还是从莫斯科带来的,而葡萄牙沙丁鱼和一把镶有野山羊脚刀柄的芬兰洋刀,都是他的战利品。

整个城市都望得见。现在正被斜阳照耀得非常美丽的沙滩,从城市的两侧伸展出去足足有十公里远。群山不知什么缘故,总是蒙着一层阴影,似乎太阳从来不去亲近它们,或者老是在它们旁边绕过去。

“难道这里真的就找不到一所有三个小房间的屋子吗?”

战前,在城市和山脊之间的小山上,曾经矗立着几座疗养院。现在它们全都被破坏了,其中只有原是医生和护士们居住的小舍还有几处保存着。不幸的只是在这几所房子里既没有电灯,也没有可以生火取暖的燃料,而且离城又是那么远。

由于无事可做,他仔细观看着这个作为临时蔽身之所的四壁。

房子在没有毁坏之前,显然是并不大的——四个房间,一个厨房(“正是我所需要的!”),房子的前后还有小花园(“一座出色的花园！一、二、三……一共有二十六棵树。”)院子里,有一个自来水龙头在阳台的旁边,柱子上绕着一些断电线。这是说,原来这里也是有过电的。一条压得平平的道路延展到山顶,差不多直达这一块地方(“多出色的地方！木柴可以一直运到屋子里!”)伏罗巴耶夫在石头上转过身来,想更清楚地望望残存的建筑物。没有屋顶,没有窗框,没有门,也没有地板。凡是能着火的都烧掉了,留下来的东西不值一个子儿。不过,这块样子像不规则三角形的地皮,却是非常出色的。石块砌成的矮墙残迹,清清楚楚地指出庄院的界址。左手是一座深邃的峡谷("只要造一座小堤,就有水用了"),右手和房子的前面是葡萄园,左面是岩石的小山。

伏罗巴耶夫用一条树枝在地面上计算着,重建这所房子大概需要多少砖头。

幻想是没有用的。然而,他懂得,要是这是一块没人占用的空地,他就再也不可能找到一块更好的地皮。看样子,主人早已和他的房子同归于尽了。

真的,这的确是一块头等的地皮。不幸的只是,这个奇妙的发现没有半点用处。一个孤独的主人,不论具备怎样的条件,都是无法恢复这座邸宅的。

伏罗巴耶夫开始俯视集体农庄,从这里可以清楚地看到被花园和葡萄园围绕着的农庄的房子。

战前在集体农庄的西面,沿着山溪两岸的削壁,有两排私人的房子。

几棵枝叶零落得像羽毛未丰的小公鸡似的白杨和火灾场周围的铁栅栏,竖立在别墅的旧址上。战争吞噬了一切建筑精美的大房子,留下些最破败和旧式的小屋子,似乎从今以后人们只要些小屋子就够了。

"不论怎么说,我得拿个主意。"

伏罗巴耶夫的思想不禁又回到他在门槛上坐过的那所房子上去了。

事实上,比这所更好的房子是不可能有了。修理房子大概可以去领贷金。伏罗巴耶夫想象着怎样在这所房子里生活。

他想象着怎样把儿子,亚麻色头发的瘦小的北方孩子,带到这儿来，怎样把还是在 1939 年冬天（“见鬼！”）藏在箱子里的发霉的书，放到书架上，他将怎样领着儿子一同到海滨去……他想象自己穿着睡衣，手里提着钓鱼竿的情景，他笑了一笑。自然，他并不打算在这里逃避生活，坐拾抚恤金，不过，对一个无家可归的人来说，他首先需要的是一个家。这里一个偶然想到的小事驱除了现在盘踞在他头脑里的主要思虑。他想到了吃羊奶的问题。

“每天早晨喝一些山羊奶该是多么好哇。自然，这在此地是不难办到的，”另外一个念头在他的头脑中掠过，“不过从什么地方去取呢？还有，每天叫谁送呢？”接着又发生了第三个念头。

伏罗巴耶夫用眼睛估计从这所房子到最近的集体农庄小舍的距离——看来大概有两公里。

这发现是个深渊，他的全部计划都掉了进去。且不说羊奶，这么远的路叫谢辽查怎样上学呢？夏天倒不要紧，可是冬天刮风的时节怎么办？还有，谁来给他们准备一日三餐呢？吃食堂也不是办法。而且，见鬼，在这种荒僻的海滨，又哪儿来什么公共食堂呢？再有，用什么东西来烧火炉？还有，这一切叫谁来弄呢？

他马上明白了：一个独腿的残疾人是不能当家的，因此他伏罗巴耶夫也无法在自己的家里独立生活。

“要是‘她’跟我在一起？”

他一想起阿列桑德腊·伊凡诺夫娜·高烈娃穿着浆得笔挺的医生白外套的轻快而永远活泼的体态，出现在这所荒芜的远离一切的房子中间，并且想象她将怎样在这里劈柴和汲水时，他明白要跟她一起在这里，在这个山巢里生活，是不可思议的，无法实现的。

即使他那位无所不能的妻子伐利雅，谢辽查的母亲，从坟墓里起来，也还是不能在这里生活的，因为她，伐利雅虽然比阿列桑德腊·伊凡诺夫娜多一些泥土气，但毕竟无法在这个远离所谓文明——主要的是指卫生设备、电、水汀①和烧煤气的浴室——的山村过日子的。

以四十三岁的年纪，在战争中耗尽了精力后，要在一个陌生地方的废墟上重新生活，这是相当困难的。

伏罗巴耶夫从背囊里摸索出军用水壶，一连喝了两壶盖的伏特加。

这里是不会有好日子过的。要一个在城市里出生、在城市里长大的年轻女人跑到这种荒村里来养鸡，打鱼！……嘿，废话！

不过怎么办呢，如果他一生都在梦想过海滨生活，而且深信这样的生活就是最高幸福的话！他突然感到，正是这个梦想把他引到这里来受耻蒙辱的……

伏罗巴耶夫是个地道的西伯利亚人，他第一次看到海时，已经是个成年人了，那是在阿斯特拉汉，在基洛夫的手下。海立刻把他俘虏了，它好像一个有生命、有灵魂的生物，人可以把自己的命运永远跟它联结在一起。可是，生活却走了别的道路。参加共青团后的几年，他是在阿斯特拉汉草原上度过的。后来——已经是一个共产党员，他当了军队里的指挥员，在黑龙江上守卫边界，建造共青城。军队成为他的家已经足足有半辈子了，而团、师和军对于他就像许多乡村和城市，他回忆起来，总是联想到各地的气候、风景和生活情况来。

要讲述帕米尔或库仑金草原的情形，首先他必须记起这是团部生活史里的一页。

关于哈桑、哈兴果耳、芬兰北部的回忆，使他记起更多的，是同志的

---

① 水汀：在《现代汉语词典》中的解释为“暖气”。

名字和几场战役,而不是一般的生活情况。只有海使他的想象充满宁静和幸福,而他由于不安定的天性,总是缺乏宁静和幸福。现在,海终于就在身边了,可是——看光景——它的有无却是无足轻重的了。伏罗巴耶夫被抛弃在海滩上,好像一条出事的破船。

“嗳,得了,还是来做些别的事吧。”他说着,站了起来。

几小时之后,他走进柯磊托夫的办公室。书记若有所思地站在苏联地图前,用记号画出战争的阵线。

“找到了什么合适的事吗?”他淡然地问,同时不等回答——似乎这是他的脾气,就接着说:“你不去当会计真可惜。老兄,他们全都会成为百万富翁的呢!过这么两年,他们会给你盖一所这样的房子——呵!呵!呵!……您听到战报没有?”

伏罗巴耶夫既不打断他的话,也不随声附和,他竭力想用沉默来强调自己对住屋问题是完全不放在心上的。

“我一个人没有听到,这还不算顶倒霉。要是人民不能在你的地方听到战报,那才可耻呢。”他声色俱厉地说。

“这是些怎样的人民?”柯磊托夫有气无力地问,一面在地图上找寻他所需要的一个地名。“也许有一两个人没有听到,可是你却说什么‘人民’。瞧,好一位人民的爱好者!奥德河是一条大河吗?我找不到。老兄,我对于你说到的个别的人可不感兴趣。”柯磊托夫说,一面离开地图,向伏罗巴耶夫走来,显然企图跟他作一场舌战,而且要取得胜利。“我感兴趣的是人。我爱好总结。如果你的思想只是你个人的思想,那我可不感兴趣。”

“你把一切都总结起来,恐怕把你自己也看成一个集体了吧。你说对单独的个人不感兴趣，这是什么意思？这样说来，你对斯达哈诺夫也不感兴趣了，因为斯达哈诺夫工作者虽然有许许多多，可是斯达哈诺夫却只有一个呀。”

“别激动。这里又不是在开辩论会。何必这么激动！”

“我懂得你的见解。自然，你说，像伏罗巴耶夫那样的人有上千个，所以他，伏罗巴耶夫，就不能引起你的兴趣，因为他只有千分之一的价值呀。你把人用批发的方式去估量，以为一分开来，就不值得研究。可是，柯磊托夫，这很傻，老兄，这里连一点马克思主义的气息都闻不到哇！”

他还想再说些什么，可是柯磊托夫冷冰冰地打断了他的话：

“这问题我们下次再讨论吧。说吧，你来有什么事！”

“我到你这里来是想当个宣传员，”伏罗巴耶夫笑了笑说，因为他看到柯磊托夫并不信任他，同时却露出快乐的神色。“真的，真的，我说的是实话。”

柯磊托夫皱了一下眉头，脸上现出更庄严的神气，同时在圈椅里坐下来。

“我早就知道，你一定会来的，”他在空中挥了一下手。“我敢打赌说你要来的。好，你来了，我很高兴。老兄，这种别墅，像你我这样做党工作的老同志是不配住的，这不合我们的身份。让人家去住吧。”他察觉到伏罗巴耶夫不同意的脸色，惊奇地叫道：“你要别墅干什么呢？还是弄一组靠近海滨的好公寓吧。不错，你做得很对。现在让我们来讲定了吧。你打算做什么？宣传员，还是指导员？我什么都可以同意。可是，你却想要一座别墅！你，一个上校，军团政治部主任，得过六次勋章，还有过著作。”

柯磊托夫迅速而毫无错误地背诵着伏罗巴耶夫的履历表,这使伏罗巴耶夫不得不承认,这位书记的记忆力是非常出众的。

“鬼才知道你有多少做党的群众工作的经验!”柯磊托夫进一步提高声音说。

“你别忙着来说服我,我已经跟你说过,我要在区委工作。不过首先必须弄一个住所,这是必不可少的条件。”

“列娜,列娜!”柯磊托夫恼火地叫道,一面点着头,表示同意伏罗巴耶夫的话。

“她是你这里的管事还是怎么的?”

列娜一声不响地走了进来。

“我这里的人都走散了,只有我和她两人留着。宿舍钥匙在你的地方吗,列娜?我们得给伏罗巴耶夫同志安排一个铺位。”

“对不起!什么?一个铺位,废话!你把靠近海滨的那所房子给我吧,我还要把孩子带来呢!而且我自己又是病得要死呢!”

“慢慢儿一切都可以办到的,”柯磊托夫说。“房子我现在就可以告诉你:滨海街八号楼第十一号,我把自己的房子让给你,懂不懂?拿去住吧!城里没有更好的房子了。不过,无论怎么说,现在你先在宿舍里住一住,懂吗?你要的那所房子,没有一块玻璃,没有一扇窗框,火炉也坏了。懂不懂?我们把他安顿到哪儿去呢?”他问列娜说。“你旁边住着谁?”

“米罗欣。”

“哦!太好了。就让他占用米罗欣的房间吧。钥匙在你的地方吗?伏罗巴耶夫总共只住两三天,就搬到那边去。”他对伏罗巴耶夫说,“明天我让你安顿安顿,准备准备,后天你就可以上集体农庄了。

我分派给你三个集体农庄,你在那边待一个星期,给大家讲讲,帮帮他们的忙。你的事我直接会跟省委讲的。"

"我回来之后住哪儿呢?"

"列娜会再把你塞到什么地方去的。我们这里全都是这么住法的。转来转去,好像走马灯一样。喂!列娜,你去好了。"

剩下他们两个人了。

"在前线你自然要舒服些。那边你有副官、汽车、电话。你下了命令,人家就给你照办。是吗?可是,我们这里,在后方,在打烂了的地方,就只有苦恼。我要把你派到二十五公里之外的地方去,可是我没有汽车,也没有电话,邮件是每星期两次,用步行传送的。懂吗?"

柯磊托夫的神色非常痛苦,似乎在夸大他无法克服的各种困难。

"你们这里的人,情绪都跟你一样吗?"伏罗巴耶夫用讽刺的口气问。"你为什么要强调失败无法避免呢?"

"对!对!对!这问题我正要跟你谈谈。朋友,你得替我在我们区里开展契卡索娃运动!那么,我们就一定给你一座宫殿住。"柯磊托夫用挖苦的神气挥了一下手。

"你跟我谈契卡索娃运动干什么?我认识契卡索娃,跟她谈过多次话,我知道她发起这运动的主意是怎么产生的,这运动是怎么开始的。你可记得她是怎样开始的?是从巴甫洛夫中士的房子,从那所远近闻名的斯大林格勒的神话般房子开始的。还有,你可知道为什么?老实说,是因为她怕新来的人在混乱之中会把这所著名的房子忘掉,这样一来,光荣就要丧失,奇迹就要被忘掉。她的初意并不是要重建一座城市,而只是恢复这所房子。后来她把房子修好了,而她的建议也就受到报刊、舆论和党的表扬,正如你所爱说的那样,被总结起来了……"

“啊哈！看到吗？到底是被总结起来了！”柯磊托夫赶紧插嘴说。

“……她的事迹被大大地推崇，并且成了一种运动，千万人都参加进去，契卡索娃自己当然不用说了。她高踞于这个运动的顶点，并且始终保持这个位置。”

“对啊，正是这样。要是你处在契卡索娃的地位，你就会感到，你就会总结经验……这不正是我们所需要的吗？你用热情去感染人！你是个热情的人！”

他们两个人同时在说着话，但是真奇怪，每个人都听到，都明白对方所说的话，而且还能够表达自己的意见，回答对方的问话，尽管他们都不断地在提高嗓门。列娜在他们开始叫喊的时候走进办公室。她好奇地停下来，听他们在说些什么，可是听了好半天也弄不懂是怎么一回事。她只明白一点：这个独脚上校，由于自己的悲哀和不幸，将给这里的一切人带来不少麻烦，而首当其冲的当然是柯磊托夫。还有，要是他将打倒柯磊托夫的话，那是毫不稀奇的，因为她用女人们所天赋的明察秋毫的目光看出伏罗巴耶夫要比柯磊托夫强。

他们互相喊道：

“用热情去感染人，哈，哈！你可知道这是怎么一回事？它是怎样开始的？在斯大林格勒，每块石头都染着鲜血，每堆废墟都是英雄业迹的陵墓，可是你呢？在沦陷时期，你的一个区作了些什么？你们是怎么斗争的？它的光荣、它的力量又在哪里？这一切你可知道？”

“这正是我要委托你去研究的问题，你把它总结总结，分析分析——在这样的场合这些是必须的——然后以具体的实际建议的方式提交区委……不过我个人的意思是要从活生生的例子开始，上校，去感染人们，就像去打仗一样……‘前进！……跟我来！’就是这么办。

能这么办就好了。”

“感染，感染！你究竟是什么意思！你自己为什么直到现在还不去感染人家呢？你在等待什么呀？瞧！你这里的人们都感染上了不信任，他们被苦难压得喘不过气来，而你却老是只把那些该死的文件往他们面前塞……”

“你不讲理，真的，你太不讲理了！战争把你们给宠坏啦！它使你们全堕落啦！要是你不会做辛苦的工作，你算个什么共产党员呀！你只想发号施令，写写传单！”

“请问：你的良心在哪儿呀！老兄，这是你自己跟在人民的后面，喊着：‘瞧哪，我领导得多么好哇！’人民没有你也会把自己身上的千斤重担给移去的，但你要是能像斯大林嘱咐的那样去领导他们，他们会把海洋也给搬场的。”

“慢着，请听我说，你应该懂得一点：感染不能光用嘴巴，而必须用事实。所以你必须把他们组织起来。去挑选人，告诉他们应该做些什么，和应该怎样做，把他们的劲鼓起来，这样事情就成了……英雄主义并不是自发的，而是一种组织。老兄，英雄是需要催生婆的呀。”

“对啊！”

“什么对啊？”

“这正是我所跟你说的。”

“不，老兄，这是我跟你说的，而是你所反对的。”

“是我所反对的？”

他们沉默起来，无法确定是谁第一个说“对呀”，他们喘着气，恼怒地互相对望着。

“大体讲来，你已经懂得我的意思了，”柯磊托夫说，同时敏捷地把文件夹拿到面前。"英雄主义——这是一种组织，而不是自发的。"

"对啊，"伏罗巴耶夫同意地说，坚决相信这两个字是属于他的。"这始终是我的意见哪。"

"那么我们在争论些什么呢？"

"我不知道。"

"那么，这样说来，我们并没有争论过，而是已经达成协议了，是不是？"

"大概是吧。"

"真该死！白白糟蹋了四十五分钟时间！……列娜！……列娜！路上吃的东西，我们什么也没有吗？"柯磊托夫平静地问，急于想避免发生新的争论。

列娜放下交叉在胸前的双手，俯身从壁橱里拿出一瓶红葡萄酒来。

"干的口粮我回头给您去拿，"她淡然说。"反正您将从我那儿出发，从我所住的地方出发，"她向伏罗巴耶夫解释。

柯磊托夫用手指了一下酒瓶说：

"这是胜利国营农场的产品。注意，是五年的陈酒啊。你一定得去瞧瞧这个国营农场。场长叫初曼德陵，酿酒专家叫希罗柯高罗夫，是一个了不起的老头儿。你一定要给他们演讲，跟他们谈谈，他们好像洞里的熊，几个月看不到一个新鲜的人。喂，拿去吧，我这里给你预备了些东西……"他递给惊奇得无以复加的伏罗巴耶夫一张小纸条，上面毕恭毕敬地写着：《伏罗巴耶夫演讲提纲》几个大字。

"这你是在什么时候预备的？"

"当你去给自己找寻一座宫殿时，我就给你考虑好了，"柯磊托夫无声地笑了笑，眨着眼睛，搔着头皮。

群山没入黏稠的乌云里，沿着天空翱翔。海变得又黑又亮，好像大块的柏油。黑色的夜气在没有人住的空房子里呼噜呼噜地吹响着。刮起东北风来，一切都立刻变得凉快了。

列娜的母亲从箱子里取出一副干净床单和枕套，铺在凌乱的、好久不曾收拾的米罗欣的床上。米罗欣有一个多星期没有回来睡觉了。伏罗巴耶夫嘴里咬着几颗钉子，在用三夹板钉住没有玻璃的窗子。

“这样不是生活，”老太婆说。“您可别相信柯磊托夫，他只会愚弄您的，您得坚持要一座独立的房子。我和列娜，他们是不肯给的，不过您，他们一定得给。斯大林有过命令的呀！但是得去要求。不然您跟小孩子住到什么地方去呢？不，您不能错过时机，您要再三再四去要求。我可以给您照顾小孩子，当然，如果您没有什么别的人的话。不过我身边还有一个外孙女。此外我也可以给您做饭……请您听我老太婆的话吧：坚持要一座房子。”

“还有呢？”

“真的，我老实告诉您吧！您就要这所房子也不坏呀。它没有主人。这个我跟谁也不说，我只告诉您一个：房子是没有主人的，主人随着德国人跑了。这里有四个房间，两间被炸毁了，得修理一番，再说米罗欣又是一个光棍，只要在城里给他一个小房间就行了，这样他还会说声谢谢呢。这里，您瞧，花园又好，又有地方养牛养鸡。”

“那么，从这里望得见什么呀？”

“房子是面海的，怎么样？”她不能立刻领会他的意思。“从这儿望出去什么都看得见。”

“那么，您自己为什么不去要呢？去租下来吧！”

“亲爱的,问题就在于他们不给,他们拒绝给我们。当然,米罗欣不成问题:他是一个光棍,没有家眷,他也肯帮我们的忙,但要是来一个狠些的家伙,就会把我们赶走。真的!早晨您来望望,是个怎样的地方啊!真是美极了!等于住疗养院。”

“我记得,白天我看到过的。”

他真的很容易地记起这个半荒芜、肮脏、留着旧时菜园遗迹的地区来,那边杂乱地种着十来棵樱桃和杏子。简陋的石墙倾倒了,德军的齿形战壕横贯院子。一堆垃圾表明储藏室的旧址。当然,这不能跟他早上所找到的那个迷人的地方相比,不过,一般说来,他一个人在这里也可以过得很好。他在找寻什么呢?难道是在找一个养老的地方吗?现在他才想到,他所找求的不是房子,而是人,是可以同甘共苦的人。因此,关键就不在于他没有一个住的地方,而在于他不能一个人独自生活。

“好吧,您要不要我弄下这所房子来呢?”他说。“为自己,也为你们。两间给您跟列娜,两间我自己用。听您选择。不过,我们要把它修理好,您看怎么样?”

“啊呀,我的天,您说什么啦,多好的主意呀!”老太婆喃喃地说,用褐色的双手拍拍他的肩膀。“这算得上什么修理,您自己想一想吧!”她用手指指着墙壁和屋顶,迅速得犹如在背诵早已记熟的功课一般,说出许多材料的确切数目来,并且总结说这些材料都是现成的,可以毫无困难地弄到手,而且大体说来,简直没有什么需要修理的。

“她也想跟人们接近,她一个人一定感到困难。”伏罗巴耶夫的头脑里掠过这样的思想,当他听着她那急促而近乎耳语的叙述时。

“您把儿子带来,”她说,“我可以照顾他,可以给你们洗衣服,您一个人怎么成呢！我会把他看作自己的孩子。您瞧一下吧，”她递给他一张写着数目字的小纸条。“这是房租，这是保险费，这是付给园丁的工钱——把花园整顿一下，还有这是我写的，种这么十来棵葡萄。您瞧，多舒服！（‘她已经看到，摸到，简直是居住在这个幻想中的家里了。’）您将来会感谢我的，真的！”她心慌意乱地望着伏罗巴耶夫的眼睛，争取着他的同意。

伏罗巴耶夫这才看到——受了老太婆的感染！爬在小屋白墙上的葡萄藤、百花怒放的花园，还听到窗外蜜蜂的嘤嘤嗡嗡声。

“也许我们可以找一所地位更高些的房子，在山上的？”

“不，不，不！太远了。一片荒凉。只会比这里差的。”

老太婆怕找房子。她住惯自己的这个小房间，正像一个人习惯于一个梦想一样，而且这个小房间又很幸运地被扩大成了一座房子。这里！这里！她的双手好像在这么叫着。这里，这里有生了火的炉子，这里旁边有熟悉的邻居，这里绳子上挂着她洗干净的衣服，这里有她的外孙女在跑来跑去。事实上，他自己又在向往些什么呢？还不是一所有屋顶遮蔽、可以在里面养病的房子？难道他非得有一座漂亮的房子不成？他又不准备一辈子都埋葬在这个地方！虽然，谁知道一个人能活多久！

“那么我就给您留下一张房屋的申请书。您去办吧！要是您不反对，楼上的两间给我用。”他说，决定着这座房子的命运。

“楼上，楼上，您可以安静些。我本来就打算把楼上的给您……”

“不过，今天傍晚我就要出门了。”

“那么您不过夜吗？”

“不。今天我要上集体农庄去，等我一回来，我们就好好来处理房子的事。”

傍晚,风刮得紧起来了。东北风一小时比一小时猛烈,海变得苍白了,浪潮在喘息,开始沉重地拍击海滨的岩石,街道上寂无人迹。不过,这天气并没有使伏罗巴耶夫感到丝毫不安。他向一辆出城去的车子招招手,不久就坐在那辆跟他走同一方向的三吨卡车上了。在这种天气里存在着一种使人振奋的东西,好像在一场激烈的战斗中一样。天气驱散了伏罗巴耶夫忧郁的思想,并且在他内心鼓舞了激昂的斗争热情,犹如在一场决死的进攻之前所常有的那样:情愿开始的时候多碰到艰难、困苦,以便在后来,当力量衰退的时候,情况会越来越轻松、顺利。

当进攻的念头在他头脑里闪过时,他立刻记起前线的朋友们来。他们现在在哪里?上月 29 日,据最高总司令的命令,第三乌克兰战线——他那一线的军队,在多瑙河西岸的什么地方,突破了敌人的防线。在命令里受褒奖的名字中,伏罗巴耶夫找到了第四近卫军军长。因此,正是伏罗巴耶夫所属的那个军团,在为强渡多瑙河而战斗,而且它大概也是首先突破防线的队伍之一。因此,高烈娃和她的医院一定也在那里了。他清楚地想象着那边发生的一切。他在地图上非常熟悉那些地方,简直能用鼻子闻到它们。在幻想中,他在多瑙河流域走过多少次呀!这正像一个小说家,把自己书中主人公们安排在绝对真实的地方一样。

多瑙河他是非常熟悉的,现在他仿佛亲眼看到,整个前线在怎样作战,第四近卫军在怎样作战,他看到,他听到那边每一个跟他亲近的人,在做些什么,说些什么。

一会儿,他的眼前出现了一个由朴素、谨严和谦逊几种品质组成的集团军指挥员那张双颊红得像普通士兵一样的和蔼可亲的脸。这是集团军指挥员中最瘦小的一个，他具有一个师长的步伐和一个团长的决断力。

伏罗巴耶夫又看到他怎样紧蹙灰白的双眉，用铅笔敲着地图，倾听军指挥员的紧急报告，后者不论报告什么，总是面带笑容，高声说着突破敌人防线的情况。

伏罗巴耶夫更看到了参谋长，他伸展开高大的身躯，躺在地图上，由于紧张而变得苍白的手握住电话耳机，压紧在左耳上。

如果画家想给他画一张像，那就应该选择这个在战斗中每一小时都是最有特征的姿势。他吃早饭和读报纸，就在人家给他按摩左手的那几分钟时间里。

伏罗巴耶夫还看到那个士兵出身的将军，原来当过教授，现在是军委委员，得到全军一致的爱戴。

“尼基塔·阿列克谢耶维奇该是永远在前进吧。”伏罗巴耶夫想起那个军指挥员来，他不久前曾在他手下当过政治部主任，他的心由于嫉妒那边的人们和可怜自己而紧缩起来。

现在在拉耶夫斯基的地方该是多么忙碌，多么紧张啊！他自己一定已有三个昼夜没有睡觉了，他会嘶哑着声音，但仍旧愉快地缠住一个师长或是团长，讲着笑话——这种笑话不到一小时就会传遍各个中队，或是在笔记本里写下自己的观察和印象，作为晚上颁发军部命令的参考。

或是，好像有一次在亚萨城下那样，在一场胜负未决的大战的紧急关头，他对一个师长说：

“嗳，亲爱的安东·斯杰邦内奇，你去带领团吧，让我凭老记性来管你的师，我们来轰轰烈烈干他一下，把德国鬼子弄个筋疲力尽吧……”

他就用这一师的兵力，冲破了敌人防线上第一个依稀可辨的孔隙。

伏罗巴耶夫的眼睛由于泪水而润湿了。

“这样的生活不会再来了，我再也看不到他们中间的任何一个了！”他伤心地叹了一口气，开始望望道路，以便打消自己的幻象，可是幻象却非常强烈，非常执拗。

汽车动荡得很剧烈，发出咯吱咯吱的声音，沿着弯弯曲曲的公路疾驰。伏罗巴耶夫在空而轻的车厢里颠簸得很厉害。由于震荡、咳嗽，他也许是由于饥饿，他稍微感到有些恶心。天色已经完全黑了。群山似乎在下沉，乌云聚集在群山之上，海却爬到了点缀着几颗刚出现的黯淡小星星的天边。

空中响着呼啸声和咆哮声。然而空气始终是甜蜜的，充满着清凉和海上微风的甜醇。湿润的双手由于这种甜醇而变得黏稠。它像是被风吹凉了的气体花露水，又像是已逝青春的回忆。

“身穿浆白的、可是已经溅满血渍的医生外套的苏拉，该是在团部或营部的什么地方，在什么疯狂地强渡过河的地点吧。当然，她一定跟着救护队出发到前线去了，去帮助救护兵们，一定已经在炮弹和轰炸的震动声中给谁在开刀，给谁在缝补吧。”

突然，鲜明得犹如一阵闪电，伏罗巴耶夫记起了他跟高烈娃的第一次会见，那在战场特有的壮美上少有的、惊奇的会见。

这是……请问，这发生在什么地方？……春天，是的，是春天，在乌克兰，在第聂伯河下游的什么地方。他在第三次受伤之后回到师里去，浮桥的封锁把他羁留在滨河的一个小村子里。

德国人阻拦渡河，用各种方法加以破坏。在最后一次轰炸的遗迹整理好之后，伏罗巴耶夫一跳下吉普，就分散辎重队，把汽车和大车驱到院子和菜园里。

突然，他听到炸弹的嘘嘘声，当时他觉得似乎就在身边。他一躺下，立刻传来了爆炸声——真的，虽不是就在身边，但也相当近，接着，不知什么东西格勒勒地响着倒下来。他抬起头，看见——这在一生中大概只有一次，也许在梦中也只有一次——在他的正前方，隔一条街道，一座泥房子的墙头，在慢慢地倒下来。它崩落了，扬起一大堆灰尘，把一个房间的内部暴露无遗。一个身穿白外套的人在那里迅速地俯下身去，用双手掩蔽自己面前的什么东西，似乎在拥抱，在用自己的脊背保护，使它不至受碎片的袭击。房子四周躺着和坐着的许多受伤者，一等到最初使人昏眩的时刻过去，立刻喊起“乌拉！”来。

“瞧，真是一位好医生！……好，好！……”从各处传来一片欢呼声，神志还没有完全恢复的伏罗巴耶夫，这会儿才突然看清楚在前面一垛墙崩塌了的房间里，在一张手术台的前面，站着一个由于激动而面孔涨得通红的年轻女医生。她在给一个受伤的人动手术，在爆炸的刹那，她向他俯下身去，想用自己的身体来掩蔽他，她还不知道身后的墙已经倒塌了，现在全街的人都可以看到她了。

女人向街道方面转过身来只有一刹那，接着她重又俯身对着受伤者，来结束那个未完的手术。有两个姑娘协助她。等手术平安结束，这两个姑娘就把受伤者抬到屋子深处。外面那个房间就好像露天剧场的舞台，这时一个扶着手杖、脚上草草扎着绷带的红军士兵，一瘸一拐地闯进来。

当伏罗巴耶夫走进那间外房，并且用最坚决的态度要求把手术室立刻搬到别处去的时候，街道上还在起劲地谈论着刚才发生的事。

“您自己也看见的，是怎么一回事，”女人疲倦地说。“受伤的人这么多，叫我怎么处理他们呢！”

要不是伏罗巴耶夫请受伤者们自动来帮忙的话，她大概会继续包扎和动手术。于是医生和她的器械立刻被送到两条街外另一座完好的房子里去了。

那天晚上，她的脸并没有给伏罗巴耶夫留下深刻的印象。由于蒙着一层厚厚的灰砂，它看上去又苍老又没有血色，她的头发灰白而肮脏，眼睛像猫眼睛一样布满斑点，不深邃，也不端庄。

头一个晚上，伏罗巴耶夫只钦佩高烈娃的坚毅精神，这是任何一个饱经风霜的战士都不胜羡慕的，可是第二天早上，当他上她那儿去更换手上的绷带时，记起了昨天发生的事，他感到惊奇极了，开头甚至不能相信她那像宣传画一样动人心魄的美丽的脸，以及富有权威的、指挥员般的姿态。

陀思妥耶夫斯基说过这样一句话：“第一次看到她，我不知怎的就情不自禁地倾心于她了。”伏罗巴耶夫当时就产生了这样的感觉。一个星期之后，他们已经成了好朋友，两个星期之后，人家就开始在悄悄地谈论他们，就像谈论一对未婚的夫妇一样，虽然他们自己并没有想到结婚这件事。她长得美，不过，更重要的是她是一个聪明的女人。一个聪明人永远不会使人寂寞，也不会使人感到厌倦。要不是伏罗巴耶夫受了新的重伤，第四次的伤，一切就都会照开了头的和已经决定了的那么发展。在他知道是她亲自把他的一条腿锯掉的最初一刹那，他明白，他们以前的关系不可能再继续下去了，成了一个残疾者之后，他再也不能跟她恢复过去的那种关系了……现在他不能想象，除了作为她的一个病人之外，自己还能是她的什么人，当然更谈不上做她的丈夫了……

请问：谁情愿跟一个患着开放性肺结核症和肝脏有病的人作终身伴侣呢？一个多年的老爱人也许会不至于仓皇失措，可是，一个新恋不久的爱人是经受不起这样的考验的。而且，处于一个需要保姆的人的地位去开始一种新的生活，这在一个男人也是不愉快的。

最后一次的受伤迫使伏罗巴耶夫去寻求另一种生活，不是以前的那种，也不是去跟原来所向往的那一个人……

那时他就决定了南方的旅行，以及这次找寻房子、花园等无聊的事情——虽然，也许并不是完全无聊的：因为他病得实在很厉害，而他的儿子也是在疾病的边缘上，他们俩都是残疾的人。现在，他们面前展开了一个新的生活，这生活是未可知的——谁知道呢！也许是幸福的。不过，选择的余地是没有的。

伏罗巴耶夫再三眺望海洋，欣赏群山的壮美，来摆脱胡思乱想。他真的暂时把它摆脱了。在这方面，南国的景色的确是一位神奇的"医生"，它不仅把人的注意力引向自然，而且更使他感到自己是处身在自然的怀抱里。不论在什么地方，您都不会像在南方的山涧或海滨那样地感觉到：您有着眼睛、鼻子、耳朵、腿和肺。您会凝视片片帆影和闪闪小星，像凝视北方的久未晤面的旧相识一样。您会跟路上遇见的树谈起话来，您会问，那棵您在十年之前相逢、而一辈子永远留在记忆里的迷人的紫藤，现在在什么地方？也许，只有在南方是这样的，不仅人跟自然斗争，人在制服自然，而且自然也根据它自己的奇妙和令人难解的规律整个地控制人，支配人。

伏罗巴耶夫怀着非常不安的感觉，注视着迎面向汽车飞奔而来的一切，似乎现在他得在这个岩石、树木、灌木和飞鸟的队伍中去认出一件熟悉的东西来，并且向它打招呼，要它伴随他一同前进。

他也想起了柯磊托夫来。跟他的尴尬的初次会面,以及后来他们之间的疯狂争论,现在对于伏罗巴耶夫是一种不愉快的回忆。真是鬼拉他去作这样的一次辩论！虽然,直接的印象难得会是正确的判断,柯磊托夫这个人也许要比他初次见面几个小时里所得的印象好得多。然而,伏罗巴耶夫却怎么也不能摆脱对这位夸夸其谈的行政官的敌意。

唉,犯不着去跟他打交道！犯不着！……

一想到他还得去跟这个柯磊托夫找烦恼,他就觉得更不舒服,更孤独了。

雾气一片片地在树缝间飘流,在树枝上留下灰白的痕迹。雾气、雾气,现在到处只有一个雾气。麻栎树的发着金属的铿锵声的棕褐色树梢披上了雾气,犹如牧人穿着肮脏的毡外套,而山茱萸和枸杞子,好像女人披着头巾。就连深褐色的野草也披上了一层白色的云纱,隐匿在破碎的布片里。不知什么东西把乌云从山上驱散,它们经过峡谷飘沉下来,飘到了平原上,在这里触到了海洋,又摇摇摆摆地循着道路跳跃了一下,并且由于空气的每一个动作,抖动着,扩展着,停了下来。

各种色彩变得湿漉漉的,互相交流着。

暗红色的、镶着干石榴皮色斑纹的山,掩蔽着另一座蔚蓝得犹如夏日中午的波浪的、多汁的、柔软得缺乏轮廓的山;蓝色装饰着附近的峡谷,蓝色溶入了天空,并且把天也染成蓝的了,同时它又注入到前面那座暗红色山的边缘上,在它的周围好像黄昏的薄光模模糊糊地散布开来。各种色彩回旋着,碎成一块块,消失了,接着又在旁边出现。

"我非常愿意活着,我现在的生之欲望是空前来有地强烈,可是想改变一下生活方式,却又办不到。我是一个做父亲的人,我应该教育我的孩子,可是我有病,我衰弱,没有力气,谁也不需要我,我是一个累赘。

原谅我,苏拉,原谅我,把我忘了吧。”他的内心流着无声的泪水。

“我的日子是不会好过的,”他高声地说,甚至由于讨厌的、恐怖的全身的痉挛而闭紧了眼睛。“以四十三岁的年纪,就我的处境……哦,多么困难……一切都得从头来过,一切……可是我的力气已经不多了,我的力气只存在于幻想之中。”

他第一次惋惜自己还活着。使他战栗、头晕的饥饿和可怕的疲劳,这时好像旧病发作似的控制了他。唉,他是多么的孤独无依啊!……

胜利国营农场以产美酒闻名。从前原来是一块私人的领地,后来合并了许多小庄园,成立国营农场,最后又变为一所特殊的实验酿酒研究院,一个种植葡萄和酿酒的实验所。那边每个工人都是个小的科学家。几所这样的国营农场联合组成了闻名全国的联合酿酒集团。

胜利国营农场每逢星期日召开学术会议。

要是节目里没有什么足以引起特殊注意的事项,那么,为了维持“会议”的兴趣起见,就由有学问的酿酒家希罗柯高罗夫发表演说。甚至有人带着孩子一起来听他讲话,因为他演说起来简直好像一位说书先生。那个星期天,当伏罗巴耶夫搭一辆顺路的卡车向国营农场办公处的灰房子驶去的时候,他埋怨自己不该把盛有罐头食物的背囊留在家里。那天农场里也在举行这样的学术会议。他觉得身上一阵阵发冷,总之他真想立刻躺下来,舒舒服服地睡一觉。

“场长他们在吗?”他问一个赤足的过路女孩子。

“场长他们? ……嘿! 他们不是在听演讲吗!”女孩子神气活现地摆了摆瘦小的身子,跑到俱乐部里去了。

伏罗巴耶夫跟着她走去。

在一个墙壁粉刷得很洁白、放着大大小小圆凳子的大房间里，有五十来个人在留神地静听一个面目俊秀、留着短短的灰色胡子、长着一双孩子般老是在微笑或是在任何场合都闪耀着欢乐光辉的蓝眼睛老人。他并不是在作报告，而是在聊天，看来并没有拟定的提纲，只是按照听众不时向他提出的各种问题谈着。这激发了伏罗巴耶夫极大的兴趣，他掏出笔记本，把听众提出的问题记下来。

老人希罗柯高罗夫——伏罗巴耶夫早就猜到是他——毫无例外地、安详地回答着所有的问题，问题谈完之后，他停下来念一个怕羞的女实习生递上来的、在问题之下没有写名字的纸条，接着他谈起小学生和少先队员采集药用植物的事来。他举出几个惊人的数目字，这些数字使伏罗巴耶夫大吃一惊。他把它们记了下来。现在他把希罗柯高罗夫所说的话一字不漏地记录下来，虽然饥火这时好像创伤似的在折磨着他。

希罗柯高罗夫讲到儿童们怎样采集药用植物，怎样猎取毛用野兽，同时还谈到植物的疗病特性，谈到胜利国营农场的儿童们怎样可以轻而易举地援助国家，事实上他是在讲有关人类美好生活和人类健康的问题。他的演说无拘无束，热情奔放，好像诗歌一样。人们听他讲话永远不会感到疲劳。

“对不起，上校同志……”伏罗巴耶夫赶快向发出声音的方向转过身去，眨着还没有睡醒的双眼。

“啊，啊？”

“报告完了，我们都要锁门啦。您也许是有事来找谁的吧？”

一个宽肩膀、蓄须、身穿蓝色马装的男子以好奇的目光打量着伏罗巴耶夫,他用右手作邀请的姿势向出口的方向挥了一下。他那好久未曾整修、但却依旧不失丰润和饱满的脸露出焦躁不安的神气。

“噢,噢……怎么样……我是来看场长的,”伏罗巴耶夫十分尴尬,喃喃地说。他的假腿在椅脚上东碰西撞。由于自己的瞌睡,自己的无助,以及自己傻头傻脑的样子而感到不好意思。

“那么请到我的地方来。我是初孟德陵,农场场长。”穿蓝衣服的男子向出口处走去。

他走在前面,真是太好了,伏罗巴耶夫可以收敛一下尴尬的样子。当然,在听报告时打瞌睡是荒唐的。因此他忸怩不安地走进了场长的办公室,一个摆满书架和许多装着样酒的好看瓶子的舒适大房间。

“我是来想跟希罗柯高罗夫认识认识的,可是竟在他报告的时候睡着了!丢脸,简直是丢脸!”他摊开双手,笑着说。

初孟德陵一只手玩弄着一串钥匙,同时平心静气地在写字台上翻弄着纸条,看来是在等待陌生人讲他的情况。

伏罗巴耶夫也不想试探他的耐性:

“我是从柯磊托夫的地方来的。”

“您不是伏罗巴耶夫吗?……柯磊托夫已经给我们送来一张关于您的条子了,”场长微微地笑了笑。“您好。您干吗不一到就立刻来找我呢?”他怀疑地、但相当平淡地问。

“柯磊托夫送给了您一张关于我的条子?”

“不错。”

“他什么时候送来的?”

“条子就是由您所乘的那辆汽车司机带来的。我们等了您有两个钟头……我怕您已经睡得错过我们食堂的晚餐了,”初孟德陵向窗外瞧了一眼,他根据某些征兆知道食堂已经关门,失望地吹了一声口哨。“唔,好吧,我们随便给您弄些东西来吃吧。柯磊托夫的条子说,您连路上用的粮票也没有带。可惜。好,让我们到老头儿那儿去吧,他等着呢。”

初孟德陵说着很快地从一个话题转到另一个话题,好像急于要赶到什么地方去似的。伏罗巴耶夫要抓住他的思想可实在不容易。

“但我现在去方便吗？在这样出了丑以后?”

“有什么不方便?”

“怎么搞的?”当他们沿着黑暗的长廊走着的时候,伏罗巴耶夫的头脑里闪过这样的念头。“柯磊托夫的关心该怎样解释：是出于谨慎,还是出于照顾……恐怕是出于谨慎吧——预告我的来到,这样,一方面不会感到猝不及防,另一方面也可以使我记住,在任何场合负责干部都不会睡觉。”

不过,柯磊托夫意外的关心却不能不使他感动。

“初孟德陵同志,请问：希罗柯高罗夫有没有发觉我在打瞌睡?”

“正是他猜到该上那里去找您的,要不然您会在我们这里被禁闭到早上呢……好,不要紧,现在我们去吃些东西吧。老头儿在听战报……当心,这里有门槛……别摔跤……让我来给你们介绍吧。这就是伏罗巴耶夫。”

穿蓝西装的老头儿从一把深座的沙发上站起来。

“您好……布达佩斯东北方突破了……请到这里来,沙发上坐……让我们听下去吧。”

希罗柯高罗夫的书房看来像战前一样豪华。地板上铺着地毯,壁上充满书籍,一张巨大的麻栎木写字台,台上放着一大堆书报,有些书夹有狭长的蓝色纸片,有些书翻开放着,一张长沙发,几只单人沙发,沙发旁边有一张小圆台,台上放着照相簿,墙旁一只陈列着各式酒瓶的橱,最后是一张巨幅的艺术照片《葡萄丰收》,以及一盏有富丽丝绸灯罩的电灯——一切都像是有意来衬托希罗柯高罗夫的姿态似的。老人的身材并不算高,但富有艺术家的风度。他那配有三角形灰白胡子和一对聪明、可爱、总是含笑的眼睛的脸,活像安纳托尔·法朗士。在他那灰白的鬈发上优美地按着一顶黑缎子的碗形便帽。他的双手筋脉毕露,被太阳晒得赤黑,而且非常活泼。瘦长的手指老是在动着,老是在讲些什么,或者询问些什么,也许是对于某件事感到迷惑。只要看看他的手指,就可以毫无错误地判断老头儿在想些什么。

不过在他身上主要的倒不是双手,而是目光——不是愉快、老花的眼睛,而是那常常似乎把老人从沙发上升到高不可攀的高度、并且全力显示他那伟大人格的目光。

这是一个统帅的目光。伏罗巴耶夫荒唐地感到在老人探询性的目光下,他几乎有好几次要站起来。

希罗柯高罗夫关上了收音机,像青年人一样活泼地突然对伏罗巴耶夫说:

"这是怎么一回事呢,最亲爱的上校?……不,您用不着说什么……我们念了柯磊托夫的条子:'有一位著名的讲师上你们那儿去了,他是直接从前线来的,请利用利用他吧……'唔,用不到请求我们,我们就作了准备工作,把消息报告给听众们,可您呀……您不用向我乱摆双手,这样您又会着凉的……可您却在睡觉,在安安静静地睡觉。"

"我实在累坏了,我浑身发抖,不过,老实跟您说,您的报告使我听得入迷了……"

“不论怎么解释都没有用,亲爱的上校,虽然我是完全信任您的:我自己在一个新的地方也老是想打瞌睡……您可以用一个方法来赎您的罪——吃些点心,喝些酒,然后站在战线地图旁边,您高兴讲什么就讲些什么。”

拒绝是无礼的。

“首先您就给我们这些乡巴佬启蒙一下有关布达佩斯的情形吧,上校……”

伏罗巴耶夫跟著名的希罗柯高罗夫就是这样认识的。

伏罗巴耶夫很快地吃了些初孟德陵端来的不加奶油的稀饭,大口喝了一杯出色的里斯林酒之后,觉得神清气爽了。这个晚上充满着一种酷似战场的情调,他兴奋地预感到自己模糊的前途的愉快征象。

关于多瑙河战役的经过情形,伏罗巴耶夫很熟悉,此刻他不仅像一个出色的演说家那样说得头头是道,而且作为一个现场目击者和参与战役者而讲得活灵活现。

第二和第三乌克兰战线军队所进行的多瑙河战役,在伏罗巴耶夫看来,是属于机动性最大和流血最多的战役之一。这里,进攻战由于受着对方包抄和包围的威胁而很难进行,战斗的目的是争夺多瑙河;大胆的渡河与更英勇的撤退过河,伴随着时断时续、发展成为围攻的出其不意的防御战,——这一切都是在加速度的节拍、扩展性的规模和人们越战越韧的情况下进行的。这是在同一时间里山岭、河流、草原和森林的大会战,那里适用骑兵、陆战队、伞兵、工兵,那里士兵的作战能力受到最残酷的考验,因为必须在一个时间里同时实行进攻、防御、推进,没入战壕,陷入包围,包围对方,受到伤害,但始终得一往直前,向西推进。

走廊里什么地方的时钟敲了十一下。

伏罗巴耶夫越讲越兴奋,越讲越快。战争在他眼前复活了。讲完了匈牙利战场,他把话题转到捷克斯洛伐克上面去。他讲起自己对罗马尼亚的印象,最后又讲到雅典的事件(几天之前刚发表过雅典被围的消息)。他记起了 8 月 31 日早晨,当时他站在坦克的钢甲上冲入了布加勒斯特。他的头脑由于快乐而旋转起来。身体魁梧、满身流汗、眼睛亮得像黑梅子的罗马尼亚女人纷纷爬到坦克上,去亲吻坐在钢甲上的战士们。他的脸上印满了口红,好像搔伤一般。要是他在那天受伤的话,他一定不会觉得痛苦的。

“……不过最伟大、最神圣和空前绝后的日子却是 9 月 16 日。”

“慢着,这是一个什么日子呢?……”

“那天我们进入了索菲亚……”

“噢,是,是,是……对不起……”

伏罗巴耶夫斟了酒。他的手在轻微地抖动。一滴透明的酒慢慢地从指头流到了手腕上。

“谁把有关这天的记忆留给后代,就让天赐给谁灵感吧!”

希罗柯高罗夫和初孟德陵也给自己斟了酒。

“在念前线的通讯时,我总不能不深深地激动。”教授说。

“激动算得了什么!”伏罗巴耶夫打断他说。“没有一个词儿可以确切说明所发生的事情。我就是俄罗斯,懂不懂?我肩负着那把我们两国分隔开来的十个世纪。直到此刻我还觉得我的名字在索菲亚人人都知道,而且整个城市都认识我。这是确确实实的!……”

伏罗巴耶夫讲着,偶然从沉默不语的初孟德陵时常在斟满的高脚杯里呷一小口酒。初孟德陵的脸上洋溢着幸福的光辉。伏罗巴耶夫酒喝得越多,就越想说话,而他所说的也就越有趣,越能使听者动容。

希罗柯高罗夫摩摩自己的短胡子，不时向他提问题。初孟德陵老是沉默着，只有当他斟酒的时候，才插上一句：

“嗳，真的，你跟人家多谈谈，你就会聪明一倍啦……”

后来，在差不多完全说哑了喉咙之后，伏罗巴耶夫用开玩笑的口吻简短地讲起——回答希罗柯高罗夫提了三次的那个问题——他怎样落到柯磊托夫的地方，以及找寻房子所遇到的麻烦，还谈到不久就要把儿子从莫斯科带来。他说他是一个单身汉，现在再也不会有他在部队里作战时的那种幸福了。

“我从幸福里掉了出来，好像从飞机上摔下来一样。一切都留在那边——光荣、同志们以及……一切的一切，而柯磊托夫却连找一所房子这样的事都不肯帮忙。”

房子的问题既不是军事问题，也不是学术问题，说到底只是一个小小的组织问题，因此初孟德陵认为可以很轻松地——在座的其他两位也是同样轻松地讨论着他们的问题——附和一番。他脸上现出忧虑的神色，低低地咕哝着说：

“哦，天哪，这算什么呀！他竟不能给你找一所房子！……伏罗巴耶夫，你听我说，你要我现在就给你三座别墅吗？今天或是最迟明天早晨十点钟。你上我的地方去好不好，你说？不，你先给我说定了，去还是不去？”

然后，犹如商量什么阴谋似的，他俯向希罗柯高罗夫的肩膀，像一切喝醉酒的人那样，企图把自己的建议立刻变成事实，用嘶哑的耳语向他喃喃道：

“我们这里呀……这个红头发的……无论如何我们一定要把他调走……那就是说，我将失去我的助手，好像沙漠里的一个阿拉伯人……

您说是吗，谢尔盖依·康斯坦京内奇？……此外，俱乐部也没有人主持……”在老头儿安详的脸上看到赞许的表示之后，他并不伸欠身子，却抓住伏罗巴耶夫的假腿，用自己厚实的手掌在上面重重地掴了一下，然后怒气冲冲地摇摇头说：“亲爱的，这真是小事情。我现在就打电话到省委去。像你这样一位演说家，具有做党工作的丰富经验，却把你派去当宣传员！”突然他伸了伸腰，哈哈地大笑起来，把由于喝了红葡萄酒而发黑的嘴唇张得大大的。

“主要的是他连一座房子都弄不到！……谢尔盖依·康斯坦京内奇，您可曾听说过这样的事吗？……弄不到！瞧那个柯磊托夫！”

“柯磊托夫人倒是聪明的，不过，俗话说得好：就是圣人也不能没有过失。”希罗柯高罗夫不喜欢以非党人士的身份嘲笑党的负责工作者，谨慎地说。

“不过在我看来你们的那个柯磊托夫并不是一个干练的人，”伏罗巴耶夫用过分严厉和显然不合式的语气，莫名其妙地说。接着他立刻责备自己不该这么说，并且几乎想放声咒骂这种难恕的暴躁。“你们这里的人日子确实很不好过，”他补充说，赶快改正语气。

初孟德陵敏捷地斟满了所有的酒杯。

“老实说，什么地方没有困难呢？”他透过牙齿说，“老兄，老百姓现在到处都苦。战争！柯磊托夫也有他的困难，而且，我想你在前线的日子也一定不会好过。”

希罗柯高罗夫在宽大的单人沙发椅上移动了一下坐的位置，从容不迫地并拢双手的指头，举到嘴唇边吻吻，像是在试验它们有没有感觉。他那聪明、漂亮的眼睛挑战似的瞅着伏罗巴耶夫，像是在邀请他立刻去作一场厮杀。

“要赢取这样的一场战争，难道是容易的事吗？”他以惊奇的语调说。“把一切都看得轻而易举的人只能是懒鬼……正是懒鬼和流氓……因为有谁能轻松的过日子呢？……只有坏蛋和无赖……”他把双肘搁在沙发扶手上，轻轻地挥动双手，犹如在扇风一般，接着面对着伏罗巴耶夫说：“难道您自己，亲爱的上校，就过得容易吗？难道就因为柯磊托夫一个人，并且只在我们这里您才感到困难吗？”

谈话越来越尖锐，越来越热烈，接着话题转到战时生活困难上去了，在那一小时里，又有什么事情没有谈到哇！

初孟德陵呵呵笑着，高兴地弹着指头。他不停地给大家加酒，不断地反复说着一个很滑稽而使他牢记不忘的笑话里的句子：

“写吧，伙计，格式晓得吗？”

不久伏罗巴耶夫发觉他自己也在重复这句没有意思的话，并且还要希罗柯高罗夫也说一遍，可是希罗柯高罗夫婉转地拒绝了。

“一个好人稍微有点酒意是没有什么害处的，”伏罗巴耶夫说，在希罗柯高罗夫的肩膀上拍了一下。“您以为怎么样？”

现在他似乎是“赤裸裸地”活着，他的表皮被揭开了，好像翻转来的手套，他的全部感情都暴露出来，什么也没有隐藏。

“对不起，我要睡觉了！”看来，他只是这么想了一想，可是初孟德陵却不知为什么立刻跳到他跟前，搂住了他，把他带走了。

“写吧，伙计，格式晓得吗？”伏罗巴耶夫挥了一下手，他们两个都莫名其妙地哈哈大笑起来。

伏罗巴耶夫被一种热烘烘地在脸上抚摩着的东西弄醒了。浅青的窗幔把一扇大玻璃窗分成两半，室内的一切都浸在耀金的青光里，犹如月夜一般,而在那白得炫目的天花板上则流动着蓝幽幽的溪流。他没有立刻想到窗外就是海洋,也不知道这是太阳在抚摩他,不过,他一明白过来就马上跳起来,慌忙穿上衣服。

就在同一刻时间里,他听到了初孟德陵的脚步声和说话声:

"早!瞧,我们这里的景致怎么样?动人吗?头觉得怎样?"

"喝了你这些酒,我可把什么事情全都忘了,"伏罗巴耶夫回答。"老实说,我到这里来是想了解一些你们集体农庄的情形的,这是柯磊托夫交给我的任务。"

"到头来你还是打算走,对不对?"

"我得去。"

"唉,真可惜!要不然,瞧吧,那就是你的别墅!"初孟德陵丰满的手指指着远方一所好像变压站或者鸽棚的狭长白色小屋。

"一座天堂!对不对?……我说,你干吗去找柯磊托夫呢?搬到我们这里来,高兴住多久就住多久。"

"要是我跟你,菲尧德尔·伊凡内奇,在前天碰到的话,我可以为你效劳一辈子,可是现在我却不能够,不好意思……"

"只有偷钱骗老婆才不好意思。要不然,另外还有一座空房子,地理位置高一些,好像筑在岩壁上,看到了没有?要坚固一些。这一座我可以租给你。让我们说定了吧。你去把儿子和客人带到新居来吧。我给你十五年的租期,真的。"

"菲尧德尔·伊凡内奇,说实话,我不能。"

"我会拿你怎么样,要给你染上什么毛病,还是要教你偷东西?"

"对柯磊托夫不好意思,我不能。我明白你替我做的正是我自己所办不到的事,但是我不能。我要是这样做,就违反了自己的良心。"

“两天来你的情况有些什么改变？要是你完全抛弃这个地区，那我能明白你的决定。你且慢着，我不会把你硬拖住的。现在我们去吃早饭吧，我可以给你讲讲农场的事。”

“早饭不吃了，我得走了。”

“好，随你的便。其实我自己喝过酒也是从来不吃早饭的。昨儿个晚上我们过得挺不错，是吗？真痛快！”

初孟德陵带着伏罗巴耶夫穿过花园的甬道向公路走去，同时扼要地讲述伏罗巴耶夫急欲一睹的集体农庄的情况。

从他的话里知道距离最近的五一集体农庄大体完整无损，没有遭到德国人的糟蹋，不过加入农庄的大部分都是新近从库班和顿河流域来的移民，而其他两个农庄——“加里宁”和“米高扬”——都被搜劫一空，大部分居民都被赶到德国去了。人们从四面八方走来接替被赶走的村民，可是他们现在都公然懊悔搬到这儿来，并且准备一有机会就回老家去。

“那么他们干吗要搬到这儿来呢？既然他们原来就知道这是个什么地方。”

“这样说来，难道你原来就知道这是个什么地方吗？你知道的。可是你有办法吗？没有。他们也是这样。他们并不比你聪明。哪，这就是公路，一直往前走。有便请过来。”

“一定来。”

“关于房子的事，你仔细考虑一下吧……”

“好的！”

“我给你保留着，懂吗？”

“好的！”

……太阳光照得人眼睛也睁不开。海滨那座鸽棚似的白色小屋上的窗子,像宝石一样闪闪发亮。

“幸福看来是这么近,这么容易到手……”真的,他为什么不上初孟德陵这儿来呢？为什么不住到这座美妙的鸽棚子里去呢？为什么他必须住在别人的房间里,睡在别人的床榻上,去给柯磊托夫工作呢?

荒唐,简直荒唐！……

既然他上这儿来就是为了休养身体,为了要使身体强健起来,而且正是由于这个目的,这个唯一的目的,他在莫斯科获得了假期。因此,即使他跟柯磊托夫分手,谁也不能说他做了什么不好的事……

事实上,他到这儿来并不预备待一辈子,他也没有这样答应过柯磊托夫。他只是暂时来待一阵,以便养好身体,挺起胸膛,重返自己爱好的工作岗位,要是健康能恢复的话。不过,要是不能如愿,或者得拖好多年,那么在柯磊托夫的地方他也没有什么事好干。

“天哪,多么唐·吉诃德[①]相呵!”他几次高声重复说,并且立誓在归途上一定要再到初孟德陵那儿去,去跟他说个定,可是在他的内心却深深地潜藏着一个念头:他当然不该再去找初孟德陵,因为,这样做本质上无疑是恶劣的,虽然表面看来并不能算恶劣。这个念头战胜了他的自嘲和所作的誓言。人生在世有时是会碰到这种情形的！真是没有办法。

尽管昨天他跟柯磊托夫发生过冲突,他开始同情这个被艰苦工作弄得筋疲力尽的人,而现在,当他看到了本地错综复杂的环境后,觉得把他抛开是可耻的。

“不,我必须帮助他。我帮他一会忙,然后再走。不然他会说我是

---

① 唐·吉诃德是17世纪西班牙作家塞万提斯著名小说《唐·吉诃德》中的主人公。唐·吉诃德是一个空想家,常常为自己的理想努力,但总是毫无结果。

个走江湖的。”

走了不多远，一条好走的小路和使人迷恋的早晨很快使他暂时忘记了现实生活。

他走着，好玩地细细观察周围的地形，好像一个想购置地产的人。

“嗳，这里可以盖一所多漂亮的小房子呀!”他在一垛从路旁转角处伸展出去一直跃向大海的峻峭的红岩前面站住，激动得手足无措地大声说。

他不假思索，就把它称为“鹰之峰”——巉岩活像神话里山鹰的巢穴。由于刺骨的劲风和赤裸的荒原，娇弱、懦怯的小鸟是无法在上面居住的。只有三两棵饱经风霜的柽柳跟一株弯弯曲曲地依附在岩壁上的松树，成了精光岩石上的居民。

“真是一个山鹰的天地！……怎么从来没有人想到这里来筑一座堡垒或者修道院呢？……”

他站在那里，忘记了一切，有二十分钟光景在想象之中建造着一所有沿岩壁凿成直达大海的石级、有广大的花园和往下遇到海滨平原的梯形路的“鹰之宫”。

“只有幸运儿才能在这里落户。”他想着，同时在脑海里搜索着：应该劝谁搬到这里来住，应该向谁推荐这个好地方……

自然，他会比谁都高兴把自己的家安置在这个鹰之峰上。然而，不，他不能。这样的胜地一个人住是不舒服的。这座巉岩恐怕只能让普罗米修斯①一个来住，不是普罗米修斯，那就只能让千千万万的众人来住……

① 普罗米修斯是希腊神话里一个半神半人的神，据说他曾经把天上的火偷盗给人类，因此受到天帝宙斯的惩罚，而获得人类的感激。

第二章

集体农庄会议举行了四个多小时。

农庄主席，一个身材高大、弓着厚实多肉的好像哥萨克式坐鞍的脊背的男人，手里挥动着一叠证明不宜干重活的医生证明书，声泪俱下地哀求大家明天去翻掘葡萄园，因为已经过了期限。

房间里没有一点声音，好像人都在睡觉。

窗户外面，风在愤怒地咆哮，盖没了报告者的声音。在那弯弯曲曲、在这里代替街道的黑暗小径里，现在又在发生些什么事呢！

风刺着眼睛，使呼吸困难。地面在脚底下溜滑着，空气里可以听到咯咯的切齿声和呼呼的咆哮声，仿佛在高空撕裂着什么有生命的东西。

新来的人们在这里是痛苦和寂寞的。现在村子里有那么多人正在忍受疟疾和风湿的折磨，在新的生活里又充满无数乱七八糟的事情，哪里还顾得上翻掘葡萄园。

当然，乡村医生给集体农庄庄员出证书和报告，从他方面来说并没有错，然而伏罗巴耶夫还是好容易才克制自己的怒气，没有放开嗓门咒骂这位过份热心的医生，幸亏那个医生坐在主席团长凳子的那一头，离开他相当远。

突然伏罗巴耶夫模模糊糊地感到有人在招呼他。他合拢里面画着连环圆圈的笔记本，笑了笑，环顾着参加会议的人们。

农庄主席站在他旁边，看来已经不是第一次问他，对于这些麻木不仁的人，究竟应该怎么办。

伏罗巴耶夫直到此刻心里还没有一个明确的主意，不过他没有选择的余地。他喘着气，用舌尖舐了舐干燥的嘴唇，站起来，整了整假腿，向讲台走去。

大厅里依旧是一片异样的寂静。

伏罗巴耶夫脸上泛起神经性的红潮。他咳了一下。这是他最后一次咳清喉咙的机会。

"这里有没有上过前线的？"他终于沙着喉咙问，自己也不知道为什么要提出这个问题来。

"有……有……"几个睡意朦胧的声音参差不齐地回答。

"好，让我来瞧瞧，你们是怎样的……朋友们，坐到第一排上来吧。"

上过前线的人们没精打采和犹豫不决地走到了前面。

"那么女战士们怎么样，留在后面吗？"在几个女人低低的轻薄的嘲笑声中，从会场深处传出来一个尖锐的声音。

伏罗巴耶夫突然莫名其妙地开始讲到，他早晨起身准备到这里来的时候，发觉自己的左腿没有了，他害怕起来，以为被人家偷掉了。

由于出其不意的改变话题，或是由于他所讲的事很滑稽，大家变得愉快了，在座位上坐不安定，身体往前移动。

伏罗巴耶夫又讲了两三个向壁虚构的小故事，讲到一个前线归来的战士怎样难以马上理解这里的局面,这才以非常幽默的口吻讲到这个集体农庄给他的印象。他不惜加意渲染,举出尖锐的对照。这时会场里早已人声沸腾了。

在廊檐下吸烟的人也三三两两地回来了。他们聚集在过道里,妨碍坐在后面几排人的听讲。有人从会场深处向他们大声叫嚷着。坐在第一排上从前线归来的军人,跟那个军服左胸上佩有三条勋章绶带、右胸上挂着四条受伤带子的演说者形成一个守秩序的小组。他们转过身去,嘴里发出嘘嘘的声音,竭力想使会场安静下来。

伏罗巴耶夫本该乘机停一下,喘一口气,然而某种最深奥的直觉,那种我们有时称为潜意识的最细腻的感觉在暗中命令他说:别等待,立刻进攻。

“喂!……静一点儿!大家坐好!”

大家都一动不动地站着。

“战士同志们,这是怎么一回事?”他提高声音,说。“我们打仗,目的可不是为了以后在自己家里灭亡吧。你们眼看着成批的流氓、无赖、酒棍、懒鬼怠工,你们问心无愧吗?你们怎么了,疯了吗?还是,像我们常说的,瞎了眼睛?你们这里的情况很糟,这已经讲了五个钟头了,可是你们的嘴巴却像灌满了柏油!你们的主席还有什么话好说呢,假使他的农场荒废到了极度,到了无可挽回的地步,假使他能容忍这样的医生——对不起!——为了屁股上长一个脓疱,就给人家休息一星期的医生!这里对于长脓疱的倒真是一座天堂!(传出了笑声,并非因为这是一个粗鲁的笑话,而是因为这是一个真实的笑话。他立刻发觉这一层,胆子更加壮了。)不!亲爱的庄员同志们,在斯大林格勒城下我们可不是这样干的。朋友,你原来是哪一师的?”他斩钉截铁地问一个面容浮肿的高个子战斗员,他的胸上挂着“保卫斯大林格勒”的奖章。

“在三十九师,上校同志!”那人站起来,喃喃地说,像是口齿不清,又像是有些口吃。

伏罗巴耶夫并没有在这一师里打过仗,不过他确实知道,凡是在斯大林格勒作过战的师,它们的遭遇大致相同。他仿佛在这第三十九师里待过不止一次似的,愉快地向前伸出双手,说:

“你可记得扎哈尔谦柯吗? ……那个无线电收发报员! ……不错,他不是你们一师的,不过他的事迹传遍了整个斯大林格勒……你现在会记起来的! 这个人,他在受伤七次之后还潜到河里去打捞连部的无线电收发报机,直到把它从伏尔加河底里捞起来……可是在潜水的时候,他第八次受伤……而值得注意的是: 这个人活了三十岁,从来没有游过泳,也没有潜过水……”

“那不是扎哈尔谦柯,那是珂列斯尼谦柯,”斯大林格勒人口吃着争辩。“是我们师里的,怎么……怎么不是! 现在他是苏联英雄了! ……怎么! 正是我们师里的! ……”

“第聂伯河上也发生过这样的事……”不知谁的陌生声音,伴着几颗奖章的轻微叮当声,毫无拘束地插入了兴致勃勃的谈话。

会议的指挥所不知不觉地从讲台移到了会场。必须赶紧抓住时机。伏罗巴耶夫(他马上被搀扶着)沿着讲台侧面的小扶梯走下台来,他被前线归来的人们包围住了,继续不停地跟他们谈话。

“那么基辅呢,弟兄们? 谁参加过解放基辅的战役? 可记得那几次战斗怎么样? ……还有,柯尔宋·舍甫琴科斯基那次大包围呢? 是你吗? ……伸出手来吧,我们永远都是同乡啦! ……也许你也参加过亚萨城下的大战吧?”他拥抱那个人。“也许,你也是在那里受的伤吧？……好，过来，我们来亲一亲……是谁给你动的手术，是高烈娃医生吗？这真是太巧了……那么，好朋友，你见过的世面比我还广呢。”伏罗巴耶夫重又把手放在那个脸色苍白、浮肿的斯大林格勒人的肩上。直到现在他才看出他少了一条手臂和一只眼睛。

“有十……次要死，却没有死……掉，”那个人洋溢着骄傲的神色回答，痉挛地牵动着嘴唇。“在第十一次上鬼也不能把我带走……”

“你还到过什么地方呢，上校同志？……没参加解放贝尔格莱德的战斗吗？”同时从四周传来了这样的问句。

“弟兄们，谁到过塞瓦斯托波尔和斯大林格勒，谁就可以说是足迹遍天下！”

“这是真的！……那么您什么时候在塞瓦斯托波尔呢？……”

“弟兄们，这个慢慢再说。现在我要告诉大家：我们的集体农庄情况很严重……上过前线的同志得组织和领导突击队……只有死了的可以请病假，其余的都跟我们一起来进行突击！……你叫什么……奥迦诺夫？……把所有人的名单抄一份下来……快！我们一分钟也不能浪费！雷厉风行，胜利就有了一半保证。大家没忘记这个格言吧？”

斯大林格勒人满面春风地冲到旁边去，在这一刹那间，正当看来什么也不能阻碍伏罗巴耶夫完全征服人们的心灵时，正当空气里充满火药味，凡是有生命的都像真正在实行进攻之前那样忙碌时，当传布着“铁铲！……赶快！……拿灯来！……”这一类极度激动的低语声时，不知哪个女人尖锐地叫了一声，接着传来了重浊的骚动声：一个汗流满面的胖女人，带着令人难以逼视的深蓝眼睛，排开周围的战斗员们，一直朝伏罗巴耶夫窜过去，仿佛用力过猛在他身上撞了一下，突然站住了。

“你这个家伙是从哪里滚到我头上来的?”她嚷道。“要我把……我那个负伤的……呸……我不答应……”她拥住了丈夫,那个挂着保卫斯大林格勒奖章的奥迦诺夫,可是他却立刻尴尬地摔掉她的双手。

“那你愿意使他丢脸吗?”伏罗巴耶夫对女人嚷道。“你不怕损害他军人的光荣吗？我在说话,你别插嘴……照顾他已经晚了！……从前你应该可怜他,但不是现在,现在我们没脸见人……上过前线的同志们,跟我来！……谁珍惜我们的光荣,谁一定不会把我们抛弃！前进!”他的声音越说越响,每一句话都像是一道命令。他敏捷地跑到前面,简直就用跑步的姿势率领人们走出俱乐部,没入到刮风之夜的黑暗中去了。

重要的是不要放松速度,不要失去成功地造成的紧张作战气氛。在“进攻,冲啊,前进,跟我来”的字句里,包含着怎样的力量、怎样的意志啊!

风声嘶力竭地狂啸着,乌云飞快地在空中飘动,遮住了月亮,然而大地却依旧相当光明。

伏罗巴耶夫绊了好几次,几乎要摔倒。不知谁的瘦小肩膀掮住他的手臂,还有谁的一双粗糙的小手从另一边抓住他的大衣袖子。

“你们当我的联络员吧！……你们叫什么名字?”

“我叫斯杰普卡·奥迦诺夫。”掮住他手臂的人说。

那个抓住袖子的人接着说:

“我是他的徒弟,维嘉·萨彼迦。”

“那么,维嘉,你到俱乐部里跑一下,去叫一个会拉手风琴的来!”

立刻从远处什么地方传来维嘉的声音:

“有,去叫一个会拉手风琴的来!”

“嗳，朋友们，我们记得从前是怎样冲锋的……别耽误时间！……让我们再来打一次仗！……显一显颜色吧！……打起精神来！……”

现在恐怕已经不是字句本身，也不是字句的意义，而是声调、声音的力量和激动起了主要作用。他几乎不曾想到他在叫些什么，他只注意他的喉咙在发出怎样的声音，以及努力体会他的声音是不是在领导人民。

山坡上浮动着点点灯火，宛如低低地在地面上空掠过的流星。这是队长们在奔走搜集铁铲。

做老婆的一面叽叽喳喳地跟自己的丈夫相骂，一面向前走去。手风琴拉了起来，哩哩啦啦地响着。可以感觉到手风琴手也在跑着。队长们像是在检阅似的唱起来。

“第……一……队……”

“这是我的老子。”斯杰普卡·奥迦诺夫吸了一下鼻子说。

“他在发抖呢，真有劲……”

“第……二……队……”

“这是叶高罗夫叔叔，一个水手……但愿他不要打败我的老子。他总是跟我的老子死过不去，在我妈的面前吹牛，水鬼。”

人们嚷着、嘘着、吹着口哨、拍着手掌，一种好像红霞的东西，在喧哗和哄笑声中从远处飘来，在树木的黑影之后闪闪发光。一辆燃着松脂火炬的两轮货车，上面载着一桶发出葡萄酒味的水，迅速地滚动着。水桶旁边奥迦诺娃叉开微曲的双腿来保持身子的平衡，免得在洼地和转弯处跌倒。她得意忘形地舞动着火炬。一发现伏罗巴耶夫，她就挑战似的呵呵大笑，向他招呼道：

“瞧他在怎样煽动大家！你想把我们女人留下吗？……呸！……

喝一些吧，别耽搁他们！……大胆地喝吧，喝不醉的！……”

她手里拿着火炬，用短小、冒烟的光焰照着自己，仿佛马戏团的魔术师，大家在向她期待着什么——魔术还是奇迹，大概是魔术吧。

“谁第一个喝？……谁领头打仗，谁就会得到幸福！……”

瘦小的肩膀在伏罗巴耶夫肘下抖动了一下。

“你有一个好妈妈，胆子大！”伏罗巴耶夫为了使男孩子安静，匆匆地说。

“哼，不顾死活的！”斯杰普卡得意得喘不过气来说，怕听到别的评价。“我们都说她是天不怕地不怕的……”

“说得倒不错，”伏罗巴耶夫的头脑里掠过这样的念头。“虽然不像聂克拉索夫诗里所歌颂的那种女人，但也有胆量拦住奔马和纵身火窟……她们女人家的这种胆量是从哪里来的呀？”

不过已经没有工夫再想下去了。

月亮从云层里探出头来，照耀着种满葡萄的小山。突击队把铁铲和铁锹刺进地面，鹤嘴锄到处闪闪发亮。

葡萄藤有各种不同的样子：细小的、皱皮的、像鹿角一样多节的、或者像蜡烛一样挺直和匀称的。它们好像都是有生命的动物，只是假装出植物的样子罢了。

伏罗巴耶夫清清楚楚地看到周围所作的一切。

工作并不困难，主要因为大家的情绪都很高。正像一切意外的事情那样，这个倡举使人们看到自己难得看到的一面。这是最重要的，也是最可宝贵的，虽然在黑暗中挖掘土地这种活并不太容易。

第二天早上伏罗巴耶夫的第一件事就是去认识昨天没有参加大会的复员军人。

他去访问的第一个人,是刚从军队里归来的上尉鲍亚磊施尼柯夫。

"喂!"鲍亚磊施尼柯夫从门里嚷道。"是谁呀?"

"可以进来吗?"伏罗巴耶夫一面问,一面走了进去。

"来吧,有什么不可以?"里面传出了不友好的声音。"呵,呵,原来是您,同志!有何见教?"

"对不起,我可以坐吗?"

"请坐,有什么不可以。只是,您知道,我在这里没有担任任何职务。您看来应该到集体农庄去……"

伏罗巴耶夫脱下军帽,掠了一下汗淋淋的额角。

"我已经知道您在这里不担任什么职务,这很不好。得担任一些。您在哪里打过仗?"

鲍亚磊施尼柯夫皱了皱眉头,一只手在空中从上到下劈了一下。

"这把戏,您知道,跟我是玩不成的。对付像您这样的煽动家,我是很有经验的。"

然而伏罗巴耶夫的眼光却使人无法不回答。

"司令部派过我到什么地方,我就在什么地方打过仗。我用不着向每个人汇报,用不着到各处去讲给人家听。上校同志,您可不大懂得军队的规矩。"

伏罗巴耶夫继续对他瞧着,几乎屏住了呼吸,像在瞧着一个怪物,而这种无声问题的执拗性,该是在逼迫和压制鲍亚磊施尼柯夫。

"我曾经保卫祖国,抵抗敌人。怎么,你不喜欢听吗?那么,我就说我没有打过仗,没有受过外伤,也没有受过内伤,我只是一个病人。上校同志,我这人没有什么值得细细研究的。而且我也没有得过重赏,但我的良心可是平静的。"

事实上,他的良心一点也不平静。他固执地辩解,为的是想打破屈辱性的沉默。

"危言恫吓对我是没有用的。我不是孩子。"他斩钉截铁地说,用手势来加强说话的声势。他的思想不会编造复合句,而是简短得像一根棍子。

伏罗巴耶夫单是因为他不会正确使用语言,以及忽视作为俄语特征并形成俄语主要优点的丰富、奔放和曲折的句子,就极度憎恨这个退伍的、丝毫没有苏联人风度的官僚,虽然他也许是相当诚实的。伏罗巴耶夫决定要试他一试,戏弄一下他的虚荣心。

"您何必这样生气,鲍亚磊施尼柯夫,"他仿佛道歉似的说。"我到您这里来完全不是为了想跟您说:您昨天没有跟大家一起去是不应该的,更不应该反对我所提出的组织突击队的建议……不,我不是为了这事,我来完全是为了别的事。集体农庄主席的职务您不愿意干吗?"

鲍亚磊施尼柯夫受惊的脸上的全部皱纹,明白地表示他被这个建议惊住了。

"主席?"

"不错。集体农庄主席。"

"不——谢谢,"他粗声粗气地回答,现在已经用轻蔑的眼光瞅着伏罗巴耶夫了。"不——不——这个我不成……"

"为什么不成?"

"我的神经不够强健。而且,我已经跟这里的建设局讲定了……"他神气活现地说,仿佛他至少已经当上共和国级的干部了。

"可惜,"伏罗巴耶夫站起来,戴上湿漉漉的军帽。"可惜。将来当您被开除出党的时候，您会发觉手头连一张可靠的王牌都没有。”

“我会弄到手的。再见。我还要亲自控告您这种过火的行为。谁听说过有在集体农庄里组织突击队的？上这儿来，这儿，向左走，对啦。再见！”

从鲍亚磊施尼柯夫的地方出来，伏罗巴耶夫到医生的地方去。医生一清早就搭便车上柯磊托夫那儿去了。大概是去告状的吧。

从医生的地方来到一夜没有睡觉的奥迦诺夫家里。

奥迦诺夫穿着节日的新衣，胸上歪歪斜斜地挂满勋章和奖章，严格地把人分配到各个队里去。

叶高罗夫、葛迦尔谦柯、包索夫带着睡意未消的被风吹得红肿的脸，互相大声吆喝着，嘴里含着蹩脚的土制烟卷。大家都阴郁地强自振作精神。夜战还在继续下去。

叶高罗夫曾经在夜里领导第二突击队。现在烟草种植队也交给他负责。这是一个有骑士般身材、脸上总是露出目空一切的神气的人。他感伤地点着头。他讨厌一切，把分配在他一队里的队员都看成是没有用处的食客。葛迦尔谦柯负责经营葡萄园的一队，包索夫管蔬菜种植队——最不足道的一队。

“那么你自己的第一队交给谁管呢？”伏罗巴耶夫问，看到奥迦诺夫事实上已经成了这件事的总领导人，故意用这个问题来表示默认既成的秩序。

“让我的女人来代替我吧，您是知道她的……”

“她能够胜任吗？”

“要是不能胜任，那么就撤换她。”奥迦诺夫满脸涨得通红，难为情地笑了笑，这使大家马上懂得，他是决不敢把她撤换的。

“办得决不比你们差，”她自己从板壁后面回答，探出头来望了望，露出一副闪闪发光、像上过一层蜡的牙齿。“吃过早饭没有，上校同志？喂，到我这儿来吧，我给您一些吃的。”

奥迦诺娃给他切了一块咸肉，端给他几个盛在一只粉红色塑料碗里的腌番茄，一玻璃杯一眼望上去就觉得很强烈和甜醇的红酒。

“哪，喝一杯安安神吧，上校同志，”她调皮地微微一笑。“昨儿个晚上我有些怕人，有没有把您给吓坏了？”

他也不知怎的调皮地瞧了她一眼，肯定地点了一下头。

他从奥迦诺夫的地方出来，又去找党支部书记：

“你们这里有没有有意思的人物？”

“哦，要多少，有多少！……只是不受我管。”

“这话怎么讲？”

“临时编成的。就是说都是新来的。”

“那么，我们一起去吧！”

飘摇无定、酒意十足的毛毛雨，一会儿这里，一会儿那里，在乡村上空舞蹈。道路非常泥泞。

在一所窗上没有玻璃而挂着军用防雨布的小屋子前面，书记鼓起双颊，皱拢眉头，喊道：

“波德聂别斯柯·尤黎！”

一个女人的声音慌张地回答：

“等一等，等一等。”

他们等着。过了一两分钟，一个面貌俊秀的青年，一面整着一件刚披在身上的女人的睡袍，一面脚步姗姗地从小屋子里走出来。他那鬈曲的亚麻色胡子好像用双氧水褪过色一样。他的脸那么年轻，胡子看来像是黏上去似的。

伏罗巴耶夫禁不住扑哧一声笑了出来。书记不自在地给他们作了介绍,似乎是在替他们讲和,接着不知道该作什么,用手搔着头皮。

美髯青年的眼睛亮了一下。

“昨天晚上是您在那边忙着活儿吗？好极了！要不是下雨,我骨头痛,我也早就去了……娜塔莎！过来!”

一个女人半拉开防雨布,小心翼翼地从窗户里探出头来望了一眼,马上又缩了进去。伏罗巴耶夫发现她只带着一副奶罩。

“娜塔莎,这个就是在夜里组织突击队的同志！这是我的太太。我真想请你们进去,可是,您知道……”

“不,尤黎,你疯了吗!”她吃惊地说。

“不是的,我只是说,”她的丈夫打断说。“我真高兴请他们进来,可是我的裤子在洗,我又没有第二条……瞧,我穿着什么?”

伏罗巴耶夫从肩上拉下外套。

“把睡袍还给您太太,您穿上我的外套,再把我领进去。这就行了。”

他们是那么穷,以致凳子边上放着的贴有外国商标纸的半盒香粉在这里已算是奢侈品了。

一只旁边凹进去的夹板手提箱和现在当作全家盖被的那件军用外套,可以讲出他们俩的许多生活故事。

有些家庭在战时蒙受了浩劫,可是获得了荣耀和尊敬。

有些家庭不曾获得荣耀和尊敬,可是避免了损失。

有些家庭饱尝了撤退的苦难、骨肉分离的痛楚、为出征亲人终日坐立不安,可是留下的却只有两鬓白发。

然而,也有不少这样的家庭:战争毫不留情地在他们肩上压下各色各样的考验,但他们熬了过来,忍受了接二连三的打击,既不违背名节,也不冒犯良心,不吝惜血和泪、神经和勇敢。

有一次,当筋疲力尽的三十七军在高加索山地、北奥塞蒂亚某处进行奋战时,伏罗巴耶夫看见岩石上有一棵被暴风雨摧残得好像一条章鱼的大树。要是风也有样子的话,那么它的样子就像这棵树。它就是暴风雨的塑像。被劈裂成两片的树干由于痛苦的痉挛而佝偻着,枝条弯曲得犹如锚索,激动而愤怒地从树干上伸展出去,而细小的分枝,好像多节的手指,在空中舞动。

整棵树身顺着风的方向倾侧,就连零零落落的几张粗大叶子也不向太阳眺望,而在追逐着风,每分钟都准备随着风暴一起飘走。

年轻的波德聂别斯柯,特别是他的妻子,非常像这棵饱经风霜的山树。他们的年纪都不会超过二十岁,而他们的脸,当他们微笑的时候,还带着孩子的稚气。可是,在他们沉思默想和放松脸部肌肉的刹那,全部青春和幸福都消失了,代替它们的是痛苦的表情。

波德聂别斯柯——不久就弄明白了——受过几次外伤和内伤,到现在还没有完全复原。他的妻子头上覆着像蛛丝一样纤细的亚麻色的、在有光的地方闪闪发亮得好像一顶金黄色小草编成花冠的头发,深蓝色的眼睛乌溜溜的好像一个幸福的姑娘,她由于多发性神经炎没有及时治疗而痛苦地蹙着眉头,老是神经质地抽着烟。

她的双手瘦得可怕。不论她在笑还是留神倾听,她脸上疲劳的神气总不会消失。

不过他们俩都给人留下这样的印象:他们不但坚忍不拔,而且才气横溢,同时,正如真正有才气的人那样,他们的相貌具有一种与众不同的特质。

“什么时候退伍的?”伏罗巴耶夫问。

“现在在长期休假。”

“是来疗养的吗?”

“这样打算。”

她忧郁地补充说:

“到现在还没有如愿呐。”

波德聂别斯柯安慰似地把手放在妻子瘦小的膝盖上。

“我们真是衣服破完,东西卖光啦。现在我们唯一的希望是空气疗养。日光、空气和水就是我们最好的食物。不然我们就得——呜呼!是吗?”

妻子掠了一下金黄色的柔发。

“不要紧!我们会有办法的。”

“有什么专长?”

他们交换了一下眼色,笑了。

“什么专长!我们一从学校里出来,就上了前线。我是工兵。她是护士。现在我们想进函授学校,可是没有一个子儿。”

“既然明确不宜再服兵役,干吗不退伍呢?”

“还不是为了一份口粮和别的什么!……”

“要是明天有一个不坏的工作呢?”

“那我明天就退伍。”

“那么请您坐下来写一份简历。您也写一份,”伏罗巴耶夫向娜塔莎点了一点头。“没有纸吗?叫我拿你们怎么办呢!到集体农庄管理处去吧,上那边去写……没有衣服穿吗?”

他摆了摆手,站起来。

“那个柯磊托夫简直低能!只有死人才会像他那样不了解当地人们的情形的。”伏罗巴耶夫心里想着。

“像你们这样的人这里还有吗?”

“有这么五六个。”

“让他们来找我吧。我叫伏罗巴耶夫。等着吧,今天我会给你们送消息来的。”

从波德聂别斯柯的地方出来,再次去看奥迦诺夫夫妇——说得更确切些,是去看她。她还没有打扮好。

“您有没有多余的裙子可以暂时出借一下?”

她皱了皱眉头,笑起来:

“您还是拿维克多的马裤去吧,裙子穿不惯会伤风的!您怎么想出要穿裙子了?开化装舞会还是怎么的?”

伏罗巴耶夫迅速地给她解释,裙子不是他自己要。她没有立刻相信。

“恐怕是什么懒鬼吧,而您却想把旧东西全都拿去分给他们。”

她好容易才同意去,去亲眼看一看这些人。她从箱子底里抽出一条裙子和一件短衫,并且把这些摊开在自己的面前,几次三番舐舐舌尖,讽刺地问:

“是不是称身呢?您没有留意她的身材吗?”

她走到门口,回过头来,不满意地说:

“我还得瞧一瞧她是怎么个模样。要是不合我的意,就绝对不把她带来。”

果然,那天晚上她没有把她带来。

波德聂别斯柯一家的历史，像一篇工人通讯员的报告一样简单。他们本来住在白教堂附近，在那边念书，后来撤退，把老人留在家里。他立刻加入军队，她也随着他进了护士班。他们分别在两个地区作战，好久互相不通音讯。

后来知道在白教堂的老一辈都没有了，他们的房子也没有了，就连寄存在好朋友地方的东西也没有了。朋友上库斯塔那依去了，不知是还没有回来呢，还是因为过了很久才回来，把别人的东西都忘掉了。

后来他们两人都负了伤，病了，需要到南方去。于是他们也像所有军人那样无牵无挂地搬到南方来了。在这里，他们把一切都卖去，直到作为战利品的打火机也卖了，尤黎戒了烟，他们一天只吃一餐。可是这时，他们又被小偷偷个精光，而娜塔莎又发觉自己怀孕了。尤黎·波德聂别斯柯知道这件事，特别惊慌失措。剩下的钱就连拍一通电报都不够，要是他们可以拍给什么人的话。

突然——有时真会发生奇迹！——凭空窜出来一个伏罗巴耶夫，一刻钟之后他们好容易相信，一切都会称心如意了。

早晨，尤黎和娜塔莎手挽手地站在农庄管理处的桌子前面。她系着奥迦诺娃的裙子，他穿着奥迦诺夫过节穿的裤子和他的便鞋，拄着一根用生锈的枪刺断片和山茱萸棒装成的拐杖。

娜塔莎自愿担任最艰苦的工作。她想，她要是请求一份轻松的工作，他们一定会拒绝她的。而他却什么也没有要求。他站着，身子侧向截短了的那条腿上，痛苦地微笑着，像是辩解似的说：

“我知道我这人没有什么用处的……别管我……你们就帮帮娜塔莎的忙吧……你们知道，她已经有了……”

这几句话就连好猜疑和硬心肠的奥迦诺娃也觉得受不了。她啜泣起来,用拳头在桌子上捶了一下,而这一捶就好像成了决议。

他们派尤黎当仓库看夜人,娜塔莎则加入包索夫的蔬菜队,那一队现在的工作只是预备种子、修理温床和施肥。

第三章

伏罗巴耶夫离开城里已经有一个多星期了,列娜的母亲索菲雅·伊凡诺夫娜为他不安起来。想到他也许会在别处安身下来,或者把房子的事完全丢在脑后——这样的念头弄得她整天坐立不安。尤其是因为她自己冒险办了几件事,却记在伏罗巴耶夫的账上,她早就忍不住想跟他商量商量了。然而,关于上校却传布着各种不同的流言。

他的五百卢布,她早就把它花在修理屋顶上了,可是集体农庄的泥水匠马凯耳超出预算,修理费用去了九百。这样她就负了四百卢布的债。花匠答应种五棵无花果和三棵石榴,可是到期却什么也没有做,虽然她买了——又是借债——肥料。现在她有点手足无措:等花匠来呢,还是不糟蹋时间,自己就到菜园去松土和施肥。不过,主要是伏罗巴耶夫的两个房间还不曾粉刷,窗子也没有配上玻璃,索菲雅·伊凡诺夫娜生怕他毁约,因为,关于把房子给他居住十年的事,她只跟他订了一份口头契约。

她两次上市建筑委员会去请求石膏,可是都被拒绝了。又得去求教柯磊托夫,不过她自己再去已经有些不好意思,而列娜却怎么也不愿过问房子的事。

“妈妈,这是你和他的事,”她说着,怒气冲冲地耸着瘦小的肩膀。“这跟我有什么相干?”

“怎么不相干?我们不是跟他约定合住一座房子吗?我们各住一半。”

“妈妈,这是你去分来的,而我只是你的房客罢了。”

“我分来的,这是什么意思?我们一起去分来的。”

“完全不是一起。将来你怎样证明一半是你的呢:房契上写着他的名字,只要他高兴,随时都可以把你撵出去——不就完了吗?”

“你说他要把我们赶走吗?”

“也可以说是我们。”

“那么谁给他照顾小孩子呢?我跟他讲定了:房子是他的,管理由我来。”

“讲定了!将来他把老婆带了来,这就完了。”

“够了,列诺奇卡,别尽往我头上浇冷水吧。仿佛他立刻就要把老婆带来似的!一条腿的鳏夫不是马上就会有人要的。而且,上校也不是一个坏人,看样子很正派,他不会给当我们上的。”

“这里有什么当上,妈妈?什么当也没有的。可他并没有给你担保,他一辈子不再结婚。”

“你最好是去打听明白他现在在哪儿。难道柯磊托夫会不知道吗?把房子抛下给我老太婆,自己不知道飞到什么地方去了!”

“这跟你有什么相干?既然你是他的合伙人,你做去就是了,何必等待。”

“做,做!”老太婆咆哮道。“自己做,我没有钱,难道你不明白!”

她终于等不住了,就答应给一个熟识的集体农庄女庄员打一件毛线衫,向她预支了一些钱,并且说服了花匠,硬着心肠,种下了一些毫无用处、完全是为了要讨好上校的东西:两棵攀藤玫瑰、三棵石榴、五棵无花果、两棵将沿着一座尚未建筑的阳台两侧攀缘的紫藤,以及阳台前搭凉棚用的三棵阿列桑德里种葡萄。

现在她每天的睡眠时间总不会超过四小时,其余的时间都消磨在院子里——它有时被夸大成为花园,有时被称为菜园,有时又被叫作园地,要看对谈的是什么人而定。她用碎砖铺成一条从房子通到大门的小路,从房子的废墟里,收集石块、铁片、白瓷砖、火炉门、火炉盖、二只凹陷的通常放在公园里用的纯铁痰盂、花盆和窗玻璃的碎片,又非常耐心地利用这些碎玻璃拼凑成温床的盖子。在她所发现的宝物中,最名贵的是一条小狗。她暂时把它留在房间里,不过已经用木桩做下记号,打算在未来大门的旁边给它造一所狗屋。

事实上,大门也已经找到了。这两扇门被弹片爆炸的波浪震离了石框,横倒在一座荒芜的花园里,压着葡萄藤。要是手头有一匹马或是一辆汽车的话,索菲雅·伊凡诺夫娜早就把它们搬到自己的地方来了。她担心别的什么人会把它们拿走,就用铁丝在上面缚了两片木牌,木牌上用不褪色的化学铅笔端端正正地写着;“伏罗巴耶夫上校的大门”。

然而她觉得这样作还不够。她向集体农庄要了一小罐白漆,以一个老手漆匠的技巧,在大门下端绿铁板上又写了“伏罗巴耶夫的大门”几个大字;并且向村苏维埃和集体农庄管理处声明,大门是属于她的。最后,在街上碰到柯磊托夫,她告诉他说,她已经找到了伏罗巴耶夫的大门,但是害怕在上校行踪未明之前,它们会给人偷掉。

柯磊托夫哼了一下鼻子,呵呵地笑起来,说:“是呀,这个不安分的家伙不知跑到哪儿去了，”不过关于大门的事，答应她记在心里。

“门只是门罢了，但是，索菲雅·伊凡诺夫娜，你要是偷起电来，瞧着，你会给自己找麻烦的！……”

这句话刺着了她的心。她正巧把电灯的事给忘掉了。

整整五天工夫，她忙着在还没有人居住的荒废住宅里找寻电线木杆，找到了，就把它们连同残余的断电线跟列娜和两个邻居一起拖回来。她挖了埋木杆的地穴，可是敷设电线，她自己不会。然后她好久画着十字，希望不致因偷窃而被捕。在没有想出办法之前，她先把杆子埋在地下，以免人家见了眼红。

就连列娜也在可怜她了。

“要是你从伏罗巴耶夫的地方弄到正式委托书，那么你就可以到银行里去。”列娜说，她那苍白和聪明的嘴唇在微笑。

“去银行作什么？”

“谁修房子，他们就给谁发补助金。”

“呵，你倒说说，他是个多么糊涂的合伙人哪，”老太婆叹息着说。“独脚鬼什么也没有给我留下……不过，这是谁告诉你的呀，列诺奇卡？”

“柯磊托夫开过会议，我听到的，”女儿简单地解释。“那边还谈到伏罗巴耶夫……”

“哦，哦……谈到他什么呀？”

“谈到什么……谈到了他的什么大门……他们都骂他……现在，他们一发生什么事，就说：‘老兄，这个倒像伏罗巴耶夫的大门哪！’”

“大门？”老太婆身上感到一阵冷，问道。“哦，谈这干什么……”她不声不响地画着十字。“现在我该怎么办，叫我上哪儿去找这个鬼呢?”

“拍一个电报去吧,”列娜伸着懒腰说。“妈妈,今天我要早些睡:明天我们的契卡索娃运动早晨五点钟就开始……”

“这是什么运动啊,这样大清早的?天哪,亏他们想得出……”

“这是用大家的力量来重建城市的运动……跟星期六运动差不多,只是每天早晨从五点钟起……工作之前两个钟头……”列娜一面脱衣服,一面给母亲解释。

“自己的房子都来不及收拾,还要去重建别人的房子!”老太婆开始叽里咕噜起来,不过,看到没有人听她,就想起拍电报的事来。

第二天早晨她发了一通电报到五一集体农庄。在电报里她请上校立刻回来领补助金。她迟疑好久,不知道该怎样署名。单写一个“苏陵娜”,他也许记不起来;写“合伙者”吧,听来有些别扭。

决定了,最容易懂的该是:“您的二房东太太苏陵娜。”

“就算他是一个傻瓜,也能猜到的。”

伏罗巴耶夫大概真的会猜到,甚至会用适当的办法来满足索菲雅·伊凡诺夫娜,如果他能收到她的电报的话。

从那个值得纪念的夜晚起,从伏罗巴耶夫顺利地发动人们的时候开始,从战线归来之后,他第一次感到自己充满那种使人变得幸福的兴奋、满足和自信。他忘记了世上的一切:儿子、不如意的环境以及必须把情况向讨厌的柯磊托夫报告。他生活得自由自在,无拘无束,被那场连他自己都没想到的他所领导的进攻鼓舞着。他记不起他是在什么地方睡觉和吃了些什么东西,或者究竟有没有吃过东西;他的声音嘶哑了,眼睛深深地凹了进去,可是他的头脑却好久没有像这几天那样清楚过。他发表演说，给人们写信，讲前线的事，而这一切，虽然有些颠三倒四，使人感到疲劳和陶醉，但却是一种幸福，他愿意这样继续下去，永不停止。

可是，在第二个星期的末尾，伏罗巴耶夫在山上一条陡直的下坡道上摔了一跤，他那残疾的腿和胸部受了严重的创伤。

当人家把他抬起来的时候，血从他的喉咙里冲出来。伐尔娃腊·奥迦诺娃立刻把他送到加里宁集体农庄那个在集体农庄会议上被伏罗巴耶夫骂过一顿的医生柯姆科夫的地方去。

他躺在运货马车的两块厚褥子上，淡漠地望着道路。奥迦诺娃不愿打扰他，一直不开口。她可怜伏罗巴耶夫，生怕一开始跟他谈话，自己会大哭起来。他在她的印象中是一个失意的英雄和不幸的人。不仅如此，从那个令人难忘的夜晚起，当这个独腿的人改变了他们整个不愉快的生活开始，她对他产生了敬畏的心理。

她坐在车上想，大凡好人都是短寿和不幸的，伏罗巴耶夫大概不久也会由于缺乏照顾而死去，正像她的维克多说的，“这项工作，上校身体吃不消的”。

伏罗巴耶夫躺在车上，毫无目的地瞅着前方，竭力不去想什么。他非常高兴，因为整个集体农庄都在护送他（可惜护送的行列有点像出殡），他对于自己所做的，确实是心满意足了，因为知道在这里他将好久不会被人们忘记。

这时他记了起来——这发生在他对五一集体农庄展开“攻势”的最紧张关头，有一次他在树林里走，突然发现远处有一个十岁光景的男孩子，用木板搭成一座玩具讲台，台上放着一只瓦罐代替盛水的玻璃杯，他正在有声有色地作着演说，偶然从瓦罐里“啜”一口，他挥动拳头,正像他伏罗巴耶夫所作的那样。

从丘陵延展到道路的小松林被阳光照耀着,因此每棵树仿佛都沐浴在太阳的光海里。

男孩子站在树荫下,从道路上望去可以看得很清楚。他一个人玩着,离开住的地方很远。

他在讲些什么,在庇护什么人,还是在控告什么人?当他那只小手在讲台上敲击着,身子像列宁的铜像那样朝前面倾斜的时候,他那颗小小的心又在想些什么?

伏罗巴耶夫当时很想走过去问问那男孩子,可是记起在自己的童年时代大人只会破坏他们游戏的情形,就克制着自己。不过他还是不只一次地回过头去。这个小小的演说家是他精神的造型。他从远处望了他好一阵。

阳光像一条条小溪似的流着,在树木之间弯弯曲曲地向下流,在路畔草地上汇成一个蜜黄色的湖,可是男孩子已不见了。

看到这个男孩子,伏罗巴耶夫就联想到自己的儿子。谢辽查该站在银松镇的一棵松树下,也像这个小哥萨克那样独自玩着扮演演说家的游戏吧!

他一想到谢辽查消瘦、憔悴的小身体,苍白的脸上配着一只小小的鼻子,羞人答答的微笑,以及一对忧郁而善良的眼睛所发出来的留神而有所期待的目光,他变得非常惆怅。要是现在他能紧紧地搂住谢辽查毛茸茸的头睡一个幸福的甜觉,该是多惬意呵。然而,他还没有自己的一个窝,一个生活的位子,他跟儿子还被迫分居两地——也许还要很长时间,而要改变它又力不从心,在这样的情况下,哪里又谈得到那种幸福呢!谢辽查现在所寄住的是一个非常舒服的家庭。他在那里被娇养着,而这却使伏罗巴耶夫感到很担心。他嫉妒旁人对他儿子的宠爱,嫉妒人家供给他的舒服,嫉妒那些不是由他做爸爸的所给予的礼物和书籍,懊恼在谢辽查的世界里完全没有他的份儿。

看来他跟儿子在疏远,他害怕这事,像害怕灾难一样。在前线,他差不多每星期都写信给谢辽查,住医院后就写得少了,而最近因为忙于各种委员会的事和调查工作,完全断绝了通信,只偶然发一通简短的电报,告知一些自己的情况。谢辽查热衷于对海洋的幻想,父亲的冷淡或者忙碌大概使他很伤心。在他,在这个遭遇过撤退、母亲的死亡、轰炸、永远为父亲担心的小小的孩子的心里,滋生了那种对于唯一留下的亲人——父亲的热爱的需要,就像人需要脂肪和糖一样。爱是痛苦、嫉妒和多疑的,这对一个孩子来说,是不胜负担的。

"叫我怎么办,怎么办呢?"伏罗巴耶夫对自己反复说,在脑海里放映着谢辽查在莫斯科生活的画面,并且把这跟他在海滨模模糊糊地所幻想的情景做着比较。

家!哦,在人的生活里它是多么重要哇!

"莫斯科该已经是一片冰天雪地了。那里的人怕已经在挨冻了吧。"

只有在这里,在南方,12 月也和暖如春。春天好像老是要侵犯冬天,它甚至会顽强地停留一两天,然后又匆匆地带着喧哗和咆哮,像一个顽童被风驱走了,然后在一星期之后重新闯进来,在山的南坡散布新鲜的雪球花,催发山茱萸的嫩芽,于是又再度消失在雾、雨和浓霜里了。还有,在这里雨也常常被太阳光照耀成玫瑰和浅红的色彩,而乌云在天空里是待不久的。乌云老是匆匆忙忙地在向什么地方飘流,像是怕迟到似的,而风却疯狂地把它们驱逐着,从黎明直到黑夜。

海的颜色就在下雨的时刻也像夏天一样蔚蓝。看上去，把手没入水里到臂肘，袖子就会染成蓝色。有几天阳光灼热得使人的呼吸都感到有些困难。

古铜色的但还没有脱落的枯叶，在麻栎树丛里发出飒飒的声音，暗绿色的毛茸茸的柏树和枝叶伸展如盖的栗树被风吹得呼啦呼啦直响，而枫树却忧郁和温柔地把自己稀稀落落的还没有秃光的树梢染成了暗黄的颜色。

在匈牙利大概也是这样吧。然而，他却怎么也无法想象匈牙利的景色。他开始惋惜自己复员得太早，没有看到更多的东西。

“伐利雅，您把我送到哪儿去啊？”他问，用臂肘支起身体。

奥迦诺娃哼了一声，身体向后一仰。

“哦，天哪！……我还当您睡着了。送到哪儿去吗？送到我们的医生那儿去……”

“掉头。立刻就掉头，我对你说。”

“你听我说，别这么大声叫嚷。这会儿我可比您大，我说什么也不改变方向。”

“我要你们的医生见鬼！您该记得，我在那次会上怎样狠狠教训了他一顿。”

“不错，不错，不错，”奥迦诺娃尴尬地咕噜着。“那么怎么办呢？要是你高兴，我把您送到一个熟悉的老头儿那儿去吧，一个出色的郎中。”

“到老头儿那儿去吧，反正我早就该上加里宁集体农庄去了。那么，这是个怎样的老头儿呀？”

“哦——哦，老头儿挺和蔼可亲，”奥迦诺娃得意洋洋地说。“奥巴那斯·伊凡内奇·钦巴耳，从库班搬来的。他在这里跟您有些相像：凡事都要插一脚。他养蜜蜂，办了一所实验室，还给莫斯科写通讯……一个机灵的哥萨克！”

“钦巴耳·奥巴那斯·伊凡内奇吗？不可能的！身材短小，正如契尔卡斯人把他称为‘中等个儿’的那个吗？留着一撮尖胡子的？”

“对，对，”奥迦诺娃呵呵大笑起来。“世界上什么人您都认识……不错，‘中等个儿’……勋章叮叮当当挂满一身……是他，是他！那么到他那儿去吗？”

“去，去。奥迦诺娃，不瞒你说，他就像是我的亲爹呢。”

“您说什么呀？那您怎么从没上他那儿去过？”

“我不知道哇，不知道他在这儿。他在这儿干什么呀？他搬到这儿来为的又是什么呀？奥迦诺娃，你知道不知道他在库班是个男女老少人人知道的闻人吗？”

“您跟他一起打过仗，还是怎么的？”

“一起打过的。是个了不起的老头儿，是个心胸宽阔厚道的老头儿……真是想不到！我现在上钦巴耳的地方去，就像回家休假一样……我跟他虽然在一起生活不多几年，却相互到死也不会忘记。有这种情形的，懂不懂？”

她叹了一口气，转过身去。

“懂不懂……怎么会不懂？只有你们男人能忍受，我们女人最好把一切好人都忘掉……”

她没有明确指谁，可是伏罗巴耶夫感觉到：这话可能就是在说他。

“您瞧，有时想起了谁，眼泪就会涌上来，不过要是问我跟那人有什么关系——什么也没有，就是出于一个同情心、一种幻想。”奥迦诺娃结束了自己的话,依旧背过身去对着伏罗巴耶夫,往马背上抽了一鞭子。

马车奔跃起来,把伏罗巴耶夫震得又仰天躺下。这一场谈话不由得使他高兴。他的心飞向钦巴耳,飞向那个曾跟他共过患难的人。而那在高加索、在贝拉亚河畔的树林里、在马依柯普近郊、在诺伏罗西斯克城下和塔曼废墟上两年来的战斗生活,就像一幅完整的图画,一下子浮现在他的脑海里。

这是1942年春天发生在库班的事。

志愿从军的浪潮泛滥全国。伏罗巴耶夫被派去出席一次有成千名男女爱国者志愿参军的哥萨克人大会。

地上泥泞得吓人。要是一个孩子掉进松软的黑土洼里,你就别想把他拖起来。大炮、弹药、伤员一连几星期在荒僻的道路上踯躅着。

在这种该死的阴晦日子的一个黎明,伏罗巴耶夫骑马到一个山村里去,那里有一个叫奥巴那斯·伊凡内奇·钦巴耳的,当地的米丘林,在领导"老大爷运动"。

丘陵之间的山村还蒙着阴影,像还在睡觉,不过山村四周的丘陵却已被那低低的、差不多跟地平线齐、还只放射在地面上而没有爬上屋顶的太阳光照耀得黄澄澄。

积满污泥的街道寂无人迹,只有从"马依丹"①——山村广场上传来嘈杂的叫嚷和音乐的声音。

在露天广场那边,在装满货物的大车、卡车、牛车、装鞍的马匹之间,聚集着一群穿着花花绿绿衣衫、下裾高高翻起的哥萨克女人,手里

① "马依丹"——苏联南部的集市。

拿着红旗的孩子,和身穿契尔卡斯短褂、手执武器、许多身上还挂着“乔治”勋章的哥萨克男人。污泥溅得高过膝盖,可是谁也不把它放在心上。大会结束了。人们告别着。广场的一头唱起歌来,另一头却有人在发牢骚。少先队的喇叭盖没了谁的笑声。铜鼓敲得不响,听得出是小孩子在敲。出征的人们互相叫嚷着。

山村是古老的,有着一段动人的历史。

这座被几代哥萨克人践踏过、还记得最后一代扎波罗日人①的“马依丹”也是年代久远,见多识广的。古代这里曾经流过许多眼泪。由波吉姆金武装起来的哥萨克人一次曾在这里集合,准备到多瑙河那边向土耳其作艰苦的进军。从这里山村曾经给苏伏罗夫派遣优秀青年去参加反抗诺盖人的库班军团,后来又给赫鲁廖夫派到塞瓦斯托波尔城下,给斯柯别列夫派到普列夫努城下。他们的孙子们后来曾在这块牧场上跟亲人们告别,匆匆地一会儿赶到奉天,一会儿赶到加里奇亚去支援勃鲁西洛夫。

从这里人们更集合了去追随布琼尼保卫苏维埃政权,或是加入像一条无畏的铁流似的沿着祖国海岸行进的达曼军。

这里曾经不止一次地唱着悲壮动人的山歌,不止一次地哥萨克跟一家老小诀别,可是在生离死别的哀痛之上,永远翱翔着哥萨克大无畏的好动精神,没有它,哥萨克人活在世界上将感到无聊。

一切看来都是称心如意的,但一旦哥萨克被召唤到远方去,那就既不能劝阻,也无法强留。再见吧,亲爱的老家!

这次参战也是如此。他们哭泣,他们舞蹈,他们拥抱,他们歌唱。

---

① 扎波罗日是中世纪位于乌克兰、第聂伯河上的一个哥萨克组织。

他们发表演说，勇敢地赛马，给送行的人们溅满一身稀泥，显示出他们轻松、愉快的动作。

马上坐着胡子灰白的祖父、小伙子、姑娘、戴着角边眼镜和穿短统靴的人们，一下子不容易弄清楚，谁是动身出征的，谁是跑来送行的。

在这许多漂亮的人群中，伏罗巴耶夫当时第一眼就注意到一个须发灰白、身材并不高大的哥萨克，他留着教授式的整齐胡子，鼻上架着眼镜，威风凛凛地骑在马上。他的旁边，一个身穿契尔卡斯短褂、背有点驼的姑娘也骑着马，带着枪，一绺稀松的前刘海从黑羔皮帽里露出来。

这就是钦巴耳跟他的孙女克西尼雅，她后来在游击队里成了一名杰出的侦察兵。

伏罗巴耶夫杂在他们中间，队伍就在全村人的唱歌和叫嚷声中移动起来。在牧场后面，锤子当当地在铁砧上敲得他们震耳欲聋。有十来个铁匠执着大大小小的锤子，敲出复杂的叮叮当当声。这是铁匠在对出征的人们表示敬意。

钦巴耳神气活现地骑着马跑到铁匠们面前，绝不像一个选种专家，而像战场上的指挥员那样，用显然嘲讽的口吻批评说：

“你们白天钉马蹄铁还嫌不够吗？”

“白天很短，夜晚又因为你，伊凡内奇而糟蹋了，没工夫干活呀。”胡子尖端熏黑的铁匠头儿，用大概是预先准备好的话回答他，一面用钳子从炉子里夹出一条烧得通红的铁条——从它的弯度看来大概是一把指挥刀，把它举起来：

“好不好？”

钦巴耳用嘴角啧了一声。

“要不是车杠,准是指挥刀。”

铁匠们都笑了。

铁匠头儿把铁条扔在火上,带着羡慕的口吻说:

“伊凡内奇,当然啰,就是从博物馆里拿出来的指挥刀你也不放在眼里,可我们要打出六千把指挥刀来,对不起,事情可不容易。”

“库班六千把是不够的,”钦巴耳一本正经地回答,“您给我们打五万把吧。”

“不过,让我们先欣赏一下你那把指挥刀吧!”铁匠请求道。

钦巴耳以懒洋洋的、但却非常准确和豪爽的动作——似乎跟他那消瘦的身材不相称,抽出了指挥刀。

铁匠把手指在皮胸单上擦了擦,小心翼翼地把它接过来,就像接受一片薄薄的、容易碎裂的甜瓜似的。

“我说嘛,博物馆里的东西!”他嚷道。“我看到的,蓝得多漂亮!难道不是真正的霍罗森①货?”

“鬼晓得,也许是霍罗森货,”钦巴耳回答。“从博物馆弄来的,老朋友,在一个叫爱尔捷隆的城里,”他轻轻地拿回指挥刀,把它插入鞘里,整个身躯向后仰了仰,好像一个血气方刚的少年,以神不知鬼不觉的轻快优美动作骑着马走了。他这些动作看上去不是一个接着一个,而是像唱一首歌似的一气呵成的。

大约过了一个月或者一个半月之后,在克里米亚,当德国人的坦克从凯赤半岛冲入的时候,钦巴耳所加入的那一师,用骑兵向坦克扑去。伏罗巴耶夫在悲痛和可怜的情况中遇到了钦巴耳。

---

① 霍罗森在伊朗东北部,以出产宝刀闻名。

一次会战刚结束,而且结束得不顺利。撤退正要开始。他们匆匆地把伤员装上马车,让余下的马匹拖大炮,随随便便地决定抛弃哪些军需品。完全偶然落在哥萨克人流中的伏罗巴耶夫,突然听到一个熟悉的声音,跟当前景象极不相称地从附近什么地方传出来。

"真行！真行!"这个声音嚷道。"瞧苏普隆！他拿着两支自动枪！好家伙！尼基福,跑到上校那儿去……嗳,朋友,不是对你说——我是对尼基福说……他是个漂亮的哥萨克,狗养的……你干吗空着手走呢?来背一只箱子吧……嗳,你挂彩了吗！……怎么,舌头丢了吗?……说得响一些……要什么?……救护队,过来,过来……这种时候还吃东西,真见鬼！……只有懒鬼才这样！……就是马也有个生活日程表哇……我们万众一心！不要垂头丧气！……"

伏罗巴耶夫从汽车里望出去,不出所料,他立刻就看到了钦巴耳。在人声静了下来的哥萨克人群里——其中有许多受伤的,但是更多的却是在跑来跑去拿着各种东西,不知道该把它们放到什么地方去,只有钦巴耳一人知道该怎么办。他命令受伤的躺在双轮救护车里,没有受伤的去装运谷袋。他让马匹走在前头,汽车跟在后面,答应把一部分东西留下来不装运,其余的必须随身带走。

此刻钦巴耳简直使人认不出来了。他那整齐的教授式胡子像一把密密的灰色梳子横在一边,仿佛他压着胡子睡过觉似的,漂亮的黑羔皮帽溅满了污泥,红色的帽顶也脏得变成了橘黄色,契尔卡斯短褂破了,没有补过,用几个别针扣着。

克西尼雅在老人身边,伏罗巴耶夫向她招招手。

"哦,我们遭殃啦!"姑娘老望住祖父,抖动着身子,用耳语对他说。"我的爹葛利哥里被杀死啦……被撕成一块块的。尸体还是拼凑拢起来的呢。”

“今天?”

“早晨。我们把他带着。您不知道什么地方可以下葬吗?还是这里都要让给德国人了?我们把他带到哪儿去呢,还是就抛在海里?……您瞧,怎样的灾难哪!……看老天爷面上,您别把我们丢下吧!……”

伏罗巴耶夫告诉她当时一个小国营农场的名字,说葬礼可以到那边举行,并且劝他们一定要撤退到那个村子里去。他还答应亲自到那边去。

在黎明前的子夜里,他遇到了钦巴耳。老人、孙女还有一个哥萨克青年,远房的亲戚,骑着三匹马跑来。

没有看到被杀死的尸体,伏罗巴耶夫奇怪起来,但是立刻就猜到了,葛利哥里的残骸是用一件毡外套包着,驮在奥巴那斯·伊凡内奇的坐垫后面。坟墓已由伏罗巴耶夫下令预先准备好了。

克西尼雅默默地流着眼泪,把包裹——父亲所留下的全部尸体——从坐鞍上解下来,像抱襁褓里的婴孩似的用双手捧着,踉踉跄跄地走到坟墓旁边,把包裹放在边上。

又有五个人骑马来了。他们用重浊的声音问:

“这里吗?”

“这里。”钦巴耳坚决地回答。

马蹄的答答声现在已经连续不断了。人们像潮水一般涌来。

“哥萨克弟兄们,让我来把亲生的儿子献给大地吧!”老人突然用响亮的唱歌一般的声音嚷道。“按照古老的传统,哪里倒下一个哥萨克,那里就该升起一座坟山。当时光来到的时候,愿上帝也赐给我们这份光荣。哥萨克弟兄们,我把他埋在墓里,就像是在埋我自己一样,我给他下葬,就像是在把我自己葬掉!……啊,真的我是在给我自己埋葬……现在,德国人占领我们的草原一天,我就一天不睡觉,不休息,不奖赏,不惩罚,不受伤,不生病。即使我们的草原布满累累的坟山,我们也要把德国人消灭掉。不错……守不住黑夜,迎不来白天……别了,葛利哥里……什么都不错,只有一点可错了:儿子死在父亲前头……我们向你鞠躬,葛利哥里·奥巴那索维奇·钦巴耳,你的爹跟你的女儿克西尼雅,还有你的哥萨克伙伴们也在向你鞠躬。朋友,你饶恕我们吧!"

哥萨克们唏嘘着。不知谁像一个女人似的重重地抽泣起来。

伏罗巴耶夫激动得哽塞着喉咙,说:

"坟山哪坟山!……哥萨克的光荣千古不朽!"

当毡外套包着的尸骨放到了墓穴底里,老人钦巴耳第一个抓了一把泥土抛在自己儿子的残骸上的时候,人们纷纷向坟墓走去。去的不仅是当地的哥萨克庄稼汉,而且还有外地来的人,士兵、骑摩托车的人,以及从德国人手里逃亡出来的人们。到天快亮的时候,墓上已隆起一座虽不很高、但却很整齐的坟山了。

一个居住在村子里的老头儿答应在顶上种一棵花树或者灌木,并且在周围斜坡上盖上草皮。

于是人们骑着马分散了,绝没有想到,他们将来是不是再能相见。

不过,伏罗巴耶夫却听到许多关于钦巴耳一家的消息。一会儿传说他在游击队里作战,一会儿传说,为了要给父亲复仇,他的克西尼雅也壮烈牺牲了。

后来,在收复达曼之后,伏罗巴耶夫不知怎的路过钦巴耳的山村,问起老人的情况。

“奥巴那斯离开我们走了,”一个满脸皱纹的哥萨克女人摆了摆手说。“他把自己房子烧剩的灰吹散到四面八方。”

她讲到孤独的老人怎样在他那座名震一时的房子的瓦砾场上哭了一场。这座房子原来常常有科学院院士进进出出,并且跟库班千万个种葡萄人的生活有过关系。在失去了他所有的后辈之后,钦巴耳就永远离开故乡,谁也不知他上哪儿去了。

加里宁集体农庄坐落在一片向海洋倾斜的丘陵的南坡上。住宅建筑在山脊上,比住宅低一些,葡萄园和烟草田像五彩缤纷的格子布一般向下伸展。峡谷里,幼嫩的乌荆子跟石枣和野蔷薇在斗艳争荣。在光亮的薄暮中,人在远处就看得出来。伏罗巴耶夫马上认出一个身材端庄、须发灰白、身穿棉袄、腰里束着一条高加索皮带的老头儿就是钦巴耳。老人以一个土生高加索人的优美姿势挥动着铁铲。

“叫他一声吧。”伏罗巴耶夫请求道。

“到都要到了,还嚷什么呀!”奥迦诺娃理直气壮地反驳,可是当她看到病人用双手支起身子时,就把两个指头插在嘴里,那么尖锐刺耳地吹了一声口哨,弄得伏罗巴耶夫禁不住皱起眉头来。

老人回过头来。伏罗巴耶夫挥了挥手。对方发觉了,就恭恭敬敬地把羊皮帽举到头上。

“他认得呢,奥迦诺娃,你瞧,他不是认得我吗?”

“谁知道他,”她心不在焉地回答。“他站着,卷着烟卷儿,什么话也没说……”

“不,你没看到他在招手吗?……”

“唔,也许是在招手,”奥迦诺娃叹口气说。“有什么稀罕。你怎么,凡是跟你招手的人你都爱吗?我从前不知道,要不然……”

“要不然就会做什么呢?”

“什么都会做……现在又有什么好说的呢……你们恐怕要亲嘴了吧? 好,我倒要瞧瞧,瞧瞧。”

仿佛是她念了符咒似的,马车一停下来,矮小而端正的钦巴耳立刻走到伏罗巴耶夫身边,伏罗巴耶夫用膝盖撑起身体。不过他们并没亲嘴,甚至也没拥抱,只是对望了好一阵,默不作声地咳嗽着。

“我听到过,听到过你的英勇事迹,”最后钦巴耳像一般老年人那样眯缝着眼睛,和蔼可亲地说。“听说你在领导集体农庄实行进攻,像领导几营军队一样,是吗? 当心些,老弟,要出事的……这可不是打仗……”

“你瞧,奥巴那斯·伊凡内奇,我弄得连站都站不住了……”

“哦,这个不要紧,医得好的。不瞒你说,我现在又在采草药了。”钦巴耳顺口说,小心翼翼地帮助伏罗巴耶夫从车子上下来,然后把他扶到自己家里。

奥迦诺娃拿着背囊和篮子随在他后面。

“这是集体农庄产的鸡蛋,”她一本正经地说。“正如你们说的,是营养的副食品。”

篮子里放着八个鸡蛋和一袋两公斤模样的面粉。

“这算什么营养的副食品。我才不稀罕。我的客人,我自己会招待的,就是公家的津贴我也不要。把你的鸡蛋拿回去吧,马上拿回去!”

“你干吗哇啦哇啦呀? 上校同志在我们那儿受了苦,我们要报答他。”

“拿去,不然我就当面给你踩个粉碎,听到了没有?”钦巴耳那么坚决地把一只脚举到篮子上,急得奥迦诺娃连忙怯生生地把它一把抓了过来。

利用老人对他不注意的当儿,伏罗巴耶夫欣赏着他那优美端正的身材。从他们上一次相逢的时候起,他一点也没有变。他那灰色的额发依然雄赳赳地从红顶黑羔皮帽里探出来,使他的脸现出愤怒的神气。刮得光光的脸上的皱纹刻画着庄重的随时都会展开的微笑——这微笑就连那副最严肃的架脚生锈、末梢缠着厚厚一层线的铁边眼镜也掩饰不住。

“想不到会在这里碰到你,奥巴那斯·伊凡内奇。您来了有好久了?”

“我随军队来的。我是在凯赤登陆的第一个人。从库班给葛利哥里带来了第一个敬礼。你也许还记得我当时立下的誓言:他的坟山在哪里,我就搬到那里去,可是命运不让我……他的坟山也没有找到,地方的变化比一个人的变化还厉害。战火蹂躏了土地,什么也找不到了。所以我就决定搬到这里来,来陪陪他。”

他们站在会客室中央,马上谈起当地的事来:

“奥巴那斯·伊凡内奇,你们这里的情形怎么样?本地人都打算搬到别的地方去。这是怎么一回事?”

“请问,在你太太或者孩子们死亡的地方,你能高高兴兴重新生活吗?不大可能,对不对?什么东西都会使人记起往事来的。你倒想一想,这样好受吗?二十五年来我们创造的财富一下子都化为乌有了。你在这里哭的时间就会比工作的时间更多呢。”

“这样说来,他们上别的地方去,是为了忘掉往事,更好地工作,对不对?”

“正是。”

“然而,你可曾听到五一集体农庄的情况吗?那里全是外来人,可是照样什么事也不做。”

“将来你会明白的。”

老人一面谈话,一面迅速地摆着桌子,在油布上放了两瓶自己配制的果子酒,洗净了一条还是从库班带来的细长熏鲤鱼,再放上一把茶壶。伏罗巴耶夫不由得又欣赏起他那矫捷的动作来。不过,老人究竟跟从前不一样了。身体还很健壮,可是精神显然有些颓唐。

奥迦诺娃双手夹在膝间,一本正经地坐着。

“您老是像一个侦察员似的,”她不满意地批评道,“这么好管闲事,所以弄得这么瘦,这么多病。”

她放肆地向伏罗巴耶夫瞟了一眼。

“您干吗老是向老人们打听呢,您也该问问年轻人……譬如说,我就可以给您提供许多资料。您可要知道我为什么到克里米亚来吗?”她带着辛酸的挑战口吻问。“为了丈夫,为了维克多。他身体虚弱,老发热病,这您是知道的。医生总是唠唠叨叨地对我说:气候,气候,让他换一个环境,换一下空气。这时正巧来了一个特派员,他说这里没有冬天,无花果一年两熟,的的确确是人间天堂。于是,我把什么都丢了,羊肉当狗肉把家私都卖,就上这儿来了……你瞧,这就是我的履历。至于我们的卡庇察,您也许会问,他是为什么来的呢?卡庇察是由于他所有的儿子全都死了,他不愿一个人待在老家。至于古罗夫吗?古罗夫是个懒鬼。他说:‘我好像旅游,以前我从来不曾跑过码头。’至于磊巴柯夫,那个鞋匠,他反正到处都一样。您明白不明白?”

奥迦诺娃越讲越激动,越讲越气愤。一幅人们从各地聚集到一个陌生地方来的画面愈加清楚了,伏罗巴耶夫也更了解了。当然,大家都是被战争发动起来的。战线不仅仅在多瑙河上。它还存在于村庄的瓦砾场上，存在于家庭安宁的废墟上，存在于目前比面包更重要的幸福的追求中。

不知谁在用手摸索着门。接着柯姆科夫医生小心翼翼地走了进来。

医生对奥迦诺娃瞧了一眼，奥迦诺娃竟——使大家都感到惊奇——沉默起来，接着就匆匆地告了别，出去了。她那怒气冲冲地吆喝打瞌睡马匹的声音，就是在屋子里也可以听到。

柯姆科夫个子很高，身段匀称，满面春风，即使在沉默的时候也在微笑，仿佛他知道了一件滑稽的事，但不愿说出来。

“我就是那个医生，我姓柯姆科夫，”他做着自我介绍，“就是上次在集体农庄会议上承蒙臭骂的那一个。我们是相识的。”

伏罗巴耶夫勉强伸出手来。

“要是我在前线遇上像你这样一位人类的保护者，我会二话不说就开枪把你打死！而且绝不后悔！”

“要是您落在我的手术台上，我会把您，亲爱的上校，在两分钟之内肢解开来，连尊姓大名都不高兴请教。您愿意听听我的解释，还是不听解释就先断定我是有罪的？”

“我相信的，用不着解释了。”

“好极了！我还以为您要跟我作一场辩论呢。”

柯姆科夫不管对方越来越旺的火气，从口袋里掏出几张小纸片来。

“我现在给您开一张病假单，下次开会我请求您再给我一次批评。这倒是挺合适的。”

伏罗巴耶夫摆了摆手。

“我看得出来,您是在打算给我治病,对不对?”

“您倒没有丧失观察力。不错,我正在打算。我不想掩饰。”

柯姆科夫的声音里那么充满尊严和自信,弄得伏罗巴耶夫禁不住好奇地打量着他。他喜欢有自信力和刚强不屈的人。

年轻的医生装出懂得一件旁人不懂的要事的样子,并且稍微带些青年人的矜持,不过这对他倒是合适的。

“我能很清楚地想象,病人同志,您是被首都的名医们给宠坏了,因此在这方面我对您不抱任何幻想,”他开始说,同时做着各种微笑:一会儿用整个脸儿,一会儿用一对眼睛,一会儿用嘴角。“一个人在首都即使向最蹩脚的医生求教过,也会认为在外省给他看病的都是些兽医。从这个观点出发,您是应该拒绝治病的。您的病现在看来既不罗曼蒂克,也不棘手。它很简单。随便哪个有学问的医生都会医治。您的病需要一种简单的药:空气。不论醒着,睡着,空气要充足。必须绝对通风,让新鲜空气来洗洗您的每个细胞。呼吸和运动。懂不懂?在露天吃东西,尤其一定要在露天睡觉。在阴湿的日子要用活动来克服湿气。用不到躺着。要是不能走动,那么就做床上体操。最后是弄些事情做做。做事可以克服结核症。空想没有必要,这只会弄坏你的身体,但是必须有些事情做做。再有,生活要有规律。千方百计同疾病作斗争。您睡在床上胡思乱想吗?偏不去想它。要咳嗽吗?克制一下。头晕吗?用意志来加以克服。把病颠倒过来。对付结核病最有效的药方,就是意志。它从来还没有使医生和病人失望过。结核,这是一种考验意志的病,请您注意。”

“您不觉得您的全部忠告有点像大学一年级的教科书吗?”伏罗巴耶夫说,心情已经很快乐了。

“可能的。伟大的真理原是简单的，”柯姆科夫镇静地回答。“当庇罗高夫实施伤病兵分类治疗法，并且组织快要痊愈的病人队的时候，人们说他是从庸医们嘴里夺取面包；而发明神奇药膏和封闭疗法的维施聂夫斯基，直到现在还被称为医士呢。当一个有天才的医士，要比一个具有兽医眼光的天才好些。”

“好样的！说得好！”

然而，青年医生却用手掠着浓密倒竖的棕色头发，假装没有听见他的恭维。

伏罗巴耶夫已经很愿意请这位对自己的专业充满信心的青年医生给他治病了。柯姆科夫表现出自己的魄力，这对于病人是有帮助的。

“那么，您就尽量吸取空气吧。学会好好呼吸。要养成习惯把空气看作食物，用鼻腔和咽喉去咀嚼它，辨别它的香和味，像一个饕餮者那样的去享受它，千万不要轻视它。学会让这份食物去适合您的口味。您可以随意选择。只饮流动的新鲜空气。禁闭在房间里有两小时的空气对您已是一种毒药。对待您的病，您必须采取门户开放政策。”

柯姆科夫站起来，鞠了一躬，并没有伸出手来。钦巴耳也没有挽留，就一直穿过院子送他到门口，回来之后怏怏不乐地搔着灰色的额发。

“我的企图落空了。我叫他来，原是要你们做个朋友的。他是个非常聪明的人！而且精力旺盛。他对伤寒和霍乱，看得好像我们喝烧酒一样平凡。我们这里把他看得不比一个卫生部长低呢。可你却把他当作一个应该撕耳朵的顽童！”

“你也赞成他吗，奥巴那斯·伊凡内奇？”伏罗巴耶夫问，已经后悔不该这么粗暴地对待这位非常和蔼可亲的柯姆科夫了。他恐怕也像一般青年专家那样自尊心很强,而且,一定也有一套他自己的像一切青春的东西那样有趣的新理论。

“怎么不赞成呢!他是个游击队员!他跟人们一起创造奇迹!百里之外都有人跑来找他!他曾经从盖世太保的手里逃出来,在塞瓦斯托波尔的地窖里埋伏达三个月之久。而且,你知道,他又是个多么了不起的医生啊!……他只要在你的患处吐一口口水,你就会霍然而愈了。”

“太年轻些。”伏罗巴耶夫这么说,只是因为他想不出别的话。他感到惭愧。

柯姆科夫生气勃勃的开朗的脸和各种逗人的微笑就是一种活的针剂。要是伏罗巴耶夫能够站起来,跑出去追上他,他一定会这样做,不过他又不太愿意向钦巴耳认输。“这孩子太自负!”他肯定地说。

钦巴耳抓住伏罗巴耶夫半躺着的床架子,把它抬过门槛,一直推到院子里。

“就让你在这里挨冻吧,在柯姆科夫没有发新的命令之前,我决不让你回屋子!”

第四章

后方一片错综复杂的矛盾使伏罗巴耶夫十分吃惊。他想尽速弄明白眼前的一切新事物,精神上十分紧张,全身感到极度疲劳,虽然他躺在钦巴耳房子前面的院子里,整天整晚都在休息。

要是不下雨和不发雾,伏罗巴耶夫就把床推到房子前面的院子里。

在西方可以看到初孟德陵的国营农场,以及一排面南的比公路低的房子。在傍晚日落的时候,玻璃窗闪耀着炫目的黄澄澄光芒。

较近一些,在山凹口,聚集着五一集体农庄的小舍。白天从望远镜里甚至可以看出在葡萄园里工作的人们的情绪,更可以听到从近郊"食堂"传来的歌声和模模糊糊的手风琴声。

在东方可以望见米高扬集体农庄的烟草田、儿童疗养院的房子和铁路领工员的小舍,在它们之后,高出公路的树林里时常有烟雾升起,那是林场里在烧炉子。更高一些,在山顶附近的地方看得出有一座气象台的独立房子,气象学家扎鲁宾孤零零地一个人住在那里。

在加里宁集体农庄和海岸之间的旧花园里,战前本来有一排整齐的疗养院的房子。现在房子已成了一片废墟,花园荒芜了,乱草丛生,变得像树林里一般。

被钦巴耳院子围墙遮住的加里宁集体农庄,伏罗巴耶夫只能根据传来的声音作着猜测。在集体农庄和眼睛望得见的全部海滩上矗立着鹰之峰。它那红灰色的陡峭如壁的斜坡,稍微有些像古代建筑物。

柽柳坚硬多节的枝条,在最强烈的大风中也一动不动,好像化石一般。在山峰之上,美丽的乌云像烟雾般干燥,在翩翩起舞,又像沉入稀薄的空气里,一刻不停地飞翔。

在青苍苍、白茫茫的远方——可以望见的最后一座山在那里跟雾气融成一片——似乎整天都是半明半暗,或者在稀稀拉拉地下着雨,其实这只是远景所耍的狡猾把戏罢了。

伏罗巴耶夫以前从来不曾跟大自然长久相处过,起初它使他局促不安,好像被迫跟一个陌生的女人共度昼夜一样。

可是不久他就对新环境习惯了,它吸引了他。

他躺着,好像一件能看、能听和有记忆的东西,而他自己似乎也成了周围大自然的一部分。

小鸟们第一次不再害怕一个会吹美丽口哨的安静的人。他的身边总是撒落着面包皮和苹果核。

这里有各种各样的鸟,包括当地的和过路的。还出现了被伏罗巴耶夫认为残疾的鸟——一部分跛足的,一部分痉挛的,更有一部分显然是耳聋的,因为它们对危险显得非常麻木。

被战火从老家驱逐到这儿的受惊的鸟儿也成了难民。它们竭力想跟当地不同类的鸟儿联合起来,看来真像人类一样,这使伏罗巴耶夫感到十分惊奇。

本地的禽鸟看到家里溜进来一只小知更鸟,显然感到很不安。小知更鸟那么大胆地跟鸡一起生活，那么勇敢地逃避公鸡的纠缠，使人看了觉得很有趣。不过有一天深夜，当那被乌云遮住的月亮，好像蒙着炉灰的炭火般渐渐昏暗的时候，伏罗巴耶夫听到那只孤零零的知更鸟在嘹亮地鸣啭，仿佛在自言自语，同时又在屋子和院子的上空飞来飞去。夜间它喜欢孤独自处。

另外一次，在早晨，他看到一只画眉在院子里跳跃，一面跳，一面连连鞠躬，在飞腾之前，兴致勃勃地在一块光滑的小石子上舞蹈着。伏罗巴耶夫也会照做吧，要是只有他一个人待在那儿而且能够飞翔的话。

这头画眉很快就跟伏罗巴耶夫搞熟了，差不多敢于直接从他的手里啄取面包皮。有一次，它坐在屋檐上，全身颤动了一下，仿佛它的翅膀被什么东西裹得很紧似的，忽然唱了起来，斜眼瞟着伏罗巴耶夫，似乎在窥探他是不是喜欢它唱的歌。它起初学着夜莺的鸣啭，后来又模仿云雀和鹌鹑的歌声，但是始终盯住床上的人，似乎在期待他将说些什么。它的样子好像一个通晓几国语言的人，而且很想跟一个沉默的旅伴聊天。

"也许它不是在唱歌，而是在作曲？"伏罗巴耶夫的头脑里突然掠过这样的念头，刹那间他甚至相信自己的假想，直到他笑了起来，——人在孤独的时候又有什么念头不会出现哪！

不过，当他看到一只椋鸟坐在树上，竭力向一头小猫发出"咪呜""咪呜"叫声的时候，这样的念头又进入了他的头脑；第三次是当两只云雀在空中盘旋飞翔，非常响亮地唱着歌的时候，当时伏罗巴耶夫几乎被荡漾在蓝空中此起彼和的两个嗓子的颤动回声振得屏住了呼吸。

然而，鸟儿并不能安慰他。它们使他更感觉到难堪的孤独。有一次伏罗巴耶夫在自己的行军囊里搜索着，接着用枯黄的颤抖的双手翻开那本题目叫“战争中的精神因素”的讲义——这是他从前认为有重大意义的作品。

战争头几天的思想,极像现在使他感到烦恼的那些想法。

1941 年夏天他在叶耳尼亚城下写道:“严格地说,肉体上的痛苦是不存在的。在痛苦里总包含着精神的因素,因此精神境界越高,越有组织性,就越容易减除痛苦。”

1941 年秋天,在诺夫高罗德,一个受重伤的工程师对当时是营政委的伏罗巴耶夫说:

“政委同志,在任何场合请您都记住塞涅卡①的出色格言:‘一个人不幸的程度要由他自己对不幸的看法来决定’。”

伏罗巴耶夫当时问他说:

“那么,照您说来,勇气也是那么一回事吗?”

“当然啰,”工程师回答说。“没有天生的懦夫,也没有天生的英雄。人人都可以当英雄,也都可以做懦夫,这要看他做什么人容易些。”

同年冬天列夫·米哈依洛维奇·陀伐多跟伏罗巴耶夫闲谈,也说了相仿的话:

“要医治懦怯很简单:只要使一个懦夫相信他是一个勇敢的人就行。你这样做了之后,就可以大胆信任他。勇敢归根结蒂是一种自觉的责任感。”

一年之后,在凯赤的一所地下医院里,刚被弹片击伤的外科医生龙凯维奇对胸部受了复杂创伤,准备动手术的伏罗巴耶夫说:

“您听我说,政委。创痛是很容易忍受的,只要您在精神上不去增

---

① 塞涅卡(公元前 4 年—公元后 65 年),罗马哲学家,坚忍主义者。

加它。鼓励自己吧，您说：这没什么，马上就会过去的。您立刻会发觉创痛消除了。懂不懂?”

“我懂，医生。”伏罗巴耶夫当时回答，“我并不抱怨，我只是有些担心，因为给我动手术的就是您。而您自己现在也很软弱，我怕您的力气不够。”

医生回答说：

“不过，我倒并不为您担心，尽管您伤得很厉害。我并不害怕您会力气不够而死在手术台上。我知道您应付得了的。我也应付得了的。我们大家都应付得了的。”

有这么一段记载：“据说，拉格朗日①发现胜利者的创伤要痊愈得快些。”

哪里用得到什么拉格朗日！他自己的遭遇就是一个明证。伏罗巴耶夫在进入布加勒斯特时，身上还带着在基希聂夫所受的未曾愈合的创伤。

就连现在，当他回忆起这件事来的时候，他的全身还会发出神经性的疙瘩，血液会开始在他的太阳穴里冲击，而他也会感到身上充满了活力。

这件事好像发生在好久好久以前，简直像发生在他的青年时代，可是事实上从那时到现在，只过去了很少时间。

他当时还是一个双腿健全、活泼而愉快的人。

这是一个晴朗而有风的日子——灰沙飞扬。他跟几个侦察兵坐在坦克上开进城里，后来就只剩下他一个人。他那由于被流着香汗的罗

① 拉格朗日(1736—1813)，法国数学家和力学家。

马尼亚女人无数亲吻而弄得红点斑斑的脸，该是滑稽和轻浮的。说实在的，他原应该躺在医院里，可是在进入一个建筑物白得炫目的、万众欢腾的城市的日子里，你在床上躺得住吗？直到深夜他还没有坐过一坐，一直在街上漫步、谈话、解释，或是默默无言地跟谁拥抱，而他那基希聂夫的创伤却像喝过神仙药酒一般痊愈了。下一次在解放布加勒斯特之后所中的流弹伤，虽然比上一次轻些，可是愈合得意外地慢，差不多一直拖到索菲亚。

不过，他支着手杖从司令部的军用卡车里下来，走到保加利亚首都中心广场，不待人家来拥抱他，他自己就去拥抱和亲吻凡是落在他怀里的一切人。这时候，创口里像有样东西压住，而且不觉得痛了。当时他两脚几乎站不住，头在旋转，手指都冷了。那几天他竟疲劳到了这种程度，这是因为他常常一连几小时在广场上、在军营里，甚至在教堂的读经台上——他是被抱上去的，讲话。他站在牧师旁边，谈到斯大林，谈到俄罗斯，也谈到斯拉夫人，仿佛他活了至少有一千岁，而他自己也曾不止一次把自己的盾牌钉在察尔格勒的城门上①。

每叫一次“齐维奥！”②创伤似乎愈合一些。三天之后就只留下一条狭狭的伤痕。是的，这样的日子在百年之内也许只有一次或者两次，它们能够医治疾病和创伤，这是创造奇迹的日子，命运使谁碰上这样的日子，谁就是幸福的……

像这样的幸福是不会再有了，而在他短促的生命里，恐怕再不会逢

---

① 指公元907年所发生的事件，当时基辅亲王奥莱格出征皮商丁；根据历史记载，这次战役由奥莱格把他的盾牌钉在君士坦丁堡（斯旦埠）的城门上而告结束。俄国人称君士坦丁堡为察尔格勒。

② 保加利亚语，意思就是“万岁！”。

到如此伟大的事件了。然而,它们已经发生过了!必须好好地处理它们,因为一个人不能把这许多美丽和不平凡的事物带进坟墓里去而不把它们转交给后代,使他们也分享到这一份欢乐。

关于将死的念头越来越频繁地在向他袭击,他又恐怖又悲哀地意识到:就在目前,当战争一结束,辉煌的生活开始的时候,他,伏罗巴耶夫,就算等得到那些日子,也将是半死不活的了,不论在怎样的条件下,他都不可能跻身到战后建设生活的最前列,像在战前那样。

战前的生活他曾经建设过,并且在心底里以此自豪,可是,这个更宏伟的战后生活,他恐怕已经无力建设了。然而,他已作了多少考虑,开了多少个头啊!生命,让鬼把它给带走吧!以前他总觉得,在未来漫长的日子里,前面有着重重的高山和密林,可是结果却发觉树林并不稠密,山也并不高峻。

现在,不是创伤也不是肺病在使他苦恼,而是他这个人已经没有用处的念头在把他折磨。他不是在走生活的道路,而是在生活途中躺倒了。他想得很多。他悔恨无穷。什么也不能使他产生新的希望。

柯姆科夫又被请了来。柯姆科夫认为医病好像星期六义务劳动,医生和病人都可以平等参加。

"一个人难受吗?"他倾听了烦躁的病人的种种怨诉、祈求、恐惧和幻觉后,宽厚地问。"您别钻在个人的感情里。多同人家接触接触。"

第二天早晨,在伏罗巴耶夫的床畔坐着两个姑娘,斯薇特兰娜·企利柯娃和安尼雅·斯土品娜。她们都是一个月之前从德国人的奴役中获得解放归来的。她们准备到远东去,现在特地走来向伏罗巴耶夫请教。

她们两人都是在这里,在加里宁集体农庄出生和长大的,都是共青团员,都是突击工作者。她们的事迹,当地报纸有过不止一次的记载。斯土品娜肤色浅黑,狭肩膀,脸上现出疟疾患者的苍白,战前领导过共青团组织,在业余剧团里演过戏,被认为是农庄里最优秀的射击手,在区中心跳过两次伞,还打破了一项记录。

从血统上说,她是个哥萨克人,虽然已有十七岁了,看上去还像个小姑娘,不过她的整个模样却是一个典型的哥萨克女人,具有那种哥萨克女人从小到老不变的特征。

这些哥萨克女人,扎波罗日女战士的玄孙女们,在高加索赋有较黑的眼睛、头发和山地女人苗条的身材。哥萨克女人对自己的仪表和走路姿势从不考虑,总是毫不做作,听其自然,可是她的一举一动,即使旁边没有人在注意她,也流露出多少惊人的优美、多少迷人的天真哪!

在斯土品娜的身上,这种魅力和她整个风度的美特别强烈。她个儿矮小,颧骨很高,相貌平凡,甚至不会给人留下特殊印象,可是她却以全身的协调与和谐来吸引人。

斯薇特兰娜·企利柯娃呢,跟她正巧相反:身体丰润饱满,两条浅色的粗辫子漂亮地绕在阔大的头上,一对灰色的大眼睛显露出机敏和滑稽的神色。

伏罗巴耶夫请她们讲讲各人的经历。

“我并不是好管闲事,你们要明白。但现在你们要毫不隐瞒地把全部经过都讲出来。”

“主要的事吗?”斯土品娜不知为什么这样问,他发觉斯薇特兰娜抓住她的肩膀,同时用她那留着狭长指甲的大而白的指头在上面戳着。

“要是开诚布公地说,”安尼雅开始说,“那么不瞒您说:我到德国去可以说是自愿的。我怎么会这样呢?”她仿佛预见到无声的反驳,嚷道。“我的共青团组织里的姑娘们都被分配到德国去了。宋尼雅·舒托娃、拉利萨·普罗尼娜、斯薇特兰娜·企利柯娃、娜佳·普罗倩柯等等。我不说男孩子们。我当时只想到姑娘们。我们的男孩子们全都跑散了,有的跑到森林里去了,有的去参加游击队,他们日子好过些。既然我的整个共青团组织都走了,叫我怎么办呢?我一个人留着吗?我决定跟他们去。为了什么?现在让我来解释。我当时怎么想呢?我当时想德国一定会发生革命,那边就会需要我们。结果根本没有发生革命,虽然,我们有多少应征的弟兄加入了游击队,这事谁都会告诉您的。我自己差点儿没参加捷克人的游击队,要不是一个叫加斯东的法国人捉弄了我……”

斯土品娜的故事的确充满意外事件。她去了,打算去跟朋友们相聚一堂。可是,没有如愿。她们在路上就被分散了,安尼雅一个人落在一座附设在工厂里的充塞着法国人的集中营里。她在那边组织二十个捷克人一起逃走,可是不幸落在盖世太保的手里,后来虽然依旧关到原来的集中营里,但处境要坏得多了。她们获得解放之后,斯土品娜经过南斯拉夫和保加利亚被送回老家。她亲眼看到欧洲发生的一切,现在她能凭个人经验判断许多事情。

人民大众从来不曾像在这次战争中那样作了一次富有教益的旅行。千百万人——法国人、捷克人、南斯拉夫人、俄罗斯人、乌克兰人、白俄罗斯人、乌兹别克人、阿塞拜疆人——走遍欧洲,看到了法西斯主义的整个面目。他们注视各个盟国,注视政体的更替,他们能够拿法西斯主义的秩序跟新的、过渡性的秩序作比较,并且带着平时在任何学校都得不到的庞大政治资本,回到老家去。

然而,安尼雅·斯土品娜却惶恐地低着头回来。促使她自愿跑到德国去的那种冲动，现在看来，已经不像三年前她天真地打算参加德国革命时那样富有罗曼蒂克气息了。不过，还在路过罗马尼亚，处身在一群前德意志村长和市长们之间时，她就清楚地感觉到自己犯了错误。他们打算给自己买一张罗马尼亚护照，以便混在一群德国姨太太、女叛徒、女囚犯和女烈士之间隐居下来。良心洁白的人们跟彻头彻尾的无赖混杂在一起。

只有到了这里，斯士品娜才懂得，在她同乡人的眼里她跟为德国军官开设妓院的从斯泰夫罗波尔来的索普鲁诺娃没有多大区别。

差不多在老家的门槛上，开始了她战时的第二度生活。她重新意识到自己是个共青团的组织者，她就凭集中营里得到的经验，从那些败类的神色辨别哪些是市长，哪些是警察，尽管现在他们都装作是被压迫者。

可是在哈科夫的车站上，她突然碰到一群背弃祖国去充当德国"夫人"的女人，都是她在集中营里认识的。她们高声向她问好："喂，女茶房，快来归队吧！"车站上几百个人的声音呵呵大笑。她流着眼泪跑开了，仿佛她真是从她们队伍里跑出来似的。

直到现在，一讲到她当时感到多么羞耻和恐怖，她的全身还会发抖。她说她对自己的往事将长久地感到害怕。

"我要到别的地方去。"她结束了自己的故事。

"当然，为了你所作的小小斗争，你还不够资格获得勋章。不过像你这样的青年本来还可以作得更多些，但害怕自己的过去可用不着……"伏罗巴耶夫用自己的手握住她的双手，轻轻地拍着它们，他这样靠近地向她的眼睛瞪了一下，以致刹那间她恐怖得向后让开了头。

斯薇特兰娜·企利柯娃的故事要简单些，悲惨些。她被征到德国去做工，她不敢违抗德国人的命令，结果当了炮弹厂的女工。俘虏生活一下子就消耗了她所有的活力和意志。德国人编造的关于击败红军的虚伪报道，在她看来不是没有根据的。她被恐怖和苦难弄得头晕目眩，没有力量不相信它们。以后，那个她在那里长大的世界，在她的眼睛里成了一种遥远的、永远失去的东西。从此以后她就被命运注定要过一种半动物性的生活。而她也就屈服了。不久之后，当她被派去做一个德国上等兵的临时"朋友"时，她也毫不反抗，驯服地去忍受这种耻辱。她完全听天由命，她不相信会有另一种生活来到。那个上等兵被调到别处去，他就把斯薇特兰娜移交给一个朋友；就在那时她也是既不反对，也不试图抵抗，而是以那种在奴隶生活中像疾病一样支配着她的冷漠，接受了这个通知。夜里她梦见俄罗斯、学校、朋友们、集体农庄里快乐的节日，不过这一切都存在于一种永远消失的过去的生活里。对于过去，她连眼泪都没有淌过一次，而只是像对不能实现的、不曾发生过的事情那样叹息着。

"要是把我所知道的德国人的事写下来，那么，说实在的，他们中间恐怕没有一个人能活命。"她咬着嘴唇说。

斯土品娜牵了一下她的袖子。

"不必了，兰娜，"她带着谴责的口吻说。"别苦恼自己。过去的事都过去了，何必提它呢。"

斯薇特兰娜苦笑了一声，伏罗巴耶夫还猜不透究竟是怎么一回事。

"总而言之，我是一个'恩培'。懂不懂？德国的……"她踌躇了一刹那，"我是一个德国女郎。这就是了。"

"这种事何必多谈呢？你用不到把它夸大，对不对？"

斯薇特兰娜否定地摇摇头。她的眼睛里充满了泪水。她的喉咙哽塞了。

“不要用讲这些事来折磨你自己，”伏罗巴耶夫想继续说，斯土品娜却用非常温柔而固执的语气把他打断了：

“阿列克赛·维尼阿命内奇，她实在非常痛苦……他们把她糟蹋得怎样了哇！……她所说的我不知道该……不过可以说，她是从头到脚染了一身污泥啦，现在就是花五年工夫也洗不干净。”

“不，我这么说了，现在我来告诉您，我为什么说……”她以一种比最坦白的忏悔还要诚挚的痛苦和绝望的神态，双手抱住头，摇晃着身子，声嘶力竭地叫道：“孩子，孩子没地方安顿！叫我怎么活下去！……现在还有谁会信任我……我完了，阿列克赛·维尼阿命内奇，现在谁也帮不了我忙！”

她双手依旧紧抱着头，仿佛害怕不扶持，她那痛苦的脑袋会保不住似的。她冲出院子，大声抽噎着，向葡萄园那儿跑去。

伏罗巴耶夫在床上支起身子。斯土品娜安慰他说：

“在麝香葡萄园那边，有一座看园人的小房子。她到那边去痛哭一场，就会好的，不要紧。您只要帮帮她就是了，阿列克赛·维尼阿命内奇。战前她原来是怎样的呀——亲切，善良，是我最好的朋友……或者，把她送到什么地方去吧？要不然孩子生了下来，会把她的命给送掉的。谁又会去研究她的心灵究竟怎样！”

伏罗巴耶夫抓住斯土品娜那瘦骨嶙峋的肩膀。

“那你现在还跟她做朋友吗？”

“我的朋友都没有留下来。只剩下她一个。我可怜她。她会给毁了的。”

“那么你自己，傻丫头，是不是平安无事呢？”

“我一切都好，”她用清澈深邃、使人无法怀疑的恳挚眼睛对他瞧了一眼，翕动了一下嘴唇回答。

“好的，让我们来想个办法。过两三天你再来一次吧。”

“知道了，上校同志。”她那瘦小的身体也在钦巴耳院子的石墙外消失了。

灌木丛里发出的飒飒声和陡直石级上小石子滚动的声音，使伏罗巴耶夫能够猜到她跑去劝慰朋友去。

“轻率的生活会把人弄成怎样。”伏罗巴耶夫想。

他不愿再想企利柯娃的事。

这几天，米高扬集体农庄的退伍中士高罗德卓夫没有经过邀请，正好来到这里。他在匈牙利两腿都受了伤，刚出医院不久。在他作战时期，他的妻子和母亲迁居到这地方来。现在他跑来“勘察居住地”，不过还不知道该从何处下手，决定先来跟“重要的邻居”商量一下。

高罗德卓夫才走进院子，像一般士兵那样敏捷而正确地环顾着，伏罗巴耶夫以在战争中培养成的特殊锐利的目光立刻断定这是一个聪明坚强的士兵，也许还是一个可靠的事业家。高罗德卓夫穿着一件打过补丁的短皮大衣，没有扣上钮扣，头戴一顶绒的遮耳帽，瘸着腿走到伏罗巴耶夫床畔，什么话也不问，显然他一下子就猜到这是一个他所需要的人，用军人的方式作了自我介绍。

“我是来跟您做邻居的，”他转弯抹角地说。“人家说，我们这里来了一位负伤的上校，得过奖章，是个无所不晓的人。哦，我想，像这样的人我们这里决不嫌多，我去跟他认识认识吧。”

高罗德卓夫看样子是个四十岁光景的人。他那留着坚硬的红棕色胡髭的脸洋溢着青春和健康的气息,使人看了觉得愉快。两只不大的快乐的眼睛老是眯缝着,仿佛在向远处眺望。

“是侦察兵吗?”

“做过炮兵瞄准手,上校同志。”

“到过远方吗?”

“匈牙利看到过了,”高罗德卓夫意味深长地压紧嘴唇回答。“在布达佩斯城下结束了我的战斗生活。您没有到过那里吗?”

“没有来得及。我的战斗生活是在保加利亚结束的。”

“我也到过那里。不错。这是一个活泼的民族。我吃过他们的熏肉和玉米饼,吸过他们的烟草,喝过他们的酒。说的话是完全听得懂的,如果讲话的人没有喝醉酒的话。他们那边的乡下人也很懂事。只是脾气厉害,火辣辣的!以牙还牙,以眼还眼,拔出拳头就打人!真的!什么事一不称心,就用刀子解决,说得出,做得到。一个泼辣的民族!”

他们谈着话,奇怪的是他们在共同的战斗中其实相遇过不止一次。现在就是只说半句话,他们也都能互相了解。高罗德卓夫大方地从口袋里掏出一听罐头食物,用一柄巨大的弯刀把它打开,又从另一只口袋里拿出一块面包来。

“上校同志,赏个面子吧,别推辞……”他把食物放在伏罗巴耶夫的面前,一面滋味无穷地咀嚼着,一面继续讲下去:“每当我们占有一块阵地并且建筑工事时,我总要观察一下地形,打量打量,使自己适应那个地方。这是我的规矩!要是我不喜欢那个地方,就不愿为它多花力气,您说呢?不过,真的不喜欢,倒是难得的,通常我总是到处幻想给自己盖一所小房子。”

伏罗巴耶夫用臂肘支撑起来。

“盖过不少了吧?”

“有这么十来座。一座在勃良斯克,还有一座在维尔纽斯城外,就在维尔河畔。没有到过吗?在杰烈克和库班也有。还有在第聂伯河下游。真是一所宫殿!我多半选择河滨地区。坐在那些战壕里,坐得心也凉了。由于寂寞的缘故,你会想象你将怎样在这里生活,将做些什么事,或是想些别的什么心事。我的炮兵班对这事也感兴趣了,以致炮长在什么地方宿了一夜就会嚷道:‘杰联基!你打算把房子盖在什么地方?要不我们会无意中把它打毁的!’是的,我在维斯拉河畔盖了两所小房子,实在是熬不住了。”

“那么在匈牙利呢?”

“匈牙利我可不喜欢。我没有在匈牙利或罗马尼亚盖过房子。我自己也不懂为什么我不喜欢。多漂亮的地方!对不对?单是一条多瑙河就够迷人的了……”

他们不知不觉一直谈到黄昏。

高罗德卓夫文雅地瞧了一下黑表面、金指针的时式华贵手表,庄重地哎呀叫了一声,装出发觉坐得太久的样子。

伏罗巴耶夫挽留了他。在他看来,杰联基·高罗德卓夫也是那种嗜好盖房子怪物中的一个,在他身上伏罗巴耶夫像从一张偷拍到的照片上看到了自己。

“我听过三位战线司令员的训话——这种事谁都会觉得骄傲的!”高罗德卓夫得意洋洋地说。“有一次从西方战线来的司令员可真厉害!”他不断地摇着头,仿佛吞了一口芥末似的。“这样的维生素真是不敢领教!……至于斯大林格勒战线的司令员——简直使人难以相信——训人简直像吟诗!唔!……才吟了四行,就会把你吓得目瞪口呆！措辞妙极了。第四乌克兰前线司令员的派头就完全不同了：他骂人，可是他的眼睛里却充满着怜悯，仿佛是你在骂他，不是他把你骂得狗血喷头。他含着怜悯的神气骂人，脾气大得可怕。而你却像一个强盗似的站在他面前，眼泪会把你弄得喘不过气来。简直像是在撕裂人的肝肠。不过，我听说最可怕的是罗柯索夫斯基。据说，他从来不骂人，只是讥笑，笑得人无地自容。他是一个了不起的讽刺好手，脸上老是挂着微笑，客客气气的，可是，说起话来呀，管教人魂飞魄散。”

他把身体凑近伏罗巴耶夫的脸，仿佛怕被栖居在院子里的画眉听到似的，用神秘的耳语说出他所遇到的最神圣事件：

“斯大林同志，我见过两次。第一次是在莫斯科城下，当德国人挨打的时候。情形跟在克林城下差不多。我们听说他来了。当时我参加搬运德国人的尸体。我们确实知道他来了，我们士兵的小广播传出可靠的消息，不过在什么地方，却怎么也打听不出来。我自然压根儿没想过会看到他。您听我说，是怎么一回事。

“我记得，那是一个月光皎洁的夜，两百米开外的每一棵灌木都看得见。我们正在打扫德国人的尸体。他们都僵硬得好像瓦罐一样，一碰就断裂。我们正在装运着。忽然我们看到：有四五辆汽车沿着公路行驶。车停了。车上下来一个长官，接着又下来一个，对我们半句话也不说，似乎在向我们示意：你们干你们的活儿，我们干我们的活儿。我看到有一个人向我们走来。他穿着外套，他的身份我看不出来，不过样子很平凡，很大胆。‘同志们，你们好！’他说道。自然，我们也都照规矩回答。‘怎么，埋葬德国人的工作不感兴趣吗？’他问道。在我们的一队里有一个临时编进来的，鬼知道他是从哪里来的，说话特别尖刻。他接口说：‘为什么不感兴趣？我们埋葬他们总比他们埋葬我们好些。’就这么直率地、冒失地说。那人走到他跟前，立刻看出他是一个爱多嘴的，就说：‘那么你的意见怎么样：目前我们的军队是不是已经尽了力了？’他又问。我们那个家伙却回答他说：‘怎么不是尽了力了？简直是超过能力了。’就在这时有一道光落在来人的脸上，我们全都一下子认出来：斯大林！

“那个家伙手足无措了。斯大林同志仿佛不同意他的话，摇摇头说：‘不，谁以为我们已经做了比我们所能做的更多一些，那是不对的。我们应该谦逊些说：我们已经尽我们的力量去作了。这样说人民能懂吗？’

“当时我鼓起勇气，也不知道从哪里迸出话来，简直是奇迹！我说：‘斯大林同志，人民会懂的。您可以相信，他们会懂的。’再下去一个字也说不出来了，喉咙像被谁掐住似的。

“他当时点了一下头，稍微走开些。接着他又站住了，脱下皮帽，一个人站了好一阵。当他回到汽车去的时候，又问我们中间的一个人说：

“‘德国人挨了打，你们满意吗？’

“可那人——我不知道他是乌兹别克人还是阿塞拜疆人——却是个任性的大兵，什么事都不合他的心意，他也像那个临时编进来的家伙那样回答说：‘我不满意！’

“这当儿，老兄，所有的将军都一下子跑到他跟前，想知道他为什么说不满意。

“可是那家伙却坚持说：不满意，不满意。他说：‘我曾经在一个流血牺牲的同志面前起过特殊的誓：我不捉活俘虏。在人们面前，在同胞们面前我宣过誓：我一定不捉活的，我要把他们全部打死。可是，这里却下来一道命令，必须把他们俘虏。这样，我的誓言跟命令就发生了矛盾，而由于这个矛盾，不瞒你们说，我丢了勋章：我要是遵守誓言，就要违背命令。'

"那时斯大林同志笑了，说：

"'我要为您提出请求，要他们把您这次行为看作例外。'"

高罗德卓夫沉默了，眼睛笑得眯成一条缝，沉入回忆里，好一阵没继续讲他的故事。

"至于第二次我在什么地方看到他呢？您猜不到的。在斯大林格勒。"

"他没有去过那里。"

"您知道他没有去过，上校同志，不过据我们所知，他去过的。对士兵是没法保守秘密的。有时候，一个上级长官没有听到消息，我们当士兵的却已经知道了。您别跟我争辩，他去过的！这是我亲眼目睹的。当然，可以说也许是他用了化名，我也不知道他是怎样到那边去的——那些已经不是我们当兵的所注意的问题了。不过，他的的确确到过那边。您就自己说吧，没有他这样的事难道搞得成吗？难道我们能够站得住脚跟吗？绝对不能！我当时在罗箕姆采夫的第十三近卫军里。我们驻在靠近市中心的河岸上。不管把它称作'地区'也好，'城市的一部'也好，简单地说是一条狭长的土地。有一次我在营部当联络员。德国人离开我们只有五十步远。是接近黎明的子夜。我忽然看到有人从团部那边走过来。一共是三个人。我照规矩向他们要口令。我看出来了：是他！夜色虽然昏暗，但不能说是漆黑一片。德国人看得见他的。他向前走了几步，就在机枪旁站住了。他站着，望着城市，一只手遮在眼睛上。我哎哟叫了一声，我的伙伴却对我说：'怎么可以把他一个人留着呢？他随时都会被打死的！’我自己像从水里爬起来一般浑身发抖，可我不能说出声来。我浑身上下直打哆嗦，真想叫出来：‘走开吧，斯大林同志，这里没有您，我们自己也对付得了的，我并不想爬上去发号施令，您也别来干预我们士兵的事……’这时，德国人显然发现他了，就全力扫射小丘。可他依旧站着。哦，我明白不能错过时机。一个士兵有他自己的寒暑表。我简直从来不问师部有没有下过命令，不过我总知道会不会有一场进攻。一个老练的司令员明白要追过士兵是办不到的。我站起来，向前冲去。乌拉！弟兄们仿佛正是在等我，他们一齐喊着乌拉，跟在我后面冲锋。我看到我们旁边的队伍也跟着我们，而他们的身后也有人跟了来。我们就这么向前冲去！我一面跑，一面回过头去。我看得出他的身体。当我们跟德国人拼个你死我活，斯大林格勒的地面在震动的时候，他脱下皮帽，向我们挥了一下，慢慢地向河岸走去。这时我们士兵都讲定了，决不撤离阵地。要是他都不怕危险，那么，您知道……事情就行了！我深深相信！我亲眼目睹的。而且不止我一个人，许多人都看到的。”

“我相信您，”伏罗巴耶夫说。“我相信您，同时也羡慕您。”

在所有战线的士兵之间流传着关于斯大林亲自出巡的神话，越是困难的作战地区，人们越是坚定不移地相信他的出现。

钦巴耳走到伏罗巴耶夫床跟前。他一面怀疑地望着来客，一面摇着头。

“复员朋友，你可曾听说什么叫生活日程表吗？哈哈，听到过了！哦，这很好。不然，竟有这样的人：他说我去跟他说几句话就走，却坐上了整整大半天。”

高罗德卓夫手足无措地站起来，负疚地呵呵笑着。

"您说得对，说得对，"他说道，尴尬地整整制服上的皮带。"那么，我该怎么办呢？留在这里吗？"他突然莫名其妙地问，记起了这个现在唯一使他关心、可是因战争的回忆而忘了跟伏罗巴耶夫商量的问题来。在这几小时里，他的脸上第一次现出了手足无措的神色。"既然我在这里并不孤独，而且还有靠山，那么我……我自然该留下来。"

"留下来吧，留下来吧！这里人手很少。"

"我也这么打算。"

"既然你的家眷已经搬来了，何必还要犹豫呢？"

"您说得很对。我顾虑的是，留在这里没有同伴，你没有办法回忆什么，又没有人可谈，简直像一个哑巴。不过，事情既然这样……"

"你是在米高扬集体农庄吗？"钦巴耳平心静气地问。

"是呀。昨天他们征得我的同意，要推我当农庄主席。"

钦巴耳向他投了一个惊奇的眼光。

"我的双手好久没有接触到庄稼了，"高罗德卓夫继续说。"睡觉的时候我也梦见小麦。我是一个联合机手。醒来之后还闻到麦子香。可是你们这里不种五谷。"他感慨地补充说。"种葡萄、烟草，小东西，无聊。嗳，麦子，麦子！我想念麦子。"

"上库班去吧，"钦巴耳对他说。"人在那边会掉在麦地里的。"

"要是没有家累的话，我早就去了。做了移民，跑路不方便。再说，我们讲定了，拿了贷款，没有退路了。不过在我看来，这儿的葡萄还不如卷心菜。小玩意儿。我想念麦子！呵，真想好好干一下……"

他告辞了。

"那么，你还是准备留下来？"伏罗巴耶夫问他。

"违反我的本意留下来。不过，我会在这里用自己的双手干些什么的。上校同志，炮兵不论到哪儿都不会落空的。喂，再见！”

伏罗巴耶夫并没有把自己的处境看得太理想。他知道他现在跨进生活中一个艰苦的阶段，因为在这个阶段里没有一个人能帮助他。

苏拉吗？她远不是他现在所关心的。

当然，他尽可以想法子住到已开门的随便哪所疗养院里去，可是要住院做个病人，他觉得很难忍受，而且，这样一来，谢辽查又要留在离他很远的地方了。

家！哦，人多么需要自己的一个住所、自己的一个窠呀！

这时，列娜的生活在他面前展了开来。

伏罗巴耶夫对她没有什么意思。她也像他一样苦难。不过，要是他们拉起手来，生活就会好过些，而她那指头长着老茧的小手，在他病中胡乱的幻象中晃动过不止一次。

有一次他听到她那低低的声音，他丝毫没有感到惊奇。她在问，伏罗巴耶夫上校在什么地方。当她知道他的所在时，就蹑手蹑脚地走进钦巴耳的院子。她手里拿着一个小包裹，依旧穿着毡鞋，身上穿着像男人上装似的黑色紧身上衣。在那一刻，当她还不知道伏罗巴耶夫已经发觉她，并从木榻上望着她的时候，她的脸现出惶惑的神色。她显然非常不好意思。

她走到屋子门前，怯生生地敲了敲门，伏罗巴耶夫喊了她一声，她浑身打了个哆嗦。

“我可没有看到您，”她皱着眉头微笑着说。“您好。妈妈要我来看您的。她给您送来些东西，您收下吧。”

包裹在空中扬了一下。接着，她涨红了脸，把它放在地上，没有经过邀请就在床榻的角上坐下来，但却不敢对伏罗巴耶夫看一眼。

“就是这样，”她说着，仍旧皱着眉头微笑，“您生病了，是吗？”

“柯磊托夫在那边怎么样，他不骂我吗？”伏罗巴耶夫想消除列娜的局促，故意问。

回答使他吃了一惊。

“我可不知道，”她轻轻地摆了摆手说。“我没有告诉他我要上您这儿来。要不他又会想出什么花头来，让他去吧。”

“那么，房子的事怎样了，索菲雅·伊凡诺夫娜好吗？”

不等她回答，伏罗巴耶夫就明白连她母亲都不知道她上这里来了。

“哦，”她不高兴地说。“妈妈老是想出些什么事来……一天忙到晚……您可知道谁在记挂您吗？斯托依柯，集体农庄主席，记得吗，那个少了一只胳膊的高个子……他非常喜欢您。”

伏罗巴耶夫记起了篝火旁边的夜晚，记起了房屋的分配和那个少了一只胳膊的身材高大的美男子。

列娜有趣地环顾着院子、小舍和那张伏罗巴耶夫身上盖了钦巴耳的皮大衣躺着的木榻。她的脸上掠过一阵似怜悯又似嘲讽的微笑。

“自己安排得不错吧，”最后她用指头拉拉衣服的边缘，打破了沉默。“打算住在这里吗？”

“为什么住在这里？难道我不是准备跟你们合住的房客吗？等我能够起身了，我就要跟索菲雅·伊凡诺夫娜一起经营我们的房子了。列诺奇卡，我看您是不愿我寄住在你们家里吧？”

“不，为什么不愿意，”她喃喃地反驳。“这是妈妈的事，我没有工夫来管房子的事，我得工作。”

“列诺奇卡，您不想日子过得好一些吗？不想有一座自己的小花园、两只鸡，一条狗吗？……”

她用手在眼睛面前挥了一下，仿佛在拂去结在面前的蜘蛛网。

“不知道，”她毫无表情地说。“我不知道，像这样的事我连想都没有想过……真的，我什么也不知道。”

“工作很忙吗？”伏罗巴耶夫问，想把可能引起她悲痛的话题岔开。

“哦，别说了！单是开会就叫人受不了，”她立刻变得活泼起来，一丝微笑掠过她那眉头颦蹙的脸。“燃料问题这样棘手，简直想不出办法来。柯磊托夫握着电话睡觉，握着电话醒来，横一个训令，竖一个指示，而昨天医院里又把六张凳子烧炉子烧掉了。”

找到了谈话的题目，列娜变得快活起来。

“您从谁那儿知道我病了？”

“在区委里知道的。维克多·奥迦诺夫上我们那儿去过，是他说的。希罗柯高罗夫来了两次电话。妈妈因为您的病可伤心哪。”

“怕我会抛弃房子，对不对？”

“是的，她怕。”

“那么您呢？”

那是她第一次抬起头来用关切的目光望着他。

“我不怕您什么。我只是想跟您说，我在您的面前是有罪的——我当时想，您是为了漂亮的别墅才上我们这儿来的……”

伏罗巴耶夫想反驳她，可是被她止住了。

“别生我的气，我的嘴有时很刻毒。我全明白。”

“我看您其实是非常善良的，列娜，又善良又可亲。您打定了主意，就上我这儿来了。您大概是走来的吧？真够朋友。让我来握握您的手。您真是走来的吗？”

她看到这里有些什么不对头，似乎内心在做着斗争，不自然地勉强伸出手，接着连忙从榻上站起来，告辞了。

他硬把她留住。

在她的举动里，在她对客套和手势的憎恶里，在她对他含蓄的关心里，存在着一种非常可贵的东西。

他们还谈到了他的健康，谈到了房子，也谈到了晴朗的天气。

天色已经黑了。伏罗巴耶夫猜想列娜是走来的，就不再强留她。路上是荒芜人迹的。

“谢谢您还记得我，列娜。等我起了床，我就经营房子，我要跟你们像地主一样过日子，我们将有一个自己的家。真的，我们会有的。我把我的谢辽查带来，让他跟您的女儿一起玩吧。”

列娜垂下眼睛，偶或迅速地向他注视一眼，看他是不是在开玩笑，不过什么也没回答。

“好，健康起来吧。只是，注意，对谁也不要说，我到您这儿来过。我不爱……”她没有说完就向大门走去，一面走，一面回过身来，对他点点头，以回答他最后说出来的要求——把所有来信和电报都转送到这里来。

她一走到村街上，她那轻轻的脚步声就立刻听不见了。

后来他很久地想着她的来访。是的，她也像他一样苦难。他还不知道他能不能使她的生活变得轻松一些，不过他衷心希望这个沉默寡言的女人一切都能如意。在他看来，到那时他的情形也会变得好一些。他愿意列娜能在他的帮助下过得轻松一些、愉快一些。当世界上有人需要您的帮助时，您是快乐的。

大家决定在每个人家里轮流开会。由于伏罗巴耶夫还不能走路，第一次会就在钦巴耳家里举行。

来的有预先被邀请的希罗柯高罗夫、儿童疗养院院长马丽雅·鲍格达诺夫娜、从五一集体农庄来的波德聂别斯柯夫妇、高罗德卓夫，以及许多从加里宁集体农庄来的人。

出乎大家意料的是气象学家扎鲁宾居然也从山上下来了。他是一个瘦瘦的高个子，留着蓬乱的、尖端被自制煤油灯烧焦了的灰色胡髭。

他的身上闻得到新鲜西瓜的味道和高山的清凉气息。他谈到风，就像谈到气象台上的同事一般。

“去年的风就完全不同——狂放不羁，变化无常。可是今年的风却是强劲有力，北方来的，不屈不挠，简直美极了！我跟它在一起很舒服，我们常常谈天。”

扎鲁宾下山来原是为了拿报纸，但一知道俱乐部开幕的消息，就留下来，希望能够弄到一批书。他是一个长篇小说的热烈爱好者。

“短篇小说只是些玩笑罢了，”他说道，一面吹着胡髭，以免它们落进嘴里去。“你还没有念上劲，它已经结束了。我们山上是长篇小说的世界，一部书总可以念上两三个夜晚。”

磊巴谦柯中校也像伏罗巴耶夫一样，跑来想找寻一个清静的码头，可是却当了集体渔场的主席。他带来了三公斤鲜鱼。电机匠谢尔裘克带了一张欧洲地图来。他什么也不问，就小心翼翼地把地图挂在墙上，庄重地用拳头盖住嘴巴咳嗽。他跟自己的地图总是不相分离，因为在他看来，在任何国际问题的重要集会上，当演说者需要一张好的地图时，就用得到他。谢尔裘克还带着一根长长的藤条、许多带小旗的别针和两只用来指示双方阵地的红蓝线团。

战前谢尔裘克是农机站里的一名机工。后来当近卫军上尉，受了伤,复员了。他不想重操旧业,就在加里宁集体农庄弄到一个电工的职位,虽然线路还没有恢复。他玩着手风琴,常常为了办事到区中心去,老是在为集体农庄的事跟人家通讯,他的样子永远是忙碌的、不满足的,有时还显出痛苦的神情,虽然大家都知道他是一个不可救药的懒鬼,就像一个不可救药的酒鬼那样。

"谢尔裘克,你最好还是抛开你的勋章,去拿把鹤嘴锄吧。"伏罗巴耶夫第一次碰到谢尔裘克就劝他,可是他只莫名其妙地笑了笑。

"好吧,上校同志,我就去拿鹤嘴锄,去干活吧！不过,请问去干些什么活？您把事情看得太笼统了。"

"怎么太笼统了！拿起鹤嘴锄,排到队伍里去,用不着装得像个老爷!"

"您说叫我拿起鹤嘴锄,挤到队伍里去吗？噢！那么专门技术呢？我是一名技术一流的机工。您糟蹋干部!"

不过伏罗巴耶夫看到谢尔裘克是在狡辩,在期待着什么。

"生活过得怎样?"

"哦,生活！这算得上什么生活！战利品一用光,就完了。"

然而连这也是句假话。他并没有什么战利品,除了十来张他用来"出租"的德国印制的地图和一架手风琴之外——这架手风琴他整天坐在屋前的长凳上把玩,要是没有人请他去参加晚会的话。

他喜欢过这种无忧无虑的生活,千方百计把它尽量延长,却不知道最好该怎么办。

在演说开始之前,包索夫肩上掮着一小桶酒,气喘吁吁地跑来。他报告说,奥迦诺夫夫妇不来了:维克多病了,伐尔娃腊留在家里陪他。最后,当伏罗巴耶夫开始说话的时候,进来了塔季雅娜·米哈依洛夫娜·扎依企克和卡嘉·摩拉维耶娃，后者在管理图书阅览室，同时领导着国防航空化学建设后援会和红十字会小组，又是养蜂函授学校的学生。她没有家庭，因此大家就常常把别的集体农庄庄员所无暇兼顾的社会工作推到她身上。昨天才推她当壁报的编辑，又想派她去参加亚热带作物专修班，不过这样一来，她原来担任的各项工作将被迫全部放弃。结果，总算在大家的惋惜声中，她被免除了这项派遣。

大家都期待伏罗巴耶夫作一个长篇的军事形势报告，很少有人知道演说的竟是从德国囚禁归来的安尼雅·斯土品娜，而伏罗巴耶夫只为她的报告致了几句介绍辞和一些必要的评语。斯土品娜激动得说不出话来，结果最初几句不得不由伏罗巴耶夫代说。不过，她很快就恢复常态，而当她描写自己途中所受的苦难，以及讲到怎样失去朋友们时，在挤得无以复加的小房间里，男人们就像听到口令似的都开始抽起烟来，而女人们——感情更容易外露的人们——都感动得重重地吸着鼻子。关于自己的欧洲旅行，以及最后关于归来的情形，斯土品娜讲得那么有声有色，就连直到此刻老是在讥讽地微笑着的气象学家，也忍不住几次用拳头敲着桌子，而伏罗巴耶夫差不多用不到再作什么补充了。

在斯土品娜讲完话之后，休息了一会儿。然后，塔季雅娜·扎依企克用低低的胆怯的、在任何一分钟里都可能撕裂的声音，补充了安尼雅的忏悔。她讲到她的丈夫哈里顿·伊凡内奇跟别的六个游击队员怎样在德国人征募青年的时候来到村子里，他们宣传反对自愿跑去当奴隶，可是就在学校之前的广场上被折磨死了。

伏罗巴耶夫提议把学校前面的广场称为“阵亡英雄广场”，提议被通过了。他又提议把他们作战过的那条路称为“游击队路”，也被通过了。

“俗话说：‘四海之内皆兄弟’。我们大家应该互相认识认识，”伏罗巴耶夫瞧瞧希罗柯高罗夫，用目光吸引着全体听众的注意说。“我们中间有一位著名的酿酒家，谢尔盖依·康斯坦京内奇·希罗柯高罗夫。听他说话一定是很有趣的。我们这里还有一位全国闻名的葡萄专家，一个实干家，战争英雄奥巴那斯·伊凡内奇·钦巴耳。直到现在我还记得他在库班告诉我的葡萄品种。我们这里有……”

“……有伏罗巴耶夫上校！”安尼雅带着无法抑制的敬爱之情那么大声地叫出来，引得许多人都连忙对她摆手。

“必须听听你说，阿列克赛·维他命内奇，听你！”接着就传出了几个人的声音。

“好的，也听听我吧。之后我们必须跟邻居们认识认识。今天到我们这里来做客的有从五一集体农庄来的波德聂别斯柯夫妇，和从米高扬集体农庄来的高罗德卓夫同志；他们三个都是能干的人，都受过生活的磨炼……”

伏罗巴耶夫说话的时候发觉谢尔裘克冷漠无情的脸上也浮起了兴奋的神色，皱紧眉头，接连地吐着烟圈。伏罗巴耶夫立刻想到这个懒鬼大概也想在集体农庄群众面前换一副面目，想把与会的人们还不知道的自己的另一面显露出来吧。

“还有谁发言？谁愿意说话？”

谢尔裘克并没有马上发言。他局促起来，始终皱着眉头，眼睛望着地面，最后平心静气地说：

“要是把话题扩大一些……那么……我是到过美国的……要是你们对这感到兴趣，那么……”

大家都感到说不出的惊奇：谢尔裘克——到过美国？

休息还没有完毕。在大俱乐部里称为休息的,在小俱乐部里就成为“节目”的核心。坐着,谈着话。作为主席的钦巴耳用包索夫带来的酒享客;有几个人在煎鲜鱼,不知谁放下了十个葱头。他们吃着,现出津津有味的样子。

磊巴谦柯说:

“安尼雅讲得很好。要是她把所经历的全部记录下来,将会成为一本怎样了不起的书呀,《横越欧洲》,可以这么叫它。邻人们,我想写一本书,叫做《我的五年计划》。”

大家都留神听着。

“这是本什么书?”

“这很简单。我未来五年的计划。”

磊巴谦柯匆匆从水手服(他还穿着蓝色的海军制服)的口袋里掏出一本厚厚的小册子来,拿它在听众面前一扬。

“邻居同志们,我的全部计划都在这里了。我开始先要造一所房子……”

“他也在造房子,”伏罗巴耶夫笑着想。“建筑师全都聚在一起了。”

“我从一座渔夫的房子开始,怎样建造和造些什么都已经决定了。第三年春天——旁边要造一所集体农庄的花园。第四年春天——养蜜蜂。到五年计划结束的时候,我要作一幅画,并且把它挂在我们的红角里——《凯赤半岛的登陆》……”

“天哪!您也到过那里吗?”钦巴耳激动得站起来。

“到过!是同乡吗?”

“哦,怎么不是同乡呢!啊,天哪,战争使大家全都改了样了,没有什么外人,都是一家人!”

他们谈到在战争时期人们都长大了,谈到明天的计划。

“最好写些外国人的事,”安尼雅建议说。“我在没有认识他们之前,对他们很感兴趣。可是当我知道得多一些后,我就简直后悔自己以前的趣味。他们都很小气。”

大家也谈到前线的形势,幻想着丰收。

要不是铁皮屋顶被风刮得格勒勒发响,他们真会这么坐着,一直谈到公鸡报晓。风好像一只淘气的野猫,咆哮着,在铁皮屋顶上跑来跑去,然后又无声无息地没入花园深处。

“讨厌鬼!这是叫我们散场的信号。”

不过话别又费了很多工夫,大家在院子里抽着烟,然后到街道上再次话别。

波德聂别斯柯夫妇走得最晚。

他们想告诉伏罗巴耶夫,说他们被这个晚会深深地感动了,今后他们的日子会好过些了,因为周围有这么多有趣的好人,然而他们却只握了握他的双手,希望他早日起床。

伏罗巴耶夫也被感动并为之着迷了。

仿佛什么事也不曾发生——他们只是聚拢来谈谈天,不过显然人们觉得单是谈谈天不够,他们还需要拍拍谁的肩膀,领略领略谁的同情的目光,而这么一来就可以增强自己的信心。

伏罗巴耶夫好久没有像现在这样跟人们亲近过,也好久没有像现在这样跟他们和好过。

现在他不是一个长官,他不作任何决定,也不主持什么,不过人有时候需要一个良好的听讲者和善意的顾问。

在一个晚上，伏罗巴耶夫就知道了许多柯磊托夫根本想不到的事。

他长久地闭住眼睛躺着，想着命运把他跟他们联在一起的人们……

他以前作战的工作现在以新的方式闪现在他面前。以前他一直不了解自己连的和团的优秀鼓动员们成功的因素！他应该承认过去他没有懂得，直到现在，这问题在他已经不需要了，他才明白其中的诀窍。

埋头苦干的人们胜利了。口若悬河的演说家和机灵过人的小丑输了，失败了，瞠目结舌和沉默寡言的人们胜利了。奋不顾身的人们胜利了。勇敢的人们在宣传鼓动方面也胜利了，这是谁也没料到的。

在葡萄园的栽培工作上，这种人也像在白刃战里一样需要。现在他非常满足地想着集体农庄庄员们给他起的绰号。“维他命内奇”是一个很好的评语。

太阳刚从海里探出头来，空中正荡漾着最初几道黄澄澄的曙光，伏罗巴耶夫就从自己的榻上，从自己睡觉的瞭望台上，用望远镜辨认着五一农场李斯林葡萄园里娜泰莎·波德聂别斯柯红得像石榴花一样的衣衫。

尤黎总是陪着她。也许是趁人们还在睡觉的时候吧，他们在国营农场的旧菜园里搜寻着胡萝卜，然后苏苏地嚼着，互相依偎着，站在那里，像孩子一样兴致勃勃地欣赏着从青灰色地平线里冉冉升起的日出的景象。

在这一刻里，海洋之上的天空呈现着在以后一整天里不再出现的色调。接近地平线的那层绿幽幽的天空逐渐变成难以捉摸的乳白色，变成柠檬黄色，在这上面是一条雾气笼罩的青色的带子直达天顶，而在这条带子之上，闪烁着，颤抖着，燃烧着一颗光芒四射的在海洋上空自由地翱翔着的巨大晨星。

每次当伏罗巴耶夫看到波德聂别斯柯伉俪清早出来散步的时候，他总感到一种无法克制的激动。在忍受了夺去他们最好几年青春的残酷战争之后，在丧失了家乡和耗尽了自己的力气之后，他们在大海和太阳之前互相依偎着，两个人单独面对着整个大自然，幸福得仿佛是初恋的第一天。

之后出现了奥迦诺夫夫妇。

伐尔娃腊用不着拿望远镜去找寻。她那尖锐响亮、只有在南方才有的声音，即使经过长距离，也一点不会减低。只有小鸟才这样叫嚷，它们除了吸气的时候从来不沉默。

她一面叫嚷，一面指手画脚。伏罗巴耶夫猜想她清早发牢骚的对像一定是维克多·奥迦诺夫，这个“官僚主义的懒鬼”，她总是这么称呼他。她大声说她要把他打死，因为她在那些信任她这个寄生虫丈夫的人们面前感到羞耻。他们这批该死的家伙当时选举他这个“爱好瞌睡的废物”，现在却又一味嘲弄他。伐尔娃腊对她的丈夫至今仍默默无闻很有意见，她怎么也不同意，要她丈夫比别人多做些。

大概，在这种叫嚷里，最后几句是针对伏罗巴耶夫而发的，因为当他用望远镜望着狂怒的伐尔娃腊时，他发觉她往往对着加里宁集体农庄的方向点着头，而且有时还对这个方向挥动她那有力的拳头。

伐尔娃腊的叫嚷表示一天工作的开始。她的声音一静止，直到中午就再没有什么东西来扰乱大家的宁静了。到了中午，总又是她第一个唱起歌来。

她是一个精力旺盛的能干女人，生活过得很规矩，不过她的话却连一个字也不能相信。

差不多就在那个黑暗和光明交替的无名时刻里，在伏罗巴耶夫望不见的海岸的低处，开始传出马达的达达声，磊巴谦柯中校的"智神星"号喷着一圈圈烟雾驶到海里。当汽艇驶到从钦巴耳房子里望得见的距离时，磊巴谦柯就鸣汽笛。伏罗巴耶夫也就在鸟棚杆子上升起一面小红旗来回答。白天正式宣告开始。

现在伏罗巴耶夫仿佛成了神话里的传声石了，不论谁都可以信任地委托他许多事情，他会把它们完成，因为他没有别的事，而且永远不离开。

有人从街上隔墙对他嚷道：

"阿列克赛·维他命内奇，对不起，舒斯托夫一来，您就告诉他区里要他去！"

"好的，我对他说。"

后来他听到了重重的、不均匀的脚步声。

"是舒斯托夫吗？"

"是我。"

"区里要您去。"

"多谢。钦巴耳不在家吗？等他回来了，叫他赶紧去看看肥料。有命令呢。"

安尼雅·斯土品娜跑了来。

"马丽雅·鲍格达诺夫娜的疗养院里送来了许多战争中的残疾儿童。哦，我的爹！没有手，没有脚……我们决定轮流照顾他们。啊，我几乎忘掉了——有一个包裹给您。"不等他打开包裹——里面是一块咸肉，她就溜走了。

有一次村苏维埃书记走来,他惊惶地报告说他桌上的日历不知被谁拿去了。

“叫我怎么办呢?”

“不,我想说不定您知道是谁……”

不过最使他感动的是(他从斯土品娜处秘密知道的)在他所没有参加的第二次晚会上,大家决定在夏天之前由集体农庄拨款给他修理好一座小房子。那座房子就在钦巴耳房子旁边,没有窗,也没有门。有一次他听到有人在街上嚷着:

“别在伏罗巴耶夫的住地放羊,该死的!”

现在他有多少房子可以弄到手!只要活着就行。是的,事实上他已经精神饱满地生活着。

不久就要死这个问题,现在已经没有工夫去想它了。人们走来向他申诉,告诉他自己的成功,同他商量事情;他写信给前线的朋友,又帮人家给省报写通讯,有时又考虑向柯磊托夫报告情况。

伏罗巴耶夫想:柯磊托夫是个单干户。他完全不懂得该怎样领导。要是让他去当乐队指挥,他一定不去指挥音乐家们,而是自己从一件乐器到另一件乐器轮流着去弹奏。不过,他是这么热爱自己的区,许多事情可以因此原谅他。他使大家感到苦恼,大家还是尊敬他。不过,大家都感到,要是另外出现一个更有力的人物,那么所有的积极分子都会离开柯磊托夫,而去跟随那个新的领袖。

第五章

大除夕，奥迦诺娃给上校带来了定期的营养品和邮件。还没有跑近钦巴耳的房子，她就勒住了马，被面前的景象吓得目瞪口呆了。

老头儿蛮不讲理地用斧头斫着上校的假腿，而上校却扶住竹杖用一只腿跳着，要求他至少把金属骨架给他留下来。

“他把我的腿给毁了！放手，我说！”伏罗巴耶夫嚷着，呵呵地笑着，同时跟走开去的钦巴耳保持一定距离。钦巴耳挥动斧头，高声说：

“瞧吧，你这狗东西！你就爬着走吧！瞧！”

“和平人民向你们敬礼！”奥迦诺娃从远处嚷道，同时像强盗一般吹了一声口哨。“打吧，打到最后胜利为止！……”她向伏罗巴耶夫使着眼色，要他过来，她自己显然不愿意踏进钦巴耳的危险地带。

“他干吗这样？”奥迦诺娃嗑着瓜子，漫不经心地问。

“哦，那个老家伙，”伏罗巴耶夫气喘吁吁，握着她的手。“我早就该工作了，可是他不放我。带来了什么新闻没有，奥迦诺娃？”

奥迦诺娃傲慢地撅了撅嘴，在交给他一包食物之前，先装模作样地叹了一口气，说：

“嘿,我看到了你们区委里的那个列娜了。不错……您究竟怎么打算? 还是跟她同居吧,真的……”

伏罗巴耶夫倚着车杠,还完全摸不着头脑。奥迦诺娃在忙碌地整理马车上的货物。

“我才告诉了她的妈妈,她的妈妈就立刻团团打转说:‘整天到晚就是幻想怎样给我的上校创造幸福,可是,有什么用。他生得太骄傲了……’这是在说您。”

“哦,天哪,命运叫我碰到这样一个傻瓜!”伏罗巴耶夫想。他从马车旁边跳了开去,坐在墙脚边的土阶上。

“您干吗,见鬼,您干吗管我的闲事? 谁请过您给我做媒的? 如今您把我在她们家里的关系从此给毁了!”

奥迦诺娃把一袋马铃薯卸在地上,在他的身旁坐下来,嘴唇噙着瓜子笑着。

“哼!”她把他推到一边。“我把您给毁了! 请问为什么要把您给毁了呢? ……还说您不爱她,她也不爱您……请听我说……列娜不是一个坏女人,说实在的,不坏。您说她有一个女孩子吗? 哦,那有什么关系,您也有一个男孩子,正好配对……呵,别跟我说了! 我知道您的生活! 衣服有一个多月没洗了! 衬衫裤破得像渔网。您给我闭嘴!”

她挽住伏罗巴耶夫的手臂,挨着他,向他的眼睛望了一下。

“我们大家向您问好……在区委会上,阿列克赛·维他命内奇,我们受了称赞……关于您也谈得很多。”

局面顿时改变了。伏罗巴耶夫没想到会从奥迦诺娃嘴里听到新闻,他很高兴,这新闻改变了话题。

他凑近她的眼睛旁边。

“呵,呵,呵……您说吧,”他和蔼可亲地微笑了一下。

她根据习惯在开头一瞬间想跟他开玩笑,说他现在只能咪呜咪呜地叫了——因为他好像一头捉到了老鼠的猫,可是突然想到这个比方对于自己有些不便,就轻轻地欠了一下身子,眼睛移到一边,因此她的脸就感觉到了他的呼吸。她开始吞吞吐吐地讲他要求她讲的事。然而,她马上就忘掉了他的要求,匆促而含糊地讲着区里怎样起初责备伏罗巴耶夫,后来又称赞他,说他是大家的模范,接着她沉默了。可是立刻又啰唆地谈到列娜、伏罗巴耶夫的房子和集体农庄的事。

从她啰里啰唆的话里,伏罗巴耶夫弄明白了,柯磊托夫——她在前天看到过他,跟她谈了一个钟头光景的话,每隔两三句总说:“你必须把这个转告你的上校。”接着奥迦诺娃又停了一刹那,咳嗽几声,用滑稽的声音说:

“我对柯磊托夫说:‘他是我的什么? 我对他的关系——还不只是集体农庄里的一个种田朋友? 他——我说——并不爱我,’可是柯磊托夫同志摊开手说:‘那事不归我管,不过我想我们必须把这个情况看做工作不力而给你记下来……’真的! 这样一个爱开玩笑的家伙,您真想不到! 后来我对他说:‘柯磊托夫同志,让我们来给我们的上校和您的列娜攀亲吧……,可是他说:‘你说什么,你说什么,把我最后一批干部’,我可明白那边有些什么干部,以及作什么用的,”伐尔娃腊眨了一下眼睛。“我对他说:‘为什么不好? 一个有功劳的人,人品伟大,是个鳏夫……对不对?’我这样问他。‘对,’他说,‘奥迦诺娃,只是做媒且等一等吧,让伏罗巴耶夫身体健康了,那时再……’哦,你们那个柯磊托夫呀,真狡猾,我可把他摸透了……”

伏罗巴耶夫像摇一只停了的表似的把她摇了一下。她呵呵地笑着，继续讲集体农庄的事，她虽然讲得颠三倒四，毫无条理，不过还是可以从她的话里听出，那边的情形并不坏，因为人民相信自己的力量和自己的才能是足够的。

“那么，这里的情形糟吗？”她匆匆地说，可是他听不清。

“什么？呵，是的……糟，很糟。”

“那您为什么不给大家指明一条出路呢？全部希望都在您一个人身上呀。”

“我在这里还没有看到过什么人，我不知道可以去找谁，”他伤心地承认，但立刻又懊悔自己不该这么说。

奥迦诺娃马上抓住他的话，仿佛他信任地把什么重大的罪孽告诉了她，因此她将跟他分担责任。

“阿列克赛·维他命内奇，难道我们的情况您就了解吗？”奥迦诺娃仿佛向他提醒什么私人的事，问。“在我没有跑到您面前来之前，您就非常不了解。真的，不瞒您说，我那时几乎要把您打死呢，但是后来可像亲人一般缠着您了。我的维克多，您知道，已经在吃醋了。他说：‘您总是把我跟您上校的事搞错。’您瞧，他说了什么，流氓！”她得意洋洋地说，以丈夫的醋劲自豪。

伏罗巴耶夫心慌意乱地翻阅着送来的信件。

“我该走了吧？”奥迦诺娃掠着头发，懒洋洋地问，转身背对着一个过路的集体农庄庄员，仿佛不愿被人家认出似的。

“你走吧，”伏罗巴耶夫冷冷地回答。“向大家问好！”他向房子里跳去，心里恨世界上的一切，而首先恨这个该死的奥迦诺娃。

要是您打算死在您那滨海的荒村里，那么请您叫人把我的信件撒在您的棺木上。

“我差不多天天都在给您写信，而且在没有获得您的回信之前，将一直写下去。

“我不来问您过得怎么样：像您这样的人是不可能好好生活的，我宁愿向您报告一些自己的情形，使您知道我在什么地方。

“那么就让我来告诉您吧，罗马尼亚，正像您所知道的，我们早已看到了，而且已经部分地忘记了。世界上没有一个坏的民族，而只有坏的人。这句话如果是正确的，那么我要说，在罗马尼亚坏人相当多，甚至可以说是过分多。

“罗马尼亚人是实事求是的，同时也是考虑不周的。环境把他们教育成这样。我曾经几次捉住布加勒斯特的侍者，因为他们把什么战事税记在我的账上。有一次我还因为这件事在一家咖啡馆里演说，我说得相当愤激，我说这是我把他们打败了，不是他们把我打败了，因此我没有义务缴付赔款。效果是惊人地好，虽然我的法国话据我看来并不是人人都听得懂。

“罗马尼亚的伟人纪念碑多得使人眼花缭乱，因为简直没有一个城镇或小村里面不矗立着什么思想伟人的纪念碑。我们的红军战士不知为什么把这些纪念碑称作‘管家人’。

“特兰斯瓦尼亚不及罗马尼亚本土漂亮，但是比较温饱些。不过，现在我们，就是说我和我的军团已经到了匈牙利。关于匈牙利跟您说些什么好呢？

“这个国家可惜一点儿也不像我从伊列什[①]小说里所知道的

① 伊列什(1895—1974)，匈牙利作家，著有长篇小说《蒂萨河在燃烧》。

那个。首先,匈牙利具有一种中世纪的气息。城堡、皮袄、鹿角、家谱、15世纪风行一时的鬈毛野猪、红胡椒汁,以及奇特的歌曲、闻所未闻的大胆的民族旋律、豪华的布达佩斯歌剧,不过这些事以后再说吧。

"当您读到我们第三乌克兰战线军队突破布达佩斯西南防线时,难道您的心真的不曾被欢乐的情绪——我们的军团在最前面,所激动吗?

"那么,高兴高兴吧,我们的军团抢在大家之前!

"在比奇卡城下,乔治·彼特罗维奇的一师被围困了,不过打得很激烈。他们答应他把指挥所撤出包围圈,可是他拒绝了。我真想吻他。

"我惋惜只有我一个人,谁也没有注意到从某个时候起我变得多么大胆无畏呵。这不是由于急功好名,而是由于孤独。

"我变得更大胆,同时也更细心。您一定猜不到——为了什么?我要活到胜利的一天!等我复员后,我还要跟您进行一场巨大的斗争,我要在这场斗争中取得胜利,而现在正在积聚经验。

"关于我的工作我什么也不告诉您,因为现在我已经不知道,您对这事还有多少兴趣,虽然我非常想吹吹牛。您所有的朋友都活着。

"您可以不给我写信,不必因为这会引起我的创痛而自寻烦恼,也不用在我的面前感觉自己是一个罪人。您只要记着我、想着我、等着我就好了,唉,您这个可怜的人。

阿·高

“不，何必还要自寻烦恼，既然已经决定了，那就算了，”他咬咬嘴唇，自言自语。“叫我把她带到哪儿去呢？嘿，真是废话！跟她一起住到苏陵娜家里去，还是在几个集体农庄里兜来兜去，没有吃，没有喝？……不，决不！”

他不看从前线寄来的信，却拆开索菲雅·伊凡诺夫娜·苏陵娜折成三角形的信。拆开了念下去，好像进入一个光怪陆离的梦。

索菲雅·伊凡诺夫娜在信里告诉他（起初他对她的话连一个字也不相信），她代他领了贷款，修好了屋顶，买了玻璃，翻掘了整个院子——“改作菜园或者什么悉听尊便”，收藏了铁门，收集了整整一个地窖的石灰石，种了三百棵草莓，弄到了一头小猎狗；如今她胆怯地问他的未来计划怎样，他有没有考虑到跟她一起经营。她用慎重的措辞报告伏罗巴耶夫说，她已经通知幼儿园主任，不久从莫斯科将有一个（“重要的”，她这么写）男孩子要来，还说她的外孙女塔尼雅也在不耐烦地等待着莫斯科小朋友的来到。照索菲雅·伊凡诺夫娜的意见，他们房子所在那一区的天气，要比街上任何别的地方好得多。她保证山上吹来的风会绕过他们的住宅，而海里飘来的雾会在没有到达房子之前就消散。她发誓，他们那块地皮上的阳光要比邻居们多得多，因此，水果和蔬菜将会格外甜美可口。

“而我的列诺奇卡呀，整天像野小鬼似的在忙着区委的工作，”索菲雅·伊凡诺夫娜很信任地写道，“关于房子的事她对我说：‘我不是主人，这里您跟上校是主人，而我只不过是一个房客罢了。’好吧，我要向这个房客征收实物：我要她在放假的日子翻掘院子。”

总之，房子就像智齿那样痛苦地在他身上长出来。

他复了员，自然，这是他的错误。一个通晓两国语言、富有作战经验的政工干部现在比任何时候更被需要，因为军队要在欧洲驻扎几年，必须教会那些从伊尔狄施或者阿摩·达利两岸跑来、准备打到柏林去的战士怎样跟欧洲人打交道。

他的手重又伸出去拿部队里寄来的信，可是他没有勇气把它们拆开。信里可能提到的一切，他都已经知道了。他闭上眼睛，看到了老朋友们亲爱的面貌，他的心绞痛着，而他周围的一切都一下子变得黯淡和讨厌了。到那边去，那边去，见鬼，真想到那边去呀！

“我要去，我一定要去，我再也不能待在这儿了，”然而，这时他记起了自己的情形来，就用拳头捶着桌子。

“是你在叫我吗？”奥巴那斯·伊凡内奇隔着板壁心平气和地问。“简直好像在酒店里一样，叫人不说话，而敲东西。”

“对不起，奥巴那斯·伊凡内奇，实在是因为心里难受。”

“你还是稍微收拾一下吧，总有什么人要来的。”

“什么人要来？……哦，今天大除夕得守岁！瞧我的记性！”

这几句话在他心里只引起伤感，仿佛新年将要带来的不是快乐的希望，而是更凄凉的绝望和苦难。然而，随着新年的来临，胜利已经在望了。这可不是玩笑！

“可是你把我的假腿斫掉了，叫我怎么走呢？”

“斫掉了，因为我们已经给你定做一只新的了。新年礼物。拿去吧！珍惜我们对你的敬爱。”

奥巴那斯·伊凡内奇·钦巴耳从隔壁拿来一位老师傅特地为他造的出色的假腿，这是集体农庄特地从省中心去定来的。

大除夕夜晚，伏罗巴耶夫跟钦巴耳被邀去参加集体农庄三公里外的马丽雅·鲍格达诺夫娜儿童疗养院的松树晚会。

疗养院院长是奥巴那斯·伊凡内奇的朋友，他帮她经营葡萄园，而且照他自己的说法，是“百事顾问”。

还在前天他们就收到孩子们用报纸手绘的请柬。不去是说不过去的，而且有机会到人们中间，跟大家共度全人类所希望和期待的时刻，何必两人孤独地相对而坐呢。

他们出发的时候天还没有黑，这样他们可以不慌不忙地踱到那里。

自从他躺下以来，自然界的景色起了很大的变化。当时一切都呈现着黄澄澄的颜色，即使在没有阳光的时候，也有千万条欢乐的色彩在闪耀。现在一切都变成灰黄色，千篇一律，轮廓清楚，仿佛在立体镜里看到的一样。自然在卖弄着远景，树林变得稀疏了，出现了新的空间，而空间后面则是海和悬崖，在山和海的后面是天。一切都是透明的，虚无缥缈的。黄昏来得很快，接着夜幕也放了下来。

这个南方的除夕是不平凡的、温暖的，挥发着早已干枯、但始终没有从枝上落下的山楂的扁桃般芳香。

海看不出来了，它在远处只能根据空气的流动和一切固定线条的变幻来加以推测，而对于这种固定的线条人的眼睛是习惯的，感到平静的。所有的声音，所有的云彩，所有的星星，都没入、都消失在此刻像天空一样不可捉摸的白茫茫的海洋里了。

前天集体农庄遭到一场大雷雨，疯狂的闪电闪烁着，向地面刺射，雷声隆隆，骤雨哗啦哗啦地震耳欲聋——这样的雨只有在夏天酷热的顶点时才会遇到。但在同一时间，山顶却深埋在雪里，闪电的光辉反映在被高高屹立的苍松的尖顶所刺破的铅灰色雪里，形成一幅光怪陆离的图画。

“一个俄罗斯人到底不能没有雪，”伏罗巴耶夫笑着说。“以前我从来没有爱过我们这里的严寒，”他继续说，“如今却在梦里看见了雪，听到了树木格格的断裂声，看见月亮大得像一扇通往另一个世界的明窗。美极了……”

“不过我到哪里都不会感到寂寞，”钦巴耳说。“给我山，我会跟山习惯起来。给我海，我也不会感到局促不安。俄罗斯人，我认为，阿列克赛·维他命内奇，这是人间的演员。”

“你说得真对：俄罗斯人是人间的演员。他会表演和感觉一切，也能领略人家的文化和人家的风俗，同时却又忠实于自己的东西。真的，你说得妙极了！正因为这个缘故，我们对自己要求这样严格。我们是一个演员的民族，一个艺术家的民族。”

料事如神的马丽雅·鲍格达诺夫娜派了斯土品娜跟她的女孩子们来迎接他们。

她们把他们团团围住，女孩子们彼此踩着脚，喊着喔唷，赔着不是，在一片歌声中把他们带到屋子里。

当他们因为自己的迟到而面红耳赤，在几百双好奇的目光下走进大厅的时候，化装舞会已经达到了高潮。大厅中间放着一棵扎着自制玩具的松树，树脚下密密地围着一堆棉花。

化装得形形色色的孩子的长队已经在走进厅里来了。不知谁在喊着：“一，二，三！”手风琴手演奏起来了，孩子们情绪激昂不能一下子按着节拍唱起来：

交出您的记录簿来吧，

旧年朋友，
快乐的十月儿童，
跑来替你接班。

队伍由一个身体结实、鬈发蓬松、头上戴着一只金纸剪成新月的大屁股姑娘领头。

"她从德国人的集中营里逃走过两次。"无所不知的钦巴耳告诉他说。

在女孩后面有个约莫十三岁、没有右手的男孩在跳舞。他打扮成一个高山居民的模样，嘴上挂着黑色棉花做的胡子，头上戴着一顶旧松鼠皮袖筒改成的帽子，身上披着一件大毛巾做的斗篷。

接着是一个六岁光景的小"医生"，头戴有红十字标志的白帽子，从白外套的口袋里还好玩地露出来一副听诊器。"医生"的鼻子上架着一副没有玻璃的角边眼镜，这使他显得更像个学者。

在"医生"之后走着的是：肩上张着两只用红药水涂红的纱布和铁丝扎成翅膀的蝴蝶姑娘，穿宽大的格子布裙子和草鞋的"梁赞农妇"，脚穿一双细棉布靴子的"坦克手"，穿着镶有红条子短裤、骑在一匹嘴上不知怎的长着胡髭的木马的"顿河哥萨克"，手拿着一只煎锅的"女厨子"，系着用包巧克力糖锡纸制成的盔甲的"亚历山大·聂夫斯基①"。

这一切都是那么动人，那么可爱和可怜，使人不禁快乐和感动得流出泪来。瞎，财富，财富又算得了什么！

靠墙站着一排成年人，眯缝着亮晶晶的眼睛，擦着涨得通红的脸，默默地注视着孩子们的行列。

---

① 亚历山大·聂夫斯基(1220—63)，俄罗斯公爵。

马丽雅·鲍格达诺夫娜·密烈日柯娃，疗养院院长，给人的印象是一个全身都显得很强壮的女人。有力的双腿稳稳当当地支持着结实的身子，一双大手像运动员一样发达。她的步伐稳健有力，仿佛她不是在走路，而是按着只有她一人听见的乐声踏着军步。

"我们等了您好久了，"她带着谴责的神气说，挽住伏罗巴耶夫的手，要把他带到什么地方去。"孩子们早就想见见您了，可是您来迟了，我只能把几个介绍给您。"

他们走出客厅，沿着一条黑暗的玻璃顶走廊来到其他几个房间，那里有收音机的声音传出来。

"这几个是我的哲学家。"密烈日柯娃迎着声音开了门说。

谁也没有预先告诉伏罗巴耶夫，他在被带到什么地方去，以及他将看到些什么，因此当他发觉他来到的房间里有四个残疾孩子躺在四张靠近桌子的小床上，他的脸不由得打了个哆嗦。无线电在播送莫斯科音乐会的节目。孩子们都全神贯注地听着音乐，他们老大不高兴地向进来的人们转过身去。

密烈日柯娃做了一个手势要他们把收音机关上。不过，看样子他们没有立刻领会她的意思。在这种无声的谈话继续下去的当儿，伏罗巴耶夫小心翼翼地向四周环顾着。离开他两步，躺着一个十三四岁的女孩子，她用一只没有指头的手支着身体。她生有一双浅蓝色的、宛如用笔画成的眼睛，一张玲珑的富有思想的小脸和一头深栗色头发。第一眼看去，她不可捉摸地有些像伏鲁别尔名画里的塔玛腊①，不过这个

① 伏鲁别尔(1856—1910)，俄罗斯象征主义画家。塔玛腊是莱蒙托夫长诗《恶魔》里的女主角。

文学性比拟是不正确的,因为在她,在这个女孩子身上没有半点浪漫气息。她一点也不装腔作势。她的旁边,靠近扩音器的地方放着一张差不多一半空着的床,床上俯卧着一个身体非常矮小的男孩,甚至可以说是孩子身体的一部分。伏罗巴耶夫注意到鬈发的头、瘦削的颈项和与年龄不相称的狭窄肩膀,孩子的牙齿咬着一支铅笔,用这种方式在簿子里画着什么。伏罗巴耶夫突然猜到孩子的身体怎么是这个模样,脸上涌起一阵红晕,他尴尬地把目光移到一旁。然而,在这个安静的、乐声荡漾的房间里,目光是无处可以休息的。接着他看到一个没有两腿的男孩勇敢地坐在桌旁,好像一棵白色的蘑菇。显然,在这里他是老大哥,或者管理员,因为马丽雅·鲍格达诺夫娜要求把收音机关上,就是向他做了手势。他的旁边躺着一个视力很差、也许完全瞎了的男孩子。他躺着,用一只手遮着戴蓝镜片的眼睛,大概没有发觉客人进来。

"我把伏罗巴耶夫同志带到你们这里来了,"马丽雅·鲍格达诺夫娜用快乐的声调说。"你们早就想跟他认识认识,谈谈话。请坐,阿列克赛·维尼阿命内奇。"

假腿格格地响着,他笨手笨脚地在椅子上坐下。孩子们都向他转过身来,像大人一般用冷冰冰的眼光从脚到头地打量他,使他觉得脊背上一阵寒意。

"我们已经知道您了,伏罗巴耶夫同志,"蓝眼睛的女孩首先说,"您的事人家告诉了我们许多,但您可曾听说过我们的事?"

"不,我得承认,关于你们的事我什么也没有听说过,这是我的过错……"

"这样更好些。"女孩子神经质地把头发向上一掠,露出轮廓美丽的前额,打断他说。她激动起来,因为正如伏罗巴耶夫的猜想,她是他们的发言人。

“您一点也不知道我们的事,这很好,不然您走进我们的房间就会换上另一副面貌,就会变得很忧郁了。不瞒您说,我们难得看到快乐的人,我的意思是说,跟我们在一起就连快乐的人也会觉得乏味的。”

他立刻明白,这里连一句假话也不能说。

“不,跟你们大家在一起我是不会感到难过的,”伏罗巴耶夫说。“我自己差不多也是这样。至于我身上的病,那就连‘差不多’都不用说了。请您把他们都给我介绍一下,马丽雅·鲍格达诺夫娜。”

“我们自己来,自己来!”女孩子试着握紧那双没有指头的富有表情的小手。“我是齐娜·库士明斯卡雅,从斯摩棱斯克来的。爸爸是游击队员。嘿,德国人来了,要我指出他在什么地方。我拒绝了。他们就在我们的房间里把我的手放在桌子边上。不过最荒唐的是他们搜寻的其实不是我的父亲,而是另一个游击队员,这是后来才知道的……”

她歇了一会儿,认为自己的事已说得够了,就转到隔壁那个短身材的男孩身上去。

“这是我们的‘圆面包’,苏拉·拿依杰诺夫,他这个称号在我们之间是最受尊敬的,因为他比谁都痛苦。他是在轰炸时受难的。”

“圆面包”怒气冲冲地用铅笔在纸上戳着洞,低声地说:

“说下去。”

“他没有手,没有脚,但是他能够读,能够用嘴巴咬着铅笔写字。他用一块特殊的橡皮自己揭书页,而且自己还能稍微活动活动……这也就是他最为我们大家所看重的缘故。在收音机旁边的那个是彼佳·蓬奇柯夫。德国人把他跟他的父母赶到埋有地雷的田野里。他丢了腿。那个戴眼镜的是列尼奇卡·柯夫罗夫。他现在还不能看东西,不过，据说不久就能把他治好。也是由于轰炸。他是小弟弟，因为能力比谁都差。不过，他的不幸是暂时的，跟我们其余的人不同。”

“噢，这样说来，我才是你们的小弟弟，我比柯夫罗夫还小，”伏罗巴耶夫回答她说，“因为我丢了一条腿，这自然是没有多大关系的，少了三条肋骨，这也无所谓，此外，肺里有一个多余的小窟窿，身上也有这么几个——这些都是小事。”

“那么，什么才不叫小事呢？”“圆面包”眼睛没有望着伏罗巴耶夫，以挑战的口吻问。

“我说小事，并不是开玩笑，你用不着生我的气。你比我要痛苦得多，不过就是我——就我的处境来说——也并不比你好过呀！”

齐娜拍着自己光溜溜、没有指头的手掌。

“我喜欢这种有意思的话。”

“圆面包”像鲤鱼翻身一般侧转身子，以便看得清楚些，听得明白些。

“这是为什么？”他皱紧眉头问。

“亲爱的，那是因为我有一个小儿子，他也病着，可我又没有足够的力气来负担两个人的生活。”

他停了一刹那，那条一直在引导他的逻辑的细线突然断了。

“不错，您可以走路，可以做您所喜欢做的事，可我连把面包送到嘴里去都不会，”拿依杰诺夫用不友好的语调继续说。“瞧您打了多少回仗呵！”他对伏罗巴耶夫的勋章绶带点了一下头。“可是我……”

“小朋友们，我打仗也是为了你们哪。”

“您没有到过西线吗？”没有腿的蓬奇柯夫心神不宁地问。“我是从西线来的。

“我也到过西线。我跟你可以说是同乡了。”

“要不是我被炸成这个样子，我会跟战线一直跑到柏林。斯拉文将军——您认识他吗？他简直就像我的亲生父亲，他不肯放我走，不过我自己明白，我能上哪儿去呢！”

“够了，够了！”情绪激动的齐娜阻止蓬奇柯夫。“最好还是让伏罗巴耶夫同志讲些打仗的事吧。”

“今天我什么也不给你们讲，让我们来开心开心吧。请问：你们为什么不去参加新年晚会？”

“他们害臊，”马丽雅·鲍格达诺夫娜说。“我劝过他们不知多少遍啦。”

“小朋友们，你们疯了吗？难道你们真的因为自己的创伤而害臊吗？世界上不是有过许多体格残缺不全的杰出人才和工作人员吗？一个伟大的数学家生下来就是瞎子。一个美国女人耳聋口哑，眼睛又瞎。就说尼古拉·奥斯特洛夫斯基[①]吧！他的处境跟拿依杰诺夫有什么不同？这么说来，我也得躲起来，不让人家看见，是不是？你们会劝我这么做吗？不，我不会躲起来的。我的一条腿不是因为偷东西、不是因为抢人家而被斫去的，它是在战斗中丧失的——这是我最高的荣誉勋章，小朋友们。我只有一条腿，蓬奇柯夫一条腿也没有，还有拿依杰诺夫连手都没有，但这都不是丢脸的事。小朋友们，我跟你们大家一样，都是战士，我们不是骗子。喂！……奥巴那斯·伊凡内奇！”

钦巴耳走进房间，不由得像军人似的挺直身体，伏罗巴耶夫的号召

---

① 奥斯特洛夫斯基(1904—1936)，苏联作家，著有《钢铁是怎样炼成的》《暴风雨所诞生的》等作品。

听来非常庄严。

“叫个人来！把床都推出去！……”

斯薇特兰娜和安尼雅跑了进来。

“我来领队。我之后——拿依杰诺夫，拿依杰诺夫之后——齐娜，她之后——蓬奇柯夫。斯薇特兰娜·企利柯娃当柯夫罗夫的秘书。”

“我不要，人家会笑话我的！”拿依杰诺夫胆怯地叫道，不过看得出来，这是他那已经被战败的羞耻心的最后一次发作。

“马丽雅·鲍格达诺夫娜，您宣布一下，说战争的孩子们出来了，让大家起立欢迎。”

他们先开始了轮舞。头上戴着金纸月亮的大屁股保育员在整理队伍。躺着小病人的床也包括在队伍里了。过了一两分钟，孩子们克服了羞耻，忘掉世界上的一切，除了游戏之外。

伏罗巴耶夫走到一伙大人跟前。

从旁边看来，残疾孩子们的样子更加使人感动，当“圆面包”倚着枕头，由于激动而浑身颤动地念完了《童僧》[①]，情绪激昂地高嚷着诗句：

要是我能够，
我情愿拿两个这样的生命
去换取一个，
只要它充满波涛！

---

① 《童僧》是莱蒙托夫的著名长诗。

没有一个人不被这个头发蓬松的刚强的短小生命里流露出来的生的意志所感动。

“他要做一个学者,”客人们耳语着,“密烈日柯娃在教他英文。他说,‘我还要给德国人瞧瞧,一个俄罗斯人即使没有手,没有脚,还能做些什么。’”

钦巴耳走过来。

“瞧,人都在成长!”他哑着嗓子低声说。“都是英雄!我向这个拿依杰诺夫瞧了一眼,觉得自己简直卑鄙。啊,我的天哪!……”他摆了摆手,走开去了。

伏罗巴耶夫看到没有人在注意他,就轻轻地走出房间,循着黑暗的台阶走到花园里。夜晚像春天一般轻快,来去没有影踪。风吹过花园,灌木丛里发出飒飒的声音,它卷着路上的砂石,舞弄着树枝,在松树梢上吆吆尖叫。在远处什么地方,林海在残酷的暴风雨中咆哮。

这种自然界的骚扰,它那难以抑制的野性,就像现在控制着伏罗巴耶夫的那种情绪。

空中一片漆黑,可是他忽然决定回去。

胆怯的人心对未来永远充满希望,他们所信任的那个奇异时刻即将到来,神秘的新年的第一刻将来临。究竟它将带来些什么呢?它用什么来使人快乐?它用什么来使人变得幸福呢?时候到了,是的,到了!

夜晚黑得使人头晕。天空、空气、森林、弯弯曲曲地通向海洋的道路、葡萄园前面的红色悬崖、集体农庄的住宅和永不消逝的海洋现在都消失了,都联成一片了,联成使人头晕目眩、阴风怒号、像沉渊一样可怕的黑暗了。

伏罗巴耶夫伸出双手,摸索着前进。好几次想返身归去,可是自尊心阻止了他。最后,他抛弃了羞耻心,扑在地上爬行。他甚至觉得快乐。

他们会找寻他,但是他已经不在了,谁也不信他能独自走回家。恐怕只有拿依杰诺夫一人会相信,会对他肃然起敬。这个刚强的孩子的面貌出现在他的眼前。

然而,双手的缓慢爬行,不久就累得伏罗巴耶夫筋疲力尽了。最后当他爬到悬崖附近的熟悉小路时,全身都被汗湿透,同时开始喘息。他爬近悬崖的边缘,高兴得忘乎所以。他所觉察的唯一空间是黑暗,以及在黑暗中飒飒作响的树木的回声、溪水里石卵子的滚动声和海水拍岸的声音,它们的回声听来使人心惊胆战……

在大自然里现在只存在着一些声音,这些声音他仿佛用手可以摸到。

他好像一只折了翅膀的小鸟,躺在虚幻的沉渊的边缘。

有人说,肉体是空的,灵魂才是一切。这句话自然有些言过其实。不过,从另一方面说来,恐怕不是腿,不是完整的胸膛,也不是健全的肺,使他成为原来的伏罗巴耶夫,那个现在使他妒忌而已经无法再恢复的伏罗巴耶夫的吧?难道他不再想高烈娃,只因为他走路用假腿和吐过血,并因此配不上她吗?

而拿依杰诺夫呢?一个没有手没有脚却仍憧憬着未来的孩子是那么伟大,以致伏罗巴耶夫忘掉了自己,现在只能想着这个孩子。

风打着他的背,把他的外套吹得像帆一样,把他推向悬崖。要不是他双手痉挛地抓住石头,他的身体就会像一段被怒潮冲激、搁在海滩上的木头向空中飞去。

“不！不能！而且也不值得！

喂，谢辽查，恭贺新禧！

恭贺新禧，亲爱的苏拉！

愿大家都幸福！”

在想起高烈娃之后，又想起了其他的亲人。他从这遥远的地方向他们微笑。愿大家幸福，顺利！愿一切在灵魂上跟他有过一次接触的人都万事如意！

他躺着，眼望着海洋深处，高声地自言自语：

“我的亲人们，你们几时想起过伏罗巴耶夫·阿列克赛吗？还是，他的名字已经从战报里消失，不再出现在军事杂志的篇幅里了，因此他这人也就像一种在你们的路上不会再遇到的东西，永远从你们应接不暇的记忆里消失了？”

不，他想他们是不会把他忘记的，正像他也不会把谁忘记一样，虽然有时他叫不出他们的名字，记不清他们的相貌。

成为自身一部分的东西是不会被忘记的。

在一个夜里，我们全都可以看到同一个梦，醒来之后会想：我们的一家，我们的一代，何等伟大，何等坚强，又是何等的完整而不可分割！

第六章

亲爱的朋友!

我们真不能缺少您！我们大家,所有知道您的人,现在都需要您的谨严的逻辑,以及您那种综合最微细事件的本领。您知道,我们的头脑都有点糊涂。

“我们以流星般速度冲入欧洲深处。

“昨天我为罗罗尼亚海军上将摩尔席斯柯的一个后代扎绷带,就是那个在罗罗尼亚海军历史上第一次,也是唯一的一次完成奇迹的摩尔席斯柯,也就是在1878年跟我们的水手歇斯塔柯夫和杜巴索夫在多瑙河上共同参加击沉土耳其炮舰‘哈杰·腊赫曼’的那个摩尔席斯柯。

“今天我跟一个匈牙利贵族谈了一次话,他的家族起源于14世纪之前。他邀请我上他多瑙河畔的城堡去玩,答应给我看巴维尔一世[①]的照片,据说上面还有沙皇给这位将军曾祖父所题的

① 巴维尔一世是1796至1801年期间在位的俄国沙皇。

亲笔。他坚决地相信,这会使我们的指挥官们对他发生好感的。

“我碰到过认识列宁的社会民主党员、无政府主义者、共产党员、俄国白卫军、格鲁吉亚的孟什维克和亚美尼亚国家主义党的党员,可是使我感到非常奇怪的是没有碰到过法西斯党徒。使人简直以为他们从来不曾有过似的。

“几天之前我住在一个乡下女裁缝家里。在一只我可以使用的矮橱抽屉里,放着一堆没有做好的黑色卐字的小旗子。他们甚至认为无需把这种东西藏起来。

“‘这是什么?’我问女主人。

“她耸耸肩膀回答说:

“‘哦,谁知道它们。他们向我定制了三四百枚这种劳什子,可是,老实说,我从没注意过这是什么。’

“整个欧洲都有点像这个女裁缝。关于法西斯主义谁也不提起。我看到过斯洛伐克傀儡季索的一个同事,他兴高采烈地谈着斯洛伐克的游击队和跟斯洛伐克人并肩作战的我们俄罗斯弟兄。‘可您是个法西斯分子,’我对他说。他好像受了莫大的侮辱:‘我是法西斯分子?斯洛伐克人只是希特勒手里的玩具罢了,’他走了,走时的那副神气使我几乎想跟他赔不是。

“印象——起伏得好像暴风雨里的浪涛!

“您那封干巴巴的贺年信我是经过三十五双手才收到的。老实说,它侮辱了我,但我要告诉您:我由于过分的兴奋昏了过去。

“天哪,您就给我随便写一些吧,即使谈谈您在怎样播种或者别的什么事也行。

“我很匆忙,因此这次就写得这么短。

阿·高·

2月初柯磊托夫没有宣布议事日程，就召集了一个区干部紧急会议。

伏罗巴耶夫早就从集体农庄归来，现在正忙于准备党史讲义，决定不出席这个会，而留在家里跟自己的“二房东太太”——索菲雅·伊凡诺夫娜，列娜的母亲聊天。

他想到柯磊托夫的爱好是夸夸其谈，知道这次会议也将像其他许多次会议一样，只是让主席对区里的情况作一番表白。一定会有人承认，会议打开了更广阔的远景，并且使参加会议的人们获得了更多经验。有关这方面的决议，一有机会就会被送到省委去的。

伏罗巴耶夫不喜欢这种会议。不过今天他宁愿留在家里的另一个原因，是为了他跟列娜母亲的关系，因为自从奥迦诺娃插了一手之后，他们之间变得紧张和爱争吵了。他一直担心老太婆有心要招他做女婿，而她呢，对这个房客的坏脾气感到吃惊，因为害怕决裂，就格外努力来搞好关系，然而却常常弄巧成拙。一次坦白的谈话再也不能延宕了。伏罗巴耶夫禁不住高兴起来，因为区里开会，列娜要很晚才回家，他正好可以跟老太婆开诚布公谈一谈。

灯还没有点上，他们坐在索菲雅·伊凡诺夫娜亲自用砖头砌成的火光融融的火炉旁。炉门打开着，火光在黑暗的墙上舞动。塔尼雅爬到伏罗巴耶夫膝上，她那圆滚滚的小身体背对着炉火，惬意地蜷伏在他的两膝上，好像一个圆球。

“说吧，索菲雅·伊凡诺夫娜，您对我有什么要求。”他叹了一口气。

索菲雅·伊凡诺夫娜哑着嗓子咳清喉咙,开始一件一件地说出来。她的议论归纳起来是必须精明地进行建设,“应该把东西带进房子里来,不能从房子里带出东西去”“应该靠家生活,不能因家受苦”。为了要做到这一点,她建议把房子本身的修理工作推迟到春天,正像一切聪明人所作的那样,因为到那时就要开始修理疗养院的大房子,他们也会顺便帮助伏罗巴耶夫进行修理工作。老太婆建议利用冬天盖一座猪圈和鸡棚,收集一些柴灰和肥料。

“房子,阿列克赛·维尼阿命内奇,房子本身又有些什么?阿列克赛·维尼阿命内奇,您要是想做个聪明人,我们就得做些小买卖。您干吗这样瞧着我?”

“您怎么不害臊,索菲雅·伊凡诺夫娜!”

“害臊,亲爱的,那可不是松树,它不会刺痛您的眼睛的,我一辈子干的就是使自己害臊,但那又有什么?我一无所有,就靠女儿过日子。”

正像他们之间每天发生的那样,他们吵起嘴来。

伏罗巴耶夫竭力使索菲雅·伊凡诺夫娜相信,他租那座房子,从没想到过经营事业和靠此挣钱生活,他只希望一点——自己有个安身的地方。

老太婆不去听他,却老是打断他的话,企图使他相信,他促使她订了一个无利可图的契约,说她跟他合租这块地,她原打算靠自己的营生过活,因为深信房子就是她的供养人。接着她说她曾经答应负责伏罗巴耶夫和他儿子的全部生活,并且真心希望上校吃得饱,住得好,可是现在她没有、今后也不会有给他到市场上去买鸡蛋和牛油的钱,何况不仅只是他一个人的生活。又有谁能知道她以后的日子将怎么过。

她没提到伏罗巴耶夫早就该组织一个家庭了。这件事自从跟奥迦诺娃会见之时起她就开始盘算,而且一直盼望什么时候能实现,因为到那时他们之间的谈话将会不同了。

她并没有把话都说出来,不过根据她脸上的表情,根据她责难的语气,他懂得她所关心的是什么问题,于是他也就坦白地回答她,虽然不像她那么直率。

“不,不,您想把自己变成一个生意人的企图,我将用最残酷的方式来加以阻止,”最后伏罗巴耶夫说,小心地站起来,同时把睡着的塔尼雅用双手从膝盖上抱起来。“用最残酷的方式,请您注意!”

老太婆也站了起来。

“那么,是说,要打倒我吗?谢谢,阿列克赛·维尼阿命内奇,谢谢。我把你当自己人看待,结果却得到这样的报答!”

“为什么说打倒,您这是从哪里说起?您说这种话是故意气我!”伏罗巴耶夫嚷道,真的发起火来。

他们的争吵变成一种可能引起公然决裂的谩骂。

这场决裂无疑会在当天晚上发生,要不是在他们刚开始吵嘴时,列娜由于走急路而气喘吁吁,满脸涨得通红,跑进房间里来。

虽然她还是装得像平常一样镇定,老太婆和伏罗巴耶夫就知道她带来了重要消息。他们默默地用期待的眼光瞧着她。

列娜以不可捉摸的迅速眼光向房间里扫视了一周,发现伏罗巴耶夫手里的小女儿,动了动眉毛,微微一笑——这使她显得很美,就在门旁站住了。

她的脸被火炉里跃动的火焰照耀着,一会儿发亮,一会儿变暗,仿佛在神经质地作怪相。

“阿列克赛·维尼阿命内奇,赶快穿好衣服,我们上区委去,”她什么也不解释，一本正经地说。同时，仿佛绝对不容许他拒绝，急急忙忙地从衣架上拿下他的外套，一面说："路上滑得很，真吓死人！……手杖一定要拿，还有灯笼。"

索菲雅·伊凡诺夫娜立刻叹起气来，为他抱不平，仿佛他们刚才没有相骂过似的。

"你把他往哪儿拖！"她对列娜嚷了起来。"难道你要害死他吗？一个有病的人，她竟想得出在这种天气拖他出去溜达！"

然而她并没有拦阻伏罗巴耶夫，因为知道在这种天气女儿忽然从天知道什么地方跑来叫他去，那是无法把他留住的。

伏罗巴耶夫望望列娜。永远不变的黑袜和平底便鞋装饰着她那双姑娘般的细腿。

"索菲雅·伊凡诺夫娜，靴子！"

老太婆身子敏捷地跪在地上，从床底下拖出那双当他还是两条腿时制就、并且早就打算在星期日旧货市场上卖掉的做客穿的皮靴来。

刹那间她的脸上现出惊惶失措的神气。她的内心在作着斗争。她也许会劝伏罗巴耶夫保存这双新靴子，要不是列娜说她不需要靴子的话。

老太婆当别人不同意她的主张时，就发脾气。

"穿上吧，既然人家叫你穿上！……"她挥动靴子，嚷了起来。"她什么事都跟人家闹别扭！"

列娜把眉头皱得更紧些，止住笑，低声说：

"好吧，我穿，给我一双干净的袜。"

虽然是冬天，她的小腿却被太阳晒得黑黑的，冻僵的脚看上去简直像孩子一般，很惹人可怜。

“棉花，塞一点棉花！……”当列娜试穿靴子的时候，母亲非常满意地嚷道。“当心，别让靴尖踢在石头上！……好，这下子会暖和了。去吧，赶快带他去，既然人家要他去。”

这是一个黑暗、刮风、冷得刺骨的夜晚。从山上飘下来片片雪花。有上冻的水洼的行人道非常泞滑，三两个行人都小心翼翼地走在街心。

“您要把我摔死吗，列娜，”伏罗巴耶夫摇着头。“哦，难道我走得到吗？”

列娜挽住他的手臂，顽固地重复说：

“您得去，阿列克赛·维尼阿命内奇，您一定得去。”

“那么日程怎么样？”

列娜站住了，而且，破题儿第一遭，用她那瘦小有劲的双手信任地抓住伏罗巴耶夫的臂肘。

“阿列克赛·维尼阿命内奇，我们这里将发生一件非常、非常重要的事。”

她把刚才在区委里听到的都讲了出来。什么有几只英美的船就要到来，什么区委里出现了许多外来人，柯磊托夫不止一次问起伏罗巴耶夫，他因为伏罗巴耶夫直到此刻还不去而在生气。

“您总是袒护柯磊托夫，列娜。到死都对他忠心耿耿，是不是？”

“对待好人我总是很好的，”她含糊地回答，很有信心地领他向前走去。

他们好一阵默不作声地走着。

“列娜，您母亲有没有跟您说起她跟那个奥迦诺娃的谈话吗？大概一个月以前？”伏罗巴耶夫用一个出乎意料的问题打破了沉默。

“说过了，算什么话。简直把我笑死了。”

“嗨,此刻您可别笑死了,列娜,不然我一个人要完蛋了……我跟您说,奥迦诺娃想得不错。让我们真的住在一起吧。”

“我们现在不是已经住在一起了?”列娜不好意思地羞答答说,用玩笑来搪塞。

“不,不,住在一起,一个家庭,把孩子们并在一起,好不好?”

“哦,您这是怎么想出来的!”她的声音抖了一下,停住了,接着吞了一大口空气。“只要您不笑话我就好了。阿列克赛·维尼阿命内奇,别提这些吧,也许我的丈夫还活着……您为什么要这样做呢……”

列娜的惊惶失措,伏罗巴耶夫很了解,甚至觉得有趣。没有什么比给人笑话——甚至不是给人欺骗,而正是给人笑话,更能使一个女人感到害怕了。

“我不会欺侮您,也不会骗您,列娜。我一个人生活很困难,您一个人更不容易,让我们结合起来吧。”

“不要,阿列克赛·维尼阿命内奇,不要,不要,”她用半耳语的声音又兴奋、又恐惧地一再说,显然连她自己也没听到她所说的:“不要,阿列克赛·维尼阿命内奇,不要。”

“为什么不要呢?”他最后忍不住了。

“别这么心急,要不我们两人都会摔跤的。”她以严肃的嘲讽语调说,转变着话题。他想这一刹那她一定皱紧眉头,并且用嘴角笑了笑。他明白她已经听到了他所说的一切,并且正在考虑着。他认为她对他的建议不作任何反对就是很好的表示。这事已经用不到多说了。

“至于从区委所作的准备看来,我想我们这里一定会有些重大的事。”他说。

“我永远相信您,”她简单而意味深长地回答。“即使我不愿相信,我也还是相信您的。”

瞧,这也就是她的自白!

“谢谢,列娜。”

此后直到区委他们没有再说一句话,在区委附近已经亮着许多微小的灯火,发散着浓浓的土烟草的味儿,还从远处就可以听到男人和女人低低的耳语声。

当伏罗巴耶夫走进书记办公室的时候,会议已经快结束了。柯磊托夫瞧了一下表和伏罗巴耶夫,怒气冲冲地摇摇头。他们正在登记整理市容的各区负责人,同时从教师中选择临时充当翻译的人。

“你,上校,对不起,”柯磊托夫以不友好和居高临下的语气从远处对他说,“我们没有征得你的同意,就给了你这样一个负担:要你逢到特别重要的事件时,也就是说,在全市规模的事件上,充当一下翻译。你必须留在我这里,懂不懂?即使你不在,也一定要很快就能把你找到。从明天早晨开始,请您注意。”

区里的工作人员对于伏罗巴耶夫的被任命为翻译,感到难以想象的高兴。

人们从四面八方拉着伏罗巴耶夫的大衣,在他耳畔低声问道:“据说,明天要来,是不是?”或是:“莫洛托夫来电话叫柯磊托夫去,这是真的吗?”

一个上校不知为什么记下伏罗巴耶夫的地址,意思不明地说“以备万一”,还有一个陌生的国家保安局少校匆匆地用英文向他提了几个问题就走开去,看来是满意的,但立刻又把他拉到一边,解释说,他,伏罗巴耶夫显然不会逢到什么特别重要的事。

“除非美国人跟英国人吵起架来，那您就得去劝解他们……”他补充说。

包索夫盘问他美国人是不是拿鲱鱼跟洋葱一起吃，他们可不可以请美国人喝茶，这样做是不是合适。

柯磊托夫正在忙着跟到来的军人们秘密谈话，伏罗巴耶夫不愿妨碍他，就走到会客室里，并且像问讯处似的回答着各种各样的问题。

奥迦诺娃不知怎的会出现在这里，她讲话激动得满脸通红，在他面前掠过。

“阿列克赛·维他命内奇！”她从远处招着手，嚷道。“把漂亮些的水手带到我们这里来！”

“给你，奥迦诺娃，是不值得把谁带来的。”他漫不经心地回答，眼睛也不向她瞧，继续跟谁谈着话。

她下不了台，因为这句话说得太响了。她一面用一个微笑请求他对她嘴里留情，一面问：

“这是为什么呀？”

“干吗要为你多红一次脸，而且在外国人面前呢？”他冷淡地背过身去。

站在旁边的包索夫和谢尔裘克笑了。

“应该这样对她，这样！……跟她是没有什么道理好讲的，谢谢你，上校，虽然你把她吓得还不够。”

奥迦诺娃现出蛮不讲理的脸色，用跳舞的步子走到列娜跟前，列娜正带着疲倦的神色在白瓷茶杯里斟着冷的梨干汤——柯磊托夫今天在会议上用来款待客人的饮料。

“他在你那儿一向就是这么凶吗？”奥迦诺娃用响亮的挑衅的语气

问，似乎想用这个问题在全区人面前证明伏罗巴耶夫跟区委女服务员之间的关系。

列娜脸色发白了。

“什么？他在我们那儿挺好。”她垂下眼睛，非常机敏地说，同时盘算怎样摆脱她。

“他在我们这儿怎样，我知道，我是问，他在你那儿怎么样？”

“他在我那儿总是挺好的。”列娜直率而清楚地朝奥迦诺娃看了一眼，突然以挑战性的干脆和力量说。

“喔唷，是真的吗？”

“坏人我是不会爱的。”这句话说得这么好，这么适当，使人既无法嘲笑她所说的话，也无法侮辱她。

“你为什么不请我们吃喜酒呢？”奥迦诺娃依旧不肯罢休，企图追问下去，可是列娜既不回答她，也不向她瞧，端着盘子姗姗地走进柯磊托夫的房间。

人们好久都没散去。有客人要从莫斯科来，这件事使大家都很兴奋。大家你推我挤，谈着话，直到十一点钟。

“也许会讲和吧？”叶高罗夫几次三番猜测着，用怀疑的眼光向大家扫视了一周。

希罗柯高罗夫挽着伏罗巴耶夫，把他拉到一旁：

“快说吧，维他命内奇，是怎么一回事，您不会不知道的。”

伏罗巴耶夫耸耸肩膀。

“我不知道。”

“不过，为什么要在我们这里，为什么？……一般说来这件事自然挺不错，就是一点不惬意：外国客人竟走到我们的地下室来了……啊，我真不喜欢他们！”

人人都认为他得参加就要来到的事，并对它负责。因为这个缘故，大家都变得严肃、紧张和激动。有的想在林间路上站岗，虽然这件工作没有他们早就布置好了，有的企图超额工作，有的劝磊巴谦柯中校立刻集合渔民出海。

磊巴谦柯也认为必须出海，虽然还没有看到过一条鱼的影子——海上发了三天三夜风暴，他却发誓明天天一亮就出海。

新村农庄主席斯托依柯相信斯大林不是今天、就是明天要来访问他们的农庄，要求大家替他确定接待的程序。

“同志们，请听我说，”他不安地嚷道，“遇到这样的事该怎么办呢？不，我说的是正经话。譬如说斯大林同志从汽车里下来。我跑上去向他报告。然后带他去。但是，首先把他带到哪儿呢？我的管理处里养着四只鸡……我还是把他带到会计员那里去吧，他那座小房子舒服些……还是怎样？……立刻就把他带到农庄里去吗？不，同志们，我不是在说着玩的，你们要知道，这是一个问题！”

谁也没有去听他，因为各说各的。

在大家的激动里含有一种非常美好的东西。人们由于接近一件伟大的、其实跟他们不相干的事而变得老成了。然而，怎么又是不相干的呢？这事原是他们自己引起的。世界著名人士现在聚拢来决定战争的命运——为那些此刻站在党委房间里和走廊里又兴奋又畏缩的人们所赢得的战争的命运。

柯磊托夫比所有其他的人更激动。

“喂，你以为怎样？我们真好福气！”他已经向伏罗巴耶夫招呼了几次，那么胆怯而惶恐地微笑着，仿佛他个人一定会遇到什么不愉快的事。“啊，怎么样，尽我们的能力来干吧，”他无可奈何地摊开双手，现出严厉的脸色，好像一个面临一场危险战斗的军队指挥员一样。“你以为怎样，是不是值得在集体农庄会议上研究研究呢？……”

“研究什么？”

“什么？……哪，研究怎样加强发挥所有的力量等等，一直到彻底击溃敌人。你以为不值得吗？”

然而已经从省里、从伐修京那儿接到通知，说人民应该照常安心工作，开国际会议并不要地方上的领导人负担任何义务。

将近半夜，伏罗巴耶夫准备回家去，可是列娜还要洗杯盘，他就决定等她洗好后一起走。他从远处根据玻璃杯的叮当声听出列娜在赶紧擦洗。她知道他特地在等她，而他却因为她的急忙而高兴。

“你还坐着干什么？”有一次柯磊托夫从办公室里望出来，神经质地问。

“我在等列娜。”

“啊，啊，啊！那么，你对我们这里的情况满意吗？”他又问，忘记这话他问过已有十次了。

他们又谈起就要发生的事。会议在最近几天内就要开始。

最后，会客室里放碗橱那个角落终于静止了。

“我好了，阿列克赛·维尼阿命内奇。”

伏罗巴耶夫站起来。

“好吧，明天见！”

“明天见，明天见！看上帝的面上，你别迟到吧！别坏了事情！”

夜深了。严寒伴着一片神秘的寂静。稀零的雪花漫天飞舞，痒痒地抚摩着人脸。

列娜紧紧地挽着伏罗巴耶夫的手臂,不让他走得快。从旁边看去,他们像是在散步。

“我们能看到斯大林吗?”她向四周环顾了一下,低声问。

“我想不会:他不会有工夫来的。”

“看来我没有机会见到他了。”列娜叹息着,忧郁地说。

门没有敲,索菲雅·伊凡诺夫娜就给他们打开了。她还没有睡觉。她什么话也没有问他们,看来她立刻明白发生了什么严重的事。

伏罗巴耶夫如今又有许多时间可以用来思索了。

他翻上大衣领子,把羊皮帽拉到额上,一连几小时坐在区委阳台上。列娜一天四五次默默无言地一会儿在他面前放一杯茶,一会儿放一小碗牛奶或者干果汤。不知从哪个集体农庄拿来三袋苹果干和梨干,现在区委里人人都从早到晚喝着干果汤。

起初简直没有什么事要做。后来有几条外国船进了港,活泼的英美水手在兴奋的孩子们的簇拥下,三五成群地在岸上出现了。客人们兴高采烈。幻想中的俄罗斯土地使他们产生一种温柔的感情。他们兴致勃勃地跟当地居民,特别是跟妇女们一起合影,遇到漂亮的就拍手称赞。

海滨很快就挤满了人。其中一部分客人在探访市区名胜时,一下子就看中了假座旧理发店的唯一的一家小餐馆。啤酒和伏特加混合而成的俄罗斯鸡尾酒,获得众口一致的好评,就连那些从来不曾醉倒过的老酒鬼也被它打倒了。

不过,谁也不需要专门的译员,直到英美水手因争军功发生冲突才需要翻译。

伏罗巴耶夫好容易平息了一群水手的争吵,并且几乎立誓答应他们马上回来陪他们一起喝光一大瓶威士忌;他又一瘸一拐地走向另一群。那边正在大胆地谈着邓寇克,谈着国旗的光荣,并且说英国人多半是用舌头打仗的。

伏罗巴耶夫对两个同种盟邦水手间友好关系的脆弱感到吃惊,而尤其吃惊的是双方都那么轻率地找求反目的口实。从旁看来,他们之间的友谊在压迫、甚至凌辱对方,而他们自己也一定觉得仿佛是处在两个不同的阵营里。

英国人——甚至在路上跟他们认识时——给伏罗巴耶夫的印象是一群高傲的人。他们怀着极度惊奇的神气发现世界上除了他们之外居然还住着别的人,而且这些竟也是——人。

英国人相信俄罗斯人勇敢,挪威人虔诚,西班牙人热情,比利时人理智,但他们不妒忌谁,总觉得自己高于一切人。美国人给人的印象是,他们都是善良的小伙子,只恨世界上两个民族——日本人和英国人。

过了几天伏罗巴耶夫竟出乎意料地摆脱了纠察员——不是译员——的辛苦职务。大家都确实知道,斯大林、罗斯福和丘吉尔已经到了。大家讲到有个男孩子,英国首相送给他一支雪茄烟。一个年老的水手打赌说,他相信丘吉尔原来是一个职业拳师,战前才放弃比赛。有几个女人说,罗斯福跟她们谈过话,而且还向她们点头致意。所有漂亮的外国人都被疑心为艾登。

关于罗斯福的事在人民中谈得很多。

凡是看到他的人,对他都有一个良好的印象。人民爱好从大人物身上看到不屈不挠创业的精神。因为,除此以外又有什么可以算是伟大的标准呢?

丘吉尔嘴里老衔着一支雪茄烟,身体臃肿,面貌老迈,不过举动灵活,诡计多端。他也给人留下一个深刻的印象,但完全不像罗斯福给人的那种印象。

英国首相看上去像是一个坐立不安、不知疲倦的事业家,仿佛每分钟都可能发生重要事件,他唯恐迟到。他那种直瞪住人家的脸、似乎在期待跟人交谈的神气,永远引得人发笑,而他对乘坐吉普的嗜好——坐在上面人家可以看到他,他也可以趾高气扬地向两旁点头致意,也产生了不少生动的谈话资料。

他是联军的首领,单凭这一点就值得大家尊敬,不过在他身上并没有什么足以引人入胜的东西。从他的外貌看来,路上的人都觉得他是一个刚吃了一顿丰盛的早餐、喝了什么振奋精神的美酒的狡猾的老爷。

有一天晚上有人打电话给伏罗巴耶夫,要他立刻到五一集体农庄去,说有一个美国人在那里挨户访问,向集体农庄庄员们提出一连串非常荒唐的问题。马上派来了一辆汽车。伏罗巴耶夫想看到自己五一农庄里友人们的欲望是那么强烈,以致不先到区委,就乘车出发了。

那个美国人大清早就到五一集体农庄去敲每一户人家的大门。伏罗巴耶夫来到那里,他差不多已经醉得不省人事了。伏罗巴耶夫起初以为他一定是个微不足道的小人物,后来查阅了他的名片,才知道他是一张世界闻名的日报的名记者。

伏罗巴耶夫认为在这种情况下不能让这位带着一个旧俄军官做翻译的客人到处乱跑,就命令把他们安置在奥迦诺娃家里,自己则到波德聂别斯柯家去。

娜塔莎在家里。她身体丰满，具有一种说不出的美，但她自己却认为是难看的。她涨红了脸向他问好。然而，她身上的一切——她的微笑，她那高高隆起的肚子，她那由于怀孕而显得憔悴的脸容，是那么动人，以致伏罗巴耶夫差不多露出爱慕的眼光瞧她。

他们谈到了尤黎——他出去请一个著名的医学教授看病去了，谈到了他们家庭处境的改善。这时斯杰普卡·奥迦诺夫跑来说，美国人醒了，又在喝里斯林酒，可是那个翻译却怎么也弄不醒，虽然给他服了镇静剂。

伏罗巴耶夫使足劲儿一瘸一拐地跷到奥迦诺夫家里。

哈里斯（那个美国人的姓）看来是一个活泼的家伙，他对苏维埃制度表示好感。他们相互都很有好感，就谈了起来。

一小时之后他们已在争论着就要到来的和平问题了，而且好像老朋友一般，尖刻的话语和南辕北辙的观点并没有减少他们的热情……他们在深晚才回到区中心，讲定明天再见，以便结束那场谈话，可是，结果第二次还是谈不完，于是又重新约定下次的会见。

最初美国人决心要弄明白，苏维埃制度和苏维埃人究竟有什么特征。他们谈到国家的性质和国家的命运，最后又就民主问题争论起来。

“你们自称为民主分子，真是天晓得。”哈里斯开玩笑说。

“为什么？”

“我们手里掌握着最好的民主。没有、也不可能有比美国的民主更好的民主了。我这是说正经话。”

“这是您个人的信念，还是报纸上的说法？”

“自然是我自己的。我关心的是——绝不是由于自私的动机，怎样使我的读者们相信你们跟美国人差不多,可是我觉得这件事实在办不到。”

“这种看法是不正确的,您自己也明白。”

“也许如此。然而我们研究世界,总是拿各国的情形作比较。自然,我们美国人享有百分之百的民主。凡是跟我们相似、跟我们接近的,我们就喜欢和尊敬;凡是离我们远的,我们就屏弃。你们要是想得到我们的好感,可别忘了这一点。”

“那么,为什么贵国人民对英国人的关系那么坏呢?既然,再没有一个其他民族比英国人更像你们的了,然而……”

“至于说到传统的英国,那么世界上没有一个民族比它更不讲理的了。我们美国人并不太尊敬它,这种感情有时会转移到全国人民头上……”

“就算这是一个解释吧。可是,你们跟中国人又有什么共同之处呢?要是说到所谓民族精神,那么你们和中国人可说是南辕北辙,风马牛不相及。”

美国人哈哈大笑。

“您以为我们非说说什么资本主义发展、争夺市场等法则不可吗?”

“我想是这样的。”

“您瞧,当我清醒的时候,我总是不善应战的。您带我到一个可以安安静静喝酒的地方去吧。再有,我还想暂时摆脱一下我的翻译。”

伏罗巴耶夫决定把美国人带到希罗柯高罗夫的地方去。

正像伏罗巴耶夫所猜想的那样,老头儿非常不欢迎外国人。

不过一切都很顺利。希罗柯高罗夫懂法语,而哈里斯则认为法语是他的第二国语,伏罗巴耶夫有时用俄语,有时用英语加入谈话。

话题转到酿酒问题上。希罗柯高罗夫担心的是本年的酒,胜利酒,由于许多原因恐怕不会高明。

"你们以为今年就能胜利吗?"哈里斯抓住老头儿的话问。"请您老实告诉我吧。"

希罗柯高罗夫肯定地回答,而且在他看见美国人在笔记本里写下什么的时候,也不感到焦急。

"是的,我们会在今年胜利的,如果你们,先生们不来妨碍我们的话。"希罗柯高罗夫出其不意地苦笑着说。

"我们?"哈里斯像一头猎狗似的瞅着老人的脸,并不垂下眼睛,在笔记本里写了起来。

"你们和英国人。"

"哦,这简直有趣得很。不过请问:为什么?"

"你们总是有些什么事情没准备好。我觉得你们还处在失败的阶段,还没有准备取得胜利。"

"哦,这挺有意思!可是您不以为你们还有许多事情要做吗?"

老头儿脸色发白,像在讲坛上一样用手在空中一划说:

"比已经做成的要少。我们把胜利推到你们一举手就可以捞到的地方。可是你们怕人家会说胜利是给你们送上门来的……"

"那么您以为怎么样?"

"我?"

"是的,您。"

"我个人吗?"

"正是您个人。"

“我，希罗柯高罗夫，认为英国人毫无疑问是从我们手里获得一份胜利的礼物，不过你们在你们的地区里做得比谁都多，虽然比起我们来可要少得多，而且没有我们，你们永远也别想取得胜利，即使你们确实想取得胜利的话。好。请把这些全都记下来。自然，这只是我个人的意见。”

这时伏罗巴耶夫发觉老头儿的鼻孔张得大大的，连忙把话题转到酿酒上去。

希罗柯高罗夫老大不高兴地把客人带到酒类试饮室里，室内放着圆桶形桌椅。斯薇特兰娜·企利柯娃——在希罗柯高罗夫的地方看到她，使伏罗巴耶夫感到惊奇，在桌上放了几只上狭下宽、像电灯泡一般的酒杯，这种酒杯是专门做试饮酒类用的，不宜大口地饮。

“让我们从干葡萄酒开始吧。”希罗柯高罗夫声音庄重地说。

斯薇特兰娜在酒杯里斟了一种黄绿色的酒。老头儿把酒杯端到鼻子边，嗅了几次，皱起眉头，仰开了头，仿佛闻到了阿摩尼亚。

“这种葡萄在我们这里不能经常获得正确的利用，”他忘掉了世间的一切，开始忧郁地说。“里斯林是一种典型的德国酒，所以真正的好里斯林只产在莱茵河流域，不过，在我看来，我们阿尔卡达尔的里斯林滋味醇美，是无敌的。您以为怎么样？”

哈里斯像公鸡似的仰起头，喝干杯里的酒。然而特种的酒杯并不是用来急饮的，而是用来慢慢啜饮的。试饮者不是喝酒，而只能说是辨酒味。

哈里斯不好意思地望望空酒杯，用手势请斯薇特兰娜给他再斟一杯。斯薇特兰娜涨红了脸，转过身去，仿佛不懂他的手势。

“瞧，这酒的颜色多么清新、柔和……”希罗柯高罗夫晃动酒杯，称赞说。

“再给我倒一杯吧，小姐，”哈里斯坚决地请求。“因为缺乏经验，刚才没有注意颜色。”

当他们试饮亚里戈台的时候，哈里斯突然想到，说它具有一种绿幽幽的色彩，其实这是胡说，因为亚里戈台根本没有这种色彩。

老头儿皱起眉头，开始加速试饮的仪式。

“这是一种佐餐的红葡萄酒。它是由几种葡萄——卡别纳、马尔贝克、格莱拿斯和摩尔维德——混合制成的。凶辣，浑厚，没有特殊的细腻味儿。”

听到“凶辣”两个字，哈里斯不觉精神振奋。他没有闻一闻香味，瞧一瞧颜色，就又把斟上的酒一饮而尽。

“唔……真不错……”他尴尬地嗅着空酒杯说。“确实很厉害。”

“不错，它很快地，甚至粗暴地渗入人的身体。”希罗柯高罗夫说。

“甚至粗暴？”哈里斯几乎要为这种红酒抱不平。“我倒不觉得。也许要喝完一瓶才会感觉到，只喝这些并不觉得粗暴。”

显然他还想要一小杯这种红酒，希罗柯高罗夫却谈起马杰尔来：

“这是一种色彩鲜艳的酒，出色！我应该告诉您，我们专门酿造烈性甜酒。干燥的气候和长期的温暖给我们又甜又香、适于酿酒的葡萄。说得更形象化一些，我们的葡萄自己喜欢变成美酒……瞧吧，多么可爱的黄澄澄的琥珀色！老琥珀，对不对？这是葡萄牙种的赛仙亚尔和凡尔台里奥，再加上马里华齐亚和亚尔比洛。还有多么甜醇、美妙的香气，多么调和的色彩！……这酒非常清洌可口，外表又漂亮。尤其有意思的是——他对伏罗巴耶夫说，我们这里的酒一年比一年好。阿列克赛·维尼阿命内奇，您可尝过我们这里用卡别纳种葡萄酿的红葡萄酒吗？卡别纳在老家是用来酿世界上最佳的波尔多佐餐酒的，我们却把它拿来制红葡萄酒，不比葡萄牙的名牌差。我真想把它称为石榴葡萄酒。流动的宝石！那个滋味呀！丰富、强烈，气味芬芳馥郁。”

哈里斯在笔记本里写着什么，默不作声地点了点头。

“这是我们的毕诺格利。您也许知道，法国人是用它同别的酒来提取香槟和美味佐餐淡酒的。不过，我们的香槟专家却并不特别爱好，现在我们决定用毕诺格利来制甜酒。我们就这样向法国人挑战。我们成功了。成功了，您现在可以体会到，这是一种格调高超、与众不同的酒，高贵、浓厚、黏稠、凶辣，颜色深得像浓茶。”

“好酒，”哈里斯也称赞说。“真是美酒！”

“至于香味呢？好像燕麦面包，吃了使人难忘。”

“教授先生，您不以为酒一定要有一种酒的气味，而不能有别种气味吗？我真不懂，酒怎么会有面包的味儿？”

“请问：什么叫做酒的气味？”希罗柯高罗夫用一个问句来回答，他看到哈里斯不打算继续争论，就向斯薇特兰娜做了一个手势，要她把台上的酒杯全都拿走。

“现在让我们来尝一下压台酒，摩斯卡特吧。这是我们的酒中之王。”

斯薇特兰娜用盘子端来四只黄澄澄的酒杯，希罗柯高罗夫第一个小心翼翼地把自己的酒杯拿到面前，好像拿着一朵鲜花。

“我问您，您可闻到一种草原花蜜的芳香？闻到没有？”

“实在说，没有完全闻到，”哈里斯尴尬起来。“不过，博士，无论如何不是草原的气味。”

“既然这样，您就大口地喝吧，把杯子里的酒喝干！您这位先生应该喝些酒精溶化的鞋油才对。”希罗柯高罗夫开玩笑似的补充说。

哈里斯哈哈大笑。

“我宁可喝纯粹的酒精。至于草原，教授先生，我自己能够想象。而且，当我喝酒的时候，我要草原的气味干什么？真是异想天开。纯粹俄罗斯式的。”

“在我们的字典里有一个词：灵感。我所酿造的酒是用来使人产生灵感的。它散发出一种联合和生命的芳香。您刚才大口狂饮的酒，说实在的，通常是一小口、一小口地喝的。它会渗彻您的脊髓，好像关于流浪、旅行和高山上的金色草地的回忆，使您难忘，要是您老了，它会使您变得年轻。您的胸襟会舒畅地呼吸，您的眼睛会望得那么远，以致一切困难的事看来都很容易，不能解决的变得简单了，远的变为近了。这酒，我以为说得诗意些，是山村牧童的心灵。山坡上丛生着葡萄藤，远方低处是海洋。在炎热、寂静的旷野里，一个牧童倚着牧羊杖，嘴里哼着曾祖时代的进行曲。哦，请别见怪我这种不合时宜的抒情插曲……让我们继续唱……这是我们第二号白摩斯卡特。它是第一号的近邻。它们相隔只有沿岸二十公里路，可是您闻一闻吧——这第二号不知怎的散发着香橼的芬芳。香从哪儿来的呢？简直弄不懂。大家都知道我们这里没有香橼树。而且，我们的酒是不羼什么东西的。因此，我们恐怕永远不会知道这种异香的来源了。

“在海洋轮船上闻得到这种香味。这是一种漫游和探险的气味。第二号摩斯卡特，在我看来，好像一个水手的心灵——他曾经横越所有的海洋，经历大小的风暴，而在老年时坐在自家的门槛上，平静地讲着旅行见闻。好，就是这样……现在，在您面前的就是玫瑰摩斯卡特。它只在颜色和气味方面跟前面两种不同，它具有那种奇异的、直到现在还弄不懂的玫瑰花香，不过，应该注意的是并非一年四季都有。玫瑰的芳香仿佛只有特殊的年头才闻得到。这酒非常优美，富有女性的气息。您有没有听到过夜莺爱上玫瑰那个古老的神话？要是我是个诗人或是童话家，我一定要编一个葡萄藤爱上玫瑰花的神话。”

“哦，太妙了，”哈里斯说。“像在美国一样多情。不过，博士，请问，当你们的国家还是一片瓦砾的时候，您怎么能有这样的闲情逸致呢？”他把笔记本藏到袋里，问。

“我在为祖国准备凯旋酒，亲爱的朋友，这是胜利之酒，休息和享受之酒。人不能只活今天一天，因为今天常常只是未完的昨天罢了。真正的现在永远在前头。”

哈里斯自己倒了将近一满杯摩斯卡特，还加了一些马杰尔。

希罗柯高罗夫不以为然地摇摇头。

“我永远不理解喝鸡尾酒的人。这么倒胃口的喝法……”

“……只有英国人和美国人，我知道的！谁走在大家之前？俄罗斯人！谁吃得比大家都好？俄罗斯人？谁喝得比大家都可口？俄罗斯人！您知道，这个我已经听到过了，而且我也完全知道这种说法值多少钱。”

“哈里斯先生，您瞧，问题并不在于我们比大家吃得都好。也许，我们所吃的不如你们，不过，我们早已使许许多多人获得了美好的生活。您不把这点记下来吗？真是可惜。”

“你们这里酒的灵魂可不像你们那样具有尚武精神呀，教授先生。”

“真是可惜得很。我们还需要尚武的气质。”

“何必呢？就我所知，你们不是打算在今年结束战事，把法西斯主义击溃吗？……”

“德国法西斯主义——不错，可是你们，哈里斯先生，却在取代他们的地位，你们将成为最恶劣的资本主义的最热心保护人。而且像您这样的人也不少呢。”

“为什么说我？”哈里斯重又拿出笔记本。“这真是太有意思了。那么，您以为罗斯福将来也会成为法西斯主义的保护人吗？”

“为什么说法西斯主义的保护人呢？他可能成为我们一条线上的人。”

“哦，真奇怪。不过，为什么——最后一个问题——您只预言美国会成为法西斯主义呢？难道英国就不更接近法西斯的性质吗？”

“丘吉尔的英国是你们的情妇。这位年逾不惑的太太，冒险把自己的命运跟年轻的花花公子结合在一起，答应将来留给他一大笔遗产，如果他在她生时能够始终爱她的话。”

“哦，完了吗！今天我从您身上赚到不少钱，我好久没有赚到这么多了，教授先生。谢谢您，再会。”哈里斯不怀好意地哈哈大笑。

“说英国是我们的情妇！……”哈里斯坐上汽车，嘀咕道。“您自然是听到的吧？”

“照我看来，老人说得很对，这一点不用说了。因为世界上有两个英国，其中一个是你们的情妇。”

“我们没有这么多的钱来养活英国。”

“不过，英国也不是阔绰得会白白地委身于你们，您该同意吧！”

伏罗巴耶夫命令司机开上山去，开到密烈日柯娃的儿童疗养院里去。

孩子们正在吃中饭。

伏罗巴耶夫把客人带到“哲学家”的房间里，那里除了齐娜之外，大家都聚集在一起。不过，当齐娜知道有个美国人来到时，就跑了来，并且照例立刻讲述自己和同伴们的事。

苏拉·拿依杰诺夫一直在读一本书，嘴里咬着一端有粗糙橡皮头的小棒揭书页。

“这太不人道了。”哈里斯用耳语说，仿佛害怕他的英语这里会有人懂得。

“什么不人道?”

“强迫使这个不幸的人活着，是不人道的。您明白我的意思。”

“哈里斯先生，您以为您有双手、双脚就要比他幸福得多吗？而使您活着就要人道得多吗？您的意思是不是这样?”

“不错。正是这样。”

“我不能同意。”

然而，哈里斯并不罢休。

“那么，请您告诉我，让这个孩子活着，究竟要进行什么实验?”他问伏罗巴耶夫。“您确实相信，他一定会成为一个天才吗?”

“有这个可能，但我不能保证。”

“既然这样，你们打算把他培养成什么呢?”

“一个人。您何不自己去问问他呢。这孩子稍微能够讲一些英语。”

哈里斯对那个依旧在读书的拿依杰诺夫一眼也不瞧，就走出房间，也不向谁告辞，径自向汽车走去。

他们回去走滨海的低路。

司机问伏罗巴耶夫：

“看光景，他像是不喜欢上面那个地方？”

“他不喜欢。”

“不错，他在那边尝到了另一种酒。”

道路蜿蜒在荒芜和忧郁的葡萄园之间。光秃秃的灰色葡萄藤弯弯曲曲地突出在山坡上，看来使人难以相信它们在夏天会覆上浓密的绿叶而显得优美动人。

秋天有守望人坐着的亭子，现在也空无人迹。总之，他们没有碰到一种生灵，仿佛来到了无人之境。

司机突然在路畔一口井旁停下车，转过身来对伏罗巴耶夫说：

“告诉他，上校同志，说德国人曾经把我的两个外甥活活投到这口井里了。”

伏罗巴耶夫做了翻译。哈里斯一言不发。

“我从游击队里一回来，就亲自爬下去，认出来了。哦，惨极了！回想起来简直可怕。那个小的，七岁，两条腿和一根肋骨都折断了，显然是饿死的；那个大的，十三岁，显然是头着地，当场就……”

哈里斯的嘴唇发白了。

“世界上有些事是不能说出来的。”他说。

“这样说来，我们就得常常保持沉默了。”

他们在回到城里之前就再没有说什么了。

伏罗巴耶夫跟哈里斯的第二次谈话，是在城市的海滨举行的。

哈里斯坚决认为俄国人是不爱美国人的，但伏罗巴耶夫给他解释说，问题并不在于爱不爱。

“不过我们这里谁也不懂，为什么你们的国家要支持最反动的政策。听我说,哈里斯,英国在这次战争中丧失了全部优势,而胜利也不会给它带来任何好处,是不是?”

“是的,恐怕是这样。”

“您也不会否认,你们那里有不少人想独吞胜利的果实。”

“不,您这一点……不,不,您说得不对。”

“我对您说,你们的银行家企图把美国变成军国主义的堡垒,而丘吉尔将要感谢天爷,因为他及时培养了这批忠实的军国主义者。他们的上帝是丘吉尔而不是罗斯福。罗斯福待他们实在太好了。他们早就应该有一个坏一点的总统,哈里斯。”

“以后可以写信给您吗,伏罗巴耶夫?”他突然问。

“何必呢? 要是您改变了,没有信我也会听到您的消息;要是您还是跟现在一样,那么您来信又有什么意思?”

“好的,您说得有理。”

他们分手了,虽然他们还有许多话想说。

跟哈里斯的谈话使伏罗巴耶夫感到很激动,他希望尽量避免跟这个外来客人再见面。

然而,到头来他又不得不再次遇到哈里斯。外国记者们准备去游览塞瓦斯托波尔港,因此又用得到伏罗巴耶夫了。

刚从省委里来的伐修京亲自去找他,再三请他帮帮忙,不要拒绝这次旅游。

伏罗巴耶夫跟伐修京原来是不认识的,可是他却喜欢了他,喜欢他那样随便地自己跑了来,没有半点上司的架子,而且伐修京的外表也给人一种愉快的印象。

这是一个宽肩膀、长着一头乱蓬蓬淡褐色鬈发的胖子，两颊上时常挂着那种使他得意的脸浮上红晕的招人喜欢的微笑。

“我已经告诉柯磊托夫不要折磨您。可是这回除了您，又有谁可以代替呢？没有人哪。因此我只得再把一个临时任务压到您头上。是地方上的事。”

“伐修京同志，我在这里也是一个新手，资格不老哇。”

“资格不老，可以培养起来的。您暂时不打算离开吧？事情安排好一些没有？”

“多少安排了一些。”

“据我听到的，恐怕不多吧。好，慢慢会习惯的。”

伐修京从外表看来是一个典型的党工作干部，活泼灵敏而不手忙脚乱，一举一动都显得很果断。他这些特点不是天生的，而是多年来作为一个不拖延、不误时的军事指挥员自然而然养成的。

伐修京一遇到问题，总是立刻把它解决。他只把那些认为已经完成的或者根本没有希望的事搁开来。他给省里共产党员们的印象是一个固执、顽强而风趣的人物。伏罗巴耶夫从许多反应里知道，大家所以尊敬伐修京不只是因为他朴实，能够处理新问题，而最主要的是因为他有一种惹人注意的本领：能记住省里几千个积极分子的名字、父名和姓氏。

当伏罗巴耶夫拄着拐杖——他在家里从来不带假腿，走到镜子前面去梳头发的时候，伐修京向窗外望望，不耐烦地用铅笔在翻开的笔记本上敲敲。

“我听说您，伏罗巴耶夫同志，对自己的力量估计得低了些，或者说，您把自己的病估计得高了些，您休息得太早。”他眼睛望望街道说。

“我,也许是真的休息得太早,不过,正如俗话说的,病痛不是自己求得的,而是天上掉下来的。”

“这我明白。我并不是责备您。我是替您惋惜。”

“哦,哦!那么谢谢您的关心。”

“不过,您别太厌恶我们在后方的人。我们也看到过各种各样的前线弟兄。不是所有上过前线的都是先进分子。肩章和勋章并不能把我们催眠,伏罗巴耶夫同志,我以为您也不应该被它们所催眠。”

伏罗巴耶夫没有作声,等他再说些什么。

“我并不是说您。至于您本人,大家对您的反映可不坏,不坏。”伐修京补充说。

“一个负责干部的典型评语,”伏罗巴耶夫想,“说‘好’有点怕,说‘坏’又有点不对。”他不喜欢这场刚开了头的谈话,就在桌子边坐下来,说:

“我准备好了。您说吧,伐修京同志。”

客人半阖着眼睛瞟了他一眼,用力在笔记本里加了一个重重的黑点。

“好吧,我还是从末尾开始吧。昨天斯大林同志开完会步行回来。他累了,看来想散散心。他沿着下面的公路走着。您明白?他发现我们这里有许多荒废的山坡。‘这是怎么一回事?’他问。我说:‘水不容易弄到,约瑟夫·维萨里翁诺维奇。种烟草不行,种葡萄太高,我们就把它留下来种橄榄树。又有用,又不要水……’他却对我说:‘我怎么看不到有什么橄榄树,它们在哪里?’”

“真的,在什么地方?”

“当然是真的。老实说,我们已经想到这一点,但还没有动手。一刻不停的人事流动在妨碍我们,真该死。好吧,我请您现在陪客人们去观赏我们这里的风景,您自己考虑一下吧——上哪里去,怎样去法。当然,我们以后要成立一个专门委员会……"

伏罗巴耶夫轻蔑地挥了挥手。

"只会糟蹋钱罢了。我赞成费尔冈的办法①。委员会只不过是委员会,扛锄头的集体农庄庄员会踩掉他们的鞋跟的。"

"经验的确是很了不起的,"伐修京羡慕地说,"但我害怕经验:此一时,彼一时。请您注意,费尔冈是什么时候开始的?1939年!是怎样的一个年头,您可记得?他们的动机不是由于贫穷,而是由于精力过剩,……由于……由于大胆无畏……他们的血液里沸腾着怎样的力量!可不是吗?现在全体人民都在作战,我们只能够动员三两个人,我们又能向往什么呢?……不错,正是这样。您留心留心,幻想幻想吧。我有时候想:现在我们应该有些像鼓动家和宣传家之类的专门幻想家吧。"

"他们只会白白拿工资,弄不出什么名堂来的!"

"说得也不错。"

"那么我们一起走吧,伐修京同志!"伏罗巴耶夫突然建议说。他喜欢这个急性子的人。"我跟您一起到山顶,到气象学家的地方过夜,明天一早再参加记者的游览。"

"在扎鲁宾的地方过夜吗?那个跟风谈话的人吗?懒鬼。"伐修京用铅笔搔着鬓发,眯细眼睛,考虑着他有没有工夫,接着突然同意了。

---

① 费尔冈盆地在吉尔吉斯苏维埃社会主义共和国境内,原来土地干旱,缺少河流,严重影响农业生产和人民生活。1939年当地居民在苏维埃政府支持下,开凿灌溉运河。凭着全体居民高度的劳动热情,在四十五天里凿成了一条通常要七年才能凿成的大运河。

郊外的公路陡直地向上伸展。那边,在伏罗巴耶夫第一天到后曾经幻想给自己造一所小房子的地方,伐修京的吉普偶然停下来。

四周围着狭长荒地的峻峭断层引起了他的思绪。

“国营农场办事处设在这里真是再好也没有了,离开市中心很近,旁边就是公路,伸手就可以达到码头。”伐修京立刻建议说,同时请伏罗巴耶夫发表意见。

“我曾经幻想在这里给自己盖一所小房子。”伏罗巴耶夫笑笑说。

“恐怕盖不起来吧。”

“恐怕盖不起来。”

“小事差不多总是比大事更难办。”

“也许是吧。不过,办事处设在这里倒是挺合适的。这里,总的说来,可以成为未来建筑工程的开端,不过目前还没有人住,土地也没有开垦。”

“拿吧,硬得很,得嚼一嚼呢。”伐修京从口袋里掏出一个小纸包,递给伏罗巴耶夫一块夹肉面包。

“谢谢。您瞧,这里应该有水的。哪,您看到河床没有?一个不大的蓄水池……”

“正是。只要有人就行,人。”

“战争倒给我们作了一件好事——也许我说得过头了,它让我们看到,要是人民同心同德去干一件事,他们可以做出怎样的成绩……”

“十五年之后,这里会盖起一所出色的疗养院。”

“一定。一定会盖起来的。您说得真不错。我们这里就是那样的:只要动手建设,就能完成。”

“现在我们要换个地方，到小海湾那儿去吧。”

“我已经把那个小海湾叫作幸福湾了。地点优美，松林茂密，您有没有看到？那边的空气像仙水一般，真的。岸上蒸发着盐味，你一跳到水里，就可以闻到松脂的芳香。本地一位医生还给我作了一长篇海水有益健康的讲演。他说，海里的盐溶液是一种电解质，而人的身体也是同样的电解质。这就是说，当两者接触的时候，就会产生电流，交换离子。自由存在于海水里的盐离子渗透进人的身体，而从身体里就有各种各样的毒质排出到水里。”

“见鬼，我从没想到，洗海水澡是这么一件科学活动。您的知识可真渊博呀。”

“您这样想吗？”

“那又怎么样？您已经把我说服了：必须在幸福湾搞建设。您就着手搞起来吧。找到一个适当的人，事情就成功一半了。”伐修京仿佛随口说出来似的。

吉普风驰电掣地把他们向幸福湾送去。远方，在城镇那一边，鹰之峰像红铜色的前额似的发着亮。

“可惜没有工夫，要不然我真想把您带到鹰之峰上去呢。”伏罗巴耶夫说。

“您去着手建设吧，以后我会上您那边做客去的。行不行？我不强迫您，只是出于友谊，出于布尔什维克的情谊。这次派我来找您倒不是没有收获的。套上车拉吧，真的，您光作演讲作得也够了。”

伏罗巴耶夫立刻发现伐修京爱用一个词。他喜欢“拉车”。这可不是柯磊托夫的“感染”。

伐修京坐在司机旁边；坐在后面的伏罗巴耶夫弯下腰，看到前窗上的反光镜和镜子里书记的脸,书记狡猾地向他眨了一下眼睛。

“我有我的理论,伐修京同志……”

“谁没有自己的理论!……”

“不,您听我说。现在,在这场残酷的战争之后,我们必须来一次重大的飞跃,要使战前水平成为无足道。对吗?”

“也许。虽然‘无足道’在这里并不合适。您说是吗?”

“我认为,要做到这个,我们应该用过去从乡村和工厂里吸收人民到首都和人民委员会去的那种精神和毅力,再把在上面受了教育的干部送回去,送回到下面去……”

“……到民间去?”伐修京微带嘲笑的口吻插嘴说。

“到民间去。是的。把人民委员们送到省里去,把副委员们送到区里去,把上校们送到区军委会里去,把旅级工程师派去当筑路技师。”

“唔……不错。看来,我太早打扰您了。好吧,你先歇一会儿吧。每个人都很宝贵,可他却对我说了一套他自己的理论。”

“别发牢骚,我来给您提几个人,都是挺出色的。”

“怎么,难道自己的干部我不知道吗?您这算什么……要把您送到扎鲁宾的地方去吗?他也是个理论一大套的人……他打了一个报告来,建议在山脊上盖一所作曲家的房子。他说,那边音乐很丰富,都白白浪费了。这家伙自己过得像神仙,还不给人家安宁。”

“那么,您自己也要到下面去吗,伐修京同志?”

伐修京并不回答,只耸了一下肩膀。这场不如意的谈话使他恼火,刚才那种展望山景的兴致也早已消失了。

他们沉默了好一阵,直到将近山顶,伐修京才告别说:

“您的演讲……自然会鼓动和组织人民……不过现在这个时代,必须拉,抓紧绳子——拉,拉,尽所有的力气拉。我的理论就是这样!”

“套上车拉吗?”伏罗巴耶夫问。

“一定,先进分子不光是自己跑在人家前头,还要把别人拉向前去。”

“我也这么说,如今有经验和有眼光的人应该处于最艰苦的地位。”

“我找到了一份苦差事!最好让您来处一处我的地位!真弄得人走油……”

到气象台的小屋还有三百米光景,伏罗巴耶夫却不慌不忙地走着,一面走,一面想,检讨着自己的行为。

不,他始终是对的。在新的工作里,人的灵魂会变得年轻,会不断产生力量和希望。他正需要这些东西。除此之外——谁说这里,在产生人的嫩芽的地方,谁说这里的事情就特别容易和简单呢?

“我要套上车来拉,但不是在伐修京所需要的地方,而是在波德聂别斯柯和安尼雅·斯土品娜所需要的地方。我将在那里套上车来拉!”

黎明时分,他坐公共汽车到外国记者那儿去。

天气好得出奇。陡直地垂向海洋的小丘盖着浓重的露水,闪闪发亮。露水像雨水一般从光滑的岩石上弯弯曲曲地徐徐流去。温柔而忧郁的冬的气息,海岩和湿透而还没有完全腐烂的树叶的味儿——很像面团那类可以吃的东西的气味——荡漾在空中,还没有跟附近海洋的气味混合起来。中午时分,晒得火热的石块和小屋的泥墙也莫名其妙地发出热面包的香气。

公共汽车驶过公路边上一座孤坟,旁边狼藉着一辆英国坦克的残骸。这些该死的坦克被烧得不成样子。它们简直跟蜡烛一样经不起火。这辆坦克大概是属于乔尔内赫旅队的。这个旅好像就是在这儿过的。那些西伯利亚人,他们第一次看到黑海之春,以及它最愉快最可爱的月份——5 月。这是 5 月的初头,是树木正在开花而还没有绿叶成荫的时节。黑荚紫荆的长枝条盖满细小而繁多的花朵,仿佛庞大的紫红色珊瑚。桃花和杏花闪耀着粉红的光芒,仿佛里面会发出光来。岩石缝口充满弯弯曲曲的花枝,有红的,有粉红的,偶尔也有青的。顶上覆盖着盛开的李花和杏花的坦克,仿佛一小块一小块花圃在向前奔驰,从坦克的瞭望口里,伸出来一束束的山郁金香。人们埋葬阵亡的同志,不用到远处去采花。有许多人是手里拿着鲜花死去的。

“像里维埃①,”拉尔夫,一张伦敦报纸的记者说。“或者有点像意大利。”他仿佛一句也没有听到伏罗巴耶夫所讲的关于坦克手的话。

“难道里维埃打过仗吗?”伏罗巴耶夫问,不过由于喇叭的鸣响,谁也没有回答他。汽车正在通过山巅上一段最险恶的路程。

海洋看不见了,前面的一方出现了一片朦胧的群山,风景凄凉而单调。直到此刻一直在打瞌睡的法国人问:

“斯大林已经到塞瓦斯托波尔了吗?据说,丘吉尔和罗斯福今天都动身到那儿去了。”

“我不知道,”伏罗巴耶夫回答。“照我看,现在这时候不该让任何人去。”

---

① 里维埃:在法国东南部,滨地中海,是著名的风景秀丽的海滨疗养地。

英国人煞有介事地修正说：

“这是明明白白的。历史性的纪念碑总得来一番装饰，加点工。”

“这可不是邓寇克，”伏罗巴耶夫反驳说。“至于塞瓦斯托波尔，就是你们我也不让去。那边还有许多地雷。”

“领队先生，我们要上哪儿，就去那儿，而且只能去那儿。不过，我现在提议停下来吃早点。”

大家都兴致勃勃地同意了。塞瓦斯托波尔已经不在他们心上了，好像去年下的雪。

他们吃完早点，哈里斯说：

“我们这位可敬而又可畏的上校要是知道我当新闻记者是考俄罗斯问题而出名，一定会感到惊奇。”

伏罗巴耶夫侧坐在说话者旁边。这里，在外国客人们现在喝白兰地的地方，普罗伐洛夫的一师去年曾在这里经过。他记起许多往事来……

同时，哈里斯开始讲，他说在1909年，当他以一个青年旅游者的身份在巴黎消磨光阴时，沙特洛剧场正在举行俄罗斯戏剧季。这是认识一个陌生民族的好机会。哈里斯观看了歌剧《伊戈尔王子》，听了夏里亚宾的歌喉，欣赏了尼靖斯基和卡尔萨文娜的舞蹈和福金的波洛薇茨舞。

“诸位，你们知道效果怎样吗？《伊戈尔王子》是一出歌剧。正像一切俄罗斯东西那样，稍微显得沉重一些，但是富有旋律。至于夏里亚宾，自然是一位杰出的歌手。还有，尼靖斯基自然也是一位跳舞大王。不过，最成功的不是歌手，不是单人舞蹈家，而是群众的集体舞。正是他们展示了俄罗斯的灵魂。热烈、光明、忘我！……忘我——我不是随便这么说说的。这两个字表现出俄罗斯人所独有的心理状态。忘掉自己，忘掉自己的需要。”

哈里斯向伏罗巴耶夫瞧了一眼。

“在解释‘忘我’这个词儿上，我没有犯什么错误吧，可敬的上校？”

“说实在的，我不知道。我不是一个语言学家。”

“啊！这话很对。要不然，我简直把您看作无所不知的啦。好吧，让我说回去吧。那场表演要是能用电影拍下来，我们美国人怕要早十年认识俄罗斯人了。我当时简直是如痴如醉。波洛薇茨舞手们像跳跃的火焰似的冲出来，挥动鞭子，摇撼弯刀，同时咆哮着、怒吼着、呼喊着，他们的节拍越来越急促，越来越使人心惊胆战。鬼知道这是个什么场面，坐在正厅第一排上一定很可怕。我当时自言自语：俄罗斯艺术多么有力地控制着俄国人民跃向远方的激情。多少色彩、多少韵律、多少冲动都冲到第四种量度①里去了！我当时想，但愿这种忘我的激情不要越出艺术的界线。我的第一篇通讯就是写俄罗斯舞剧的。”

“太好了！”法国人圆滑地说，准备站起来。

“我们还有时间，”英国人止住他说。“哈里斯尽可以说下去，直到我们喝完他的白兰地为止。”

“不错，舞剧只不过是舞剧罢了，不过那时就连向俄罗斯舞剧女演

---

① 第四种量度，通常的量度只有长、阔、高三种，第四种量度是不存在的，因此所谓第四种量度其实就是指狂想或幻想。

员鼓掌的狡猾的白里安①,也不能预言俄罗斯竟会以那么惊人的速度飞跃到不可知的境界。老实说,上校先生,我有时惋惜俄罗斯会整个陷到政治里去。"

"自然,舞剧也像一切艺术那样,表现着一个民族的灵魂,不过从舞剧上去研究一个国家,这就如同从果酱上去研究园艺一样,"伏罗巴耶夫说。他不愿跟哈里斯认真争辩。他觉得他是无法把他说服的。"您只要读读托尔斯泰、契诃夫和高尔基的作品,就是足不出户,也可以多了解一些俄罗斯。我更不用说列宁的作品了。"他补充说,好不容易克制着自己的怒气。

哈里斯听完他的话,继续讲下去,说著名的马里斯·但尼曾告诉他关于巴克斯特和贝诺阿的服装和布景。伏罗巴耶夫却看了一下表。差不多就在这一天,这一小时,独立滨海军的一个师去年突入巴拉克拉伐平原②,同时看到在远方,在地平线那里,1855 年阵亡的意大利人的纪念碑③。他们开始攀登萨捧山,那是塞瓦斯托波尔的各各他④。

只要生活能重现这里发生的往事的画面,哪怕只有一刹那——不,甚至毋需画面,只要一些声音,一场厮杀的恐怖吼叫——那个美国人准会吓得张口结舌,他那颗充满酒精和怀疑论的心就会在他所谓"忘我"的音响下,在俄罗斯人作战的自发激情下,从此停止跳动。

整师的战士肩并肩地向前爬着……指挥所来不及策划急速向前推

---

① 白里安(1862—1932),法国政治家。1910 至 1930 年间在法国政治舞台上占有重要地位,曾几度出任法兰西共和国总理和外交部长,以反苏著称。

② 巴拉克拉伐在克里米亚半岛南端,塞瓦斯托波尔港之南。

③ 1854 至 1855 年英法意联军对俄战争中阵亡将士的墓地。

④ 各各他在巴勒斯坦,是耶稣基督殉难之地。

进的战斗队形,事实上就像没有指挥所一样,因为干脆就由每个士兵都能领会的战斗本身在发号施令。

这是一场士兵的战斗,人民的战斗,它的开始和结局,人人事先都已知道。只有一点还没有完全清楚:它将延续一天,一星期还是一个月。但是,不管它延续多久,结果却只能有一个:解放塞瓦斯托波尔。

雪白的石灰粉笼罩着萨捧山的峡谷和斜坡,密集的石子像骤雨一般下个不停。伏罗巴耶夫记得大概有十二个步兵和炮兵,拖着一尊大炮,飞快地把它拉上陡直的山坡。他们没有穿军服,脸上滚动着汗珠。他们拖着大炮,跑着,同时尽喉咙喊着。大炮相当迅速地被拉上山去,要是"拉夫"中有谁倒下去,马上就有人去顶替他。在大炮后面,有人像抱婴孩一般双手捧着炮弹,也在跑着。要是有哪个搬弹者倒下去,就得受双重损失——战士和炮弹。

"你们嚷些什么呀,弟兄们?"伏罗巴耶夫怜悯气喘吁吁的士兵们,问。

"今天这是一座叫嚷山(克里孔山),上校同志,"一个年纪轻轻的炮兵回答说,"在他们那方面,在德国人那方面,那是一座喘气山(萨捧山),不过,到晚上我们要把它变成一座坟山(黑里捧山)。"

需要九小时不间断的袭击,才能使德国人明白这是一座坟山。俄罗斯人民就在那里发挥了真正的忘我精神。

但哈里斯还在讲着:

"马里斯·但尼告诉我说:'下次我要带着速写本来看戏。这是艺术家所能看到的最最迷人的海市蜃楼'。"

"不错,在那几年大家都爱好鲜明的色彩。"法国人同意说,他老是在想应该继续上路:白兰地已经没有了。

最后，哈里斯让法国人起身，同时自己也站起来。

“真奇怪，俄罗斯灵魂的形象您会在……在舞剧里找到，”伏罗巴耶夫着重说。“您知道的恐怕只有这一些。如果战事之前您在莫斯科待过四年，而在第五年上又看到街头的沙袋，我真不知道您将会说些什么呢？还有，您有没有读过巴甫洛夫①和谢契诺夫②的著作？我以为像我们就快跑到的萨捧山的袭击，就一定能深刻得多地在您面前揭示我国人民的灵魂。或者拿斯大林格勒来做例子也行。您不能同意吗？”

哈里斯耸耸肩膀。

英国人看了看旅游手册，问：

“您怎么说？萨捧山？”

“是的，萨捧山。”

“我以为值得去看一看1855年联军墓地。你们以为怎样？”

那个彬彬有礼的法国人很厌恶哈里斯和伏罗巴耶夫之间的唇枪舌剑，显然，他认为排解异见是他的义务，就说：

“诸位，我想我们的任务应该是考察纪念碑！我们现在只看纪念碑，这里存在着一种制度。或者我们来研究研究这里发生的各种事件……你们以为怎样？”

“对啊，”英国人同意了。“考察纪念碑，因为至少可以看出一种制度。你们说怎样？”

哈里斯说：

“我着重的是在于到城里去拍一打照片，好向编辑部证明我曾经

---

① 巴甫洛夫（1849—1936），俄国生理学家，首创条件反射学说。

② 谢契诺夫（1829—1905），俄国生理学家。

到过那里。城里有纪念碑吗?”

“还没有,不过整个城市就是一座大纪念碑。”

“不,不,你们只要听听他说吧,”哈里斯精神焕发起来,“这是地道的布尔什维克作风。纪念碑在他们这里连影子都还没有,可他却莫名其妙地说:应该把整个城市当作一座大纪念碑。嗯,这就是辩证法!总而言之,我服从多数的意见。”

公共汽车转了个弯,向着1855年旧英国坟山驶去。

第　二　部

第七章

正像通常在暴风雨之后那样，天气宁静无声，阳光柔和得简直像没有睡醒，岩石的轮廓模糊不清，远景却清楚动人。

伏罗巴耶夫站在伯爵码头上，四周围着一群喝得醉醺醺的美国水手。他们把他像一件展览品似的观看着，摸摸他的奖章，用手指敲敲他的胸脯，好像敲问讯处玻璃窗那样，并且提出各种问题，问他有没有到过斯大林格勒、塞瓦斯托波尔、基辅、罗马尼亚、匈牙利、威尼斯和列宁格勒。他们问他是乌克兰人还是乌兹别克人，如果是俄罗斯人——那么是根据血统，还是只根据公民证，他有没有财产，他的家庭是怎样的，等等。

他们给伏罗巴耶夫单独照相，又要他跟美国水手一起照。他已经把自己所有的东西送给了新朋友：一个由黑海名匠用铝合金制成的烟盒、一只用步枪弹壳改制的打火机、一把配有彩色不碎玻璃柄的小洋刀。作为回礼的是他收到了半打自来水笔、半张留有什么人签名的钞票、一枝可爱的金铅笔和十五张背面写有邀请他到美国去做客的照片。

一辆敞篷汽车慢吞吞地在旁边驶过。几个苏联军人带着好奇的眼光对伏罗巴耶夫瞧了一眼。

“斯大林?”传出来几个人的声音。

“哦,不是。”

一个穿军官大氅、戴羊皮帽的熟识身体从座位上起来。这个肯定见过的中将下了汽车,迎着伏罗巴耶夫走来,老远就张开双手。

“你认不出来吗？我可看出你是伏罗巴耶夫,好像一条在集市里走失了的狗。我想,我应该帮助他……”

“罗曼·伊里奇！……什么风把您吹来的?”

“巧极了,巧极了,阿列克赛·维尼阿命内奇。”

他们拥抱,亲吻。

“去跟盟友们告别一声,坐到我车上来吧。”

那些美国人举手敬了一个礼,就让开了路。罗马年柯将军挽着伏罗巴耶夫的手臂,从脚到头对他瞧了一眼。看来,像是不高兴似的,向汽车走去,一面说:

“不像了,一点也不像……你怎么,开小差了吗?”

他们随便交谈起来,就像他们没有分离过一样。

“要是方便,您带我到城里各处走走,罗曼·伊里奇。”

“好的,去吧。记起往事来了?”

“记起往事来了……”

“嗯,用眼睛回忆,用嘴巴讲话吧。老弟,你怎么搞的,一直留在上校的地位?”他继续说。“我老是在留心,老是在最高总司令的命令里找寻你的名字。我以为你至少已经当上上将了。还有,见鬼,怎么会把你带到乡下来的呢？军官学院怎么样？你还记得,你不是想写作吗？还是这些全都只是一时的冲动?”

罗马年柯从前教过战术，所以一到前线，就被派到参谋部工作。他运气很好。他受到干练的战地司令员们的赏识，很快就升上去了。当他被召回莫斯科总参谋部里的时候，已经是个军参谋长了。在总参谋部里，他被委任去执行一件具有远大前程的非常有趣的新工作。他婉转地暗示，跟伏罗巴耶夫在一起工作将是幸福的。他们都是以中校的地位参加这次战争的。这个暗示虽然非常婉转，伏罗巴耶夫却感觉到其中含有侮辱和轻蔑的成分。在罗马年柯大氅旁边，他那件大衣顿时显得多么寒碜，他那单独一只的靴子多么破旧，还有集体农庄送给他的那条假腿又是多么不雅观。

"进军官学院，我这辈子算完了。至于写作，这里也行。为什么完了吗？因为健康，健康，罗曼·伊里奇。此外，我一直想做农村工作，你知道。集体农庄的生活，这是我完全不熟悉的……"

他讲起自己在集体农庄里的不幸遭遇。罗马年柯摆动双手，呵呵大笑。

他们沿着没有人迹的冷静的街道，慢吞吞地驶过倾塌和破残的房屋。听不到音乐声，或者孩子的笑声；没有犬吠声，也没有自行车铃的丁当声；零零落落的几个行人匆匆地沿着死寂的街道走着，只有破铁皮屋顶重浊的鸣响、残缺不全的烟囱和招牌的不停的吱格声荡漾在空气中。唯一使海湾显出生气的是几艘苏联军舰和盟国军舰。

然而，在靠近伯爵码头的列宁街上却相当热闹，从南湾的岸上传来机枪般急骤、一秒钟也不停止的铁锤和电钻的响声。

"我记得，第二近卫军的士兵正是从那边，从北方冲到伯爵码头来的。他们是乘空木桶和一所德国殡仪馆的棺材横渡过来的。后来这些棺材组成的舰队随波浮到岸边，使居民们大吃一惊。"

“难道你是随第二近卫军来的吗?”

“随独立滨海军来的,在萨捧山和海之间。”

“那么,在你们之间又是谁的部队呢?我已经忘记了。”

“克烈依捷尔将军率领他的第五十一军。”

“对,对。我差点儿就在冲锋之前的一刻被派到他那儿去。我们继续走吗?”

在实验所峡谷右首的小山上,矗立着那辆放在座台上的第一个冲入城里的坦克。伏罗巴耶夫记起那些坦克手们来。这里曾经设置过先头救护站。斯克利普金是在那里阵亡的。稍微过去一些,叶兰斯基被炸成了碎片。

看到空虚、寂寞和无声的战场,不禁使人心头感到一阵凄凉。

“上我那儿吃中饭去吧,”他们到达市郊的时候,罗马年柯邀请说。伏罗巴耶夫起初推辞,说是感到疲倦了,不过最后还是同意了。当他发觉汽车朝苏联代表团所住那座宫殿爬上去时,他像孩子似的现出羞怯的样子。

罗马年柯平静地谈论着伏罗巴耶夫的命运,坚持他必须回军队,一方面可以在那里再获得一些,一方面可以再在那里做一些贡献,至于集体农庄的那些事对于伏罗巴耶夫这种资历的人来说,并不是十分必要的。

“不过,不论你自己怎样喜欢留在那边,我会把你的情形报告给瓦西里依·瓦西里耶维奇知道的,”他一面说,一面抱住伏罗巴耶夫的脖子,用自己强有力的手摇动着。“你还记得他在外高加索战线时的情景吗?不错,他还是那副样子!我一定要向他报告,我相信这会让‘他亲自'知道的。"

罗马年柯说到"亲自"两个字的时候高高地扬起眉毛，而伏罗巴耶夫也就明白他指的是谁。

同餐的人不多，只有四个将军和三个外交家。伏罗巴耶夫是第八个客人。人家含糊其词地把他作了介绍，这可把他弄得像个穷亲戚似的尴尬和别扭。大家都以为他马上就要为自己或当地提出什么要求来，因此他们都有点惴惴不安。

然而，他却显得很机智——这在近来是难得发生的。他仿佛企图使所有四个将军和三个外交家都对他产生好感，结果很成功。罗马年柯讲给他们听伏罗巴耶夫的事，大大歪曲他的生活情况，想尽量非难他目前的生活。然而，大家都为伏罗巴耶夫辩护。将军们高声宣称他是百分之一百地对的，他应该到民间去，既然仗已经打够了。

外交家们含糊其辞地说着笑话，不过总的讲来，他们也站在他的一边。

伏罗巴耶夫滔滔不绝地谈着乡村生活，仿佛他在乡下已住了好多年。他并不羡慕罗马年柯最近要到南斯拉夫去，以及外交家中的一个将到美国去，也不羡慕他们将去过见闻丰富的生活，而他将留在索菲雅·伊凡诺夫娜家里，住在那天花板还没有粉刷过、夜间当老鼠跳来跳去时会扬下灰尘来的房间里，将在雨中走去演讲和谈话，或是替文盲给前线写信。

多年来伏罗巴耶夫一直沿着社会的梯子向上爬，已经过惯那种今天的地位比昨天高、明天的地位比今天更高的生活，而且在这种步步高升中找寻自己的幸福。

不过，现在他的想法可完全不同了。要向下降，回到生命和人力的本源，然而，下降并非由于精神的贫乏，而是像跳高之前的一段奔跑，这是他的一种需要，跟从前向上爬同样有力和必要。

午饭后，不管伏罗巴耶夫反对，罗马年柯还是一直把他送到家里。

“你离伏隆卓夫①的阿路普卡宫②，自然还远，”他环顾了一下索菲雅·伊凡诺夫娜的房子说，“不过，一般讲来住是可以住的。你在这里有些什么人？”

伏罗巴耶夫只简单地讲了一遍，并没有详细说明。

“让我们进去瞧瞧房间吧，”罗马年柯不等人家邀请就向前走去。他的关心有些近乎鲁莽。

在看了房子之后，罗马年柯就坐上汽车打算回去，他体贴地说：

“老太婆是个妖精，不过那个年轻的倒不错，一点也不错。好吧，我到那边去叫他们替你弄些煤和建筑材料来。不然，还是让我们一起上莫斯科去吧，怎么样？……”

伏罗巴耶夫冷冷地跟他告了别。他差一点没发脾气。

第二天早晨，他刚到列娜房里吃早点，而且像往常一样没有装上假腿坐在桌旁，塔尼雅跳上他的膝盖的时候，外面传来一阵踢马刺的声音，接着，外门敲响，罗马年柯风度翩翩地走进来。

“愿阖府平安！”他大声地说，恭恭敬敬地向老太婆问好，老远向正在整理床铺的列娜鞠了一躬。“天哪，多么可爱的小面包！……我要是有工夫，准会一口气吃上十个。来吧，阿列克赛·维尼阿命内奇，在

---

① 伏隆卓夫(1782—1856)，帝俄时代伯爵，曾任高加索和克里米亚总督，在克里米亚建有极奢华的宫殿。

② 阿路普卡：城名，在克里米亚半岛，雅尔达之南。

叫你去……把他打扮好。”他对列娜说。

“你这算什么,我还没有在你手下做事呢。”伏罗巴耶夫挑战似的说。罗马年柯却作得很对:什么也不回答。

一分钟之后,他们就在被晨雾润湿的公路上奔驰着了。这是一个2月里少有的好日子。上面盖着一层淡青色雾气的海洋,在地平线上发出万点金光。群山在冒着雾气。白云不是在飘浮,而是在向高处飞翔。一个赤足的女孩子,手里握着一束雪球花,在小路上走着。

“停!”伏罗巴耶夫止住汽车,把女孩子召到自己跟前。“你是谁家的姑娘?”

“特伏罗任柯娃。”她耸了一耸肩膀,不高兴地回答。

“哪里的特伏罗任柯娃?”

“噢,哪里的!住在你们对面的,难道您不知道!”女孩子生气地回答。

“呵——呵——呵!那么你是光膝盖列诺卡吗?”

“啊哈!”女孩子笑起来。“不然我简直有点怕:谁家的,谁家的,好像您真的不知道似的。”

“把这些花给我吧!”

“我想我会看到斯大林同志的。也许,他会打这儿经过。嗯,好吧,拿去吧!”

伏罗巴耶夫把花束递给罗马年柯,对方却把他的手推开了。

“你这算什么,这算什么!……你去送给什么女朋友吧。”

伏罗巴耶夫从罗马年柯给他介绍的将军那儿出来的时候,已经是中午过后很久了。这次他跟一批陌生的参谋本部人员和一个人民委员会副主席同进早餐。谈话自然是关于会议的经过和与会者见面的情形,谁说了些什么,谁作了些什么暗示,不过,尽管这些谈话很有趣,伏罗巴耶夫却没有去仔细听他们。

刚才那场谈话弄得他很激动和疲劳,而且还摆脱不了这个问题。他在考虑他的行动是不是正确,有没有犯什么错误,有没有给人家不好的印象。人家又一次——这次是完全正式的——恳切地建议他归队。

“我们需要的不是您的腿,而是您的头脑和您写作军事文章的能力。”

“一个月前我在这里还是一个过路人,现在我可已经是个活动家了。而且这里实在没有人。”

“您不怕掉在琐事的泥沼里吗?”

“一点也不!”

“既然这样,那就祝您胜利。”

自然,谈话要冗长和复杂得多,不过此刻伏罗巴耶夫回忆起来,重要的和决定性的就只有这一些了。午饭又是在罗马年柯的地方吃的,饭后他要求送他回家。现在,在他拒绝回部队之后,他觉得这里的一切都是不安宁和不舒服的。他跟罗马年柯一起走到铺着大石子的院子里。他的假腿在石子上颠簸着。

“你下次去莫斯科领儿子,给我一个电话,到我那儿去玩,”罗马年柯以惜别的语气说。

“当然,当然。这里太冷清。我一到莫斯科一定要去多听些新闻,”伏罗巴耶夫和解似的说,刹那间惋惜他已经把所有回首都的道路都切断了。

“你真傻,真傻,阿列克赛·维尼阿命内奇……”罗马年柯又非常诚恳地劝说，不过就在这时突然有人喊他们，要他们回去，但并不是回到他们刚才来的地方，而是到宫殿南边的花园里去。

“我们两个都去吗？”罗马年柯反问道，显然不知道现在跟伏罗巴耶夫该怎么办，他希望他们会说：“不，只要您一个人，将军同志”，那么他就可以跟伏罗巴耶夫告别，并且用汽车把他单独送回去。

“不，不，将军同志，只要上校一个人。”

罗马年柯脸涨得像樱桃一样红。

“那就这样吧，阿列克赛·维尼阿命内奇，”他眼睛不望伏罗巴耶夫，说，“我回到自己的地方去，你事情一完结，就坐我的汽车回家！嗯，好吧！”

他们匆匆地拥抱了一下。伏罗巴耶夫替罗马年柯觉得有些尴尬，一瘸一跛地跟着新的向导走去。他们绕过房子，经过哨兵岗。向导站住了。伏罗巴耶夫也跟他一起站住。向导手足无措地对他瞧了一眼，同时向一旁斜视了一下。就在这一刹那，伏罗巴耶夫听到了一个熟识的声音：

“请到这儿来，伏罗巴耶夫同志，别害臊。”

伏罗巴耶夫却一动不动，他的脚不听他使唤。

他看到了斯大林。

斯大林穿一件浅色春季直领制服，头戴一顶浅色制帽，跟一个老花匠站在一棵攀缘在墙旁很高棚上的葡萄藤旁边。斯大林眼睛望住伏罗巴耶夫，一面继续向老花匠解释一桩看来他们两人都很感兴趣的事。

“您试试这种方法看，别害怕，”斯大林说，“我自己试过，错不了。”

花匠手足无措地、带着孩子般惊奇崇敬的眼神瞧着自己的对话者，摊开了双手。

“违反科学是可怕的，约瑟夫·维萨里翁诺维奇。沙皇时代我们这里有过怎样的专家，可是他们也不敢这样做。”

“他们不敢做的事多着呢，”斯大林反驳说。“在沙皇时代连人也没有好好生长，所以我们用不着去管这些。大胆试验吧！葡萄和柠檬我们不仅在你们的地区里需要。”

“这是天气捣蛋，约瑟夫·维萨里翁诺维奇。这么柔弱、细小，怎么经得起冰霜！”他指着葡萄藤说。

“让它们习惯习惯严峻的环境，不要怕！我们都是南方人，但在北方也觉得不错。”斯大林说完了，朝伏罗巴耶夫走了几步。

“呵，天哪！”花匠喃喃地说。

“做傻事，他带头，可是要他对傻事负责，脚下好像生了根，走不动了。”斯大林说[①]。伏罗巴耶夫恐惧地看到他伸出手，脸上堆满笑容，迎着他走来。

“他们告诉我，说您在这里领导集体农庄搞突击。这很有趣，虽然，照我看来，并不完全对头。”

斯大林向他问了好，同时并不放开他的手，拉他到放着一张小桌和几把藤椅的地方——那边，维雅契斯拉夫·米哈依洛维奇·莫洛托夫坐在一把藤椅上。不时有外交工作人员到他跟前来，在他耳边作着报告，而他则低声回答他们。他双手拿着许多文件，耸耸肩膀，用微笑来请求原谅他的忙碌。

斯大林是使人难以相信地镇定。看来，在世界上所有的事情中，此刻他最关心的就是伏罗巴耶夫的命运，或者还有他慈祥地眯细眼睛不

---

① 这几句话是斯大林对伏罗巴耶夫说着玩的。

时加以瞥视的跟大海联接着的青白色天空。

伏罗巴耶夫觉得，斯大林自从 1941 年 11 月 7 日大检阅他最后一次看到以来，并没有显得老相，不过另一方面却变得很厉害。

他那张连最微细的皱纹都是人人熟识的脸，增添了一种新的特征，胜利的特征，伏罗巴耶夫发现这一点，高兴起来。

斯大林的脸不能不变，不能不变得不同些，因为人民把它看作一面镜子，并且在他身上看到自己，而人民则变得更加伟大。

莫洛托夫帮助他们克服最初几分钟的尴尬局面，于是大家就谈开了。

"他们把您的情形告诉了我，我觉得您做得很好，您给自己选定了区里的工作。"斯大林劈头就说，"可惜我们这里还有不少这样的人，他们宁愿在莫斯科做官，却不愿在外省工作。"

他向莫洛托夫瞧了一眼，那个微微一笑，仿佛知道这些话是在说谁。

"这样的人还有，"斯大林继续说。"不过他们的日子快完了……告诉我，照您看来，有哪些东西最最急不容缓？别害臊，说吧。"斯大林在椅子里坐得舒服些，一面伸手去拿香烟罐子。烟斗不知怎的没有带在身边。

"人，"伏罗巴耶夫回答。"首先是聪明的人，斯大林同志。"

斯大林轻轻笑起来，一面望望莫洛托夫，那个也微微一笑。

"聪明的人们是到处都需要的。"莫洛托夫说。

"必须培养出聪明的人来，上校同志，"斯大林迅速地像下命令一样说，"就在当地自己培养起来，不要等他们从莫斯科落到你们头上来。可不是吗？什么地方也没有人说过：好的工作人员只出在莫斯科。”

“自然，这里也能成长的，不过太慢，而需要却很大，到处都是精光的。”伏罗巴耶夫回答。他觉得在这个问题上没有获得斯大林的支持。

“那么您自己的生活怎么样，不容易过吧？”斯大林斜眼瞧了一下问，仿佛他并不是想知道他已经熟悉的事，而只是想听听回答的音调。

“不容易。”

“您坦白地说了出来，这很好。不然你问他——生活过得怎样？他会说，‘过得很好，’可是实际上并不每天吃饭……是的，眼前我们的生活很糟，但是您告诉集体农庄庄员们：不久一切都会断然变好的。全国的粮食问题，党将以当年对待工业化问题那样的精力来解决它。我们将用一切方法使人们过美好的生活。比战前更好。您讲一些人们的情形吧：他们是些什么人，从哪里来的，在做些什么。”

伏罗巴耶夫刹那间考虑起来，应该从谁开始，但斯大林显然以为伏罗巴耶夫在找公式，就不高兴地皱起眉头来。

“不要找什么措词，随便讲吧。措词我们自己也会的。”

于是伏罗巴耶夫就开始兴奋地讲述他所接近的一切人：维克多·奥迦诺夫、包索夫、钦巴耳、马丽雅·鲍格达诺夫娜和她的儿童疗养院，安尼雅·斯土品娜、波德聂别斯柯夫妇、高罗德卓夫，以及凡是跟他一起幻想过未来的人。

“您还说，你们需要人！”莫洛托夫惊奇地说。“你们这儿就有干部培养所。不久我们也要来向你们要人了。”

斯大林长久地沉默着，点上了火，不停地吸着烟。

“如果把权力交给像波德聂别斯柯夫妇这样的人，”他低声地说。仿佛在自言自语，“我们就会大有进步……或是那个斯土品娜姑娘……单是由于她对德国人的那种憎恨，生活就会改观。自然，如果这份权力能被引用到正路上去。至于钦巴耳，您要照顾他，不要让他受欺侮。像他这样不知休息的老人是非常需要的，他们会受到青年人的敬重……那么，还有些什么人呢？……”

他一次又一次地询问着，考虑着，突然落入沉思，好像是在拿现在所听到的，跟以前所听到的做着比较，同时在确定真理在哪里。接着他又变得活泼起来，为听到每一个新的名字而高兴。

从伏罗巴耶夫口里听到高罗德卓夫在怎样怀念庄稼，怎样梦见麦田一直伸展到地平线，他站起来，一边想，一边走来走去。

伏罗巴耶夫也站起来，不知道他应该跟着斯大林呢，还是留在桌子旁边，可是莫洛托夫说：

“您坐吧。约瑟夫·维萨里翁诺维奇在想问题的时候喜欢走来走去。”

斯大林回到桌子旁边说：

“怀念庄稼——这是好的。这就是怀念最主要的东西。不过，葡萄、无花果、苹果也是需要的。您告诉他，告诉那个高罗德卓夫……他是一个军人，他会懂得你们在这儿等于第二梯队，等于后备队。等到粮食问题一解决，我们就来处理你们的事。”

他记起刚才跟花匠的谈话，变得活泼起来。

“瞧那个花匠，干了四十五年，还是害怕科学。他说这个不行，又说那个不成。在普希金时代，茄子是一种稀有的珍品，从希腊运到敖德萨来的，可是十五年之前，我们在摩尔曼斯克都种番茄了。不论什么事，只要您想干，就会成功。葡萄、柠檬、无花果也必须推广到北方去。从前人家对我们说，棉花不能在库班和乌克兰生长，可是现在也成功了。一切事情的关键在乎要有真正的愿望和努力。您就这么告诉他吧,"斯大林再次重复说。"他怎么说,那个高罗德卓夫:他说在梦里见到庄稼吗?"

"是的。他说在梦里见到他在收获小麦。醒过来,肩膀由于劳动还在作痛,房间里还可以闻到新鲜麦子的气味。"

"也许应该把那个高罗德卓夫调到草原去种小麦吧?"斯大林突然提议说。"俄罗斯人都是庄稼汉。您考虑考虑,跟你们领导谈谈吧。嗯,再讲些什么人的事好吗?"

伏罗巴耶夫深深地为这场撼人心灵的谈话所感动,伸手到大衣袋里,早晨的那束雪球花跟手帕一起掏了出来,掉在地上。

站在不远处的那个向导把它们拾起来,伏罗巴耶夫重又把花放到口袋里。

斯大林带着好奇的眼光瞧着。

"口袋,就我所知,不是用来藏花的,"他很有把握地说。"把您的花拿来吧。让我们这么办。"他把它加在桌子上那只矮脚花瓶的一大束鲜花里。

"也许,您打算把它送给什么人吧?"

伏罗巴耶夫讲到了那个小特伏罗任柯娃,讲到她怎样梦想把这些花送给斯大林,而现在她的梦想竟意外地实现了。

斯大林操起心来,他应该送些什么给特伏罗任柯娃呢。结果他叫人去弄来一小盒漂亮的蛋糕。

等蛋糕一送来,伏罗巴耶夫就告辞了。

"您干得很好,干得很好,"斯大林告别时说。"别去听人家的话,让他们骂去得了。我们这里官僚真是多得很。您干得很好,干得很好！……”

他正对着伏罗巴耶夫的眼睛瞧了一眼，他的脸容焕发起来，仿佛有一道阳光在他的脸上射过。

伏罗巴耶夫在家门前下了车，时间已近黄昏。他没有到列娜房间里去，却沿着房子外面的楼梯一直走上自己的房间。

列娜立刻来敲他的门。

“柯磊托夫在骂，在城里到处找您，”她用调匀的声音低低地说。“我说来了一个什么将军。他说：‘我知道，他又不工作而跟将军们到什么地方喝酒去了。’”

“柯磊托夫，见他的鬼吧。告诉你，列娜，我刚才在斯大林那儿……拿去，把这盒蛋糕拿去给列诺卡·特伏罗任柯娃，这是斯大林的礼物……”

列娜向前移动几步，带着一个没有出口的问题发愣。

“您留着还是要走？”她的目光在问。

“他说我做得对。”

话仿佛也是在说她，“做得对”仿佛不仅指的是伏罗巴耶夫区里的工作，而且也关系到她的命运。她悄悄地走到他跟前，拿起他的手，把它放在自己的颊上。她的面颊在发抖。

“我要一个人躺一会儿。我谁也不想见……”

“我谁也不放进来，睡吧。您要吃些东西吗？妈妈弄到了一些海豚肝，我们可以大吃一场了。”

“我不要吃。”

他躺在被头上。不久前房间里生过火。她坐在床畔。他起初有些颠三倒四，后来就非常兴奋地讲着今天发生的一切。他学着每个说话人的口气讲着。列娜很了解这一切是怎样发生的。她微笑着，摊开双手来配合他的讲述。他说到一半突然停住了，用手掌摩了一下头发：

"可是我怎能把这一切留给自己一人知道呢！我不能独占这样的宝库，把它隐藏起来……你跑去，去叫你们那个柯磊托夫来。"

他拥抱了她。

"叫他来可用不着，阿列克赛·维尼阿命内奇，"列娜挣脱伏罗巴耶夫的双手，坚决而肯定地说。"难道那边也谈到了柯磊托夫？没有。还是柯磊托夫同志也被叫到那边去过？也没有。那么您凭什么在那边汇报了区里的情况？人家会生气的。"

伏罗巴耶夫觉得她的意见正确，就笑了笑。

"除了人家会妒忌和羡慕之外，我得说，这对您自己也不大好，有些近乎自我宣传。"

"这样说来，可以隐瞒吗？"

"为什么要隐瞒？您就照人家对您的劝告那样做好了……但是何必声张出去呢？"

"这不是为了别的，而是为了对他的热爱。你要明白，列娜，是为了爱他的缘故……"

"用行动来表现的爱才显得强烈，阿列克赛·维尼阿命内奇——空话大家都说得很多，可是行动不够，"她很快站起来，向门口走去。

伏罗巴耶夫没有阻止她。不过当她走到阳台上的时候，他隔着门在后面叫道：

"我今天变得年轻了，听到吗？年轻了一千年。"

"什么？"她没有听清楚，不过从声调里可以感觉到，她微微一笑，同时在等他说出亲热的话来。

他喊得更响些：

“年轻了一千年。”

“年轻起来,健康起来吧!”

“什么,什么,什么?”他始终没有静止,并且叫列娜回来。他叫得那么响,恐怕在特伏罗任柯娃附近的街上也可以听到,但是列娜没有回来。

第二天早晨伏罗巴耶夫觉得列娜的劝告是不对的。他被叫到斯大林跟前去,这事自然应该说出来,而且,不管跟柯磊托夫谈这件事在他是多么不愉快,要回避却是不可能的。

伏罗巴耶夫开门见山地开始讲述。

柯磊托夫听着,眼睛望住窗子,用手搔着鬓脚。

“自然,自然,”他不时不伦不类地重复说。“看来你谈的只限于自己圈子里的人,是吗?自然。关于阿列克赛·伊凡内奇·苏霍夫,你为什么一句话也没说呢?最出色的生产队长。还有关于烟草种植人你也只字不提吗?”

“我又不是作全区性的汇报,我只讲些我所知道的人的情形罢了。”

“自然,自然,”柯磊托夫重复说,依然瞧着伏罗巴耶夫,他觉得不便问,谈话里有没有提到他,而这却使他感到极度不安。“由于这只是个人事件,我们不预备作总结。”他说。

“你说总结是什么意思?”

“我们不预备向区委提出。而且,总的说来也不预备作大规模传达。”

伏罗巴耶夫惊奇地望着柯磊托夫。

“我了解你很羡慕我。我要是处在你的地位,恐怕也会有同样的反应。但我又怎能默默地不讲他要对高罗德卓夫所说的话,或者有关波德聂别斯柯的话呢?”

“你告诉我的事,我会记在心里的,让我们来商量一下,作个决定吧。但是这又关高罗德卓夫什么事呢?你只要一告诉他,他就会向全世界广播:他们谈到我了——如此如此,这般这般。而且他还会胡说一通。我绝对禁止。”

“照你说,这就叫做——不预备作总结吗?让我想一想。我还不知道你是不是对的,不过照我看你是完全不对的。”

他们彼此间感到厌倦了,并且知道他们不可能成为朋友,就分手了。

然而,传闻却迅速地散布开来。三天之后钦巴耳跟高罗德卓夫跑来看伏罗巴耶夫,告诉他奥迦诺夫夫妇、尤黎·波德聂别斯柯和斯土品娜也乘便车来了。客人们并没有讲这次跑来的目的,但他们那种严肃和激动的样子却说明了问题。

斯土品娜上气不接下气地冲进房间里。她没有向人家问好,双手按住喉咙,站在房间里远离灯光的一角。伐尔娃腊在楼梯上就起劲地讲着什么,接着踮着脚尖走进来,她脚上的新鞋咯吱咯吱地发响。尤黎和维克多·奥迦诺夫默默地向伏罗巴耶夫点了一下头,好像他们不是来做客,而是来开会的。

列娜想找些话跟客人们谈谈,可是大家都以怀疑的眼光望住她,弄得她很尴尬,不敢开口。

谁也不说话。大家都在等伏罗巴耶夫先说。

伏罗巴耶夫坐在写字台旁,打量着各人的脸。

“让我来告诉你们我生命中的一次奇遇吧,”他开始了。“这是我个人遇到的事。我个人的体验。我信任你们,我的朋友们,所以要把这事告诉你们。懂不懂?你们每人都可以因此给自己作个结论。光是给自己。几天前我碰上好运气,被召去见斯大林同志。我走进去时,他跟一个老花匠的谈话快要结束了……”

“是跟伊凡·扎哈雷奇吗?”钦巴耳插嘴说。“嗯——嗯。”

“我不知道他叫什么。我进去时起初由于激动没有看到斯大林。”

“停,停,停,”高罗德卓夫用手势止住了他。“讲得详细些,阿列克赛·维尼阿命内奇,像我那样讲吧,事情发生在什么地方?有谁在座?”

“这事发生在什么地方有什么关系!你只要抓住主要情节就行了。”

“要让我知道主要情节,你就得把什么都说出来。好吧,你走进去……”高罗德卓夫鼓励他,害怕他会漏掉最需要的东西。

房间里鸦雀无声。客人们都从座位上站起来,把伏罗巴耶夫团团围住。

伏罗巴耶夫从写字台后面走出来,站在房间中央。

“斯大林在跟花匠谈论着什么,给他介绍一种栽培或是接木的方法,可是那个花匠反对说,我们这里的气候不行。”

钦巴耳想说些什么,可是挨了大家的嘘声。

“斯大林同志劝他大胆地去实验,不要害怕科学。”

“一点不错,这准是伊凡·扎哈雷奇,”钦巴耳说,现在他似乎完全确定跟斯大林说话的是谁,并因此感到不高兴。“他同大自然捉了四十年迷藏。”

“嗤,嗤,嗤!”

“后来斯大林同志跟我说话,他略微批评了我的突击工作……”

“这么说来,已经有人向他报告过了,”高罗德卓夫为组织工作的效率感到骄傲,说。“你们瞧,机构多么灵呀!”

伏罗巴耶夫涨红了脸。

“你们让不让我讲?”

“讲吧,讲吧……只是你有点像慢性地雷,折磨人家的神经。讲得直率一些吧!”高罗德卓夫用手帕擦擦额上的汗。要是他见到斯大林,他相信他一定不会弄错什么,也不会隐瞒什么的。

“……他批评突击工作,然后问到人们,问我们这里有些什么人,在怎样工作,是些怎样的人。你们大家稍微向后退一点,何必围得这么紧……我把你们大家的情形都讲给他听了。”

大家都默不作声,眼睛盯着他,屏住呼吸。

“我讲到了钦巴耳……”

“讲给斯大林听吗?”斯土品娜问。

“……讲到你,尤黎,还有娜塔莎,讲到你,高罗德卓夫,讲到你,维克多,还有你,安尼雅。讲到你们怎样艰苦,你们的工作怎样困难,你们怎样战胜困难,怎样建立生活。”

客人都沉默着。

“我讲到你怎样梦见小麦,高罗德卓夫。”

“哦,天哪,您这是怎么啦,伏罗巴耶夫同志……您的舌头怎么会转到这上面去的呀……那么他怎么说?”

“他走来走去,想了想说:这是怀念主要的东西,重大的东西。他嘱咐我转告你,你在这里是第二梯队,是后备队。等到粮食问题一解决,就来处理你们的事。他说如果高罗德卓夫感到痛苦,那就把他调到草原上种小麦去吧。"

"把我调去?调到草原上去?不,您的报告我不同意。我留在什么地方,你就无法把我从那里赶走。您当时应该这么说。我没有你们的草原也能够显示力量。您就应该这么说。正是应该这么说。"

"闭嘴,街坊,"尤黎说。"他又没有说过你什么坏话。斯大林多么关心我们,你感觉到没有?他考虑到了你的前途。"

"难道我有什么不是的地方,为什么您要这样谈到我?我又没有病。不,您说得不对,不对。"

安尼雅·斯土品娜从一个暗角落里走出来,分开围住伏罗巴耶夫的人们,脸色发白,默不作声地站在他面前。她什么话也不敢问,只是等待着,看伏罗巴耶夫怎样谈到她。

伏罗巴耶夫抱住她那发抖的双肩。

"关于你,我讲你怎样走遍欧洲,怎样在集中营里跟德国人斗争,怎样对敌人怀着神圣的憎恨,通过一切考验。而他……"

"斯大林?"她动了一动嘴唇问。

"是的。他说:'单是把这个斯土品娜的憎恨……'"

"他就这么说斯土品娜的吗?"

"是的。他说:'单是把这个斯土品娜的憎恨引导到正确的路上去,就可以排山倒海。'"

"对的。我能够。这个他说得不错。他就这样直呼我的姓吗?!"

她一下扑在伏罗巴耶夫身上,抱着他的脖子说:

"哎,您为什么要讲我的事?现在叫我怎么做人哪?"

“你这是什么意思?”伏罗巴耶夫不了解她的激动。

“现在叫我怎么做人？斯大林说斯土品娜可以排山倒海……可是我——做了没有？您害了我了！我独个儿活着,谁也不知道,可是什么时候斯大林同志突然记了起来：那个安尼雅·斯土品娜呢,她在那边怎么样,你们给我去查一查吧,他说……哎呀,我多么害怕哇！……自然,他可能把我忘记的,但是,万一没有忘记呢。我这辈子再也不会平静了。”

“慢着,小姑娘,我们全都由于这场谈话而丧失了平静。维尼阿命内奇,不留一字地全都说出来吧。在这里不可能保守任何秘密。”

伏罗巴耶夫复述斯大林的话：他说粮食问题政府将以从前处理工业的方式来处理,他说困难是暂时的,他们应该考虑怎样在这里发展各项经济事业。

高罗德卓夫听着,不满意地皱着眉头。

“真的,我们真像是落在包围圈里了。你使我们太为难了,”当伏罗巴耶夫结束讲述时,他说。“你说我们好话,这自然是应该感谢你的,但是过分夸奖,那就不合适了。事实上,他会下命令来检查的……那叫我们怎么是好？……阿列克赛·维尼阿命内奇,你这个人哪,真是太不小心了。”

“是的,作了过分的宣传,”钦巴耳也同意高罗德卓夫的意见。“现在只好拼了命来干,而且一定要弄出些成绩来。”

他们叹息了一下。维克多·奥迦诺夫补充说：

“我们等于是获得了奖赏,但是为了什么,可不知道。”

“那个伊凡·扎哈雷奇在那边作着什么实验呢?”尤黎问。“我们得用好话去说服这个家伙,要他说出斯大林同志给了他什么忠告。老头儿很小气。昨天我看到他,可他对我只字不提。”

“他会告诉你! 要知道,这个秃鬼,自己什么事情也搞不来的,”钦巴耳对高罗德卓夫说:“我们去找他吗?”

“好的,”高罗德卓夫回答。“得马上动手干。我们去吧。”

伐尔娃腊·奥迦诺娃砰地一声推翻凳子,从房间里冲出去。她的脸由于克制泪水而涨得通红。她想说些什么,可是只摆了摆手出去了。关于她什么话也没有说,这使她觉得非常委曲。

大家都被伐尔娃腊弄得有点尴尬。

“走了,走了。”高罗德卓夫催促着。

人们开始告别。

安尼雅·斯土品娜决定跟大伙儿一起走,虽然列娜挽留她。

“不,不,我也去,我不能,”安尼雅坚持说。“您知道,列娜,我变得两样了。我一下子变大了,就像派我去负责一件重要的工作那样。不,不,我说什么也不能留着,这怎么成呢。”她带头从房间里跑到院子,其余的人也都跟着她跑出去。当马车开始滚动的时候,她唱起歌来。她那尖锐得近乎孩子的声音好一阵冲破着街上的喧闹。

第八章

4 月初，第三乌克兰方面军通过匈牙利，向奥地利推进。

摩托化的洪流没有遇到任何障碍，像春潮一般冲泻着。移动着的车辆有“GAZ”“STZ”“MK”，吉普，低矮甲虫式的“彼乔”，车身很高、马达在后、备胎在前的倒装的“塔特拉”；参加作战的有“道奇”“雪佛兰”“梅赛特斯”“DKW”“霍奇”“温德莱”“汉马格”“阿德勒”“斯丹尔”“飞霞脱”“亚古阿尔”“奥多友宁”“伊索托·佛兰金”“伊斯巴诺·苏伊士”，还有许多没有名字、拼凑弄来的早就无法找到名称、确定型式或牌子的汽车。服务队匆匆地随在战斗部队的后面。

成百头尖角的黄牛和几千匹尾巴短得像毛刷的高头大马，拉着各式各样的车子：大车、大篷车、双轮车、双座马车、立马车、柳条车；无数的脚踏车——女车、男车、跑车、童车、前面有箱子的送货车；古老的驿马车，以至十八世纪漆有金章的蓝色维也纳宫廷马车——这种马车吱吱格格地发着响，走起来不大灵活，有着突出的踏脚板，高高的驭者座，车厢之后还有仆人站的小台；从阿斯特拉罕草原来的骆驼和从塔吉克斯坦来的驴子、鬈毛的蒙古马，全都在运送着向前挺进的军队的行李。

步兵事实上已经不存在了。全都不是乘车,就是骑马。没有一个人步行,除了策赶随在军队洪流末尾的大批羊、猪和牛群的牧人之外。然而,就连牧人也都忧郁地坐在牛背上。

几十道关于整顿交通和维持行军纪律的命令,并没有经常收到应有的效果。现在,当军队逼近盼望已久的目标时,每个人都想超过限度地加快速度,谁也不愿用自己的靴子去敲击匈牙利和奥地利的柏油路,而一定要利用俘获来的交通工具走向胜利。

在布达佩斯和巴拉顿湖的苦战之后,疲劳的、牺牲重大的、留在队伍里的伤兵百分比空前高的团队,现在以五十公里一夜、一百公里一昼夜的速度急行军。什么样的步兵可以在这里跟这支急行军较量呢,它自己喂牲口,自己把汽油加在摩托车和汽车里,既不请求汽油,也不请求粮食,除了弹药之外,什么也不需要,而只是坚持着不断地前进、前进,直到战争结束。

向维也纳进军必须是急遽的、准确的,每个人都清清楚楚地明白这一点,因此牛群就落在后面。牛车上装运着受伤者,这也是违反一切命令的。他们不向东,不向后方医院移动,却在前进,随在自己师团的后面,不过远离队伍,不妨碍任何人。一部分原来由卡车运送的东西,转卸到牛车上去了。牛车上驮着打仗用不到的战利品。牛车慢吞吞地拉着最后方的队伍,不过始终没有在一处停留,而参加着总的洪流。

狭窄而平坦的奥地利道路不能容纳牛马的洪流,因此在交叉路口或者临时桥梁的附近就常常阻塞和缠结起来,使那些不断轰炸这些庞大铁流的德国飞行员们大为高兴。然而,在空袭的时候,谁也没有跑开,谁也没有分散,不过在混乱中找寻着空隙,向前冲,追过别人。

在维也纳近郊,自然形成的牛马辎重队被留在后面,在主力之后延展有二、三程[1]路远，而道路则被疯狂地疾驰着的大卡车和小汽车独占了。

伏罗巴耶夫军所隶属的第四近卫军，紧迫着德国人冲入了维也纳的南郊，然后从右方去接替相邻的部队，在静密陵近郊，在城的东面，展开了战斗。

阿列桑德腊·伊凡诺夫娜·高烈娃在这个时期里一直随着医疗队前进，现在暂时受军外科医生领导。她原可以在外科医院里找到工作，但她坚决要求，在这些日子里一定要在进攻维也纳的那几师的医疗队里工作。

这是和暖多风而春雨连绵的四月上旬。变幻莫测的多瑙河之春今年特别难于捉摸：不穿大衣嫌凉，穿着大衣又太热。

阿列桑德腊·伊凡诺夫娜准备动身到由南方推进的师团里去，并且已经挑好了人员，预备好了汽车，可是差不多就在出发前一分钟，她突然被请到东郊去——那边正在进行着紧急换防，同时在调整跟多瑙河内河舰队的联络。由布达佩斯的经验推想起来，维也纳之战将是长期的，损失一定重大，因此及时撤退伤兵问题就特别重要。

然而，她在听了不少意见和指示之后，深知把受伤者运出去这件事是跟谁也无法讲定的，她只能尽力做到一点：使人们在受伤之后一小时内躺到手术台上。

基希聂夫、亚萨，特别是布达佩斯的经验教导她，受伤的人不必运到后方去，当我们胜利的时候，到处都可以找到有经验的医生，他们即使不愿做友好的帮助，至少也会尽力医治病员。

---

① 二、三程：军队一昼夜移动的距离为一程，二、三程就是二、三昼夜行军的路程。

她记得有多少臂缠红十字章的强壮男人在布达佩斯街上跑来跑去，或者在城市的争夺战发展到最激烈的时刻在城里地下室里休息一下。

这些人一部分自称为医生，另外一部分谦虚些，只叫医科大学生，还有一部分人自愿出力充当担架队员，更有一些充其量只是医生的亲戚，然而阿列桑德腊·伊凡诺夫娜却在其中找到了一个真正的医生。她把自己的护士给了他，并且把这批吵吵嚷嚷、甚至有些可疑的懒汉的队伍交给他负责。两个钟头之后她已经在地面下建立了一所出色的包扎站。这所包扎站无可指摘地一连工作了几天，赢得了人们普遍的称赞。

……军队的第二梯队停在维也纳东南三十五公里的地方。

可惜，老百姓并不完全懂得什么叫"第二梯队"，并且由于直到此刻谁也不曾描写过这一特种机构的活动，就是富有求知心的读者也无法打听到它的情况。

第二梯队——这也许就是在戏院里可以称为"后台"的东西。演员们在前台表演，而那些事先布置演出的人们却以疲乏、甚至冷漠的态度，从花楼和包厢上观看演员们的表演。戏院里的"第二梯队"——这是负责舞台服饰、化装、布景、灯光、效果和机关的人们。

第二梯队——不是独唱家们，而是工匠们；不是英雄，而是为英雄事业服务的人们；不是那些决策的人们，而是准备决策的人们；这是枯燥乏味的战争会计室。

在第二梯队里有医院、堆栈、工场、印刷所和编辑部。这里修补靴子，在裤子上打补丁，修理坦克，积聚和发放弹药和燃料，计算伤亡和奖励，记录胆怯行为和英雄业绩。

这里举行审判。这里考查中伤诽谤者，记录不足额的军需品。因为这个缘故，在第二梯队里没有丧失纯粹后方所具有的稳定、节奏和制度。这里总是保持着良好的秩序和准确的习惯。人们在这里有时甚至互相访问，玩纸牌。

第二梯队的人们，与其说是军人，不如说是职工，然而他们在战争中是最重要的因素。没有他们，军人的英雄主义就无法表现。

高烈娃不喜欢第二梯队和它的人员，她跟他们不大合得来。她无法自制地喜欢接近危险，虽然她并不是不了解，这里也是些跟第二梯队同样的人们，只是被围攻得更加厉害些。

阿列桑德腊·伊凡诺夫娜提起她的棕色手提箱，跟托马歇夫医生一起，乘了一辆敞篷吉普出去。托马歇夫战前是个妇科医生，现在却变成一名拙劣的外科军医，多半被派搞行政工作。这是个典型的第二梯队的代表，他并不隐讳他是生来只配钻防空洞和地缝的。他可以把自己的任何丑史讲出来，只要能引人发笑。这是一个矮胖子，脸红得像喝醉酒的马。他的牙齿向外突出，仿佛是装上去似的。他要人相信，他在青年时代是名喜剧演员，还写过剧本。鬼才知道他，也许这是实话，他干什么事都行。

短尾吉普在光滑的柏油公路上弯来弯去，飞快地把他们向城的东方送去。当他们快要逼近多瑙河，逼近那条在一切旅行指南里都提到的从布拉提斯拉伐通到维也纳的著名大道时，小吉普就拐到大道上，沿着它向城里驶去。

白濛濛的雾气低低地笼罩着维也纳，仿佛秋天的列宁格勒一般，不过在多瑙河上，在它翠绿的岛屿上和公路上却是阳光普照，非常暖和。一只云雀在天空盘旋，把歌声送入云霄，就像在我们俄罗斯的克腊西伐亚·密恰那样。

海军的炮兵连就在路旁。自然,海军士兵们照例并不知道,在他们之前有着怎样的作战部队,甚至不明白那边是不是真有什么部队在。

他们镇定地向多瑙河左岸开着火,对别的事毫不在意。不过,炮车司机漫不经心地报道说,“今天早晨某军团司令部或者还有别的什么”聚集在静密陵郊外一个大墓地上,离开谈话的地方大约有三公里。

不久由于一个海军士兵的错误或者猜测,高烈娃从郊外狭隘、肮脏、由于火烧而冒烟、两旁夹着高高的不舒服房子的街道飞驰到了一个古老的绿荫蔽天的大墓地。墓地里有碎砖铺成的橘红色道路,十字路口竖着指路牌,沿路还有盛烟蒂和垃圾的箱子。

一个胸前挂着漆布饭单、臂上套着同样袖套的老头儿,在专心致志地打扫那条由于不久前的轰炸而积满枝叶的主要甬道。

“向右,过了两条小路再向左!”老头儿大声说。

高烈娃吩咐停车。

老头儿惊奇地举起帽子。

“您把我们带到哪儿去呀?”她好奇地问。

“哦,自然,上作曲家区去,太太,”老头儿一本正经地回答。“俄罗斯人只肯定我们这里的音乐。”他补充说,脸上现出了苦笑。

“谢谢……照他的指示走吧……”

司机急促地煞了车,几乎没撞在塞住交叉小路的大卡车和小客车的长蛇阵里。

在不远的地方聚集着五十来个自己人,其中大部分是军官。不知从什么地方传来了手风琴的声音,散发着轻淡的葡萄酒香气。两个中尉拖着一只巨大的、显然从附近坟墓上拿下来的金属花圈。

高烈娃就军衔讲是在场人们中最高的,大家都给她让了路,同时用惊奇的眼光瞧着她。她不由自主地随着人流走过去,立刻看到一块密密地围着纪念碑和铁栅栏的小场子,场子中央竖着一块很大的纪念碑。她读着碑上所刻的名字:"路德维希 · 冯 · 贝多芬",但是人们让出来的小路却无法让她在贝多芬纪念碑旁站住,她被挤到右边去,挤到维也纳圆舞曲的创建者施特劳斯墓上的纪念碑旁。

一个年轻的手风琴手一只膝盖跪在台座旁边(显然是应一个荒唐的摄影师或是电影摄影师的请求),准备演奏。

坟墓上洒满了——使高烈娃大吃一惊,一束一束的鲜花,而金属的花圈则被用来做背景。

"这就是施特劳斯的墓吗?"她惘然若失地问,尽管已看到了墓志。

她不喜欢这个纪念碑。几个裸体女人没精打采地按着笛声旋转。难道这就是那光辉灿烂、饶有诗意、神奇迷人、甚至当你并不跳舞听着也会入迷的维也纳圆舞曲的形象吗?

"正是,中校军医同志,是施特劳斯的,"大家异口同声地回答高烈娃。"这里他们还有不少呢……"

她很快地绕过场地,勉强记住这里还有勃拉姆斯①和伦纳②,就急急地向自己的吉普走去。

她决定再到这里来一次,不过要独自一个人来。

"上哪儿,阿列桑德腊 · 伊凡诺夫娜?"司机先扳到头挡,接着又轻轻地扳到二挡,问。

---

① 勃拉姆斯(1833—1897),德国作曲家,出生在汉堡音乐家家庭。十四岁就弹得一手好钢琴。死于维也纳。

② 伦纳(1801—1843),奥地利作曲家,作品以圆舞曲著名。

“到城里去!”

战斗进行了两个昼夜,在高烈娃来到的东区,在普拉德和多瑙河运河区特别激烈。有两三处地方打死的马匹横断了运河,自动枪手们就沿着这些马尸,像沿着一座桥向德国人还占领着的那个方向爬去。

每小时都有成批独立的房子和整段街区被冲破而成为废墟,都有新的街道被占领。老是有大量敌人被俘虏。有时他们从枪林弹雨下跑出来,虽然早就没有危险了,但还是很久地高举起双手跑着。

人们告诉高烈娃说,一个冲在最前头的大胆的营留下不满六十个人,营长却把一个跑来投降的德国人赶回去,并且对他说:

“不满一打我不接受! 你就这样去告诉同伴们吧!”

过了一个钟头,这个德国人带来了三十个朋友,而以后几天就不再有单独的俘虏出现了。

这些或那些有时无法用语言表达的征象向高烈娃表明,第二梯队犯了错误,因为他们预言战斗将是持久的。

城市争夺战,或者说得更确切些,持久性的和多面性的城市争夺战,是各种繁重战事中最艰苦的一种。接近敌人——在伸手可及的几米距离内,没有坚强的侧翼,有时甚至没有良好的后方,有的只是比较容易通过的街道。联络每分钟都会中断。自己的飞机和敌人的飞机同时从空中轰炸着: 任何战报都赶不上活的战斗节拍。最后,地下的军事基地连同成千条地道和地下军火库随时都会发生意料不到的事。

凡是高烈娃在战争中遇到的指挥员差不多都有这种看法,而当时特别坚持这种意见的就是她的朋友伏罗巴耶夫,不过她自己倒总是高兴在城里作战的。

她离开了作曲家们的墓地，向着柯罗连柯将军师部所在地驶去。柯罗连柯将军是一个心地善良的乌克兰人，常常把自己白白胖胖的双手像乡下女人那样交叉在他的大肚子上。柯罗连柯以大胆和灵活著称，他的师也是很优秀的。此刻它正在进行多瑙河争夺战。高烈娃跑来是为了了解医疗队的工作，但她马上决定留在师里直到维也纳解放，此刻打算到一个先头营去。

柯罗连柯将军以最出色的早餐来款待高烈娃，然后才放她走。他先从楼梯上目送她下去，接着又从寓所阳台上望她，并且两次喊她，仿佛想仔细看看她怎样转过身体向上仰起头，对他微笑。他满意地摊开双手，就像一个汽车迷看到了一辆新式汽车那样。

高烈娃毫不犹豫，立刻投入疯狂的紧张的巷战里去。她跟营部还可以用电话联络，但各个连队的情况连营部也无法知道。不管强烈的迫击炮火和多瑙河对岸袭来的猛烈炮击，伤员还是一批一批地被送到医疗队和团的急救站来。

高烈娃猜想这是怎么一回事，带着今天已到各分队去过的卫生教导员福罗霞·沙波伐连柯，出发到曾经在半公里外打过仗的营部去。

她们通过破墙残垣的院落前进。爬过矮墙，跑过公园，重又躲到屋子里去。在仓房、大门的掩护下，在商店里，人们在烧饭，修理坦克。在一个院子里，重伤员们躺在干脆铺在柏油地上的褥子上。大家都在等待运输，但车子还不能到这里来。人们用庞大的物件拦成一条狭狭的走道，以保护担架队通行。人们遵照墙上用煤写成的指标，掮着担架，从一座房子走到另一座，走到楼梯口上，走下地窖，通过院子，重又深入到房子内部。

不久高烈娃跟她的同伴到了营部所在地。

“您不是从前线来的吗,阿列桑德腊·伊凡诺夫娜?”卫生教导员福罗霞悄悄地问。

“是的,是从那里来的。我是个外科医生。”

“您打算就在这里动手术吗?”姑娘还充满怀疑,但很感兴趣地问。

“如果必要的话。”

“在我们司令部里立刻都知道,从前线来了一个医生。我们想又为了什么呀?……中校同志,大概我们要准备进攻吧?”

“是的,我们已经攻了两天两晚啦。”

“嗄,难道这也算进攻!”姑娘大声说。“嗳,您知道我们全都筋疲力尽,全都累坏了,但我们既不想打瞌睡,也不想塞一块面包到嘴里去,我们什么也不要——只要前进,前进……站住!”她没有称呼,就坚决地把高烈娃拦住了。

“什么?”

“瞧那座墙!”

在穿堂院深处,一堵肮脏的高墙布满耀眼的白色弹痕。

“我上司令部去的时候还不是这样的。什么地方有狙击兵……”她们就在对面的墙旁躺下来。

打扫和洗刷得干干净净的柏油院子,整整齐齐地沿着高墙装就的铅皮垃圾箱,一只单独盛废铜烂铁的箱子,和旁边一堆每袋八公斤重、用来扑灭烧夷弹的沙包,这一切看上去是那么太平无事,以致躺在这个院子的一角,在至少有三十扇窗子可以望得见的地方,简直有点不好意思。

高烈娃涨红了脸站起来,但立刻被那个姑娘粗暴地推倒在地上。

“别大意,亲爱的医生同志。也许今天我们会变成死尸被人家从这个院子里抬出去呢。"

就在这一分钟里,恰如在舞台上一般,一扇通院子的门(显然是后门)打开来,一个五十岁光景、身穿睡袍、乱蓬蓬的头上插满金属发夹的太太,喉咙里咕噜着什么,手里拿着一只很讲究的垃圾桶,怯生生地走到院子里来。她瞧了一眼躺在地上的两个女人,仿佛这是墙旁的影子,把垃圾倒在她们旁边的三号垃圾箱里。她什么人也没有看见。她完全若无其事,嘴里唱着歌。高烈娃跳起来。枪声。附近有打碎东西的声音。福罗霞拖着高烈娃滚到一边,她们看到这个穿睡袍的女人怎样惊惶失措地从地上拾取打碎的垃圾桶(瓷的)的碎片,伤心地把它们投到第三号垃圾箱里,既不环顾,也不感到惊奇或咕哝什么。

"瞧!好危险,"福罗霞说。"没有打中!"

这当儿那位太太已经回头走。

"谁在开枪?"高烈娃与其说在等待语言的回答,不如说在等待面部表情的变化。

"我不知道,"她听得这么说,那种"伏罗巴耶夫式的"东西,突然像难以制止的疯狂激流袭击着高烈娃的两鬓。

"站住,现在跟您讲话的是一个俄罗斯军官!回答我的问题!谁在开枪?"

高烈娃听到背后有开窗的声音。

"对不起,太太,我完全是个普通公民……"

高烈娃解开手枪套子。

"军官太太……对不起,对不起……军官先生……枪是从楼房里打出来的,那边我一个人也不认识。"

"您跑到那个楼房里去,大声对他们说,要是再打一枪,那么您——正是您——将被就地枪毙。去吧!”

女人耸了耸肩,瞧着地面说:

“我没有穿好衣服……”但马上就匆匆往院子深处跑去,不时拉着飞散开来的睡袍。

一个臂上缠着红十字章的男人急急忙忙地跑过来。他穿着一身很讲究的西服,上面却罩着一件非常肮脏的浅色外套。

“对不起……我能为您效劳吗?……”

“您是不是医生?不是。医科大学生吗?不是。卫生员吗?也不是。那么您是谁呀?嗄!哲学博士。您在这里抬伤员,并且在包扎之后送他们归家吗?好的。那么您在哪里包扎呢?在二层楼。为什么不在楼下?您不知道吗?在哪里,带我去。福罗霞!好姑娘,你待在院子里,要是看到有人受伤,就带到这里,带到二层楼上来。不过,最好还是带到楼下去。”

“您不要带支自动枪去谈判吗?”

“我身边有‘华德’①。用不到。”

“这个房间可以做包扎室。”高烈娃说。

“这是会客室,太太。不过,只要您认为需要,就可以照办。”

“其余七个房间应该容纳二十五个伤员。”

“哦,太太,这不可能②。最多五个。”

“你们那个所谓救护队拥有十二名身强力壮的男子……”

---

① 一种手枪牌子。

② 原文是法文。

“太太,他们都是音乐家,您不能对他们要求太多。”

“还有十五个女人!”

“管家婆,管家婆,太太,全都是些管家婆和女佣人……恕我直说。”

“二十七人中只有一个医生,您干起来一定很辛苦,其余的人至少可以把自己床铺让给受伤的。这是暂时的。不过,我不会干涉你们。您,马克斯·李培斯穆特先生,我已经这么记了下来。哲学博士李培斯穆特的第一志愿包扎站。祝您成功。我在维也纳时间晚上五六点钟来检查您的工作。”

“我佩服您的勇气,太太,我的眼睛都花了……”哲学家咕噜着。

“这很糟糕,李培斯穆特博士。您的眼睛今天还大有用处呢。”

她抽起烟来。哲学博士不害臊地用嘴巴来捕捉她所吐出来的烟气,脸上现出幸福的神气。

“您好久没有抽烟了吧,博士先生?”

“呵,太太,有几个月了①。哦,多谢,多谢……不,不,不到三个月。多美呀!自然,是保加利亚的吗?……不,您说什么?真的吗?唔……真美……我藏着一只烟嘴。这是我吸的第一支苏联烟……多么富有异国情调……格鲁吉亚……它的香味真使我陶醉……完全是真的……太太也是格鲁吉亚人吗?”

“不,我不是格鲁吉亚人,我是俄罗斯人。再见。那么,五六点钟再见。”

“我恭候您,太太。”

---

① 原文是法文。

受伤的摩肩接踵地走着。一个孤独的狙击兵把他们好久地阻滞在路上,他们疲倦和乏力到了极点;这个在半路上介于营和团之间的意外救护站对他们特别有用,因为狙击兵已放弃了他的据点,道路通行无阻了。

在铅皮垃圾箱旁的一根高高的木杆上挂着一块牌子,上面写着:

"医院,二十五人为限。"

李培斯穆特站在门诊室里。高波歇克医生(维也纳的捷克人)和约翰·巴列施医生(维也纳的匈牙利人)在包扎受伤的。蔡尔士太太,塞尔维亚人,国民歌剧院提琴手的妻子,在当翻译。福罗霞找来的两个后备队女护士也加入了工作。

从远处房间里已有留声机的声音传出来。

"太太,最主要的是不要轰炸我们。"李培斯穆特在院子里送走高烈娃的时候,像一条被跳蚤折磨着的狗似的抖动整个身体说。他们正巧在这些早晨起就被狙击兵射击过的讨厌的垃圾箱旁走过。

"这倒不是主要的,李培斯穆特医生。主要的是你们都要成为人。"

"对不起[1]? 对不起……"

"人,人。"

"嗯,是的! 我们会的,太太,会的。只要不轰炸我们,您要我们做什么,我们就做什么。太太,这是您所要的维也纳! 维也纳! 这里的风气比较注重音乐,而不主张严肃。气候温和,但是善于变化,有点像女人,您说是吗? 它迷恋自己,这个美丽的气候,没有维也纳就太痛苦,正如没有……您明白我的意思,太太……正如没有爱人。是不是? 还

① 原文是法文。

有——这些艺术①,这些艺术,您说是吗?没有它们也不行。它们是空气的组成部分。不管我们要还是不要,我们总要跳舞……哦,太太,您别笑!……我们世世代代都跳舞。这是传统②。对不起。是,是,我明白……"

白天将尽的时分,她坐在一架自动炮车的钢板后面。邻近一师差不多冲到了市中心,冲到了狭隘和深得如井一样的街道的迷宫。那先头团的团长高雷歇夫受了伤。他们打电话给高烈娃,要她去看望他,因为他拒绝去医院。她离开他不远。不过,从地图上看来就在旁边,实际却被战斗分隔着。

自动炮车通过火场的烟火和机枪的猛烈射击,向前飞驰。

高烈娃背对司机坐着,她只看到留在奔跑着的炮车之后的部分街道。这个城市她不很喜欢。街道洗得很干净,但是狭隘、阴暗和充满灰砂。树木简直看不到。烟灰色建筑物看上去并不美丽。"有口皆碑的维也纳的舒适在哪里呢?"——她老是问着自己。人行道上陈列着许多躺有德军尸体的担架。大概本来预备把他们抬到什么地方去,但在半路上被遗弃了。跪在高射炮钢板下的交通管理员喊道:

"上面坐的不是医生吗?"

"是医生,医生……您留神,别让我们把您给压坏了。"

她不等车停,就跳下来。他们扶住她,有人拉了拉她军用大衣的腰带。

---

① 原文是法文。
② 原文是法文。

“请您留神。下去有十六个石级。这里就是我们的指挥所。”

炫目的亮光使她皱了一下眉头,她不由得在门槛上站住,发觉房间里有很多人。有人向她点头,但是她一个人也不认识。她眼睛不看任何人,心神不宁地低声说:

“我请求没有事的人都出去。”

谁也没有从原来的地方移动一下。她猜想大家是在等她说出少校的伤势来。

那个包扎好绷带的医生垂头丧气地坐在受伤者的床畔。他的年纪不会超过二十五岁,神色慌张。

“您好,少校,”她把自己的手放在高雷歇夫枯黄的出汗的手上,立刻猜到伤者一定失了很多血,很疲倦,神经不安宁。“是怎么一回事?”

年轻的医生搔着下巴报告说:

“肺里有弹片。照我看,必须马上撤退。”

高雷歇夫的脸,主要是他那双眼睛,是明亮和无畏的。

“撤退吗?脉搏和体温怎样?”

医生递给她一张草草填就的病历。她读着,脸上现出惊奇的神色。

“只有这些吗?”

弹片显然不是嵌在肺里,而是在肋骨之间,不过她明白,高雷歇夫无论如何不能在这个时候撤退,因为他的一团正在市中心搏斗。

她瞧着高雷歇夫的眼睛。高雷歇夫狡猾地对她眨了眨眼。

“我们用不到急,”她仿佛什么也没有看到似的说。“高雷歇夫,看来伤得并不怎么厉害,不要再给他增加创伤。你们这里电话在哪里,让我打一个电话去,说我要在你们这里待一些时候。”

“我们的设备非常原始……”医生语气郑重地说，“为了少校同志的缘故……”

“带我到电话那里去，”高烈娃打断他的话，站起来。一个神色忧郁的胖上校拦住她的去路。

“您小心点儿，亲爱的小姐。这里需要特别留神，高雷歇夫也不是昨天才上前线的。我要打电话给斯派司柯姆教授。”

“不管高雷歇夫或者您自己哪一天上前线，哪怕是今天，对我都无所谓。我也不是什么亲爱的小姐，而是一个中校。最后，请您离开这个房间，因为您妨碍我的工作。至于斯派司柯姆教授，我自己会打电话给他的。”

她带头从房间里走出去。

“你们的电话在哪里？”

她在全体的沉默中走了出去，在渐渐向下倾斜的走廊里徘徊了好一阵。没有一个人出来给她带路，这使她气得流泪。突然前面有扇门轻轻打开来。高烈娃连忙走过去，顿时目瞪口呆了。面前站着一个全身穿黑、头戴白风兜、手拿念珠的阔大身体。两个女人都由于意外的会见惊奇得说不出一句话来。

突然修女跳到门边，像幽灵一般又消失在门后了。这时，走廊里传来了声音，有人在找寻高烈娃。她被几个人包围了。

“您给了我们大家一个很好的教训，阿列桑德腊·伊凡诺夫娜，”一个从军部侦察队来的瘦长中校，高烈娃的老朋友，说。“不过打电话到师里去，我看用不着。”

“来吧，医生，来吧。”其余的人也开始劝她说。

“亲爱的同志们，请你们让我跟高雷歇夫留下来吧。”

“您以为还是不把他运走好吗?”

“我相信。为什么要去震动他,尤其是为什么要在胜利前夕把他从团里运走呢……走吧,朋友们,走吧。你们祝他平安无事吧。但愿我不再看到你们!”

她回到高雷歇夫房间里。

团里的军医像孩子般固执,双手敲着自己的胸脯,对受伤的人说:

“要知道这是制度,不能随您高兴怎样就怎样,高雷歇夫同志,这不是一天要吃四餐和少吸烟,这是……”

这时他转过身来对高烈娃说。

“您看,他不肯用尿瓶。至于便盆我连提都不敢提了。”他恐惧地说。

“在我们团里没有一个人给我拿便壶。”高雷歇夫不听自己医生的讲话,暴躁地说。

房间里又有许多人了。

高烈娃断然地说:

“便盆可以叫这里的一个修女给您拿。您带一个翻译去,”她对年轻的医生补充说,“快去跟修女讲讲定。”

高雷歇夫忘记自己的伤,用双手撑起来。

“且慢,去跟哪些修女说呀?我在这里差不多已有二十四小时啦、”他以询问的眼光对副官瞧了一眼。

高烈娃讲了她在走廊里见到修女的事。军部侦察队来的中校冲到走廊里,高雷歇夫的副官慌忙跟着他走去,其余的人开始热烈地讨论高烈娃的意外发现。

“您要赶上什么地方去吗?”当房间里只剩下两个人的时候,高雷歇夫沉默了一会儿，问。

“我想今天到柯罗连柯师里去。”

“您留在我这儿吧。老实告诉我，我的情况怎样？”

“从您的整个模样看来，情况很好。不过，少校，此刻我要进行战斗了。好吗？您信任我吗？”

“像士兵信任士兵那样。”

“嗯，那太好了。”

高雷歇夫的伤没有危险，虽然相当严重。高烈娃几次想回到柯罗连柯师里去，但她实在疲倦，没有力气坐上震耳欲聋的炮车沿着火烧的街道飞跑。

她坐在伤者床畔。团里的人重又聚集到这里来。他们都因战事的发展分散开来，爬过一座座房子聚集起来的。在团部里奔走忙碌着的有：准备修理还未占领的桥梁的师部和军部的随军工程师，猎取尚未到手汽车的司机，赶去封存尚未夺获的仓库的军需员，清除地雷的工兵，点收战利品的人员，侦察兵，检察官，携有标语和宣传画的前线政治宣传员，电影摄影师和摄影记者，以及带有维也纳以西各居民点名称和城市广场十字路路名牌的军用公路管理员。他们从早晨起就聚集在几个先头团里，催促着指挥员们，并且焦躁地看着表，使人觉得正是他们而不是别人在负责从速清理这个城市。

高雷歇夫的团冲到了市中心。据说，圣斯丹芬教堂、歌剧院大厦、皇宫和国会，维也纳的全部名胜古迹都在附近。

“呵，必须瞧一瞧，”睡意惺忪的高烈娃全身抖动了一下说。“我们早晨就去吗？”

“一切都打得稀巴烂，我哪儿都去过了，”一个五十岁光景的搞行政管理工作的上尉用一种旅游者的语气叫她安心。“不瞒您说，一片废墟，都是美国人干的。”

不知谁插嘴说，教堂只有外面受了些破坏，国会却是完整无损的。

“在烧着呢，您这算什么话！……我亲自到过那边，还在会议厅里吹过一声口哨。那地方被法西斯党委占用过，全都烧干净了！”爱好破坏的上尉很有自信地坚持自己的报道。“皇宫也被打烂了。只不知您说的是哪一座。贝尔维台尔——我担保十有八成被破坏了，而申勃隆——在城郊的那一座，差不多是完整无损的，只有一个侧翼被毁坏了。”

这个上尉什么都知道。高烈娃打定主意不要跟他失去联络。

“早晨让我们去瞧瞧圣斯丹芬教堂好吗？”

“好，有什么不好？离开这里不远。我各处都去过了。”

这时，侦察员和检察官之间起了剧烈的口角。检察官相信决战的场地不会在这里，而是在柯罗连柯师的那一区里（早上高烈娃就在那边），但是侦察员肯定说，当高雷歇夫在国会顶上升起苏联国旗的时候，这将就是战斗的结束。

高烈娃插入他们的谈话。她出人意外地告诉说，今天夜里柯罗连柯手下的一个团准备沿着地下城市网来一次突击。

“纯粹伏罗巴耶夫的作风。”爱好破坏的上尉笑了。

“那么，伏罗巴耶夫在哪里呢？关于他的消息怎么一点也没有听到。”检察官问。

“在克里米亚，”高烈娃涨红了脸说。她不想承认，她早就完全不知道他的情形了。“他在给自己盖房子，打算搞经济工作，还在集体农庄里讲课。”

“伏罗巴耶夫在搞经济工作！这是不可能的！”检察官眯细一只眼睛，惊奇地打量着高烈娃。“您早就认识伏罗巴耶夫上校吗？”他怀疑地问。

她不知道该怎么回答，重又涨红了脸。

“阿列桑德腊·伊凡诺夫娜原是伏罗巴耶夫的老朋友，”高雷歇夫说。“老实说，我们说过不止一次，伏罗巴耶夫应该跟高烈娃结婚了。”

检察官尴尬地微笑着，耸了耸肩膀，已经和善得多地望着高烈娃，不过什么话也没有说。

第二天早晨，天还没有亮，高烈娃就起床了。趁高雷歇夫还睡着，她由一个联络员陪送到团的包扎站去。这个包扎站设在一家半毁的名叫“玩具医院”的铺子里。这个奇怪的名称使她感到惊奇。

事实上，这只是一个以医院形式组成的修理各种损坏玩具的工厂。形形色色的玩偶，有的头上缠着绷带，有的断腿用各种科学方法接合起来，有的肚子被打开而又缝好，有的躺在担架或吊铺上，有的躺在救护车和救护飞机的舱里。

她怀着钦佩的心情，在这个聪明地设想出来的玩具医院里绕了一周。她看到小巧玲珑的牙科医生的手术椅、手术台和小小的灯，不能不叹服于把医学那样严肃的科学作为孩子们娱乐的那个设计者的构思。

团的包扎站差不多是完全空的。两个腿上扎着绷带的轻伤者在下跳棋，一个颚骨受了伤的人在专心致志地拧玩具汽车的发条。这辆汽车的警笛一响，里面就有抬着担架的救护员跳出来。

“玩具医院”由玻璃棚通到一个四周围着菩提树的小小的旧广场。

那边在低矮的帆布椅上坐着几个保姆和带奶娃娃的母亲。看来,她们刚从防空壕里出来,正在不耐烦地等着太阳。大一些的孩子们在像砂糖一样细、显然是秋天撒下的黄砂里做游戏。

这个密密地围着房屋的广场好像一个大穿堂院。一挺毁坏了的德国机枪和一堆遗弃的党卫队制服说明广场上当天发生的大事。

高烈娃看到孩子们,立刻决定去问一下,她们是不是需要帮助。不过不等她出去,广场上就隆隆地开来二辆冒烟的流动炊车。从被流弹打坏的锅子里好玩地流着汤汁。一个矮小弯腿的厨子,头戴肮脏的厨子帽,颈上挂着自动枪,连忙用揉碎的面包心去填塞裂口。另外那个驾驭马匹的厨子急急地从怀里掏出一支口琴,吹起施特劳斯的圆舞曲来,不过瞎七搭八地乱吹。第二辆炊车显然完整无损,因为上面的几个人舒坦地坐在驭座上,兴致勃勃地观望着第一辆炊车周围的忙碌情形。

熟悉和心爱的乐声一传开来,直到此刻一直在帆布椅上漠然地打瞌睡的女人们都抬起头,现出了笑容,而孩子们则抛开砂,怯生生地朝音乐家走去。同时马上有几扇窗子打开来。不少惊奇的脸向广场上探出来。一个女人把童车留给邻人照顾,站起来,整了整揉皱的衣服,向炊车走去。

厨子看来完全不想以自己的音乐去获得荣誉。他把口琴插入口袋里,用手势向孩子们表示,叫他们赶快拿盛器来,他将分汤给他们吃。这汤不管另一个厨子的努力,还是不停地从锅子里流出来。

那个把童车留在后面的女人已走到炊车旁边。她把双手放在汤的流出处,等流满了一掬的肉汤,就端到最靠近她的一个男孩子的嘴边让他喝。其余的孩子都拿了自己的玩具小桶和勺子,用心清除附在上面的砂子。

这时候,第二辆炊车的厨子把孩子们叫拢来。

这一切都发生得那么迅速,以至当高烈娃从房子里出来的时候,整个广场上已经挤满了孩子和大人。那些大人在为留在地下室里的病人领取肉汤。

那个刚才用手盛汤的女人,现在成了队伍里的领队。她严厉地吆喝推搡的孩子们,驱逐那些拿了过分大盛器来的人。

"那您为什么不去喂您的孩子呢?"高烈娃挤到她跟前,问。

"哦,太太,他还太小呢。现在只能由我代他吃。"

"我可没有看到您吃呀。"

"此刻不成,太太。我怎么能在这些小小的受难者们的眼光下自己先吃一口呢?也许留给我的只有锅子底上一些了。"

"是的,是的,自然啰。"高烈娃手足无措地说,她忘记了她可以命令厨子去把母亲们排一个队伍,却亲自急急忙忙地把她们在第二辆炊车前排列起来,把那些最瘦弱的推到前面去。

这时从半夜起默默无声的天空变得活跃起来。德国战斗机在城里到处开火;离这里五条街外的地方,大炮在隆隆作响。机枪咯咯的回声响亮地从邻近街上传来。

"空袭!……空袭!……"厨子音乐家嚷道,同时挥动木勺。

孩子和成人们散开来,爬进地下室的窗子,接着一排雪亮的曳光弹像一把红色的折扇笼罩着广场。厨子们仰起头站着,仿佛在镇静地等待,看有没有人被打死。但空袭过去了。

"快!……快![1]……不然,老兄,我们完了,你们也完了!"当飞机

[1] 原文是德语。

在房子后面消失,队伍又照原样排在炊车前面时,人们高兴地叫道。但扫射孩子的混蛋第二次又出现了。

“空袭!……当心,孩子们!”

这回飞机先投下一枚不大的炸弹,接着又用机枪扫射,但厨子们依旧留在炊车旁边,而刚才吹奏施特劳斯的那一个,竟又掏出口琴,吹了几节圆舞曲。

这引得孩子们大笑起来,他们从地下室出口处向他拍手,而等他们听到“快”的信号,就从那边跳出来,开始唱歌跳舞。

不过,在掏空炊车的锅子之前,那个厨子不得不再演奏两三次施特劳斯,而他那种坦然蔑视危险的态度,每次都引起孩子们的狂欢。他们在空炊车之前跳舞,然后很久地向厨子们伸出瘦削的小手,点着头,挥着帽子,鼓着掌。

成人们的激动不亚于孩子们。他们围住高烈娃,向她提出各种各样的问题。这全都是些小人物:商店职员、送货员、音乐师。他们一下子想知道世界各国的消息,而主要是想知道他们的前途,哪怕只作些暗示也好。

“你们将像战前一样生活,”高烈娃说。“你们的国家将成为自由的奥地利。”不过她看到,他们并不相信她。

“如果美国人真的在迎着俄国人赶来,而且他们的后面还有英国人,那么我们又怎么能成为原来的奥地利呢?英国人永远不会自动离开他们到达的地方,即使是偶然到来的。”一个穿时式大衣的音乐师说。

“诸位先生,你们最好把你们的国旗挂在窗口!仗已经打了三天了,可是城市还毫无反应。”

群众笑了。

“您以为城市已经从希特勒手里打下来了吗?”

“自然。”

音乐师表示了大家的意思:

“升国旗是开心的,但把它降下来可不好受。”

“你们不用再把它降下来了。”

“既然这样,就用不着心急,让我们等有了特别的指令……”

全都默默地同意他的话。是的,旗子的事用不着心急。

“我不太理解维也纳的这种惰性,”一刻钟之后,高烈娃对高雷歇夫少校说。他的情况今天已不再使她担心,因为弹片已平安取出。“在小城市里——我自己看到过不少次,人们给我们掮机枪,在炮火下抬送伤兵,都是很好的向导,可是在维也纳我看到的人都很冷淡,他们不是害怕世界上的一切,就是对一切漠不关心。”

“在工人区情绪就不同了,”高雷歇夫说。“那边人们接吻、拥抱、抱头痛哭。可是在这里……自然……此外,维也纳曾经那样忍饥挨饿,受到希特勒那样的威胁,现在又受到挑拨性谣言的影响,以致不知道该怎么办才对。再说,战事到底还在进行……不过,偷东西他们倒是好手!”他带着孩子气的惊奇神气叫道。“你才占领一座好房子,瞧——一个钟头之后,他们就在里面蠢动着了:‘少校先生,请您允许我们收集自己的东西吧。’‘请,请!’战事向前发展,你打下了另一座房子,还是那些人物:‘对不起,少校先生……’‘你们这些狗东西,你们不是说你们的房子在那边吗!’‘不,那是我叔叔的房子,这才是我们自己的。’他们解释说。你向他们吐唾沫,才把他们驱散,他们就又马上当着你的面在别家偷起来。可惜我不得不离开这里了，”他突然说，眼睛不望高烈娃，仿佛在自言自语。“为了他们流了多少血，可他们自己却不会建设生活……这里目前需要卷起袖子来……我们在这里有多少事要做哇！要是阿列克赛·伏罗巴耶夫能够上这儿来，那该多好！”

直到此刻他才用一种陌生的探究性目光对她瞧了一眼。

她懂得这个目光，但她那双由于疲劳而丧失任何表情和火焰的眼睛并不回避高雷歇夫的视线。

高烈娃那从布达佩斯战役起就十分消瘦的脸，现在看来并不像他原来感到的那么美——她跟高雷歇夫最后一次见面就在布达佩斯。绝望的阴影像可以触摸似的罩在脸上，使她瘦削和庄重的轮廓显得苍老了。

此刻她看上去像有四十岁，虽然高雷歇夫清清楚楚地记得她才满三十，而且在她生日前几天他曾经当着伏罗巴耶夫的面送过礼物给她。任何生活和战争的重担，都没有像精神的孤独那样厉害地损害一个女人的容貌。

她那永远明亮和热情的乌黑眼睛——伏罗巴耶夫说这对眼睛在梦里也在微笑，望上去没有神气，仿佛在深深凹陷的蓝色眼窝里喘息，嘴唇龟裂了，变得薄了，嘴角凹陷进去，下巴神经质地抽动着。

她的脸好像一座被遗弃的房子，它跟有人住着的房子完全不同。

高雷歇夫觉得她非常可怜，不知道说什么才好，就从被窝下探出一只苍白的手，向她伸过去。

她突然带着那种只有女人才会有的绝望声调问道：

“他有信给您吗？”

“有。”

“讲些什么?”

“他在那边着手什么事,弄到了一座房子,有个房东太太,集体农庄,讲学,我感觉到他的日子也不好过……他没有写信给您吗?”

“一句话也没有。”

“我了解他的心情,”高雷歇夫沉默了一会儿说,“要是您不见怪,我就老实说吧:您跟他的生活稍微有点距离。对不对?”

她感觉不出,在那一分钟里她的脸变得苍白了还是两颊升上了红晕。她只明白一点,这场谈话对她可能具有决定性的意义。她决定不逃避,不开玩笑,硬着头皮谈下去。

“是的,他就像是忘记了我的存在,好久不写信给我,竭力想使我把他也给忘了,让他安安静静地过活。但是我办不到。我爱他。他是属于我的,我不怨他,也不担心他会对我变心。我只感到非常惭愧,因为现在我是孤独的。不过,只要等我一复员,老实说,他就逃不出我的掌心。”她想象着自己追求伏罗巴耶夫的画面,不禁笑了。

高雷歇夫留神地、怀疑地瞧着她,并不打断她的话。

“您说他给您的信里讲到一位女房东……老实说,这并没有使我难受。伏罗巴耶夫只有一个亲人,那就是我。他爱我,他需要我。”

高雷歇夫不作声。

“归根结蒂您可以向他问起关于我……”

“我也正想这样做。有了回音,我打电话给您好吗?”

“自然,”她说,竭力想克制自己的激动。“我也这样希望……”

“我是为您而这么做的。”

“谢谢。现在我有一个问题要问您,不过您要老实回答。照您看来,他跟我的距离很远吗? 我……跟他非常不合适吗?”

“叫我怎么对您说呢！……此刻也许是不合适。当一个人被打得脱离常轨的时候，他的一切都受了打击，感情也包括在内。我不知道您是不是懂得我的意思。像罗密欧和朱丽叶那类事是不真实的，这只是虚构，虽然很高尚，很罗曼蒂克。在实际生活里这种情形是没有的，实际生活要严肃些简单些。实际生活在恋爱中所起的作用并不比感情少。有时你去恋爱，费尽心机，却不成功，办不到，没有办法恋爱。如果不把恋爱看作一种任性的行为，而看作灵魂的丰富……”

“嗯，如果正是抱着那种看法，又怎么样?”

“那么，事情就往往没有结果。”

“哦，高雷歇夫，您是一位哲学家。这不像是您说的话。照您看来又怎么样？譬如说，您当少校时爱我，当上将军就不爱我了？您所谓生活就是这么一回事。对不对?”

“有点相近。我不会解释个清楚，不过我确实知道，我的看法是对的。一个人成长的时候，他身上的一切都在成长，包括对恋爱和责任的理解，以及对自己和对别人的要求……”

“还有呢?”

“且慢，别心急……当一个人有病的时候，当他原来那种生活已经崩溃而另一种生活还没有建立的时候，他的整个身心都破碎了，他的感情也破碎了，还有他的希望……在这种时候一个人还是独处的好。”

“您解释得不清楚，我还是等阿列克赛的来信，他也许会说得更明白……”

她走了出去，怀着一种痛苦的感觉，仿佛在这一分钟里遭到了难以忍受的折磨。

她不坐在司机旁边，而坐在后面，免得人家注意到她那泪痕斑斑的脸。

“天哪,为什么我配不上他?”她想着高雷歇夫的话。“难道他就因为有病而不喜欢我吗?究竟出了什么事?……”

孤独像流行性感冒一样常常袭击她。

她的童年是不愉快的。苏拉才满周岁,母亲就死了,父亲一手把她抚养长大。童年没有在她的记忆里留下什么:没有戏剧,没有马戏团,没有圣诞树,没有电影,连任何甜蜜的味道也没有留下。

要是她回忆一下久远的过去,那总是忧郁的,而且永远只有一件事:她在一间冷静的不舒服的房间里看着一本小书,等父亲归来。她的全部童年就是在等待父亲中过去,直到她不再等她父亲回家的时候,才感到自己已进入了青年。真奇怪,现在她已经成人并且独立生活,可是她重又感到了小时候的那种孤独,她又得等待一个人,她由于恐怖不敢再回想往事。

苏拉长得美,这一点她自己也知道,然而使人生气的是差不多从来没有人追求过她。大学里的一个同学,对于这原因作过这样的解释:

“美人都是任性的。她们既任性,又要求无穷,而且,”他笑了笑说,“凡是漂亮的姑娘都是有对象的。这是一条规律。”

她很想告诉他,她还没有对象,她并不任性,也没有像那些把恋爱看作精神上头等大事的女朋友们那样要求无穷,但是她克制着,没有说出来。

至于说到自己的性格,她承认有点古板,不会跟人们相处,也许因此给人留下一个高傲的印象,虽然她可以责备自己的只是有点孤僻。

有许多人曾经使她喜欢,也有许多人为她所吸引,但良好的关系从来不曾发展成为亲密的关系。

花呀月呀这一类话,以及什么“心心相印”之类的谜之谈论,常常使她为说那种话的人感到面红耳赤。她永远不能了解,既然具有良好崇高的目的,为什么要采取卑鄙庸俗的方式。

她必须承认,在她的人生路上还从来没有碰到过一个真正为她所爱的人,也许再也不会碰到了:一个上了三十岁的姑娘不再是上帝的宠儿。她把整个心思都放在医学上。人家预言她有一个光辉的前途。前途?没有幸福?

她跟伏罗巴耶夫的情形不知怎的就完全不同。首先,他不曾向她献过殷勤,但却跟她共同体验了在未碰到她之前所不曾体验过的感情。他只是带着自己心爱的书籍、自己的琐事和烦恼悄悄来到她跟前。他送朋友们到她的医院去住夜,跟她一起为她的重伤病人而痛苦,过问她医院里的事情,仿佛自己的私事一样。而像她这样一个冷淡、暴躁、傲慢、被人家称为“宝石花”的女人,有时竟会打电话到军部,叫伏罗巴耶夫到她那儿去玩,或者干脆自己跑到政治部掩蔽处去找他。那时她老是由于疲劳而眨着眼睛,听他讲述些什么政治指导员集训,或者他所收集的士兵们唱的快板小调,然后在蜂音器的响声中和由于受热而弓起的夹板门的咯格声中斜着身子躺着,听着他那嘶哑的粗暴的男中音。他这种中音等讲到天亮就变得像一个喝醉酒的人的低音。

女人如果想永远老老实实,就很难把生活安排好。真的,叫一个在医术上享有声誉的女医生去给丈夫补袜子,那是很可笑的,尤其是如果她连自己的袜子都补不好的话。但就连这样的事高烈娃也情愿去干。一个模范太太必须会做些什么呢?烧饭?处理丈夫的事情?不过高烈娃能做的事实在很少。她是一个蹩脚的主妇,不会唱歌,不会弄音乐,不会画图,不会谈论文学,虽然她读过不少文艺作品,也很记得读过作品的内容。病人们喜欢她,同志们尊敬她,女朋友们对她抱着敬畏的态度,而且跟她的来往总不能维持长久。就连她的穿着也与众不同。谁也不知道她在哪里定制衣服,她的趣味究竟怎样,但看来她总是比人家穿得好些,虽然并不时髦。

"大概我已经是个老姑娘了。"她心里想。她想跟高雷歇夫谈谈这件事,但今天他的样子是那么生气和烦恼,她只怯生生地向他瞟了一眼,马上就若无其事地转过身去。

"要是阿列克赛处在我的地位,他会怎么样?男人都比较直爽,虽然他们并不太机灵。不过,他们不怕排除万难,不怕去征服他们所需要的东西,而我们女人却总是在等待,直到我们被征服为止。难道这不是很愚蠢吗?要是女人也以男子挑选女朋友那样的大胆和干脆去选择丈夫,人们就会加倍幸福。"

在高烈娃不在"军中"的那几个昼夜里,野战司令部从远郊搬到了城市的南区。当高烈娃来到老同事们之间时,她立刻被安置在明察尔路一所富裕商品推销员的迷人住宅里。

这所住宅包括四个房间,有一个诗意盎然的名称"玛尔基泰"。自然,确切地说它的全称是维也纳明察尔路十号"玛尔基泰"别墅。这所房子就像胜家缝纫机或者亚浦耳小汽车那样,是用分期付款方式买进的。

空地很狭小,要经营田园是完全不可能的。放一个兔笼还可以,但要养一头猪,就绝对没有地方容纳。只有一个非常可爱的小庭园,满植着玫瑰、丁香和一种俄罗斯人所不知道的盛开着紫红色花朵的树木。"玛尔基泰"的正面也像这一区里所有的独家住宅那样,盖着一层薄薄的常春藤的绿色面幕。这一带的街道非常狭窄,院子里停不下汽车。居住在这里的人们还没有达到拥有汽车的程度。

从高雷歇夫的地方回来后,高烈娃跑去视察哲学博士李培斯穆特的“医院”,并且在那里工作了四个钟头,然后弯到柯罗连柯的师里去打听,“地下突击”进行得怎样了;不过她对于它的辉煌成果并没有感到丝毫惊奇。

下午她在军部医院里继续施行手术,直到被人家从手术室拉出去,由一个医士护送她到借住的房子为止。

在跟高雷歇夫谈话之后,高烈娃感到很忧郁,不但忧郁,而且痛苦。

她走到二楼,在楼上两个房间之一的一张低矮小沙发上躺下来。

这房间有点像卧室旁边的小书房。低矮的木器并不名贵,但很美丽,地板上铺着一条维也纳织的冒牌波斯地毯,壁上不知为什么挂着波兰和罗马尼亚艺术家的水彩画,画得不坏,但也没有出色到值得从那么远的地方带到维也纳来的地步。夕阳颜色的窗帘低垂到地板上,仿佛女子的古装长裾。油光卡纸的灯罩看上去像是羊皮纸制成的。

隆隆不断的炮声震得有裂缝的玻璃窗格格发响,播送着一种独特的前线的情趣。

她从书架里拿起一叠漂亮的维也纳、布达佩斯、罗马和威尼斯的照相画集,一面随便地翻阅着,一面想着心事。

布达佩斯的照相画集特别使她吃惊。在照片和图画里反映出一座非常典雅美丽的城市,但是她在布达佩斯待了一个月,却没有看到过这样的城市。真的,布达佩斯被毁坏得面目全非,就连那些完整的地区也不像这些照片似的给了她深刻的印象。或者拿维也纳来说吧。她瞧着照片里奥地利美丽首都的出色的格拉本大道和林格大道,并且拿它们跟她上高雷歇夫地方去时一路上所看到的那个格拉本大道和林格大道做着比较。今天的维也纳也面目全非了:寂寞、狭窄和肮脏。"显然,一个城市主要是靠人来点缀的。"她忧郁地想,接着抛开画集,全神贯注想起心事来。

她始终认为她是十分了解伏罗巴耶夫的。有时她甚至认为,她对他的了解超过他对他自己的了解。

她知道伏罗巴耶夫天赋机灵智慧,教养良好,又有丰富的生活经验,但在许多地方却是一个不切实际的孩子。她知道他虽然生有魔鬼般的精力和毅力,有时却有点懒惰、萎靡。她知道他那热烈的永远激动的乐观主义很容易变得冷漠。她知道他有时会对自己的力量丧失信心,那时做妻子的就必须千方百计去维持他自信心的神圣火焰。她像知道亲人那样知道伏罗巴耶夫的一切,她爱他现在这个样子。她知道她需要他,因为他可以使她变得充实和丰富。

然而,现在她好像并不了解伏罗巴耶夫,他的心灵对她是暧昧不明的。

装有橘红色塑料栏杆的狭窄楼梯,在不知谁的脚下吱格发响。接着响起了低低的谨慎的敲门声。

"进来。"她不由得用手腕摸了一下手枪。

一个五十岁光景的男人身穿一件长大的淡绿色的、在她看来已经不时式的上装,走了进来。

"对不起,我是别墅主人,彼得·阿特曼先生(他不说阿特曼,而一点不怕难为情地自称为彼得·阿特曼先生),"进来的老头儿自我介绍说。"哦,太太,您这儿不暖和!……啊呀——呀——呀!……太太,我马上吩咐……我说什么来了。我马上给您去拿一箩煤来。不过我……太太，千万请您原谅……要是您答应我暂时熄一下灯，拉开窗帘看看……我感到有种说不出的不安……您答应吗?"

他不等她同意，就熄了灯，走到窗口，拉开厚实的窗帘。

远处，在高房子的空隙间，"喀秋霞"①急速的光以一条条弯弯的眼睛几乎来不及看的弧线向上飞射。

"这是'喀秋霞'。"高烈娃不加解释地说。

"哦——哦，是它！……喀秋霞！不错——不错——不错！……喀秋霞！……真厉害。据说，可怕得很，是吗?"房东已经关上了窗。

"大家都说很可怕。"高烈娃冷冷地说。

"太太常常旅行吗?"房东向照相簿点了点头，关切地问，接着轻松地用脚把矮沙发踢到自己身边，等待她邀他坐下，而且已经弯下腿来。

"请坐。"高烈娃以显然勉强的音调说，而他却立刻坐下来。

"您常常旅行吗?"阿特曼又问。"我走过不少路，看到过不少地方，体验过不少东西，有不少东西可以回忆，"他这么说着，仿佛答应要给她许多好东西似的。"您还没有到过意大利吗?"他很有礼貌地问。

"还没有。"她回答。

"这怎么会?"

"以后有机会的。我有的是时间。"

"哦，是的，现在——是的。"

他沉默了一会儿，环顾着房间，仿佛里面住进一个苏联女人之后，它看上去跟原来不同了。

---

① "喀秋霞"——苏联造的一种火箭炮。

“您住在我们的地方一定会满意的，”他很有把握地说。“住在阿特曼家里您是不会失望的。上帝保佑，我们将来也会记起您的好处来的。煤我们有的是，只是没有人去拿，但我想医生太太一定带有士兵？自然，我是这么想的。那就很简单了。早晨用点早餐？不要？那么要些热的洗脸水。好极了。晚上喝茶吗？不过，太太，主要的是您要跟我们来往。您要为我们做许多工作——哦——哦——哦！……这工作可不容易。不容易，不容易！……”

当天晚上，不管高烈娃怎样推辞，她终究不得不下楼去见阿特曼一家人。满身洒得香喷喷而又忽然变得年轻的阿特曼太太，卖弄风情地穿着一件花布衣服，非常热情地接待高烈娃，就像接待老朋友一般。她不时咬着下嘴唇，仿佛怕俄罗斯女人说出什么使人听了站不住脚的话来。当高烈娃微微一笑的时候，女主人扬起眉毛，把一对年轻而顽皮的眼睛睁得老大老大的，好像有意在逗她发笑。接着原来坐在顶楼上观看炸弹爆炸和房屋焚烧的女儿走了进来。她打开一本油布面的厚簿子，坐到桌子旁边。

“我们要把从您那里听到的全部记下来，”彼得·阿特曼因为来客而高兴。“思想或忠告，以及一切消息。这将成为一本指导我们生活的书。”

这时高烈娃懊悔不该让人知道她也懂外语。那些只知道本国语言的人岂不是要省事得多，因为没有办法问他们什么。不过另一方面，她也很想告诉他们许多事，自己也想知道得更多些。

“好的。不过，让我们说定了：必须完全坦白。我也有话要问问你们。”

阿特曼太太咬着嘴唇，她的眼睛睁得那么大，以致她的眉毛直扬到额上去了。

“哦,应该这样,”彼得·阿特曼立刻同意说。“好吗? 先我们问,您回答,然后您问……哦! 应该这样! ……你说好吗?”

太太马上支持他的话。她拿起编织的活计,女儿拿起铅笔,阿特曼先生微笑着说:

“好,我从最简单的问题开始。现在人们在世界上怎样生活?”

“这个问题说来话可长了,”高烈娃不由得笑了一笑。“世界很大。人很多。我不知道您对谁发生兴趣。”

“最好让我来问,”女主人心急起来。“请您讲讲,现在在巴黎、伦敦,国外人们穿些什么?”

“穿些什么? ……”高烈娃微微一笑。她的头脑里好久没有想到这一类事了。

“嗯,现在你们跟协约国有着这样的友谊! 你们,自然一切都有:有时装,有黄油! 唉,希特勒、希特勒! ……在德、奥合并之前,我们的奥币是非常稳定的……”女主人说。

“我们还是把生活看得愉快些吧,没关系,”主人叹了一口气。“让我们从小新闻说起……”

高烈娃决定不认输,竭力想记起自己的“欧洲”印象来。

“哦,罗马尼亚有那么多服饰漂亮的女人,真使我惊奇;在匈牙利女人穿男式上装和裤子同样使我惊奇……”她大胆地开始说。

“男式裤子!”阿特曼太太不由得把视线移到女儿一方,仿佛是在考虑这类谈话让小姑娘听了是不是危险。

阿特曼在女儿面前却不很谨慎。

“您知道，阿列桑德腊太太，这种样子她们是跟萨拉斯[①]学来的。哦，那个坏蛋！他……这个人……好像雷姆[②]……有这样一个笑话：‘您太太叫什么？——她叫迦斯顿上校。’”

女儿忍不住笑了。

高烈娃继续一本正经地讲下去。

“不过，幸亏这种情形只限于城市里。在匈牙利乡下常常可以看到胖得可笑的女人。”

“这怎么会？”阿特曼太太发生兴趣了。

“请想象一下，这是因为乡下女子在长衣里穿了箍骨裙。在匈牙利臀部大是非常时髦的。”

“哦？真是想不到。”

“不过在维也纳，阿列桑德腊太太，我希望您的眼睛不会再看到奇装异服，您可以欣赏我国女子的优美身段，”阿特曼眯缝眼睛，注视着自己瘦小的太太，“看看她们料子普通而做工讲究的服装，不过，老实对您说，最值得注意的是朴素的发式。”

“在维也纳我首先注意的是脚。你们知道，罗马尼亚女人全都穿着高高的软木底鞋，因为这个缘故她们的脚好像脚蹄。匈牙利女人穿的鞋很笨，像男人一样。说实话，只有维也纳那种半高跟的女鞋使女人的脚显出一种诗意的美。我穿着军用长靴，看到这种鞋，羡慕得简直要哭出来，哪怕我这种靴是由将军的鞋匠制的。不过，如果男人穿起来，大概很神气吧……”

---

① 萨拉斯是第二次世界大战时期匈牙利总理兼外交部长。

② 雷姆是希特勒执政初期重要的纳粹分子，贵族出身，嗜男色，后来因为与希特勒闹意见，被希特勒所杀。

“您可以在我们这儿弄到这种皮鞋,阿列桑德腊太太……这是很容易办到的。”

“爸爸,你不要插嘴。人家太太还有话要说呢。”

“不,不,没有什么。老实说,你们这儿维也纳首先使我吃惊的是大家喜欢穿着短裤出门。我到现在还是看不惯上了年纪的太太穿着羊毛衫和不知什么皮制的蓝短裤,背上挂着一只背包……在我们那儿就连最大胆的女人也不敢不穿袜子去看歌剧,可是这里却流行不穿袜子,而且不当一回事。”

“这纯粹是我们维也纳式的无拘无束。”

“可惜,不知为什么这只限于服饰一方面。”

阿特曼一家人都露出惊奇的神色。

“阿特曼先生,我没有说错吧?”

“哦,稍微有点不对。我觉得你们苏联人虽然具有非常尖利的目光和智力,能够记住看到的事物,但是在这方面……在把事物典型化上却是很弱的——您可别生气,对吗?……或者应该说,做总结的能力,嗯?这是一个大缺点。”

彼得·阿特曼先生咳嗽着,瞧了一下表。

“哎,时间不早了。阿列桑德腊太太,您是个有事的人,对吗?……我们在剥夺您的休息时间,对吗?……好吧,明天见!”

女儿在簿子上记着些什么。高烈娃回到自己房里,不知道明天该同这些没有任何严肃趣味的人说些什么。他们跟她谈话,就像跟一个由于有闲而旅游各国、并且知道许多他们所没有听到过的新闻的旅行家谈话一样。

高烈娃跟阿特曼一家人的关系随着维也纳的战事而变化。要是阿特曼听到一个消息，说德国人在派遣增援部队，那么他们就不请高烈娃去喝茶，有时请了她，还快活地安慰她说：

“万一有什么事，太太，我们会说您待我们很好。嗯？您对这件事的看法怎样？不要紧，我们会给您说好话的。”

不过，阿特曼一家却变得非常殷勤可亲，因为维也纳已从德国人手里完全解放出来，红军正在向西方挺进。

有一次高烈娃打电话给柯罗连柯将军，要借他的吉普用一整天。

“要是跟我一起，就是一辈子也行。”将军和气地开着玩笑，过了半小时光景，一辆崭新的“亚浦耳”向“玛尔基泰”别墅驶来。

高烈娃带着阿特曼太太和小姐出去游览。她们决定去看看不曾遭受损坏的维也纳的名胜古迹。这是 4 月末尾，有些树木已经开花。街道上还在冒着弹药烟和尸体的恶臭，虽然园丁们已在路畔花坛上种着一种精心培养的花木。公园里几个老人，面貌全都酷似已故的法朗士·约瑟夫皇帝①，在摇着手风琴。毛羽褪色、目光无神的鹦鹉在手风琴上磨着嘴甲，时常意味深长地咳嗽着，好像酒鬼。

她们决定按照头天晚上所拟订的路线进行——先到申勃隆，要是再有时间，就去看看贝多芬在那里写成《英雄交响曲》的房子。然而，阿特曼太太却有她的计划。她想先让高烈娃去看看维也纳的宫殿。她认为宫殿比音乐更能使人牢记不忘。

“看房子有什么意思，即使是贝多芬的房子？不，这就像看一只没有宝物的空盒子一样。”

---

① 法朗士·约瑟夫是奥匈帝国的皇帝，1848 年登位，直到 1916 年去世。

高烈娃坚决不同意她的意见，虽然她也很想去看看帝国时代维也纳的全部雕刻的壮美。但如果听从阿特曼太太，那就等于默认其他节目也得照她的意见办。而阿特曼太太却始终在幻想去看一家海派的夜总会"咕咕"。她说好久没有上那边去了，并且还想到"三个骠骑兵"酒店去痛饮一番。阿特曼太太神秘地闭拢眼睛，要使人家相信这家酒店就是施特劳斯最后一次喝酒的地方。

她是一个典型的维也纳女人，疯狂地向往一切，而且不怕羞地谈论着，但自己却绝对不敢真正去做。

高烈娃坚持自己的意见成功，她们上申勃隆去了。

宫殿非常美。从外表看来，它并不比沙皇村的宫殿差，不过设备显然贫乏些。然而花园特别美。阿特曼太太看到一部分宫殿被炸毁，就哭起来。但当她知道炸弹是美国人丢的，又立刻放心了。她领高烈娃去看玛丽·泰莱西①的小客厅、卧室和盥洗室，迅速而详细地讲解着二百年来奥地利皇朝的宫闱秘史。阿特曼小姐无所不知，每当母亲讲错的时候，她就加以纠正。

在那个拿破仑到维也纳时住过、后来他儿子雷赫斯塔达斯基公爵在这儿死去的房间里，阿特曼太太抱怨家具都被搬走了，那张著名的拿破仑睡过的床没有了，他那只放在床下的便壶也没有了。

"那东西小巧玲珑，十分可爱，好像一只盛果酱的罐头。"她咬住嘴唇，笑了。

公园里的黄杨被修剪成各种奇妙的式样，各处放着张有雨篷、四周会突然下雨的长凳，还有一种"水怪"——使公园充满奇妙响声的风笛

---

① 玛丽·泰莱西：匈牙利女皇，是卡尔六世的女儿，在位四十年(1740—1780)。

和会奏乐的瀑布。然而，此刻却没有一只风笛在发响，因此对阿特曼太太的话只能姑妄听之。

阿特曼太太在路上抓到一个年轻的留有浓密胡须的导游者，她恭敬地称他为“博士”。这位脸色苍白、惊悚万分的“博士”领她们去看御马厩，那边收集有哈布斯堡王朝①的各式各样的马车。有几辆马车看上去比汽车还要舒服，虽然它们还是苏伏洛夫②时代的出品。

“嗯，博士先生，您倒说说，我们的苏伏洛夫有没有在这个宫殿里待过?”

“苏伏洛夫? 对不起，我从来没有听到过这个名字。”

“那么库土淑夫③呢?”

“库土淑夫? 哪一年的?”

“他在1805年统率俄奥联军，反抗过拿破仑。”

“库土淑夫统率过俄奥联军?”“博士”和阿特曼太太交换了个眼色。“靠不住，太太。不过，我不是军人，我是个老百姓，是个园艺专家。”

阿特曼太太也插嘴说：

“阿列桑德腊太太，您恐怕并不完全熟悉这事。一个俄罗斯将军为我们打过仗? 我可从来没有听说过，真的，从来没有。博士，您还是给我们讲讲您的本行吧。”

“博士”正在等待这个请求。

“花园，太太，”他含糊不清地说，苦痛地微笑着，“您明白，是幸福

① 哈布斯堡王朝(1438—1918)，起初统治匈牙利和波希米亚，后来又统治过奥地利。
② 苏伏洛夫(1729—1800)，俄国著名军事学家。
③ 库土淑夫(1745—1813)，击败拿破仑的俄国名将，与苏伏洛夫齐名。

的形象。花园就是天堂。伟大的人物常常在花园里工作。柏拉图和逍遥派学者曾经在法国梧桐树荫下为学生讲学。伊壁鸠鲁也在花园里教书。最后,希腊诸神也全都住在花园里,住在所谓叶丽赛花园里。太太,人类从太古时代起就在花园里谈恋爱。罗马人东征后,首先在意大利建造了享乐的花园。阿美尼亚的园丁教会了罗马同行修剪树木,使它们好像淫荡的姑娘。"

"博士"的额角上汗珠涔涔。

他用一块不很干净的小手帕,擦擦额角,继续讲述古代罗马帝王的花园。

"您尽讲这些做什么?"高烈娃无法相信"博士"不是个骗子。

阿特曼太太插嘴说:

"他是个非常有才能的青年学者,阿列桑德腊太太。他的绘画……真的,非常出色,不过此刻安妮泰跟我们在一起不方便。我以后请博士上我们家去,您不会反对吧?"

高烈娃只挥了一下手。

他们继续乘车前进。宫殿在他们眼前晃动。接着是名人的房子。在这个日程排得很紧的日子里,他们在三十座现存的纪念贝多芬的房子中,参观了十一座阿特曼太太所熟悉的。

"我们下次到巴登去,我还要陪您参观他的另外五座房子,"阿特曼太太恳切地说。

她还想带高烈娃去看看钟表博物馆,那边收集了近万个标本,其中包括一个著名大公的装有轮子的行军钟:每次作战他仿佛就用这只钟来唤醒全营士兵。

"像奥匈帝国那样的军队压根儿不需要唤醒,他们总是不等到作战就溜走了。”高烈娃批评说。阿特曼太太接受了挑战。

“我们在战场上常常吃败仗，这是真的，不过，阿列桑德腊太太，每次战争最后总是我们胜利，即使我们自己没有动手。”她咂了一下嘴，骄傲地回答。

接着她歌颂维也纳是一个特殊的世界。

“难道我们不是欧洲最美丽的城市吗？您老实说吧。”

“我个人远更喜欢里加、维尔纽斯、里伏夫①、列宁格勒。巴黎也挺不错。”

“嗯，不过它已经被破坏了。您知道，英国人把它烧得干干净净了！”

“是的，是的。这件事有个朋友写信告诉爸爸了，”安妮泰肯定说。“叶丽赛花园变成一片平地。您瞧，多么可怕？”

“这消息不正确，巴黎并没有被破坏。”高烈娃安慰她们说。

阿特曼太太并不服输：

“让我们到普拉特去，看您那时将怎么说。”

普拉特是维也纳一个有名的人民游乐公园，可惜还没有开放，不能进去参观，因为里面的地雷还没有清除干净。跑出城外，就进入维也纳的森林。维也纳的森林看上去很美，但绝没有什么引人入胜的地方。索柯里尼基②并不比它逊色。列宁格勒的四郊也要更漂亮些。还有那南乌克兰的古老花园！

高烈娃失望地回来。原来她对这个欧洲有过多少幻想啊。事实上

---

① 里加，拉脱维亚苏维埃社会主义共和国的首都；维尔纽斯，立陶宛苏维埃社会主义共和国的首都；里伏夫，城名，在乌克兰苏维埃社会主义共和国西部。

② 索柯里尼基，村名，在莫斯科郊外，是革命前沙皇打猎的地方。

不论哪一个城市,占主要地位的,不是建筑而是人。一个空荡荡没有人的城市毕竟是丑恶和不幸的。

在维也纳只有一些无关紧要的东西是好的,其实这里根本没有重要的东西。这是一个没有头脑的迷人的城。

“这个欢乐的维也纳究竟有点什么呢?”高烈娃夜里想着。“维也纳的议会,维也纳的椅子,维也纳的甜面包,维也纳的高跟鞋。”突然想起了:“巴枯宁曾经到过这里!列宁也曾经在维也纳住过!”

她不去找寻列宁住过那所房子的砖石,却跟这位小市民太太逛大街!

啊,要是伏罗巴耶夫在这里该有多好!想到他会怎样骂她,真是可怕!

那天晚上,她又碰上了一件伤心事。高雷歇夫派人送来了伏罗巴耶夫最近的一封信,这封信他收到已经很久了,但是上次碰到高烈娃的时候,他不愿谈起它。

> 生活很困难,但很愉快,”伏罗巴耶夫写道,“拿我今天的生活去换另一种生活,暂时还不想。现在像我这样的人不该躲在无关紧要的事务里,而应该站到前哨岗位上。你问:我的生活怎样。老朋友,老实对你说,我连自己也不知道我在这里搞些什么。表面上我不是独自一个人生活,跟我住在一起的有个叫叶连娜·彼得罗夫娜·苏陵娜的女人,还有她的一个女儿和母亲。我有四个房间,有一只猫、一条狗和一头猪。
>
> “我自己还不能肯定,这是一个农场还是一个家,不过我倒希望它是后者。

“阿列桑德腊·伊凡诺夫娜·高烈娃在我的生命里曾经起过重大作用，但现在我决定不去妨碍她应该享有那种我所不能给她的幸福，因为这个缘故我连信都不给她写，以免徒然使她难过。

“还在年轻的时候，我就不曾因刹那间的迷恋去跟人亲近。在我，恋爱也像入党一样，是一件决定生命的大事，拿自己的生命去换取一个女人的生命，并且由两个小生命汇合成一个大生命——不论过去或者现在，我只能这么做。

“不过，你也知道，我不是个家庭里男女地位平等的拥护者。我主张男人应该领导家庭，他应该是一家之长。我一度认为我对高烈娃可以成为这样的领导，但这已经过去了。一个需要看护、按摩、火罐和保温压布的丈夫是可怜的，你不注意他的体温和血压，就不能跟他恋爱，——你想象一下这幅不愉快的图画，你就会了解，高烈娃正像阿速海的岛屿一样，在我身旁滑过去了。①

“好吧，让我握握你的手。要是你残疾了，那么在我的旁边将会有一张床留给你终生使用。不过，你也要为我而战哪！

你的阿列克赛·伏罗巴耶夫。

高烈娃点着灯，在桌旁坐下来。她决定立刻写封信给这个苏陵娜，以便彻底弄明白，伏罗巴耶夫的情况究竟怎样。

“装疯卖傻，”她想，面对着刚开了一个头的信坐着。她由于室内寒冷的新鲜空气而微微战栗着。“简直是胡说八道！”在这一刻，她不但不爱而且也不尊敬伏罗巴耶夫。她写信给他：

---

① 语出马雅柯夫斯基。

我的朋友！

“您太狠心，什么、什么也不能为您的狠心辩护。即使您厌倦我了，不再尊敬我了，您也没有权利胆怯地回避我。

“这多么不像您，不像以前的您哪！

“我有时觉得，您的一部分心已经跟那条腿一起被截去了。您从来没有想到过这一层吗？

“请您告诉我，高雷歇夫是什么人，为什么他在您的心灵里占有如此特殊的地位，简直比我更重要？为什么您要像孩子那样随便瞎说，向他证明我对您是外人？但这不是实话，阿列克赛！您简直忘了我是您的什么人。要是高雷歇夫不知道这一层而要您解释，那么，另一方面将会有许多人宣布您的回答是不正确的，因为他们知道我们俩的关系。

“我有时以为您是疯了，而这样反而使我稍稍得到些安慰，因为我宁可把您看作一个疯子，也不愿把您当作一个坏蛋。

“这一切究竟为了什么呀，阿廖沙？

“老实说，要是我能相信您确实厌倦我了，那我早就不再来打扰您了。您也知道，我这人自尊心很强。然而我知道，我坚决地知道，我们互相非常需要。我又伤心、又苦痛，因为您迫使我在向您走去时，经受不必要的苦恼和委屈。好吧，您放心好了，我不会上您的地方去的。我以后不再去找您了，因为知道您不爱纠缠不清的朋友。

阿·高

第九章

伏罗巴耶夫的生活从来没有像现在这样紧张这样浪费过。就是在学院里，或者火线上，他也从来不曾生活得那么阔绰，那么毫无算计和毫不惋惜地消耗过自己丰富的生活经验。

恐怕没有一个地方像这里那样，使他深深感到，他为人们所需要。

他在他所创办的党校里讲授党史，帮助图书馆管理员组织读者会议，每星期给尤黎·波德聂别斯柯补习两次功课，帮助他准备入工专念书，最后自己到新村集体农庄——他跟索菲雅·伊凡诺夫娜的房子就在那个农庄——附设的园艺讲习班听课，并在那边热烈地争论，怎样用安那欣法使马铃薯一年二熟，以及用杰迦奇法使番茄一年二熟。

歪歪斜斜地用手写的海报：《战事形势——伏罗巴耶夫主讲》《卫国战争时期的苏联知识分子——伏罗巴耶夫主讲》《世界前途——伏罗巴耶夫主讲》——经常接二连三地更换着，以致人们把它看作一种装饰街道的必需品。

列娜现在已不在柯磊托夫那儿工作。她在花园里劳动，育苗，打扫房子，烹调食物。

邻人们把她看作伏罗巴耶夫的妻子，而当他们问："你们那位在家吗?"的时候，她红着脸回答：

"在家。在准备讲稿。"

他们还没有结合在一起，但觉得这是可能发生的。他们又害怕又焦急地等待着这一天。

他们都饱经风霜，不容易结合在一起。他们都在共同生活里付过一笔巨大的代价，因此都害怕亏本。

她跟伏罗巴耶夫熟识和习惯之后，已经用那种怯弱和无声的爱情爱着他了——俄罗斯女人往往有这样的爱情，其中激情占有一定地位。她想同伏罗巴耶夫配对，她高兴跟他一起出现在大庭广众之际，高兴听他说话，向他学习，并且知道他的生活操控在她的手里。她看到伏罗巴耶夫抚爱塔尼雅，感到非常满意。她想尽可能多听到他的声音，注视他那被太阳晒黑、现在已经不是黄绿色而是褐色的配有一对洞察一切的聪明眼睛的脸。

有时她很想吻他，但又觉得这是"不合时宜"的，不体面的，因此反而不好意思起来。她一心一意投身工作，就把接吻忘记了。她以为接吻这类事在她这样的年纪已经不会再发生了。这类事只发生在青年时期，以后就不需要了。

要是列娜有许多空闲，她也许会多想想这个问题，但她的时间总是不够用。

快近春天的时候，新村集体农庄请她去帮忙建立一个好的蔬菜小组。她感到骄傲，仿佛得了奖赏，立刻培训蔬菜栽培和土地整理的人才，并且偷偷溜到伏罗巴耶夫的房间里，翻阅他的园艺笔记。在这些笔记里所找到的几封高烈娃和高雷歇夫的信，很久地扰乱着她内心的平静，但她不敢向伏罗巴耶夫透露自己的猜疑，只是更起劲地工作。伏罗巴耶夫有一次在区报里看到一篇有五一农庄娜塔里雅·波德聂别斯柯、加里宁农庄安尼雅·斯土品娜和新村农庄叶连娜·苏陵娜三人联合署名的短文章，他大吃一惊。题目是大胆的——《建立校办园地》。

谁没有体验过被公开称赞的幸福，谁就不能理解列娜现在的兴奋。她仿佛已经不属于她自己，也不属于伏罗巴耶夫，而是属于一种比他或是家庭更强大的力量。这种新的力量那么顽强地引导列娜前进，以致她现在甚至不怕跟伏罗巴耶夫争论，并且反对他，如果她不同意他的意见的话。

索菲雅·伊凡诺夫娜听列娜说话，只是闷闷不乐地咳嗽着。她简直认不出原来那个沉默寡言、对一切都漠不关心的女儿了。

房子一直没有修理过，花园也没有整顿好。

弄得连小狗都跑掉了。好主人，有什么话可说！

就连索菲雅·伊凡诺夫娜现在也一点不想去忙房子的事，却在埋头采集野生植物。

“你倒找到了一个家庭女工！……”当伏罗巴耶夫提醒她冬天谈到的养奶牛的事时，她嘀咕道。“什么，您要命令我放弃已经开了头的事吗？这算什么话！人民信任我，可我……不，不，您别说！”她挥动双手，仿佛有关经营赚钱事业的想法原是属于伏罗巴耶夫的，而不是属于她自己的。

就这样，3 月过去了，四月开了头。

伏罗巴耶夫的军团，从最高总司令的命令看来，在第三乌克兰战线最出风头。4 月 1 日、4 月 2 日、4 月 4 日都鸣礼炮向它致敬。

她在那边还活着吗？

四月初盟军在爱美里赫到斯特拉司堡[①]全线渡过了莱茵河，红军离柏林只有七十公里了。

报纸上闪动着哈里斯的名字。他报道说英美军队到处都不曾遇到有组织的抵抗。

是战争快结束了呢，还是德国人在进行运动战？运动战也不是没有可能的。

4 月 13 日苏联的红旗在维也纳上空升起。占领维也纳——在这次战役中他的第四近卫军战绩特别出色，使伏罗巴耶夫十分激动。

“他们那边现在一定很走运，”伏罗巴耶夫羡慕地想。“他们要是处在我们的地位，也会弄得团团转的。”然而，想到柯磊托夫也有这种看法，不禁对自己生起气来。

4 月 27 日，在旧金山会议开幕的日子，柯磊托夫通过区委组织部长叫伏罗巴耶夫到各集体农庄去主持庆祝五一节。本来伏罗巴耶夫是被指定到文化宫去演讲的。

30 日他去参加米高扬农庄——现在高罗德卓夫在那边当主席——和五一农庄的节前大会，而当他跑到加里宁农庄的时候已经深夜，那边正在举行庆祝宴会。

宴会一直继续到清早三点多钟，而当伏罗巴耶夫在钦巴耳地方醒来的时候，已经是下午两点钟了。

他懊恼地来到冬天曾经躺过的钦巴耳房子前面的院子里。他走到那里，呆住了。海洋迎着他升起来，停留在半空中。

---

① 爱美里赫是德荷边界上一个城市，属德国；斯特拉司堡是法国东部一个城市，滨莱茵河。

群山发出绿油油的光彩，从那边送来针叶树的干燥气味，宛如在远方，在森林里有什么东西在燃烧，从海洋那边迎面升起充满盐味的湿润的热浪的气息，砂石和海草的气息。太阳把这两股气息混合起来，空气像烧开的水一样开始歌唱。它唱着，颤抖着，缓缓地打着回旋，仿佛在舞蹈，而它那生气勃勃的液汁则变得越来越浓厚，越来越强烈。

空中没有一只飞鸟，也没有一朵白云。笼罩着一种特殊严肃的宁静。只有蝉冲破寂静。它们那种永不休止的单调鸣声，听来好像铃声。

伏罗巴耶夫渴望已久的春天来到了。然而，他真正看到春天却只有一次，那是他在一天早晨坐车到离区中心三十公里的集体农庄里去，当时他对自己说："春天来了！可我很快就看不到它了！"那大概是四月初的事。太阳早已升起和探出了地平线，并且用一大束光线照耀着海岸和海洋，但是并不热。地面、海洋、天空、石块都像从内部用自己的火焰静静地发着光。正是繁花似锦的时节，粉红的、黄的、青紫的、银色的树冠交错着，它们在金黄色的草地上投下黑色和青灰的阴影，草地上三三两两地撒布着缤纷的落英，整个图画好像一片眼睛听得见的歌声。

春景短暂得像昙花一现，一两天之后，在粉红和白色的树冠上露出了嫩绿，抽出了新叶——夏天开始了。伏罗巴耶夫没有发觉夏天是怎样来到的。一个人常常在想到他放过了什么东西而感到的轻微骚动，此刻突然刺透了他内心的某个角落。

他立刻感到孤独自处的无聊，向往刚才还打算抛下的人们。

那天晚上，伏罗巴耶夫不管渴望谈论政治的钦巴耳的再三挽留，回到自己的地方去了。

5月2日和3日，全城庆祝攻克柏林。伏罗巴耶夫在两个昼夜里最多只睡了一个钟头；他的声音嘶哑了，眼睛凹陷进去，两脚站不稳了。

不过，他凭经验知道，像现在这样摇摇晃晃，还可以拖两个星期。胜利的疲劳对人不是致命的。5 月 4 日和 5 日，他重又到几个集体农庄里去，六日他乘着集体农庄的大车回到自己住的地方。他们不慌不忙地赶着车子。赶车的斯杰普卡·奥迦诺夫起初老是问着战事消息，但他看到伏罗巴耶夫没有听完半句话就已经睡去，就感到很不痛快。只要想一想：他送伏罗巴耶夫却听不到一点战事消息这怎能不叫人放声一哭呢！

车子经过铁路领工员的小屋。一个拉手风琴的女人望了望，老远就喊道：

“是不是鼓动家？”

“是鼓动家，只是他在打瞌睡，累坏了。”赶车的不好意思地回答。

“停下，我来了！……”

他们把伏罗巴耶夫从车子上扶下来，端给他一杯鲜牛奶。

“你不能说话，就用手指来告诉我们那边——柏林的情况吧！”

虽然，伏罗巴耶夫除了最高总司令命令之外，什么也不知道，但是他能够讲，需要讲多少就讲多少，而且所讲的一切大概都是真实的。

他就这么作了。直到深夜，他答应赶车的为他专门讲一次战争形势，这才半死不活地回到家里。

列娜把他锁在房里，同时关照索菲雅·伊凡诺夫娜和塔尼雅不论遇到什么人都说，上校还没有回来。

伏罗巴耶夫酣睡了一觉之后，在收音机旁坐下来。

广播并没有提到攻克柏林。英国记者由德京所发的两则报道，详细叙述了盟军飞机轰炸所造成的破坏，并且说这里人们早就在等待蒙哥马利[1]的军队了。同时,不知怎的直到现在还在播音的德国电台,在莫名其妙地叽咕了一阵关于投降的消息之后,就播送丧礼进行曲,宣告希特勒离开人间。

伏罗巴耶夫把头低到收音机旁,倾听广播,像是在倾听欧洲的一个阴谋,仿佛后者在梦呓中向他咕哝着自己的希望。

布拉格在战斗着。美国人向奥地利边境赶去。英国人在战争后院俘虏了几个吓得半死的希特勒的统帅,就用散文和诗篇大吹大擂地来颂扬自己的"蒙帅",仿佛在战场上作战的只有蒙哥马利的军队。

这种不顾事实的谎言与其说使伏罗巴耶夫感到屈辱,不如说使他产生嫌恶。不过,他此刻知道的还太少,还得不出任何结论来。

"朋友们都音讯全无,苏拉也没有信来……"

老实说,他贪婪地等着她的消息,同时想使自己相信:他关心高烈娃,只是由于她此刻处在事件的中心,而关于这些事件他只能凭空猜想。

然而,高烈娃的形象一旦出现,就不再消失。为了克制那种威胁着在他看来是正确的思想的意外烦恼,他用强大的意志强迫自己去想别的事。

伏罗巴耶夫常常想象,在这种敌人投降的日子里,他将怎样带着自己的部队进入德国的哪个城市,怎样狂热地去开展工作。

他会在仓库和商店旁边安置岗哨,在房子墙上贴出城防司令布告,他会赶到附近已经聚集着许多市民的市政厅大厦里去。这里应该有从集中营里跑出来的人,还有从地下室里露出脸来的人。应该把他们组

---

① 蒙哥马利(1887—1976),英国陆军元帅,在第二次世界大战时任英国第八军军长。

织起来，召集知识分子，指定城市领导。必须打听法西斯上层组织在什么地方，登记全体法西斯党徒、全体军官和士兵。

街头形形色色的景象提供许多行动的依据：有一个妓女喝醉了酒，两个人掮着一包偷来的东西，一群饥饿的孩子用羡慕的眼光伴送着军队的炊车。剧场演员们手足无措地聚集在后台，焚烧希特勒的照片，并且由于不知道往后日子怎样而叹息。必须立刻安慰他们，让他们在三天之内准备好新的演出。晚间在广场上放映露天电影，显示莫斯科的大检阅或者体育节盛况，而明天就可以在戏院里表演随军文工团的歌唱和舞蹈。

然后到工厂里去。工程师们大概都躲起来了。去找工人们吧。在没有老板的地方，就把事情交托给职工委员会。保证发电厂、自来水厂和排水设备照常工作，召集医生、警察，跟救火员谈话，再到市立医院去。这一切必须在上半天办好。然后在司令部里胡乱吃点东西，那边已挤满了人。有人被拘捕，有人被禁止自由行动。什么地方发现了匪徒、汽油库和纸栈房。报馆的编辑和大饭店的老板已在等待接见。前者愿意效劳和提供印刷厂，后者请求让他挂一块牌子，说他的饭店已改为司令部食堂。这里已有从集中营里获得解放的人。英国人希望在十分钟之内就回国。美国人要打安家电报到大西洋彼岸。捷克人抓住卫戍司令部哨兵的胸襟，要求他们给他一支自动枪，因为他知道“纳粹”躲在那里。被德军拉去做苦工的波尔塔瓦人和日托米尔①人把自己的“主子”扭送军事监狱。意大利人要求发给回国通行证。

在人行道上，在司令部门口，各民族纵队的旗手在歌唱和跳舞。胜

① 波尔塔瓦和日托米尔是乌克兰的两个城市，在苏德战争中曾被德军占领。

利国的旗子也在这里飘扬着。在司令部司机帮助下,胜利国的国旗都用罐头油漆好了。

已经有孩子诞生,有老人死去,有人害病要求医治,虽然在城市之外,坦克射击的声音还没有静止,巷战中受伤的也还没有撤出。这是当天下午头几小时内发生的事。

接着来到了攻克城市后的第一个晚上——总是混乱得很的。火烧。必须跑去看。有人在喊救命!立刻就去。一个不肯投降的法西斯分子投了一枚手榴弹。必须马上进行调查。去敲人家的门,走进一所黑暗的隐蔽的住所,跟受惊的人们谈话,并且考虑明天早晨,怎样让乐队出现在没有人迹的街上,怎样恢复广播。夜间是一连串会议,一个接着一个。有面包、肉和蔬菜供应吗?医院有没有各种必需的东西?捉住的无赖有没有审问过?在盖世太保房子里待一两个钟点,跟从监狱里释放出来的人们谈话,解决燃料问题。这些全得在夜里做好。到了早晨,拿冷水冲一冲头,用红肿的眼睛从司令部窗子里望出去,看到工厂冒出来的烟,听到扫帚的苏苏声和在打扫街道的市民们的低语声,并且留神倾听扩音机向全市居民谈论和平生活。然后又坐上汽车,又是沿街奔驰,这样直到下午一点钟。那时市民从寓所里走出来了,传出了怯生生的笑声,孩子们不知为什么拍起手来,于是他就对传令兵说:“谁也不让进来。我要像新生娃娃那样睡两个钟头……”

列娜的声音突然打断了伏罗巴耶夫的这些幻象。他还在一个刚解放的城市的什么地方。

“嗯,什么事?我不是说两个钟点之内不要吵醒我吗,”他说着,头没有离开收音机。“什么事,列诺奇卡?”

“伐修京请您到区委去。”

“好的。你说我马上就去。”

“您考虑考虑我的建议,同意吧,”伐修京说。“如果您要,我们可以征求一下柯磊托夫同志的意见。柯磊托夫同志,你的意见怎样?”

柯磊托夫擦擦太阳穴。

“大概,”

“大概什么?”

“大概担当得起的。只是要严肃些。”

伏罗巴耶夫惊奇地向他望了一眼。

“我请求不要推我当区委书记,”他说,“把我留在原来的岗位上吧。我以前从来不曾担任过这种最富有诗意的党工作——当宣传员,当纯粹的鼓动工作者。我不要做个普通的区委书记,我要做个模范宣传员。您去提拔下层干部吧。把我们的包索夫带去吧,谢谢您,把钦巴耳调过去,但把我留下吧。就我的性格来说,我是个不坏的教育家,那么又何必要我去做那种我做起来比较差的工作呢?”

伐修京用手指在台子上敲着。

“唔,好的,”他说。“好的。我要把包索夫从你们这儿带走。把波德聂别斯柯也带走。我们把钦巴耳调到先锋油料作物国营农场去。不行,你们两人就留在这儿吵吵闹闹吧,如果高兴的话。”伐修京扣上大衣钮子,把帽子拉下到耳根,站起来,表示谈话已经结束。

伏罗巴耶夫跟柯磊托夫也站起来。

“人人都会泄气,”伐修京继续说。“柯磊托夫也泄气了。他是个不好的干部吗?不是。他能找到合适的工作吗?能的。我认为最好把他调到省里去,让他从旁边看看自己的工作……今后你们两人能在一起工作，还是耍阴谋，闹不团结？柯磊托夫同志，你老实说吧。”

柯磊托夫在台子上翻弄着东西，眼睛不看伐修京，阴郁地说：

“能够。”

“能够吗？”伐修京问伏罗巴耶夫。

“能够。”伏罗巴耶夫同样干巴巴地回答。

“好吧，如果能够，那么……那么挑起重担来吧，见鬼。”

他走到他们跟前，拍拍他们的肩膀。

“一般说来，我对你们这里的工作是满意的。你们在发掘人才。这很好。不过，从各方面的谈话听来，我想最好还是把你们分开，好吗？你们答应一起干？”

“跟柯磊托夫一起很难工作，”伏罗巴耶夫说。“不过我会跟他合作的。”

“跟你容易！”柯磊托夫摇着头说。“你是这么一个宝贝，啊呀——呀——呀！……老兄，你有点装腔作势，不错，不错，装腔作势，不过你的头脑倒是清爽的，我会跟你一起工作的。要是把我免了职，我会生气的，可现在我要你忙得喘不过气来，我……一般说来，好的。我可以答应。”

伐修京笑嘻嘻地向他们两人眨了眨眼。

“好，我希望……只是要注意，不要为了一些小事吵嘴。我有一次听斯大林同志说过一句金玉良言，他说：完全的一致只有在墓地里才有。嗯？所以，死人我是不需要的，但是无谓纠纷我也不能忍受。懂吗？你们即使给自已剥去十张皮也行，但要把事情搞好。”

他紧紧地握了握他们两人的手，走到柯磊托夫办公室门口说：

“要是将来有一天把我解除省里的工作，我要请求弄一份区或乡的工作,但一定要党的工作……你们真行,彼此抓住不放,真行!”他挥了挥手,走出去了。

柯磊托夫和伏罗巴耶夫依旧站在桌旁。

“好吧,再见!……”伏罗巴耶夫沉默了好一阵,说。

“再见,”柯磊托夫客气地回答,“回家去吗?”

“是的。没有什么吩咐吗?”

“此刻没有什么。”

笼罩着一个普通南方之夜的寂静。在这寂静的暗流里,一会儿升起遥远的呼声,一会儿传出唱歌的声音,一会儿送来远处公路上卡车的响声。起初伏罗巴耶夫的听觉完全无法领会其他的声音,但不久他就分辨出了邮局里狂乱的电话铃声,听到一个人脚步很重地在路上跑过,气喘得很厉害,仿佛在肉搏似的。有人在一扇窗子上敲了一下,接着在另一扇上又敲了一下,接着听到了激动的声音:“你聋了吗,还是怎么的?……”“起来!”还有不知谁的尖锐口哨声。

列娜冲到阳台上,向下面的黑暗处弯下身子。一串芬芳的紫藤像一条围巾似的落在她的肩上。

“是谁?”她尖叫了一声,但立刻猜到是怎么一回事,就伸开双臂,向伏罗巴耶夫转过身去。

“和平了!”他对她说。“一定是和平了!”他抱住了她,紧紧地吻着她那干燥而不滋润像她手指一般粗糙的嘴唇。“和平了,列诺奇卡!”

“大概……是吧……在攻克柏林之后还有什么呢。”列娜回答。她说话时的气息弄得他露出的头颈痒痒的,同时她始终像是无心地拥抱着他。

“哦，”一句快乐的话在他的微笑里丢失了。“哦……是的，是的！”

“嗳……”她回答，他的头颈感觉她微笑了一下，她的微笑紧压着他的身体。

已经有人从街上喊他们了。

“维他命内奇！……我们占领了！维他命内奇！……鼓动家睡去了！……叶连娜·彼得罗夫娜！把你那个叫醒吧！……”

“把我弄醒，列娜。”伏罗巴耶夫说。

“睡吧，我不弄醒你。”她更大胆、更热烈地搂住他，已经若无其事地把他占有着了。

可是，楼梯上响起了脚步声，她只好恋恋不舍地松开了手。

“只亲吻一次，可是命运连这也不答应，”列娜说，皱紧眉头，非常特别地笑了一笑——这种笑跟她的脸很相称，接着对自己的决心感到吃惊，突然又拥抱了他，并且把他紧紧地压住。

“做得好！……好！为了他的工作！”特伏罗任柯夫冲到阳台上，嚷道。他推开列娜，宛如她已经做了应该做的一切；接着就自己拥抱和压紧伏罗巴耶夫，同时把他向门口推去。

“来吧，亲爱的，来吧！”他重复着说，先抱住伏罗巴耶夫，然后拉着列娜。“把自己人都叫醒。”

“灯！点上灯！”

特伏罗任柯夫的房子点上了灯，接着别的房子也亮了。睡意未消的孩子们，尖声地叫着，吹着口哨，把干柴拖到街上，烧了起来。

有人拉起手风琴来。第一对舞伴已经在石子路上摇摇晃晃地跳舞。

“你们瞧，你们瞧！”

在远处海面上，一艘大船亮起了灯火，它那柔和的汽笛小心地像春雷一般打破了夜的寂静。

邮局里的值班姑娘上气不接下气地报告说，今天早晨已经在柏林签了停战协定，并且讲着她自己刚才推想出来的详细情节。

大家都相信她的话。

伏罗巴耶夫紧紧地扶住列娜；人们抱住他的头颈，流着眼泪，重重地接着吻。他自己也在流泪和吻着别人，并且激动得说不出一句话来。

不知谁喊着说，区委将要开会，会上将正式宣布和平。于是人群就不约而同地向下面，向海洋那边涌去，欢笑着，唱着歌，跳着舞，叫着“乌拉”。

在五一农庄和加里宁农庄升起了篝火。一条明亮的松脂火焰，像一颗流星似的在山顶上高高升起，直冲云霄。这是孤独的扎鲁宾在跟大家一起庆祝胜利。

“斯大林万岁！”

一辆运送到这里来疗养的病人的公共汽车在人群前停下来。

“希特勒找到了没有？”司机问，但是他被人家从座位里拖出来，并且被使劲抛到空中，以致他棉袄袋里的螺丝帽和垫圈也倒了出来。

“你吊在空中吧！”人家对司机说，他就顺从地向上举起双手，兴高采烈地欢呼起来，仿佛直到此刻他才明白发生了什么事。

乘客们也一个个被请下车，同时也一个个轮流被摇荡着，然后人群簇拥着公共汽车，一同向海边跑去。

孩子们被抱在手里，他们忘记了父母，一直向前跑去。海岸上有人在开双筒猎枪。男孩们手拿火把跑着。

伏罗巴耶夫跟列娜杂在人群里并肩走着，但是由于咆哮、喧哗和吵嚷他们无法谈话。

和平！它将是怎样的？它将怎样偿还我们无法计算的灾难？和平！只有俄罗斯知道这两个字的价值。不过，在这一分钟里恐怕谁也没有想到未来。大家都被一个思想、一种感情控制着：战争结束了，我们复了仇了！

磊巴谦柯身穿海岸防卫队中校制服突然出现了。

"多么辉煌的胜利，太美啦！"他高声叫着，像是在作战一样。"俄罗斯人占领了柏林，击溃了所有的法西斯分子，第一个获得了胜利！"

伏罗巴耶夫拥住列娜跑着，偶然微笑着向她望望。她认为他微笑的含义正是她所需要的，于是用欢乐的目光来回答他。

"接吻你感到不好意思吧？"他笑着问。

"我？"

"自然指你。"

"完全没有。"

"那么来试试。"

"当我要的时候，我就试。"她仿佛在试验自己的勇气，双手抱住他的头，在他眼睛上悄悄吻了几次。她是那么幸福，以致一点也不害臊了。

当新村农庄的一大群人走近市中心的时候，迎面跑来了从五一农庄来的骑马的人，还有几辆从希罗柯高罗夫的国营农场里来的卡车。市民、水手、集体农庄庄员、军人、孩子，全都在跳舞、唱歌和拥抱。

柯磊托夫脸色苍白，神情激动，站在刚从哪个机关拖出来的办公桌上。他想使人群安静下来，但是无可奈何地微笑着，摊开双手，整个样子表示他无法控制人民的注意力，告诉大家应该知道的一切。

突然不知谁嚷道:

“让伏罗巴耶夫来! 让伏罗巴耶夫来!”

“来吧,伏罗巴耶夫! 把他举起来!”

柯磊托夫向他低语说:

“德国人今天签字投降了……”

但问题并不在这里。使人们激动和高兴的不是德国人并非口头而是书面的投降,却是因为我们胜利了。

伏罗巴耶夫就从这一层说起。

“我们的国家流了许多血,不过真理是只能用血来争取的。我们胜利了。我们大家胜利了。我们取得了胜利,因为我们全国男女老少个个参加作战。我们两万万颗心只有一个愿望:严厉和无情地为我们所受的侮辱报了仇。这对于把枪口朝向我们的人是一个教训。

“没有一种力量能够对抗苏联的力量。让人类把今天的日子写在历史里:社会主义单独为大家争得了胜利! 苏联人走在人类的最前头。三十年来传播着各种有关它的谎言。它建立了社会主义。人家不相信。它动手打击法西斯分子,这也不相信。那么我们就扭断希特勒的脖子,解放了三分之二的欧洲,并且以胜利者的身份出现在柏林。难道现在还不给我们应得的光荣吗? 不,现在他们无法隐蔽我们的事业! 无法抹煞! 无法说我们的坏话! 从此以后我们将永远以地面上最强大和最公正的人的姿态站在人类面前! ……斯大林万岁! ……”

列娜抬起激动的脸,等待着他。

她第一次听他演讲,使她感动的倒不是字句的意义,而是他说话时那种充沛的感情。

起初列娜以为伏罗巴耶夫说得这么好,只是因为她刚才让他分有了自己的思想,因此在她看来,她是及时帮了他的忙。不过,听伏罗巴耶夫讲下去,列娜逐渐明白,虽然他所说的正是此刻她自己所感觉的,但直到此刻她却没有自觉到这种感情,而且无法把它表达出来。她快乐地战栗了一下。她举起双手,托住自己的面颊,眼睛望住伏罗巴耶夫,像望着一个怪物似的,嘴里呢喃着什么,并且向他微笑着。

当伏罗巴耶夫说完话之后,她还是好久不能相信,他就在她旁边。

不,他并不是从她那颗小小的心里掏出了思想,而是把她所缺乏的填充进去。他给她思想,而她也把它们像自己的思想那样接受了,因此变得充实了。

"我在他旁边简直像个哑巴,"列娜想。"他要是跟我在一起,他会感到寂寞的。"

"列诺奇卡,你怎么呆呆地不说话?"伏罗巴耶夫碰碰她的手,大声说。

列娜听到伏罗巴耶夫也说她不开口,凄苦地一笑。

"我不知道您这么会同群众说话,"她摇摇头。"您真行,伏罗巴耶夫!"

在她那种钦佩的目光下,他不由得有点不好意思了。

"这不是我同群众说话,而是群众同我说话,"他说。"我在办公室里好好儿地说不上三句话,可是在群众面前我可连鬼也不怕。我入党有二十年,已经是个老头儿了,然而,你可以相信,你们这里的工作使我变得年轻了。"

"您能……您能把咱们的事也说得这么好吗?"她怯生生地说。

"行,我能,"他满心高兴地笑起来,明白她正在等他说出决定她命运的话来。“要说吗?”

“你说吧。”她请求道,同时发觉自己竟敢用“你”来称呼他①,又不免有点吃惊。

“你可知道,你是谁?”他开玩笑似的说。“你是一棵生长在荒山里的野苹果,一棵不怕任何风霜雨雪、永远第一个开花的坚强而朴素的野苹果。你是一棵大胆的苹果。你直立在树林里,快乐地开花结实,就像世界上最强大有力的树……”

“不,你也说说你自己。”列娜喃喃地说。

“好的,也说说我自己……”

不过他没有机会说下去。伐修京追上来。他小心地向列娜使了个眼色,向她伸出手说:

“您了不起,叶连娜……”

“彼得罗夫娜。”伏罗巴耶夫提醒她说。

“了不起,叶连娜·彼得罗夫娜,您替我们把他的身体养得好些了。不过现在要向您把他借一下。开玩笑,开玩笑!”伐修京回头对伏罗巴耶夫说。“有什么感觉吗?现在你可看到,不是不能再躲下去了吗?今天的事,老兄,比正式投票选举还要可靠。你同意吗?嗯,瞧着吧!”

他们三个沿着海滨走去,不时停下来跟遇见的人交谈几句。当伐修京对列娜说话的时候,她回答得非常简短。她无论如何不愿在首长面前丢脸,并且她认为伐修京喜欢简短的回答。

柯磊托夫的妻子走过来。她个儿矮胖,头上戴着一顶孩子式卷边

---

① 俄语“你”限于在亲近的人们之间使用,一般只能用“您”。

帽,帽上不知怎的还插着一支弯弯的黑羽毛。

“我听说了,听说了,”她别有用意地唱道。“真漂亮,”她握住列娜的手——以前她从来没有这样做过。列娜涨红了脸,双唇颤动起来。

第二天早晨,列娜也像平时一样起得很早。她给塔尼雅和伏罗巴耶夫准备好早饭,就跑到自己的集体农庄里去。她认为,从今天起她将跟伏罗巴耶夫开始一种新的生活,而且今天他会说些什么话或做些什么事,使他们的关系完全接近起来。

关于这事,列娜什么也没有告诉母亲。

索菲雅·伊凡诺夫娜倒并不是不了解她,但她大概不愿听取任何消息,因为早就一点也不明白伏罗巴耶夫跟列娜的关系了,并且立誓不再过问他们的事。

去年冬天他们“双方各半”合租的房子,伏罗巴耶夫早在今年一月就全部让给她了。现在索菲雅·伊凡诺夫娜不再依赖他,单是这一点就使她对列娜心中的一切问题几乎漠不关心,她在内心里从来不相信她的女儿会跟伏罗巴耶夫结婚。

在她看来,这个不安分的人是不可能跟任何人结婚的,而且谁若嫁给他,也不会是件愉快事。

“跟这种人结合,”在失眠的夜里她不止一次想道,“靠不住,一天一个主意。难保有一天不被突然调到莫斯科去,一去就不会回来了。”

特别使她怀疑的是伏罗巴耶夫直到此刻还没有把儿子从莫斯科带来,虽然他每小时都在记挂他。

“一个正派人早就把孩子接来了。”

她要使他和列娜了解,她不愿为跟她无关的事操心。老实说,她也没有时间来考虑女儿的恋爱问题,因为她自己在为崇高的目的忙碌着。

列娜模模糊糊地感觉母亲对伏罗巴耶夫不信任,她并没有让母亲分享自己的快乐,不过在集体农庄里大家马上发觉,她跟平时有点不同,就常常取笑她。

列娜涨红着脸避不回答,她明白大家在替她高兴。如果说她们在羡慕她,这也只是幸福较少的善良人对更幸福较多的人不怀恶意的羡慕罢了。

那天柯磊托夫打电话到集体农庄,建议生产队间开展竞赛来庆祝胜利。他答应亲自过来一次,现在,葡萄生产队长特伏罗任柯娃和蔬菜生产队长列娜坐在花园里安排今后的任务,同时等待着迟到的烟草生产队长特伏罗任柯夫。

列娜的生产队比其他两个生产队强,不过工作也轻松些,因为这个缘故她想尽量多承担些任务。

特伏罗任柯娃当生产队长不久,还不知道她的事情该怎样进行,但很调皮。她仿佛怜惜列娜,劝她不要过分卖力,不要把指标定得太高,不过列娜马上识破她的诡计。她们相互取笑,怎么也谈不拢来。

她们笑着,因为达不成协议而彼此又不愿服输,就把话题转到家务和孩子问题上去。

她们说现在战争结束了,日子会好过得多,到秋天大家就会要做些新衣服。她们说最好她们也像五一集体农庄那样,自己有个女裁缝。

柯磊托夫悄悄地走拢来。他大概从她们的谈话里听到了些什么,因为在旁边一坐下,立刻撅起嘴,跟她们开玩笑。

"工作任务准备好了吗?还没有吗?啊呀——呀——呀!也没有人帮忙吗?好,一起到管理处去吧。对了!叶连娜·彼得罗夫娜,有一封信给您。”他心不在焉地说，同时从袋里掏出一封牛皮纸信封密封、上面不贴邮票、只有一个军用邮戳的信来。

“难道你有什么人在前线吗?”特伏罗任柯娃似乎不知道列娜的丈夫下落不明，问。

列娜的脸色苍白了。

“怎么……我有过……怎么，”她说，但自己也没有听见在说些什么。“我马上就来，柯磊托夫同志，”她通过农庄花园向家里跑去，一面跑一面撕开信封，心慌意乱地一会儿从信尾开始，一会儿从中间开始，念着这封可怕的信。

一个陌生人用巨大而端正的字体、像是写给不很看得懂手写体的孩子看似的第一页信笺，就使她大吃一惊，而且感到极度委屈。这并不是因为列娜真的不大会分辨手写体，而是因为写信的高烈娃断定她的文化水平不高。

高烈娃问起伏罗巴耶夫的健康情况，现在他在做些什么，儿子是不是在他身边，从信里的语气可以感觉到，她绝没有怀疑列娜会不给她写回信，她只请求她不要过分延宕答复，因为她的军邮号码可能改变。

列娜咬住嘴唇跑着，双手抱住胸脯，从旁边看来，人家可能把她当作是个报喜讯的使者。谁知道悲哀却像醉酒一样疯狂地控制着她，她不仅没有听到熟人的招呼，也认不得任何人，仿佛在一片漆黑中跑着。她冲向人们，用双手推开他们，像推开物件一般。

她头脑里的第一个思想就是尽快悄悄地离开这个小城。抛下伏罗巴耶夫——就是说她将被人家笑话，并且不得不听取一切认识她的人的同情，而这是痛苦的。但跟伏罗巴耶夫留在一起也不可能。

“我不能去替别人解结，我自己的结已经够多了。”她想道。“叫我怎样,怎样去对他说,去对人家说呢?……"

她一想象伐尔娃腊·奥迦诺娃那双调皮的眼睛,对所发生的事就更加害怕。她由于跑得太快而喘气,但怎么也不想停止,跑着,敲着胸脯,大声地咕噜着一些不连贯的话句。

"列娜,列诺奇卡!"有人从特伏罗任柯夫家窗口向她呼唤,当她跑过的时候。"有什么消息吗?"

但是她并没有停下来,尽管听到后面碰门的声音,以及不知谁追了出来。

"哦,天哪,他们向我要些什么呀!"她怨气冲天地想,同时用尽最后的力气向家里奔去,以便早些锁在自己的房间里,避开一切不速之客。

列娜身体倚在大门上,重重地喘着气。人家照例马上会向她打听伏罗巴耶夫的消息,但她在这一分钟里却全心憎恨他和蔑视他,从她嘴里一句关于他的好话也不会吐出来。

"他想左右逢源!"她激动地想道。"那边准备了一个,这里又想再弄一个!可我呢?我为什么这样老实呢?"

伏罗巴耶夫一早就动手写新的讲稿。他早就想讲一讲苏联人勇敢本质这个题目了,尽管手头没有必需的参考书和资料,但他决定第一次的讲演只利用一本杂志的材料。题材在他的笔下迅速而生动地展开着,由于缺乏材料他不得不采用周围生活里的实例。

他写了一篇有姓有名的真人事迹,这些人就将坐在会场里听伏罗巴耶夫演讲。

充满各种市声的白天悄悄地从打开的窗子里飘进来,但并没有使他分心,而是仿佛在用安详的伴奏友好地陪他工作。

列娜在楼梯脚跟重重的喘息和低语不祥地突入他的意识。他站起来,以为发生了什么不幸,就冲到阳台上,从那里可以看到整个院子。

在第一刹那,他什么也没有看到,他奇怪院子里怎么会一个人也没有,不过立刻猜到——与其说用视觉,不如说用听觉,——有人站在楼梯下。他从栏杆上俯下身去,看到了列娜。

列娜闭住眼睛,身子摇摇晃晃地站着,她的手慢慢地摩着楼梯栏杆。

"列娜,你怎么了?"伏罗巴耶夫低声问,已经断定出了事。他迅速地想象塔尼雅在什么地方。

她张开了眼睛,叹了一口气,一声不响地沿着楼梯朝他走上来。

"拿去,"她交给他一封揉皱了的和被泪水弄湿了的信,说。"您念吧。"

"这是什么,哪儿来的?"他惊慌失措地问,不过立刻认出了笔迹,就从列娜手里把信夺过去。

她马上想象,他一定以为她拆开了寄给他的信,并且希望这就是他所以激动的原因。他看到并不是像他刚才所断定的那样出了事,就宽了心。不过伏罗巴耶夫的脸色并不和善,她认为这是一个不祥的征兆。

他很快地念完了信。

"原来如此……"他咬住牙齿说。"你打算怎样回答?"

"我不知道,"列娜像平常一样毫无表情地低声说。"或者,您来回答她吧?"

"人家是要求你,不是要求我。"

"这么说,应该回答?但是叫我怎样回答呢,阿列克赛·维尼阿命内奇?”伏罗巴耶夫听到她这个低声的简短的问题,他的心战栗了一下,重重地跳起来。“不过,她需要的不是怜悯,”他的头脑里闪过这样一个思想,“我不能,我不能欺骗自己,也不能欺骗她……”

“我什么也不知道,叫我怎样回答?”列娜声音更低地问。

“她怎么称呼你的?”列娜重新把信递给他。“‘亲爱的列娜!’”他念道。“噢……好极了。那么你就这么回答:‘亲爱的苏拉,我告诉您,伏罗巴耶夫身体很好,工作做得很多,他对自己的生活很满意……还有,他的儿子几天之内就要从莫斯科来……’嗯,还有什么呢?这不就完了,怎么说什么也不知道?你就那么写吧。”

但是,列娜期待于伏罗巴耶夫的并不是这些话。

“好的,我写,”列娜顺从地同意了。“但是为什么要我写呢,阿列克赛·维尼阿命内奇?我跟她没有任何关系,她跟我非亲非邻,我完全不认识她,我为什么要欺侮她,要嘲弄她的痛苦呢?”

列娜的话深深地刺痛了伏罗巴耶夫。

“什么痛苦?”他带着并不完全诚恳的惊奇问。

“每个女人被人家抛弃时都可能有的那种痛苦。”列娜依旧用冷淡的声音大胆地说。他觉得在她的性格里暴露了新的因素:独立和勇敢,这是他以前不知道的。

“让我们来谈谈吧,列娜,”他说。“你对咱们的生活有什么想法?”

列娜转过身去。

“咱们的?”她以这么伤心和惊奇的语气反问,弄得他不好意思了。

“自己的生活我现在还没有,而您的生活我可完全不知道。”列娜补充说。

“怎么没有?你不是已经有了房子,建立了新的爱好,自己也变得跟从前不同了吗？你不要责备我，我有一次看到你在阳台上偷听我给波德聂别斯柯补习功课。你可记得，当时我们正在研究历史？”

列娜一听到伏罗巴耶夫知道她想瞒过他的事，脸涨得通红。她的脸透露了内心的慌乱，突然变得凶恶和充满敌意了。

“您说得可笑：咱们的！”她打断他的话说。“‘咱们的’指什么，阿列克赛·维尼阿命内奇？是指我跟您住在一座房子里吗？是的，我真想学习学习，但我又不好意思请求您，于是我就悄悄偷听您怎样替尤黎补习功课，难道这算得上是咱们的生活？这只是我一个人的……阿列克赛·维尼阿命内奇，您说，我是您的什么人？人家把我称为您的妻子，难道这不是胡说吗？听我说，别打断我。妻子，正如通常说的那样，是丈夫的一半。然而，难道我是您的一半吗？我连四分之一都不是。您什么事都不向我公开，您也没有用灵魂来拥抱我，您没有把我放在心里，您只不过在自己房子里让给我一小块地方罢了。不过为了这一点，我自然是应该感谢您的。”

她换了一口气，更伤心地继续说：

“要是您真的想做我的丈夫，您会怎么样呢？阿列克赛·维尼阿命内奇，您首先就会把您跟这个女人的关系讲给我听，使我可以了解您的心里还留着多少东西。您对我的关系只是一种任性！”她怒气冲冲地说，同时从背后伸出一只手，绝望地在自己面前挥动着。“不过，这种任性并非出自内心，不，不，您别说，并非出自内心。您可怜您自己，同时也可怜我，这就是您的全部爱情。”

“现在叫我怎么对你说呢，列娜？……看来，我对我们的生活考虑得太少，太不够。阿列桑德腊·伊凡诺夫娜自然由我来答复，你说得对……”

“但问题并不在此。要是您考虑到我,早就该告诉她了。听我说,阿列克赛·维尼阿命内奇,您是爱她的,难道我看不出来吗?您走了,给自己挑了另一种生活,可是她呢?”

“你替她想过吗,列娜?”

“怎么不!我怎么能够不想,因为我正在走她走过的老路!她的一部分信——我现在可以承认——我看过了,您撕碎抛在桌子底下,我拿来,拼贴起来,念了。她是一个聪明的女人,阿列克赛·维尼阿命内奇。有时我一面念她的信,一面哭。我想,您将来也会把我抛掉,就像把她抛掉那样。那时我就更加痛苦得多,因为我眼前有一个家。您以为我不会上前线去吧?我很可能今天也在那个柏林跳舞了!不过我有,我有我的柏林!”她丧失了平日那种温柔,用头向门点了点,门外听得见塔尼雅的声音。“她,她就是我的全部光荣!”

伏罗巴耶夫听着她说话,又惊又惧。他沉默着,不能向她作任何解释,他为自己的哑口无言而感到惭愧。

他对她的倾心完全合乎人情,是由那些丧失了一种生活而还没有找到另一种生活的男子所深切感受到的孤苦伶仃和手足无措的心情。但是,这一层他怎么能向她解释明白呢?

难道他懂得怎样安排私生活吗?而且,老实说,什么可以称得上是他的私生活呢?波德聂别斯柯青年夫妇的遭遇近似他自己的遭遇。老钦巴耳、斯土品娜、高罗德卓夫也是他的一家人。他不能毫不怜惜地把他们抛开。不过他却清楚地懂得,列娜对于家庭并不是这么想的。像他这样的人,私人的家庭生活在意识里总是只占微小的地位,仿佛根本不存在似的,而他也不曾把自己的帆对着这个海岸驶去。他对这事有时也许会感到遗憾,但却绝对无法改变。

“您不用对我说什么，阿列克赛·维尼阿命内奇，”列娜同时用更平静、甚至更威严的声调继续说。“我自己也想过不止一次，我跟您的共同生活会不会有什么结果，但现在我看到，我们之间是不会有什么结果的。爱，阿列克赛·维尼阿命内奇，照我看来，这就是相信你所爱的一个人愿你一切都好，但是您呢，希望的是善，而所作的却是恶。您想忘记阿列桑德腊·伊凡诺夫娜，因为您不忍把她带到自己的生活里来……说她在这里会吃苦的。不过她，我看得出来，自己倒毫无顾虑，只是想跟您更接近些。但是您不用害怕。至于我……至于我，”她那永远镇静、大胆和带有嘲讽意味的薄薄的干裂嘴唇突然非常痛苦地歪了一下，“我，看来，得另外安排生活。在您身上是等不到幸福的。”

他拉过她的手，压在自己嘴唇上。她没有拒绝。

“真的，您听我说，像听自己的妹妹说话那样，我不愿您痛苦，您去叫她，您去把她叫来。她不会给您做饭，这是真的，她也不会给您去买香烟，不过……”

她再找不到话说，只是摊开双手，她的动作是这么自然和优美，简直比语言更好地解释着自己的思想。

“我曾经观察波德聂别斯柯夫妇，”列娜说，在伏罗巴耶夫身旁坐下来，似乎在说了这些话之后，她有权像同志般接近他。“他们争论得多热烈啊！直争到流眼泪！尽管他们也互相生气，但看到他们怎样互相帮助，真叫人羡慕。可是我呢？难道我跟您也能这样吗？”

伏罗巴耶夫瞧着她，惊奇和感动到了极点：她的话是那么惊人地正确和聪明。

“我不恨您，”列娜含着眼泪继续说，一面摩着他的手。“阿列克赛·维尼阿命内奇，您教会我该怎样生活，您自己却还不会生活。别人什么都给教会了,可您自己却不知道该怎么办。这不好。我要是把自己跟您结合在一起,谁也不会饶恕我的。且慢,且慢！您忍耐一下吧,我一辈子从来没有像今天说得这么多过。早晨当我念完她的信,我是多么激动,多么恨您哪。我真惭愧,现在我算是个什么人哪！……现在我的话完了。我看到我的命运还没有确定,一切还在前头,虽然我很心痛,但我不愿踏着别人的身子前进。好,够了,阿列克赛·维尼阿命内奇,我说得您烦了,我亲爱的人！……”她轻轻地站起来,跑到阳台上。

“娜塔莎这几天里就要分娩了。”他听到她低低的声音。

“什么这几天里?”他没有听见,重新问。

“我说,娜塔莎·波德聂别斯柯这几天就要分娩了。”她重复说。“所以我要到自己的农庄里去说一声,这几天我要到她家里去,不然尤黎又不在,她一个人在那儿会害怕的。”

“怎么会弄成这样呢?”伏罗巴耶夫当天想。“这个丧失了自己心爱的丈夫的沉默寡言的小妇人,怎么会一下子高兴我挑中她呢？不过就连傻瓜也看得出,列娜感到兴趣的,与其说是我这个人,不如说是我所过的那种生活。”

然而,他越是深入地思考所发生的一切,越是相信,这一切并不那么简单,列娜是真正爱他的。自然,她担心他随时都会回到他原来那种趣味的世界里去,她害怕他会轻易抛弃一种生活,而去建立另一个,但她是爱他的。

他无法分析自己的心理。必须承认,世界上什么事情他都会,可就是一件不会：安排自己的生活。他的私生活是听其自然的——至少此刻在他看来是这样,如果不是听其自然,也是马马虎虎随便安排的。

幸福是不可捉摸的。你从来不知道,它是不是存在。要考察你是不是幸福,只有去看看你周围的人。他原以为列娜是幸福的。可他大错特错了。想到他曾经造成一种不自然和不实际的局面,感到有点不好意思。同时,想到他重新又是孤零零一个人,奇怪得很,他反而觉得轻松。

第十章

1945 年 6 月中旬,阿列桑德腊·伊凡诺夫娜·高烈娃来到多瑙河岸上奥地利的华尔赛堡。这城堡就在我们在《战争与和平》里所熟知的克烈姆斯城附近。

这座城堡属于哈布斯堡王族。奥匈帝王的最后一个后裔,四十岁的约瑟夫公爵秃头,嘴上留着稀疏的修剪得并不整齐的胡髭,脸上满是面疱,带着高烈娃游览城堡,让她观看一个个房间。

他们请高烈娃参观城堡,并请她估计一下,这地方是不是适合招待美军客人。

苏联指战员们已到美国人那儿去作过客,并且带着一肚子的疑问归来。迎接他们的是一列步伐非常整齐、按着军乐节拍行进的步兵。军乐队由一个滑稽地挥动指挥棒的鼓手长指挥。军官们穿着宽大的、脚管直垂到鞋面的裤子。一个身体特别魁伟、模样好像演员的老将军,穿着浅色麂皮马裤。他们看上去与其说是军人,不如说是运动员。他们那种过分整齐、简直可说机械化的队列表演,带有一种戏剧的味道。

检阅完毕,苏联指战员们被请到军官咖啡馆里去,那边士兵们端着托盘，分送着盛有威士忌酒和夹咸牛肉的面包。

招待就这样结束了。

现在苏联军官决定用自己的方式，也就是俄罗斯方式来招待美国人。已经弄来了莫斯科的伏特加和黑鱼子酱——世界闻名的蓝听俄罗斯鱼子，以及一普特的红烧小猪肉。一个师通知说他们将送新鲜鲑鱼来，另一个师愿包羊肉、葱和红胡椒作馅的乌兹别克饺子来款待美国人——这道点心，柯罗连科将军曾经称赞说："像'喀秋霞'一样使人爆炸。"

高烈娃在预定招待之前三天来到华尔赛堡，本打算在这里设立一个医院，结果不得不马上放弃计划。

老菩提树夹峙的小径通到城堡的第一道大门，大门之内就是一座直通皇宫的桥。

在第二道大门口放着一尊爬满常春藤的土耳其炮，一条狭小的有齿形城墙的天桥直通到城堡所在的悬崖上。最后，是一个跟宫殿各部相通的不大的内庭。粉红色的蔷薇藤沿着灰色的石墙向上攀缘。

粗笨的千年不坏的大楼梯、刻花的楼梯栏杆、窗上的雕塑装饰、铅皮的水落管子、有鱼骨一般尖塔的哥德式屋顶——这就是首先映入眼帘的景象。

宫殿内部充满耀目的珍宝、有趣和精致的东西，不过这一切实在太多了，一种宝物压倒另一种，使人眼花缭乱，沉迷于花毯、铜雕、水晶、镜子、图画、家具和武器的行列之中。在无穷走马看花式的印象中，最珍贵的东西往往被人忘记，但装饰宫殿的许许多多东西，倒是一部欧洲内部勾心斗角和友好交往以及各种掌故的历史。

"人何必要这么多奢侈品呢！"高烈娃徘徊在充满金器、镜子和绸缎的房间里，心里想。

玻璃橱里挂着华丽的古老服装。天蓝和银色的缀有宝石的织锦缎，粉红的、绿色的、淡紫的和白色的天鹅绒，金刚钻鞋扣的软缎拖鞋，红宝石钮扣的软缎坎肩，精美的镀金手杖和紫水晶鼻烟壶——这一切都在讲述着那早已成为模糊传说的骄奢淫逸的时代。

壁上挂着当时闻名的宫廷艺术家们所作的国王、皇帝、教皇、红衣主教、统帅和外交官的画像。

没有值得欣赏的图画，没有值得一读的书，也没有一架好的钢琴，而放在这里的古琴和风琴也已有好久不发音了。

“看的书吗?”公爵惊奇地说。“天哪！它们占据了整个顶楼，此外在我的房间里也有一些。”

他补充说：

“千古不朽的思想可惜被记录在非常容易破朽的材料里，纸张的寿命通常只有一百到一百五十年，以后就会变成垃圾。”

高烈娃知道城堡已有半个世纪不曾修理，屋顶漏水，镶木地板有巨大裂缝，整座宫殿只有两个盥洗室，其中一个还关着，她感到非常惊奇。是的，这座城堡用作医院不合适。

公爵可怜相地笑了笑，摆摆手。

“太太，我只能勉强做到收支相抵。老实说，我没有钱来修理这份光荣的产业。”

“但这是你们家族的历史……”

他纠正她说：

“远不止此，这是奥匈帝国的历史。在这几堵石墙里，曾经不止一次决定过欧洲的命运。可我能怎么办呢？我家人口多，有四个成年的女儿。您想一下,她们要我花多少钱?太太,在我们的时代拥有四个没有陪嫁的姑娘,这可不是件小事。"

"没有陪嫁的姑娘?您这里任何一个房间里的东西都可以满足最最贪得无厌的求婚者。"

公爵不好意思地搔着头皮。

"在奥地利我的女儿们不容易给自己找到如意郎君。至于美国人……"他说了半句停住了,"让我们瞧瞧,他们现在怎么样了。战前他们常常到我这儿来,"他补充说。

一个房间的阳台高高地凸出在流声潺潺的多瑙河之上。景物轮廓鲜明,色泽美丽和富于诗意,令人叹为观止。

树冠茂盛美丽的翠绿色树林——这样的树林高烈娃只有在古老的版画里看到过——丛集在多瑙河对岸,在跟城墙连结的悬崖上爬满一条条绿色的常春藤,把山石和城堡盖上同一种颜色。

多瑙河的水是黄绿色的,浑浊的。被炮火烧焦的驳船和小船飞快地在旁边滑过。

"您不能把城堡改作有钱游客的旅馆或者疗养院吗?"

"我们不惯把代表家族荣誉的东西拿来作买卖。"约瑟夫公爵傲然地回答,同时做了一个轻快的手势,要大家继续向前走。

配有木座的野牛角、鹿角、野猪的长牙,标明日期,充满了黑暗的走廊。

欧洲所有的君王大概都在这里打过猎。玻璃柜里放着当时被城堡主人夺获的残缺不全的外国旗帜,下面有专门的卡片说明。旗帜很多,但是公爵却急急地走了过去。

"历史,历史,只剩了些灰尘。"他匆匆地说,没有在那只藏有他那爱好权力的祖先们几世纪里所获得的勋章的玻璃柜旁停下来。

早晨在城墙附近林中旷地上举行了检阅。每人挂着“光荣”勋章的混成营挤在树根和灌木之间的狭窄阅兵场上,庄严地经过坐有美国来宾的检阅台。

人们握着自动枪英勇而自在地走着。看来,要是向他们命令:“到多瑙河去!”他们就会步伐整齐,像一堵墙似的雄赳赳地向下冲去。

检阅完毕后,所有受邀请的人都到城堡里去。如果客人们对城堡感兴趣,要知道些什么,就请高烈娃当翻译。她同意了,因为高雷歇夫也在苏联军官中间,而她已经跟他说好一起回去。

有两个美国人真的情愿不吃中饭而去参观城堡,他们由公爵陪伴着,从一个房间走到另一个房间。

其中一个年纪不轻的美国人,有着一张演员般富于表情的脸,跟房子主人是老相识。

“我在三九年跟菲利浦斯一起在您这儿做过客,”他提醒公爵说,“他向您买过拿破仑的全部卧室用具。他现在在欧洲,很想看到您呢。”

公爵摊开双手,不好意思地瞧着高烈娃。

“全完了。现在我只剩下玛丽·泰莱西的一套茶具了。”他语气虚伪地说。

“有证明真品的证书吗?”一个美国少校,军装上挂着四条勋章带,红脸膛,矮个子,不信任地问。

“有,当然有。老实说,正因为有证书才值钱呢。”主人回答说。

少校真的感到惊奇。

“那么这些呢?”他用手向大厅挥了一下。

“从古董店里来的,”第一个美国人笑着说。“在维也纳,老兄,就连罗马教皇都可以仿制……”

“公爵先生,您自然不会看不起商业吧?”好战的胖少校问。“你们这里肥皂生意怎么样?我有一个肥皂厂。我在法国跟人家订了两三张双方有利的供售肥皂的合同。我们谈谈好吗?此外,我在巴黎一家肥皂公司里也入了股。”

“有什么不好!肥皂就是钱。不过没有贷款,不论我或者别人都不会入伙的。这一点您必须明白。”

“贷款会有的,”1939年到过这里的美国人断然说。“菲利浦斯正是为这件事要到维也纳来找您。”

他们通过会客室,观看着油画和玻璃橱里的陈列品。

“约瑟夫先生,我在今年年头到过俄国克里米亚,”美国人继续说。“我在阿路普卡参观过伏隆卓夫城堡。俄国人在那里招待过丘吉尔。建筑漂亮,格调极高,可惜布尔什维克不肯卖宫殿。”

“嗯,他们在那边怎样?”少校问道。“还在坚持他们的社会主义吗?不过,他们仗打得可真不错。”

“布尔什维克都是好样的,但跟他们做朋友却是件苦事。固执得可怕。不错,他们还在坚持社会主义,那还用说!”

“他们打得像鬼一样狠。”胖少校重复说。“那么他们那边的生活到底怎样?”

“战争给了他们很大的打击,但我想他们不等您在奥地利销售肥皂就会从废墟中恢复过来的。”

“肥皂就是钱,”少校没有注意这个嘲笑,一本正经地说。“肥皂、烧碱和香精油比任何马克、克朗、法郎、列伊和班格更强。如果我在这里找不到一个买主,请问,维也纳对我又有什么意思?”

“我们离维也纳还远呢,那边目前只有俄国人,”那个有着演员脸的美国人说。“我不知道,我们在那边会遇到什么。”

公爵安慰他说:

“布尔什维克好,因为他们不会像少校先生那样用合同来夺取市场。”

“哈哈!”少校笑起来。“他们不会夺取!在法国,您知道,没有一营俄国兵,可是大家都在谈论俄国的救济。你向他们推销肥皂,他们说:‘不,等一等,也许俄国人会给我们肥皂的。’你向他们推销橡胶,这是布尔什维克所没有的,可他们又说,‘且慢,也许俄国人会供给我们橡胶的。’”

公爵不安地瞧瞧高烈娃,不知道她有没有在听他们谈话。

“我知道维也纳有几家大公司,”少校说。“您知道阿尔夫烈德·佛兰克吗?”

“说出来也许会使您难过,”公爵回答说,“他被枪毙了。”

“为了什么?”两个美国人不约而同地问。

“因为他是个犹太人。”

“啊,那还不要紧!主要的是公司资本现在不要被收为国有。要是佛兰克以前替希特勒做过事,那就麻烦了。他有什么继承人留下吗?”

“恐怕没有。盖世太保做事是很干净的。”

“公司的事业可不会因为佛兰克本人死去而结束,”少校依旧固执己见。“归根结蒂,总会有人去经营的。一家殷实有名的公司——这是个社会现象。那么‘殖民地土产公司’怎么样了?”

“还在。”

“那么钦梅门呢?”

“他躲起来了,不过还活着。他的关系不大好。”

“废话。只要跟美国公司签一张合同,就可以掩盖他过去的关系。这样布尔什维克也来不及动手!……”少校高兴起来。“不过我喜欢俄国人。都是惊天动地的好兵!”

公爵显然害怕少校那个富有诱惑性的建议落空,很有礼貌地说:

“我不敢请教怎样可以找到您,少校先生,不过我想报告您,您怎样最容易找到我。”

少校掏出自己的名片。

“上面没有地址,因为我目前行踪不定。不过我这人说话是讲信用的。大概过两个星期,我会差一个人来找您,因为我自己穿着军服出来是相当麻烦的。您可以从事代理人的工作吗?”

“非常愿意,”公爵说,“这事我以前也做过。”

胖少校从军装袋里掏出一只厚厚的封套来。

“都在这里了。价目单和条件。您知道,”他对1939年到过这里的同乡说,“我已经习惯在前线做买卖了:随身总是带着十来份说明书、价目单和一打现成的合同。这是我在亚历山大想出来的。您也明白,人永远不知道他在同一个地方是不是会来第二次。我们可以说简直就在敌人炮火下把自己的商品投入埃及市场。英国人妒忌得要死呢。”

“难道蒙哥马利就不来阻止你们盟军的这种行为吗?”

“等到他们弄明白是怎么一回事,我们已经舒齐了。您没有到过非洲吗?”

“没有。”

“啊,不瞒您说,这是战争中最有趣的一页。我们带着军火和货样登陆,一箭双雕:占领城市,控制市场。在意大利自然做得更加顺利。我在我的坦克上用意大利文写道:‘请买卫生肥皂,举世无双。’”

公爵恭敬地听着,捻弄着胡髭,不过在少校看来,公爵并不相信他的话。

“这使您感到奇怪吗?”他问。“您这人真天真！好吧,公爵先生,您可以在这个封套里找到我们大家都感兴趣的一切。让我们去尝尝俄国伏特加吧?”他问自己的同乡。

“如果我们勇敢的伙伴还留下些什么给我们的话……去吧,去看看。”

美国人跟公爵告了别,就向餐桌走去,留下了房主人跟高烈娃。

多瑙河潺潺的水声从打开的窗子里传进来。帝王的后裔不打算先开口。最后,觉得无法再沉默下去,他就向着空间说:

“生活就是这样的,太太。”

高烈娃没有答理他,公爵就蹑手蹑脚地溜掉了。

高雷歇夫哈哈地笑得流出了眼泪,他的脸由于喝了酒而洋溢着红光,由于大笑而淌出汗来。

“这样一位好战的少校!”他擦着眼睛说。“哎,好家伙！……他大概没有吹牛。个子胖胖,脸颊红红,戴眼镜的,是吗?嗯,我知道。坦克团团长。五天以前有人给我跟他作过介绍。据说是个不错的军官。他攻下了梅次[①]。请您想一想！他用肥皂打仗！……”

---

① 梅次:德法边界上的一个大城,属法国。

爱好跟上级谈话的司机说：

“少校同志，他们的司机也是唯利是图的。资本主义嘛，你有什么办法！不过，他们曾经建议请我吃好东西，”他带着惋惜的口气结束说。

“不过，他们大概在骂我们作宣传，”高雷歇夫依旧呵呵地笑着，擦着激动的脸说。“春天我曾经在这里帮助奥地利农民犁田。没有牲畜，全都被德国人赶走了，可时节已经晚了，我就去帮忙。就是那个少校——他不知为什么事跑到我们司令部来——站住了，瞧了一下说。‘您打算在收获时给自己弄一份还是怎么的？’我说：‘完全是义务性质。’于是他眨了一下眼睛说：‘宣传，我们知道，……’骗卖自己的肥皂——这倒不要紧，可是帮人家种田，这个，老兄，就是政治，就是思想征服。不过，安东，你可得小心！他们请你喝过朗姆酒吗？”

“请过的，不过，少校同志，我辞谢了，一点儿没有喝。”司机严肃地回答。

“你对我说——‘一点儿没有喝！’”少校模仿他说，不过显然放心了。

“阿列桑德腊·伊凡诺夫娜，您可记得我曾经对您说过，我要留在这里吗？您记得那次的谈话吗？”

“记得，”高烈娃回答说。“我实在不了解您。”

“不了解吗？”高雷歇夫惊奇地说。“现在还不了解吗？在没有明确这里的人们是不是已开始新的生活之前，难道您舍得离开这里，离开这块洒了许多同胞鲜血的地方吗？您看到了这里的人民，发觉他们还不会理智地掌握自己的命运吗？……在我的团所驻扎的那个小城里已经有四天没有面包出售了，然而面粉却是有的。这是怎么一回事呢？面粉掌握在一部分人手里，运输工具在另一部分人手里，而面包房又掌握在第三种人手里,而他们三者之间永远不会搞好关系。他们开会、吵闹,而人民却没有面包吃。或者拿蔬菜来说吧。我问:‘为什么你们没有蔬菜?’回答说:‘我们不搞这种劳什子。我们的专业是牲畜、牛油和咸肉。’”

“嗯,那么跟您有什么相干呢?”

“怎么不相干?”高雷歇夫收敛笑容,皱紧眉头,嚷道。“因为如果他们挨饿,我们就得来喂养他们,不会是别人。在我那个小城里有一个不大的工厂。工人们吃得很坏。我以城防司令身份跟他们谈了一次话。我说:‘你们必须创办一种副业,你们的工会在管些什么呀?’他们却对我说:‘少校先生,在我们工会章程里可没有办事业这一项啊。’我说:‘章程里没有有什么关系。你们可以吃得好一点呀。’他们却说:‘租来种,地租很贵;不花钱,没有人肯白给。’‘你们的土地不是荒着吗。’他们说:‘让它荒着吧,这不关我们的事,这是那些土地所有人的事。’我对他们说:‘你们会挨饿的!’他们却说:‘我们现在就在挨饿。’这就是为什么我当时对您说,我很想暂时留在这里的缘故。”

高烈娃听着他说,并不打断他的话。无疑她感到惭愧,因为她并没有体验到高雷歇夫的那种感情。坦白地说,在她看来这里的人都是敌人,她那么厌恶这里的生活,以致丝毫也不关心奥地利命运攸关的事。

“我们在老家会有用得多!”高烈娃回答说。“我羡慕您,高雷歇夫。您对世界上的一切都怀着一颗赤子之心,我跟您比起来简直像个老太婆了。”

高雷歇夫不高兴地沉默着。

黄昏,汽车沿着布满花园或是夹杂着清洁池塘和小湖的田野飞驰。旁边掠过好像别墅区的村子。苏军战士们在路畔跳着乌克兰舞。姑娘们在一群停下的苏军汽车纵队司机们的赞赏目光下，跳着华尔兹舞。

几个妇女挂着背囊，在干净的树林里采集枯枝。几个年轻人，头戴蓝色法兰西帽，身穿淡色雨衣，在合抽一支烟。他们对于世界上的一切都漠不关心。

高烈娃很想向高雷歇夫打听伏罗巴耶夫的情形，但又不敢跟他开诚布公地谈一谈。她明白没有什么比一个不幸的女人更痛苦和更不快的了。

"我要请求回莫斯科去，"她忧郁地想。"这个欧洲让它去吧。我在这里没有事可做。我在这里太孤独。"

德国投降后所发生的事件，不仅从根本上改变了那些曾经并入希特勒帝国的各国之间的关系，而且改变了每个国家内部的阶级关系。这些事件是混乱的，千变万化的。

法西斯主义像一部开足速率的火车，翻倒在斜坡下，出事地点还在冒烟和呻吟。很难说出在破碎的国家里还有些什么保留下来，在整部机器里有哪些环节完全损坏了，有哪些环节还在打着空转，像翻倒在地上的机车的飞轮那样。

在维也纳街上使高烈娃吃惊的是：大量的人群背着布袋，推着货车和骑着自行车向各方移动，找寻亲人，广场上和公园里即使工作日也挤满了人，大家对未来生活的强烈关怀，街上举行闪电性群众大会——这一切都是人民紊乱精神生活的反映。一早就有人跑到阿特曼的地方来交谈几句，并且仿佛是无意地探听高烈娃对千百种不同问题的意见。德国马克能流通吗？奥地利将属于谁？需要储藏食物吗？居住在维也纳的塞尔维亚人可以取得南斯拉夫国籍吗？在什么地方和怎样可以弄到列宁和斯大林的著作？

维也纳的音乐家向军乐队的指挥抄录乐谱。整条整条街的居民都跑去看电影，夜里有人在城防司令的布告上用煤炭画了一个卐字。地雷早已清除了的房子突然冒起烟来。女人们成群地拖着一个改了装的党卫队员。从集中营里出来的人们，胸前缀着本国的小旗，哭丧着脸，在街道上走过。

高烈娃获得一个机会去参观一个集中着从欧洲各国强迫调来的外国工人的小城，现在留在那边的只有在养病的和寻访亲人的人。她在这里也看到了类似维也纳的特征。在离开可恶的异邦的同乡人之间，又有什么好争论的呢？然而，喧闹的人群就在分发食物的时刻也没有安宁。病人移拢病床，一刻不停地争辩着，而每一次讨论政治问题总是不欢而散。

法西斯主义的崩溃，对于从劳役中解放出来的人们，是一次革命。意大利左派跟捷克和法国左派接近。捷克右派和法国右派自成集团。产生了由握手而联结起来、没有任何协议规定的跨越国界的友谊。

伟大的、但决不是平静的新的人类关系的海洋，开始冲击用疲劳的腿站起来的欧洲。侥幸从纳粹集中营里活下来的人们，以及由于法西斯主义覆亡而幸运地不曾落入集中营的人们——他们确实有不少事情可以幻想，也有不少问题需要争论。

不过，当高烈娃了解了所发生的事情之后，她的心情并没有感到轻松些。

德国人对她是太格格不入了。她不能像高雷歇夫那样去关心他们的事。她常常一连几小时留在包扎室或手术室里不出来，完全满足于自己的工作，绝不想走出自己趣味的圈子。

归家的念头越来越频繁地袭击着她的心。对那些也在同样想念她的人们的怀念，以及对此地所没有也是不可能有的那种生活方式的怀念，把她吸引回家。

几天后她已经坐上飞机了。先飞到布加勒斯特，再从那里飞到基辅。

匈牙利看来是希望渺小的。飞到了布加勒斯特之后，她看到了一个缀满各色旗子、标语和宣传画的城市，以及卡车上的表演，十字路口的群众大会，和总是预告将要发生什么严重事件的街上的特殊混乱。

城市在努力忘记不久之前的战事。人们在努力忘记那些不很体面的行为。他们竭力否认这些行为，仿佛原来是别人作的。

商店里堆满货物，但无人问津，看来像在开美术展览会。女人的奇装异服使人吃惊。满身洒得香喷喷的男人，长着黑色的大眼睛，头发梳得雪亮，仿佛在出门之前涂过一层漆似的。

电影院里已在上演新的美国电影。房子墙上贴满了各种音乐会的海报。

高烈娃无法相信布加勒斯特的欢乐。战场上还没有长出青草，僵卧在那边的士兵也还没有全部好好被埋葬，可已是这么一幅景象！

不过，当飞机升到城市上空向基辅飞去时，她就不再想这些事了。

天气很热，远方地平线那边在下雨。大块鹅卵石似的白云遮住了右边天空。浓密的山样的白云好像雪峰的幻影，又像一个处在广大平原中心的无边无际的国土。

前面是乌克兰，这些云和雨看来已是乌克兰的云和雨，而不是外国的了。

然而，欧洲却有缘再次进入高烈娃的意识。同机去莫斯科的有一群保加利亚人、三个罗马尼亚人，还有一个脸部表情好像战场一样善于变化的人，他被高烈娃当作意大利人，其实是达尔马提亚[①]人。

他并不年轻。从他那猫头鹰似的琥珀色眼睛里发出来使人不快的非难目光，又残酷，又严峻。他的脸收缩得像一个握紧的拳头，使每个跟他说话的人都感到恐怖。这个达尔马提亚人是著名的伏伊诺维奇伯爵家族的后裔。这个家族的成员之一就是从前黑海上的一个俄罗斯海军上将——为了纪念他，塞瓦斯托波尔码头直到现在还叫“伯爵码头”，还有一个后裔是本国的著名历史学家。高烈娃的这个同行者，波杰达·伏伊诺维奇，也是个历史学家。

他恶狠狠地抽动脸上的肌肉，拿给她看自己所著叙述古代腊古扎、杜勃罗夫尼克——南斯拉夫的威尼斯的书，并且告诉她说他去莫斯科，是准备做一组关于斯拉夫人的亚德里亚海地区的学术报告。

他说话老是在第一个音节上打重音，因此所说的话有时听不清楚，但音调抑扬顿挫，非常好听。

他一说到杜勃罗夫尼克，立刻就忘掉了世界上的一切，开始大声说必须对达尔马提亚特别重视。

他说：达尔马提亚人的生长地最接近罗马，但他们却没有俯伏在罗马人的面前，没有把自己的灵魂出卖给敌人，他们把斯拉夫文化的美丽和魅力用最纯洁的方式保存下来。

他谈到后期的意大利怎样在丧失文艺复兴的遗产之后，几世纪来一直把那些从来不曾属过它的东西算作自己的东西。他要使同机的旅客相信，斯拉夫人的血怎样不知不觉地渗透了意大利的许多艺术杰作。

---

① 在南斯拉夫。

他从座位上站起来，随着飞机震动的节拍摆动身体，走遍全舱，同时以一个艺术家的自豪感拿给人家看各种照片，仿佛达尔马提亚是他个人的创作。

“你们瞧，这是我们的建筑！”

“你们瞧，这是我们的服装！”

“你们瞧，这是我们的同胞！”

他知道高烈娃曾参加攻克维也纳的战役后，就向她提出成百个问题来。

“耶稣会的图书馆完整无损吗？东方学院没有被破坏吗？”

“哦，癞哈蟆！豺狼！……”他咆哮道。

他恨维也纳，好像恨一个活人。

维也纳完整吗？这使他愤怒。地面上消失了千万座和平的高尚的城市，而这个廉价的交际花、荡妇和刽子手的姘头却只受了一场虚惊。

“普鲁士！”他挥动两只毛茸茸的长手臂，嚷道，“这是手！这是脚！这是臀部！只有那轻浮的维也纳才是它的头脑！它拿普鲁士秩序的脓血来做馒头。普鲁士进行曲的步伐被改变成圆舞曲。它让普鲁士地主的呓语变成含糊的措辞。德意志是散文，奥地利是日耳曼主义的诗篇。哦，该死！”他咆哮道。“产生蛆虫的垃圾桶！……一切阴谋家都出在奥地利！”

保加利亚人被他的愤怒所感动，他们看到他那预言家式的脸部表情而拍起手来。

“哦，我真想……真想把它……把这个维也纳连骨头一齐吞下去……产生希特勒的民族是不会有好下场的。”

高烈娃想使老头儿安静些，就说到处都有聪明人和笨人，到处都有好人和坏人……

老头儿收紧了脸，准备作一场疯狂的攻击。

“坏人！……聪明人……哦，您怎么不害臊！丘吉尔也是……哦！聪明人！是吗？不过，他的聪明比愚笨更坏。”

憎恨的汗珠从老头儿脸上淌下来。

保加利亚人打开酒瓶。他们把第一杯酒递给伏伊诺维奇。

他那只不像历史学家而像农夫的粗糙的大手接过酒杯，把它高举在头上。

“我们那边有一个传说，说列宁临死的时候给斯大林留下一个遗嘱——把斯拉夫人团结起来。关于这个遗嘱有种种不同的说法，而且已编成了歌谣。”

他从保加利亚人的纸包里撕下一小块面包，喝干了酒，吃起面包来。

“但愿这个传说成为事实！但愿斯拉夫人都团结起来！但愿我们的道路一致！”

达尔马提亚人的庄严号召感动了高烈娃。她简直想哭出来。

高烈娃后悔抛下了战事还没有结束的战场，不过，那个战场已远留在后头了。

她觉得伤心，伤心的是她虽然随着战事的进展跑过四个国家，却没有给自己带来任何生活所需要的东西。

“也许，这是因为我太消极了吧？是因为我没有在他们的生活中沙里淘金，寻求可贵的东西吧？我没有找到能打开他们心灵的钥匙吧？……”

不过，高烈娃想到阿特曼一家、约瑟夫公爵、哲学博士李倍斯穆特、申勃隆的导游，以及许多曾经跟她交往过的人，发觉他们全都像是长着同一种毛病，彼此非常相像。鸦片鬼——她觉得他们都有点像。

他们全都贩卖着远离生活的幻想的毒药，全都向往轻易的成功和巨大的欢乐，却并不考虑怎样去取得它们。

他们向希特勒投降了，但自认为是受难者。解放了，他们又要求特殊的照顾。

他们还没有在无耻地曲膝讨饶之后站起身来，也没有从脸上擦去向逃走的主子乞怜的泪水，就在吹嘘自己对于胜利者可怜的恭顺了，同时已经伸手乞求恩惠，在舞会里跳舞，在剧场里引吭高歌，在酒店里演奏音乐，并且准备为一茶匙蛋黄粉或者一撮烟草来侍候遇到的任何人。

这是一些没有脊椎、没有肌肉的杂食动物，善于追求微小的福利、蚂蚁样的趣味和细微的感情。

但是，赫尔岑那么崇敬地描写的欧洲，屠格涅夫那么热爱的欧洲，在什么地方？她没有看到那个欧洲。

伟大的艺术品像远古时代的纪念碑孤独地竖立在博物馆里。而渺小的人们，碌碌于过去伟大宝藏的周围，硬说他们就是这些宝藏的继承者。

跟他们可以商谈的，只是什么地方可以买到好的套头茶具，哪家裁缝铺能裁制时装，如此而已。

高烈娃也就这样做了。她听从认识的维也纳人的劝告，买了些很有趣的纯粹维也纳的小玩意：发夹、腰带、发亮的钮扣、几本精美的意大利艺术画册和一架好像玩具的迷人的小咖啡磨。

而这就是她在维也纳所获得的一切。

她委屈得想流泪，因为直到归来，欧洲并没有使她获得什么。

但也并不完全是这样的。她试了一下力气,拿自己跟欧洲人作了一番比较。单是这么一来,她就变得更加充实了。她是以一个胜利者的姿态归家的。这不仅因为她在战场上跟同胞们一起打了胜仗,还因为通过比较而考验了自己的力量。

“我什么也不比他们差,我不愿像高雷歇夫那样去接近他们的灵魂,我不愿教育他们,”她烦躁地想。在这一刻,她甚至认为欧洲越坏越落后,对我们越好。

“让他们追上来吧,”她几次重复着对自己说,在这几个字里找到了自己厌恶国外所见事物的辩解。

第十一章

这是一个不可思议的秋天。

终日沉浸在不知止境的炎热里。树木果实累累，垂下了枝条，一动不动地站着；同时像枯萎的花束那样发散着被太阳晒热的新鲜干草的气味。

蔬菜园吐送着醉人的芳香。石头房子里则送出来一种又酸又涩的香气。

各种气味像蚊蚋一般盘旋在一切有生命的东西之上。鸦雀无声，风也静止下来，酷热的太阳发着炎威。大地上的热气过了一夜直到天亮也没有散尽。一块深红色的幕布日日夜夜悬挂在地平线的上空，仿佛在远处，在海洋之后，有什么东西在燃烧，而且永远不会烧光。

夜间，烂熟的甜瓜喀啦啦地胀裂开来，湿腻腻的瓜子有劲地四方飞溅，使人不禁隐隐约约地想起收获、恋爱、婚礼和冬天之前休息的幸福时刻来。

房子里发散着葡萄和无花果的甜香，人们都热得有些醉醺醺懒洋洋地走着。

现在,开花的时节已经过去,农家的屋顶就吸引了人们的眼睛……橘黄和淡红的早熟南瓜、金黄的甜瓜、大红的胡椒束、晾在麻布上的深红的石枣,珊瑚色的野蔷薇和深蓝的山楂、黄绿和黑色的无花果和深棕色的石榴,它们一齐装饰着倾斜的屋顶。

花花绿绿的屋顶,从远处望去好像画家的调色板。只有杰出的画家才能表达出装饰秋天农舍的那种丰富的景致和美丽的色彩。

9 月初,在五一农庄里,大家都在等待那位不久前刚从训练班归来、自春天起就不曾到自己农庄里来过的新的宣传员尤黎·波德聂别斯柯。

大家都以为他会像伏罗巴耶夫那样不等天亮开工就跑来,于是维克多·奥迦诺夫清早三点钟就起来了,以便去迎接他,并陪他到各生产队去。

伐尔娃腊还睡在一个被弃在丁香花间的垫褥上。她那沉重的鼾声像是在吐露沮丧的气息。突然她停止鼾声,一骨碌坐起来,搔搔头皮,全身浴着月光,在花园里走来走去。

"人家说,月光照在身上很凉,我可一点也不觉得凉。"她有气无力地说,吃力地向上举起双手,仿佛想脱去束缚身体的衬衣。

"看在上帝分上,你放我去吧,维克多,我又不是到西伯利亚去。"她叽咕着,厨房里的水桶声和泼水声说明她在那里冲洗身子,同时重重地喘着气,发着脾气。"我像葡萄干一样干瘪了,"她埋怨道。"我的体重丢了三公斤七,真是岂有此理。你们找到了一个怎样的天堂!我原来是白白嫩嫩、干干净净的,人家都喜欢对我瞧瞧,可是现在……维克多!……你听见没有?"

他不愿回答。黎明前的微风吹着,沙沙地舞弄着树叶。稍微凉快了一些。不知谁轻轻地在石板上滑过的脚步声，惊动了村庄边上的狗。脚步声在沿着街道的石级上升。

“注意，光着身子不要到人家的地方去。”

“我偏要去，不要紧。呸，你们这些人！”

有人用熟手的动作推开了木栅门。

“是谁？”奥迦诺夫一面问，一面束紧短裤。

“你好，维克多！”一个熟悉的声音说，接着尤黎狭长的孩子般的身子清楚地出现在甬道上。

“尤黎吗？伐利雅，尤黎来了！”粗心的奥迦诺夫喊道。伐尔娃腊不等他把话说完，衣服穿了一半，就从台阶上窜出来，并且在客人周围跳起舞来。

尤黎摊开双手。

“我穿好衣服了，尤黎，你这算什么！”伐尔娃腊生气了，一只手拿着一条大毛巾，像盾牌似的盖住前身，另外一只手抱住尤黎。

“娜塔莎怎么样，她好吗？女儿呢？没有带张照片来吗？你这个书呆子！也算做父亲了！”

奥迦诺夫尴尬地搔着下巴，呵呵大笑着，站得稍微远一些。

“看不惯伐尔娃腊这一套吗？她真是江山易改，本性难移。伐利雅，你就放了他吧，别叫人家太不好意思。你还是跑去准备早餐吧。”

伐尔娃腊用毛巾挡住她想象中的尤黎的目光。尤黎则涨红了脸，眼睛望着她的头顶。然后她跑进屋子里去了。

两个男人在石阶上坐下来。

“你们这里怎么样？”尤黎问。

“我们在团团打转，”奥迦诺夫含糊地回答。“看到伏罗巴耶夫没有?”

“别跟我提这个魔鬼了,我真想砍他的脑袋呢!”伐尔娃腊在屋子里嚷道。“这个大亨! 我真想当着他的面说,他当上长官,连个影子都看不到了。”

尤黎等待着,直到伐尔娃腊说完。

“我还没有看到,不过已经跟他通过电话,”他回答奥迦诺夫说。“他忙得要命,连睡觉都没有工夫。”

“关于盟国可听到什么吗?”奥迦诺夫问。“前不久,谢尔盖·康斯坦京内奇到我们这儿来过,跟我们作了一次谈话,他说英国人很调皮。照他的话说来,仿佛大家都不满意。他们的关系破裂了,四分五裂了。是这样的吗?”

波德聂别斯柯不曾准备要回答这样的问题,但他知道一个宣传员是不该回避任何话题的。于是他们就谈到了大家最关心的问题——胜利的命运。

伐尔娃腊穿着一件薄薄的紧裹着火热身体的衣服,手里端着一个托盘出来。

“尤黎,你也当上长官了,只谈政治。”

伐尔娃腊灵活地把托盘搁在一只底朝天的桶上,接着就双手抱住她那粉红色的强壮膝盖,蹲了下来。尤黎叹了一口气。

“你讲讲他跟列娜的关系吧。你住在她家里吗? 什么事你都代替伏罗巴耶夫吗?”她哈哈大笑,激动得使劲拍着自己的双膝。

“现在我们住在叶连娜·彼得罗夫娜的地方,”尤黎回答。“我们真感激她。我在培训班上课,而娜塔莎又要分娩了,鬼知道情况有多尴尬。叶连娜·彼得罗夫娜真像个亲人:她把娜塔莎带到家里住,照顾她，把她送到产院去，再从那里把她接回来……真帮忙，真帮忙！"

"如果有好处，为什么不帮忙，"伐尔娃腊说，尽管她很知道列娜爱娜塔沙·波德聂别斯柯，她帮助她没有私心。"我知道列娜，她挺聪明，不会错过自己的一份。她跟伏罗巴耶夫决裂了吗？"

波德聂别斯柯向维克多瞧了一眼，找寻着支持，但维克多却低下头，默默地不说话。

"这个我不知道，伐利雅，我没有注意，"尤黎回答，在盘子里选了一个最大的番茄，不蘸盐，就像苹果似的咬着吃。"我可以说一句：叶连娜·彼得罗夫娜是个神圣的女人……这是'头等货'吗？甜极了。"

"钦巴耳的杰作！"维克多说。"他想把它称为'胜利番茄'。这种番茄水分特别多！……"

"这种神圣女人就只知道到哪里去追求男人，"伐尔娃腊说。"我早在去年冬天就发觉她在动什么脑筋了。"

尤黎对这种无聊和讨厌的谈话很反感，就打断她的话。

"维尼阿命内奇的儿子在她的地方，"他咂了一下嘴，说。

"怎么在她的地方？"奥迦诺夫夫妇异口同声地问。

"是的，在她的地方。维尼阿命内奇在城里弄到了一个房间，他自然把儿子带在身边了，不过到了夏天，他想把他送到马丽雅·鲍格达诺夫娜那儿去。可是叶连娜·彼得罗夫娜不答应，就把谢辽查领来自己照顾。"

"这是她在耍花头，想用包抄的手段把他弄到手，真的，尤黎！"伐尔娃腊用力摇着尤黎的手。

列娜那里开始的复杂生活，伐尔娃腊是压根儿无法理解的。她认为在列娜的行为后面，一定隐藏着一种她自己可能搞的阴谋。

还在春天，伏罗巴耶夫就违反自己的心愿，在区委接替了柯磊托夫的职务，从此也就不再考虑建立个人生活的问题了。他那些放在破旧长书架里的书始终留在索菲雅·伊凡诺夫娜家里，留在现在由波德聂别斯柯一家住着的楼上房间里。有时他到那里去，一连几小时坐着抄写，或者从英文翻译些什么。他跟列娜的关系表面上和以前一样，而他的口粮票也照旧由索菲雅·伊凡诺夫娜管理。

当他滞留在他们那儿时，他高兴跟他们一起晚餐或者一起喝茶，不过宿夜一定要回到城里，回到自己的新房间里。那里除了一只行军床和一张小桌子之外，别的什么家具也没有。

现在他不再感到需要自己的家了，因为整个区事实上就是他的家。他在初孟德陵农场里召集会议，像在钦巴耳农场里一样高兴。他不爱把人们集合在区委里，每次总是请他们上新的地方去。区委一部分会议，他甚至会到集体农庄的党组织里去开，弄得从省里来的指导员大为惊奇，并且使基层书记们惊惶失措。

夏天头上，他亲自整顿钦巴耳的国营农场，直到确信新的局面已经建立为止。旱灾使他一会儿跑到江河的上游，一会儿跑到深山的峡谷——那里在建造蓄水库——一会儿跑到集体农庄和培养他所需要的人才的学校。现在他好像在从自己身上得到收获。

早晨伏罗巴耶夫在“新村”醒来，中午在“五一”或“米高扬”的葡萄园里跟人谈话，傍晚逗留在“第三国际”“幸福”或者“红军”，而夜里人们又看到他在初孟德陵农场的收货仓库里跟酿酒的人们谈话了。

在渔业生产小组里留有一本他没有读完的书，在马丽雅·鲍格达诺夫娜那儿有一篇没有写完的文章，在钦巴耳的地方有一条被遗忘了的毛巾。他是到处为家。谁也说不出黎明或黄昏他将在什么地方。到处都在等着他，到处都需要他。

区执委主席，狡猾的奥尔洛夫人苏霍夫，从前习惯在早晨用装腔作势的肉麻声音打电话给柯磊托夫：

“早晨好，耿那箕·阿列桑德罗维奇。当家人，您祝福一天的开始吧。没有什么指示吗？”

现在苏霍夫看到，或者说得正确些，在电话里听到伏罗巴耶夫的声音一天总有二十次，不过已经用不着再问指示，因为一切都是明明白白、清清楚楚的。伏罗巴耶夫和苏霍夫常常商谈第二天的计划直到深夜，决定他们两人将分别到什么地方去。他们很容易彼此在电话里找到，或者骑马，坐马车、货车和吉普彼此跑去寻找，以便作一刻钟的谈话，然后再分手一个昼夜，或者更长的时间。

“我听人家说，尤黎，”维克多·奥迦诺夫说，“伏罗巴耶夫现在在忙学校里的事，是吗？这是毕业生告诉我的。”

“他想出一个好主意来了：从当地青年中培养专家。他拉钦巴耳、希罗柯高罗夫和高罗德卓夫都到他们那儿去作报告，自己也常常演说。青年们都很赞成他的想法。你倒想一想：我干吗要进什么大学，如果毕业之后要派到别的地区去工作？”

“话是对的，但是有什么办法呢？”

“钦巴耳拨了一笔奖学金，希罗柯高罗夫在招收实习生。”

“尤黎，现在钦巴耳在什么地方呢？”伐尔娃腊在房间里问。

“叫他去负责一座叫先锋油料作物国营农场。老头儿高升了！”

“一提升全都变得年轻了，”维克多说。“嗯，那么奖学金的事怎么样？”

“毕业生全都拥护伏罗巴耶夫的计划。可不是！钦巴耳负担三名。高罗德卓夫也负担三名。集体农庄拨出一份特别奖学基金。”

“尤黎，你可以去利用……”

“我吗?”波德聂别斯柯笑开了。“如今我说什么也不再离开这里了。”

尤黎并没有讲起伏罗巴耶夫怎样用心旁听自己青年门徒作报告。他在报告中途跑来，默不作声地倾听着尤黎怯生生的讲话，然后就一言不发地走开了。过了两天，伏罗巴耶夫在什么地方单独碰到他，就把他的姿势描摹给他看，说他讲了些什么无关紧要的废话，同时告诉他应该怎样讲，并且惟妙惟肖地复述着尤黎的报告，害得尤黎听了直咬嘴唇。

“他简直把我批评得体无完肤，可又不放我走。”他说，语气里骄傲的成分多于遗憾。

等到吃完早饭，讲够了话，天光已经大白了。秋天的曙光在南方持续很久，不知不觉转到了早晨。

“那么，这样说来，阿列克赛·维尼阿命内奇的儿子在列娜的地方?”维克多和善地笑着问，他的思想始终环绕着伏罗巴耶夫的生活。“瞧，她真那个!”

“不过，最好还是给她一笔什么奖学金，让她离开他吧。”伐尔娃腊宽厚地说。

“叶连娜·彼得罗夫娜起初就这么想过——离开，”尤黎回答说，“不过后来改了主意。请问：上哪儿去呢？又何必呢？大家都尊敬她，都知道她，而且她也可怜伏罗巴耶夫。伐利雅，我看到伏罗巴耶夫一早跑到谢辽查的地方，拉着他的手，一块儿在花园里散步，告诉他今天将忙些什么，会看到谁，要做些什么工作，我看了心里真感动。”

“孩子像他吗?”伐尔娃腊开心地问。

“像他。真不错,活泼伶俐,每天早晨他给索菲雅·伊凡诺夫娜读报,跟塔尼雅一块儿唱歌。他热爱父亲。而阿列克赛·维尼阿命内奇现在比起从前来也完全不同了,温柔、和蔼得多了。只是他的生活过得还是跟吉卜赛人一样。怎样使它改变,我可不知道。”

“他自己不好,”伐尔娃腊站起身来,伸着懒腰说。“尤黎,今天你要讲些什么?”

“想讲讲‘一人一公顷运动’的发展,伐利雅。”

伐尔娃腊张大两只眼睛,她以为这样可以使她显得更迷人。

“嗳,我的好人儿,他需要‘一人一公顷运动中的女英雄’,”她装腔作势地唱道。“你到我的一组里来吧,我教你从什么地方做起,”她温柔地摩了摩尤黎的面颊。“你的伏罗巴耶夫决不会那么作的!”

尤黎总是无法断定伐尔娃腊在说正经话还是在开玩笑,他发生兴趣了。

“哦,那么他会怎样呢? 说吧,说吧,我请求你。”

“他会先从一个女人下手。哦,假定就从我下手吧。你不要眨眼睛!”她对维克多喝道。“瞧你变得多么会吃醋! 嗯,他会从我下手——于是就向你甜言蜜语:你这样,你那样,你还有潜力,——他会一直哄我过去,直到我接受两公顷为止,不是单单一个公顷呢。这样一来,我就只好不管三七二十一拼着命去干,到各小组去跟自己的对手挑战。到了晚上他准会作一篇表扬我的报告。嗳,”她顽皮地叫道,“伏罗巴耶夫那家伙真有意思! 要不是我已经有了维克多,准会把他弄到手。真的! 嗯,你们打算怎么样我不知道,不过我得走啦。”

伐尔娃腊跑了,维克多跟尤黎也起身到农庄管理处去。

尤黎原来打算只花二十五分钟的讲话,延长了很多时间。一人一公顷运动不是一件简单的事,它要求集体农庄女庄员个个精通葡萄栽培知识,但在这方面只有极少数人有资格受到赞扬。五一农庄的葡萄收获工作进行得并不顺利。连大家寄予最大希望的最优秀的柳德米拉·卡施金娜小组也落后了两天,虽然收获还只拣那些已经成熟的着手,并没有达到紧张的程度。

尤黎决定到柳德米拉·卡施金娜那儿去一次,并且要在她的地段逗留到中午。

五一的葡萄园散布在三座直达海洋的广阔小山上。这就是去年冬天伏罗巴耶夫曾经在那儿进行过突击工作的葡萄园。

收获已经开始了。晴朗而拂着清风的早晨对收获工作很有利。采葡萄的女人们,头上戴着大草帽和用葡萄叶扎成的小帽,身上穿着白色和粉红色的背心或短衫,在葡萄丛里走来走去。

夹杂着紫色和金色的锯齿形葡萄叶,簇拥着年轻的姑娘们——最美丽的果实。一串串葡萄闪耀着点点滴滴的阳光。蜜蜂在周围嘤嘤嗡嗡地飞来飞去。空气里散发着碎葡萄甜浆的气味。

眼睛看到的一切都充满鲜艳的色彩,不过最鲜艳的却是年轻的姑娘们。尤黎感到遗憾的是娜塔莎不在他们中间。

搬运员们头上顶着盛有刚采下来的葡萄的篮子和箩子,高声地互相呼喊着。

柳德米拉·卡施金娜,一个身体结实得像拳头的矮个子姑娘,脱皮的鼻子上贴着一张香烟纸,头上戴着一顶三角形纸帽,烟草色身体上穿着淡蓝色背心和短裤,她看上去很像一个短小精悍的男孩。她也满怀着那种在运动场上笼罩着年轻人的愉快心情——他们在千万人的目光下，穿着背心和短裤奔跑，那时年轻的身体不知羞耻地跳跃着，在最优美的体育活动里表现自己。

她张开双臂，迎着太阳向波德聂别斯柯跑去，同时顽皮地追逐着像飞机似的奇特的影子。她才十九岁，非常爱自己，而且相信世界上一切人也都喜欢她。

“今年的克拉烈特[①]非常好，”奥迦诺夫说，向挂着一串串柔软漂亮的琥珀色果实的葡萄藤点着头。“成绩不错哪。”

波德聂别斯柯默默地同意了；他自己在葡萄栽培方面还没有把握。

“今年一切都很顺利，”他敷衍着说。“你这是什么？”他向跑拢来的卡施金娜问。“主席认为这是克拉烈特。”

“不错，克拉烈特是克拉烈特，但它有什么用！”卡施金娜闪动阔大的牙齿说。“很好，您比我早到，”她抓住尤黎的皮带用力拉着，仿佛在试验，看有没有缚紧。“我原来就想去找您。我们一起走吧，让您瞧瞧我们那里的秩序。”她拉住皮带把他向放在凉棚旁边的磅秤那里拖去。

卡施金娜抱怨的是她这一段所种的葡萄，虽然主要是摩斯卡特，但也有别的品种，可是过磅员却把它们一概当作摩斯卡特，因此其他品种都被抹煞了。

“伐尔娃腊·奥迦诺娃的一段主要是彼德罗希门纳斯，可是那些傻瓜把阿利亚基柯和卡泰隆全用同一个名称登记！”

五一农庄的葡萄园当初是由几个小规模的私人葡萄园改组而成的，那边各个品种的葡萄都有一些。品种繁多以前没有什么关系，现在却很不利，因为集体农庄要提供大量佳种葡萄来酿制上等葡萄酒。

---

① 红葡萄的一种。

收货员是个饱经风霜、满脸皱纹的种葡萄老专家。他怒气冲冲地驳斥卡施金娜的怨诉,卡施金娜却从被汗水浸透的背心里掏出一张潮湿的黄色纸片——集体农庄里各个品种的分布图——吵着向他证明说,收货工作必须改组,而且连各个小组最好也要按品种来分类。

尤黎和奥迦诺夫蹲在凉棚旁边,考虑怎样纠正工作中所犯的错误。

“维克多,你怎么一直没有注意她的抱怨?她落后了,但她的话是对的。”

维克多惶恐地耸耸肩膀。他还没有深入了解事情,只能信赖经验丰富的老人们。

收货员觉得自己的过失最大,但竭力表明他犯错误是出于无心。

老头儿用手指抚摩着玫瑰红的摩斯卡特,挑选着细小而紫红的品诺格利,爱抚着紫色的马耳培克和深蓝的厚皮的像念珠似的聚成一球球的卡别纳。他笑嘻嘻地望着葡萄。他舍不得跟它们分离,看到它们要离他而去,心里感到难受。

“我种葡萄有四十五年了,”他说,仿佛请求人家因此原谅他。“嗳,聪明的植物可惜不会说话。”

他小心翼翼地向波德聂别斯柯那边瞧了一眼,看他有没有笑。尤黎却在留神地听着他。

“老兄,还好,它不会说话。要不然你会听它说出什么话来!……”奥迦诺夫说,粗鲁地嘲笑他。

然而,事情却需要赶紧解决。尤黎不知道该怎么办,他想立刻跑去见希罗柯高罗夫。尽管他只是一个宣传员,但照伏罗巴耶夫的规矩来说,他不能推卸造成不幸和误会的责任,因为他是这些不幸和误会的目击者。

可是,希罗柯高罗夫不在国营农场里。

他应伏罗巴耶夫电话的邀请到米高扬农庄去了。前天高罗德卓夫在区农业局里责备他的工作人员贪吃懒做,引起了一场轩然大波。昨天他又恐吓说要打区里的那位农艺师,因为后者犯了"右倾"错误。区农业局工作人员和高罗德卓夫的两份长篇声明搁在苏霍夫的地方。尽管这件事并不值得特别注意,而且看来只是一种普通纠纷,但伏罗巴耶夫却想"追根究底"地弄个明白,就请希罗柯高罗夫——过去他跟高罗德卓夫很友好——去调查一下,纠纷究竟是怎样开始的,争吵的起因是什么。

米高扬集体农庄坐落在一个周围很高、好像一只深槽的盆地里。这是一个温暖而无风的地方。在这里任何最难弄的葡萄品种和佳种烟草都可以栽培,不过集体农庄在选种上还不是先进的。烟草田中尽是"亚美利加",却没有"杜贝克";葡萄园里也夹杂着许多低贱的品种。

宅旁园地非常小,正如集体农庄庄员们所说的,"小牛也没有地方擦掉鼻子上的灰",因此就有一大块准备种葡萄用的土地被用作菜园。几个年纪较大的集体农庄女庄员建成的养鸡场则直接威胁着温床。

在高罗德卓夫永不安定的头脑里,产生了"改组"全部经济的念头。他在集体农庄庄员大会上报告了他的改组计划。从十六种葡萄里,他只留下九种,主要的是摩斯卡特和托卡伊,其余的都毫不可惜地连根拔掉;从明年年初起"亚美利加"烟草将用"杜贝克"烟草来代替;菜园将被全部清除,那边将种制香精用的玫瑰,养鸡场也将被取消。区农业局认为高罗德卓夫犯不健康的"左倾"病,禁止这个改组计划。高罗德卓夫展开反攻,把农业局里的干部称为空谈家和胆小鬼。

这一切,都是希罗柯高罗夫在到达集体农庄的最初一刻钟里知道的。当时他坐在高罗德卓夫家屋顶的平台上,这个平台象检阅台似的高高地凸出在村子上。

"哪!"高罗德卓夫从屋顶上观察着盆地,用大炮似的洪亮声音对客人说。"哪!养鸡必须根据环境。在那个地带养鸡,在那个地带养鹅,养火鸡,各有各的地理条件。我们的地理条件不允许我们养鸡。鸡在我们的地方没有多大价值。"

"新鲜鸡蛋是不错的,"希罗柯高罗夫小心地插嘴说。"尤其是我们的牛养得不够,猪也根本没有地方养。一个集体农庄庄员怎么可以没有鸡呢?人总得吃东西。没有菜园自然也不行。"

"我要作个自己的'塔斯社辟谣',"爱好打官腔的高罗德卓夫并不让步。"我要请问您,是什么菜园呢?番茄、西葫芦吗?这里可不是奥廖尔,也不是梁赞,而是南方,亚热带。那么您就得让我来种南方植物吧。根据科学资料,我这里不适宜种土豆。"

高罗德卓夫在战争中习惯于粉碎千百座房子,倾覆几十座桥梁,说话时常常会使用"连根拔除""犁成平地"和"重新深耕"等辞句。他念念不忘于爆炸。用爆炸方式来深耕葡萄园,像一件有趣的玩意吸引着他。他要在这里先把一切古老、陈旧和不需要的东西——可怜的菜园、鸡和低贱品种的葡萄——炸个干净,然后改种最先进的作物,达到充分的繁荣——这种繁荣是完全可以实现的,如果认真去做的话。

他不愿拖延时间,认为延宕就是死路。

"我不寄希望于上帝,"他用手摩摩坚硬的胡髭,哇啦哇啦地说:"照科学办事,我自己就是上帝。烟草、葡萄和玫瑰——三年工夫我就可以存一百万卢布到银行里去。单是烟草一项,组长们就可以存四万卢布,玫瑰一项可以有两万卢布。到那时鸡就不在话下了。等我交出玫瑰花花瓣,我要多少鹅就有多少鹅。"

他像一个着了魔法的人似的驳斥各种反对意见,最后,弄得希罗柯高罗夫只好去了解他那改造葡萄园的计划。

计划是经过仔细考虑的。托卡伊和摩斯卡特将用压条的方法繁殖,来替代萨潘拉维、里斯林和卡别纳。集体农庄庄员们的住宅将盖满葡萄藤。庭园将变为玫瑰花圃。一个狭窄的峡谷将变为水库。

"哼,但是如果!……"高罗德卓夫这么用力地吸了一口气,弄得希罗柯高罗夫头上的灰白柔发像烟雾似的向说话者那边飞去。"如果您也反对我,那我就要直接瞄准射击了。我希望有自己的五年计划,你们不能反对我。我要使'米高扬'成为红旗集体农庄。我们有红旗歌舞队,可是不知怎的没有一个红旗集体农庄。应该有的!什么?应该有的!应该的!我对您说!……"他越说越暴躁,尽管希罗柯高罗夫并没有反对他。

"我们在战争中学会了什么?我们研究眼睛看不见的目标。有时我们牺牲睡眠,头脑里总是在考虑,那边的情况怎么样。可我在这里,真好像一条四脚蛇,他们不让我往远处瞧。我老实对您说:我的公报跟您的公报对不起来。给我看看样板,这就是我所要的。"

"我并不反对,"希罗柯高罗夫笑着说。"我自己也想在这里彻头彻尾来一下改革。您说得对,但是不是太性急了一些?"

"'有人骑马喜欢小跑,有人骑马喜欢大跑。'要看各人的条件。这样事情就会好些。"

由于希罗柯高罗夫无法充分说明自己的意见,谈话就毫无结果地结束了。他们只约定在伏罗巴耶夫的地方再见。

希罗柯高罗夫回到家里,一面咒骂,一面把高罗德卓夫的计划告诉了尤黎。尤黎听了,感到不快的是他们谈话时他没有在场。伏罗巴耶夫最轻视那些不能及时掌握情况的干部,他总是要求大家主动去迎接事件,不要坐在办公室里等事情发生。

“您必须及时掌握人家的情绪。”他说道。

尤黎来迟了。这件事本身像一颗没有爆发的炸弹滚到了他的面前。

“我要到高罗德卓夫那儿去一次,去了解一下他的计划,然后作为区委干部,拿自己的看法作一次报告。”

希罗柯高罗夫却劝他不要去,自以为他已经把一切都弄明白了。

“高罗德卓夫过火了,太过火了。你倒想想,连菜园都碍了他的事!我自然明白是怎么一回事:活得不耐烦了。”

“不过就问题的本质来说,是不是有一丝道理呢?”

“有是有的,可是……他做得对吗?抽象地说来,他是对的。但是从实际观点说来,他是个极左派。这是应该受批评的。我们在发展菜园,可他……自然,是不对的。”

尤黎不敢去瞧希罗柯高罗夫的眼睛。

“如果一件事情在一般说来是好的,它不可能在具体场合变为坏的,”他怯生生地反驳,还不会跟这个德高望重的老人争吵。“这里有两个问题:一个是他反对菜园,还有一个是建立模范集体农庄的主意。这个主意我看倒是正确的。问题只是在于‘米高扬’是不是能成为一个模范集体农庄。让我们来考虑考虑吧,谢尔盖·康斯坦京内奇。”

老人皱紧眉头,摇摇头。

“是,是,是,”他说道。“主意是对的,只是太抽象。实际上这是极难实现的。啊?您以为怎样?”

“难是难的,不过这个问题什么时候总得考虑。当然,鸡是应该保护的。菜园也是如此。我们的人民现在吃得不好。不过,从另一方面来说,改良葡萄园的品种也是时候了。”

“那个高罗德卓夫可不是个笨人,”希罗柯高罗夫用自己孩子式的眼睛狡猾地微笑着。“不错,‘米高扬’在我们这一区里成绩最好。那家伙是个精灵鬼!”

“怪不得集体农庄庄员们都叫他‘蝎子’,”波德聂别斯柯说。“他贪婪,爱嫉妒,只有当他骂人的时候才微笑。他们的党支部书记曾经告诉我说,高罗德卓夫第一次到海里去洗澡,高兴得哈哈大笑。‘这个方法有道理,我觉得真爽快。’他这么说。”

“他还没有用图表来介绍洗海水澡的好处吧?”

“还没有,但是他会介绍的。不过,大家都喜欢他。”

“还会不喜欢他吗!是他把集体农庄提高到了第一位,是他夺得了锦标和奖赏,给大家争得了光荣……那么,我们来支持他的主意吗?……老实说,我很久以前就有这样的主意,不过他插了进来,抢了去,混蛋,而你也没有话好说。他当面把你的思想拿过去,不过他是对的。这就是生活!”他弹着指头说:“您真行,不吝指教我这个近视眼。”他像演员背台词似的说:“‘拥有他这样的农人的土地是幸福的,把他排挤掉是忘恩负义,失去他是命运不济!’”

“这是从哪里引来的?”

“西塞禄。[①]”

“我该承认,我一点也不懂。”

---

① 西塞禄(前106—前43),罗马著名演说家。

“我故意选取这个,好让自己也可以有些东西拿来教您。”

尤黎脸涨得通红,不好意思地摆脱对他的称赞,赶紧到伏罗巴耶夫的地方去了。

列娜自从跟伏罗巴耶夫做了那场情绪激动的谈话以后,她的生活恢复到了原来的轨道。现在她不仅不想跟周围的人们断绝来往,改变自己的生活,而且千方百计把自己跟他们的关系巩固起来。说也奇怪,跟伏罗巴耶夫关系破裂反而使她觉得轻松。说实话,她的精神上是形成了一个空缺,不过这个空缺她想马上用什么东西来填补,好像填补一个没有任何家具的大房间一样。好像幼嫩的压条,当园丁用刀把它们从母根上割断之后,就生气勃勃地发荣滋长起来了。灾难改造它们。原来无忧无虑地从母枝上现成吸取养分,如今可得自力更生了。它们以后再不会像现在这样反复思考,因为此刻它们独立地面临着这样的问题:活下去还是不。

列娜的情形也是如此。伏罗巴耶夫使她学会了多思考,并且用自己的努力来达到各种目的。她此刻充满着模模糊糊的希望,正像伏罗巴耶夫刚刚来到这里时一样。伏罗巴耶夫当时受着创伤和疾病的折磨,无家可归,狼狈得很,但对生活仍充满热情。面前一出现障碍,他就挺起胸膛奔去克服它们,哪怕它们还在老远的地方。

对伏罗巴耶夫产生的爱意给她带来了悲哀,她看到幸福的希望虽已成为泡影,但决心无论如何要站住脚跟。

房子里热闹起来。活跃的生气重新缭绕在他们几个小房间里。波德聂别斯柯一家住在楼上。塔尼雅和谢辽查在楼下玩着。

有一天星期六晚上,大家用过晚茶后,各人正纷纷回家。这时,一条狗叫起来，有人在用石头敲门。

孩子们都已睡了，索菲雅·伊凡诺夫娜和娜塔莎在洗衣服，列娜在洗茶具，她一下子弄不懂怎么会有人来敲他们的门。可是敲门声又响了，坐在离亭子出口处最近的尤黎向大门跑去，一面喝住那条牧羊狗。

“啊——啊——啊！……贵客临门！请，请！”立刻传来了他的声音，传来了木栅门的吱格声和来客走在平坦的院子里的脚步声。

这不会是伏罗巴耶夫，因为他来没有一条狗会叫，那依达老远就听得出，但列娜却激动起来。她用手遮住眼睛，避去灯光，向黑暗里张望着。安尼雅·斯土品娜在亭子旁边出现了。

列娜听了伏罗巴耶夫讲的关于安尼雅的情况，本来对她很好感，但此刻她却不欢迎这位来客。她不知怎的觉得安尼雅是奉伏罗巴耶夫之命来的，那就是说他出什么事了。

“安尼雅，亲爱的，你从哪里来呀？”她只想出这么一句话来代替问好。

“别见怪，我来得这么晚。”斯土品娜不好意思地回答，她匆匆地报告说，共青团区委派她明天到钦巴耳的地方去。去参加什么会议或是听谁的报告，她自己也不清楚，不过最好在城里过夜，以便明天能早些出发。

“请坐，安尼雅，请坐，”尤黎热心地招待，他望望列娜，竭力想知道是什么事使她失去常态的。“奥巴那斯·伊凡内奇知道到哪儿去找您吗？”

“知道。我在区委里看到过他。”

“阿列克赛·维尼阿命内奇明天不打算到钦巴耳的地方去吗？”尤黎非常妒忌伏罗巴耶夫在群众中的影响，又问。

列娜垂下眼睛，给安尼雅倒了茶。

“大概不会去。省委在叫他去。谢谢，列娜，”安尼雅接住茶杯说。“那么，你不打算去吗？带着孩子们一块儿去吧！奥巴那斯·伊凡内奇叫我一定请你也去。”

列娜确信安尼雅并没有带来任何不愉快的消息，高兴起来。她想了一下就同意了。伏罗巴耶夫不去反而使她觉得高兴。

“真的，为什么不去呢？反正我明天休息。娜塔莎！”她喊道。“娜塔莎，你来！”

不过安尼雅和尤黎已经跑去动员娜塔莎了，留下列娜一个人。

近来她在回避伏罗巴耶夫，因为觉得在他面前有罪。两星期前，邮递员交给她一封寄给高烈娃、因“收件人他往”而退回来的信。列娜好久地握着那只一头有些裂开的揉皱的信封，突然自己也不明白在作什么，把它打开来，抽出信纸。她已经无力自制，就一口气把它念到底。后来她觉得自己的行为太可耻，不敢向伏罗巴耶夫坦白，并且没有把信交给他。

这封可怕的信她熟记得简直可以背诵。

伏罗巴耶夫勇敢而坦率地写了一封信给高烈娃，这样的信只有关系非常亲密的人才会写，信里说到自己身体残缺，决定离开她的生活（这也就是他沉默的原因），说他目前的生活只证实这个决定是正确的。他永远是个流浪汉。已故的妻子分尝了他的苦难，她可曾度过幸福的日子？“把你，苏拉，只作为一个好朋友来思念，在我是办不到的。既然你不能作为我最亲近的人留在我身边——我很明白这是不可能的——”他写道，仿佛是在请求她原谅他有这种妄图跟她生活在一起的念头，“那我又何必想你呢？我有什么权利强迫你接受我的意志和我的兴趣呢？也许，还有可以过幸福生活的其他办法，但我不知道，而且，老实说我永远也不会接受的。难道你愿意这样吗？”

列娜回味着伏罗巴耶夫信里的字句，把没有洗完的茶杯搁在膝盖上，沉思起来。

“他请求了解他，原谅他，因为他爱她，”她想道。“他一定还是很孤独。为什么好人难得幸福呢？……他害怕自己的爱情，他在她面前害臊。是的，他是不安分的，非常不安分的。像他这种人处理什么事都行，就是不会处理自己的事。”她简直要把最后一句话说出声来。

“那么，决定了？”她听到尤黎的声音。“好极了。”

“无论如何应该早一点，”娜塔莎说，“你想想看，要做多少准备。”

波德聂别斯柯夫妇跟安尼雅·斯土品娜互相在说服些什么，走到亭子旁边。

“喔唷，一只耳环掉了！”斯土品娜尖声叫道。“站住，站住，不要踩坏了！”

“从哪一只耳朵掉下来的？”列娜大声问。

“右边的！”

“哦，你要结婚啦，安尼雅。请我们吃喜酒吧。”

“亏你想得出！”安尼雅一面戴着找到的耳环，一面用手肘盖住涨得通红的脸。“我有更重要的事要做。”

黎明时分，一辆刚从战地回来不久的旧式吨半卡车驶到列娜家门口。车上坐着共青团区委干部鲍利斯·列维茨基和柯斯嘉·扎依采夫。列娜、安尼雅、塔尼雅和谢辽查恭恭敬敬地在他们旁边的长板凳上坐下来。索菲雅·伊凡诺夫娜把一大篮烧饼、黄瓜和番茄放在他们脚下。他们让娜塔莎和她的小伊罗奇卡坐在司机旁边。尤黎笑嘻嘻地瞧着妻子和女儿,脸上现出非常得意的神气,仿佛他很高兴能一个人留在家里。

虽然是休假日,新村集体农庄的田野里却充满着生气。许多小组利用夜里一部分时间工作,到处都是玉米秆叶搭成的小棚。列娜患恶性流行性感冒昨天才起床,在同志们面前感到有点难为情,她常常不好意思地向正在工作的人们挥挥手,并且做做手势,说明她为什么不在自己小组里工作。

在集体农庄土地旁边是疗养院和市政机关的副业生产地,高一些的地方是牧场,右面,深陷在两山之间峡谷的斜坡上,点点地散布着钦巴耳国营农场的泥房子。

在突出的岩石上长着弯弯曲曲的多节的松树,在无数空地和峡谷里丛生着石枣、刺花李和小麻栎的山坡,看来跟平常从下面望上去完全两样。

在山景里永远不会有一条完整不变的线,一切都在运动中,看来,明天跟今天就会完全不同。

右面开展着一条海滩。海洋青色的曲线紧贴着海岸。在幸福湾里,一只灰色的小船在冒烟,滑动的渔船排列成一个美丽的弧形,显然正在张网。

鲍利斯·列维茨基指着海湾说:

"再过这么三年,要是又有伏罗巴耶夫那样的人物想在那边租一座小房子,他就得去排队登记啦。全部会盖满房子住满人的。"

"在这么远的地方?"列娜觉得很奇怪。

"并不怎么远。而且地方非常出色。上星期日阿列克赛·维尼阿命内奇到那儿去作了一次事务性远足。他邀请一些工程师、经济专家、医生和几个从莫斯科来的人,他们在山坡和海滩上逛了四个钟头,后来分配建筑基地,几乎打起架来。”

“注意,安尼雅,不要来晚了,”扎依采夫说。“你还没有成为农艺师,钦巴耳就会把这里的一切都弄舒齐——那时你就无事可做了。”

“农艺师?安尼雅,你要去念书吗?”列娜带着羡慕的口气问。

“我自己也不知道,去,还是不去。我简直不能相信。”

列娜还一点不知道钦巴耳奉命组织先锋油料作物国营农场,展开了一项非同小可的活动,他获得准许招收一批年轻的实习生。他希望将来用国营农场的钱使他们去受高等教育,而安尼雅在这方面已经得到正式邀请。

共青团团员们取笑说他们是去赴安尼雅跟国营农场的婚礼。扎依采夫形容着她将有一个怎样艰苦的生活。

“高罗德卓夫曾经向她‘求婚’,可是被钦巴耳拦了去,而作为义父的伏罗巴耶夫却中意第二个‘求婚者’。”列维茨基说,却没有提到他自己曾经庇护钦巴耳。

新建的国营农场是共青团团员们的成绩。他们利用荒地和不宜种植的土地、山路旁的斜坡和无人居住的谷地,办成这个百衲衣式的国营农场,它看上去像是动人的长篇小说里的章节。它是根据斯大林的授意而建立的,大家都想尽快把它完成。扎依采夫也转到钦巴耳的地方去工作,而列维茨基则到希罗柯高罗夫的地方去。

“天哪,只留下我一个人了。”列娜笑得那么不自然,大家都明白,她想到这一点心里很不高兴。

扎依采夫试着去安慰她。

“您要我们今天就给您‘做媒’吗？那么给我一只手！钦巴耳可是一个贪得无厌的人。他永远嫌少。真的，再过这么两年，他会把我们全都用套马索套住，我们全都将在他的地方做计件工了。”

“您做吧，”列娜伸给列维茨基一只手，回答说。“我只怕妈妈会赶在我的前头，她跟奥巴那斯·伊凡内奇之间出现了一种可疑的友谊。她保守秘密，什么也不说。”

“这样说来，他把索菲雅·伊凡诺夫娜也套住了。一定的。”

“那个钦巴耳真是毫无顾忌，”列维茨基说。“他几乎要动员柯磊托夫去做他的助手了。”

大家谈到了柯磊托夫。跟他一齐度过许多艰苦的日子，虽然他偏爱通告、指示和开会，大家还是同情他。他是一个正直的人，但跟不上生活，而自己还不了解这一层。

“他现在在什么地方？”安尼雅问。

“他到莫斯科念书去了。”列维茨基回答。

“大家，大家全都去念书，只有我一个……”列娜没有说完。

奥巴那斯·伊凡内奇手里拿着一条很长的牧人用的丁字杖，跑来迎接客人。

汽车一停下来，塔尼雅和谢辽查就抛开大人们，纵身跳到路畔还有些青草的小平地上。

山麓比下面、比海滨要清爽得多。草还没有发黄，这儿那儿还可以看到几朵憔悴的已经失去香气的野花。

谢辽查瘦小，有城市孩子那种文静气，这会儿大胆地跑去追逐蜥蜴，老练的塔尼雅却漠不关心地在它旁边跑过。他，这个北方城市的孩子，看到面前展开的神话一般的南国风光，感到非常兴奋。塔尼雅对自然景物毫不介意，她只注意目前在吸引她的东西。昨天人家送给她一只扑蝶网，因此此刻她只对蝴蝶发生兴趣——她简直到处都看到或是在幻想中看到它们。她想用网去采野蔷薇的暗红色果实，却把自己那件脆弱的工具缠住在刺上，她跺着双脚，骂道：

“喂，放手！放手呀！哎，坏蛋，丑婆娘！”花木和石块在她看来都是有生命的东西。

客人们沿着小路向上来到一座白色的小屋——先锋国营农场管理处就设立在这所房子里，奥巴那斯·伊凡内奇自己也暂时住在这里。

农场职工们聚集在户外老松树下，那里放着一张铺有红布的桌子。桌上摊着农场全区计划图。

“前天我们获准来处理您的问题，斯土品娜同志，”钦巴耳走到桌子旁边，像致开会辞似的一本正经地说。“今天我们虽然有了专家，但我们希望有自己培养出来的秧苗。不错！”他的手掌重重地向计划图一拍。“您一念完十年制学校，就可以由我们来供给您进大学。我们要求的是什么呢？鬼知道我们有些什么要求。您瞧这里——就是这个。五十公顷橄榄、四十公顷无花果，还有温室。对吗？还有在树林里种梨子和苹果。等到您毕业，种植工作将结束，灌溉问题也将解决，剩下的就只有农业技术问题了。”

他张开双手，宛如把整个山坡交给她。安尼雅眯细眼睛瞧着他，仿佛他的话被太阳照耀着，直刺她的眼睛。

“一切都是您的。我把这份计划送给您，所谓留个纪念。您好好去念书，回来做个好当家。好，来吧！”他把激动得流泪的安尼雅连吻了三下。

“谢谢，您待我这么好，”安尼雅低声说。“谢谢你们，同志们，我太感激了,简直不知道……我只能说：我不会使你们丢脸的。一定不会的。”

奥巴那斯·伊凡内奇自己也非常感动,又在她的脸上吻了一下。

“我们仿佛是在把她嫁给您的先锋国营农场,”列维茨基说,“我们请求您爱护她,而我们,共青团,将从自己方面全力帮助她。”

“嗳,嗳,如果是出嫁,那么就得有特殊的仪式!”钦巴耳嚷道。“孩子们,给我一条绳子,还有面包、盐和胡椒。”

马上有人递给他一条绳子,老头儿就气喘吁吁地跪下来,同时在大众的哄笑声中用绳子把她缚在桌子脚上。

“从前我们在库班就是这么办的。希望新夫妇和睦生活,所谓‘同甘共苦’。”

然后,他挖了一小块烧饼,在盐和胡椒里蘸了蘸,并且非常庄重地把它放在安尼雅的右手里。

“我给你一块蘸盐的面包,你回我一个纯洁的灵魂;我给你一撮胡椒,你回我一颗火热的心!”钦巴耳又拉她坐在自己旁边。

“小姑娘,必须牢牢掌握科学。你还记得花匠伊凡·扎哈罗维奇讲的话吗?斯大林同志跟他怎么说的?对了。小姑娘,我认为科学家必须从小就培养起来,像苏伏洛夫军事学院的学生那样。不论音乐,不论歌唱,一切都得从小训练起。有人说,只有科学家要从二十——二十五岁开始培养,我认为不对。”

他忘记筵席已经摆开,却兴致勃勃地给她讲述自己的未来计划,他将怎样建立少年园丁学校,以后再送他们进大学,使国营农场和农业劳动组合里培养出自己的科学家。

“你忍不住了,奥巴那斯·伊凡内奇,你的演讲还没有完吗?”扎依采夫干涉说。“你不要一下子就把她吓倒,要不她会逃走的。”

那青年人在安尼雅身旁坐下来,显然希望钦巴耳离开她。

他瘦得厉害,脸也不漂亮。不过他身上却具有那种比外表的美更能打动一个姑娘的心的纯洁和勇敢的魅力。他勇敢、顽皮、诚恳,说起话来和笑起来声音那么洪亮,使人觉得他只要再大笑一次,就会放开嗓子唱歌了。

安尼雅兴致勃勃地望着他。她喜欢他。正在她大胆地盯住他看的当儿,扎依采夫突然出其不意地向她瞟了一眼,接着就避开了。

她刚要跟列娜说话,重又感到扎依采夫那灼灼逼人的目光投射在自己热辣辣的颊上。这时她记起伏罗巴耶夫来,就像一个孤儿似的感到寂寞。

突然她觉得一切都很乏味,不自然,她所喜欢和尊敬的人也都以自己的欢乐使她生气。

安尼雅想到还得挨过这顿冗长无聊的中饭,就坐立不安起来。再加上那个扎依采夫,他的目光像太阳光一样热辣辣地射在安尼雅的颊上,也许大家都已发觉,安尼雅那张浅黑的脸,右颊慌乱地涨得通红。

秋天不知不觉地转入冬天。黄昏像春天一样长得没有尽头,就连平日从不注意自然的人们也不由得感到了它的魅力。

就在这样一个像过节一般美妙的日子里,全区党的积极分子举行会议,讨论一年的总结,评定一年来人和事的成绩。除了大家都熟悉的人之外,有许多是刚来不久的。不过他们的态度一点也不拘束,仿佛他们一向就是本地人,只是以前没有参加社会活动,而他们的谈话也很友好得体。这样热烈、生动和收获丰富的会议好久没有开了。

战争胜利的热潮并没有在人间冷却。它鼓舞人们去作勇敢的探索。大家都不满意别人：钦巴耳要求人家注意他的荒地，高罗德卓夫虽然后悔自己的过激，却始终坚持要有模范集体农庄，而前近卫军上尉谢尔袭克——他在这一段时期里曾经被解职三次——要使人家相信，只有他一人在考虑本区的明天，可惜没有人理解他。

这是一个艰苦的年头。人们克服了苦难，为自己的成功高兴，但同时也像我们这里常见的那样，因为自己不能做得更多而深感遗憾。发言的人个个都很有把握地说，要不是为了照顾邻居，他本可以取得更大的成绩。

伏罗巴耶夫通常爱好煽动感情，现在不得不时时去平静会场的斗争气氛。在分析战役的时候，常常会有这样的情形，你以为是失败了，其实却是一次非凡的成功。

这次会议从早晨开起直到傍晚才结束。

柯姆科夫医生还在早晨的会议上就跟高罗德卓夫讲定，请他用“米高扬”的货车带他回家，不过当他开完会从文化宫出来，转弯到“米高扬”的马车夫应该等着的街角时，发现高罗德卓夫除了医生和他农庄里的两个生产队长之外，还命令把宣传员尤黎·波德聂别斯柯也“塞”到车子上去。事情很清楚，位子不够坐，他只好走回去了。

柯姆科夫站在街角处，从那里可以看到所有的汽车、马车和货车。他希望遇到一辆熟人的车子搭便坐上去。

钦巴耳走到他跟前，拉住他上装的边缘，向他讲述自己调查药用植物的计划，这是他最近几个月来所醉心的问题。医生是个健谈的人，又爱好各种新鲜事物。他忍不住，就兴致勃勃地谈起来，尽管看到最后几辆车子也都开走了。

“您觉得伏罗巴耶夫的发言怎么样？不错吧?”他们正要告别，钦巴耳问。于是他们就手拉着手，又谈了一会伏罗巴耶夫的情况。

“他讲得很有趣，不过他的样子实在糟糕，”柯姆科夫说，同时从钦巴耳的肩膀上注视着道路，看有没有路过的车子出现。

“我们劝他休息一下，”钦巴耳说，“他就用拳头威吓说：‘要我休息，好比叫一条鱼在干燥的岸上蹦跳。’”

柯姆科夫嘲讽地笑笑，说：

“嗯，原来如此，不过……”

最后，他们分了手。钦巴耳回文化宫。柯姆科夫要去探问正在患病的新村集体农庄主席，就向公路走去。

道路通到山上。在经过最后几座房子之后，它向西急转，然后弯弯曲曲地沿着狭隘和潮湿的峡谷边缘直达山脊。

山下已经黑了，房子和街道融合成许多密集的灰色斑点，不过在每一点上，都有几滴黄澄澄的闪光，道路和道路上空还有些光亮，而在山顶上也还闪耀着落到山脊后的太阳的最后几道玫瑰红光芒。

一个女人的身形慢吞吞地跑上山来，起初好像一株黑暗的柏树，逐渐光亮起来，清楚起来，直到每个细节都看得清了。在薄暮中可以这么清楚地看到远远地在前面走着的那个女人的服装、风貌和姿态，简直使人感到奇怪。

柯姆科夫还在认出她是列娜之前，早就猜到这一定是她了。

没有人能像列娜那样和谐地把敏捷的个别动作跟总的从容不迫的姿态结合起来。她仿佛永远在慢吞吞地赶紧着。柯姆科夫喊了一声，她敏捷地扭过头去，起初听到他的叫喊有点害怕，不过当她一认出是他，就恭敬地向他招招手，要他快点追上她。

"您怎么走回去?"柯姆科夫跑到她跟前问。

"我怕烦。您也知道,我是喜欢走路的。"

是的,这一点他是知道的。今年春天她差不多每隔一天就从城里走到加里宁农庄去一次——距离有二十五公里——给伏罗巴耶夫送去一块奶渣饼和四五个苹果……

他们默默地走着。后来,当他们感觉到有一件事他们都想讲,并且不论怎样困难必须尽速打开话头时,列娜站住了,并且用期待的眼光瞧了医生一眼。

"这是不是在叫我们?"她心不在焉地问。

下面,从区中心,像遥远的浪涛似的传来了粗暴的叫嚷声:又像有人在引吭高歌,又像在呼喊什么人。

他们一面倾听这种声音,一面不禁欣赏远远横在他们面前岗陵起伏的广阔谷地。这个谷地嵌着花园和葡萄园,一览无遗地摆在他们眼前,看上去仿佛可以抓住它的边缘,把它提起来带走。

"不,不是在叫我们,"柯姆科夫没有照自己的习惯先微微一笑,然后回答。他打算讲使他们两人都担心的那件事,于是就像翻阅一本速记簿似的回想着今天一天的印象,找来找去却找不到开头的话。

列娜顺从地等待着。她只看到一个景象——主席团上伏罗巴耶夫那张饱经风霜的脸。

伏罗巴耶夫做完一年总结,就开始谈到了文化。

"文化,对于美的向往,"他说,"这就是培养对美的事物的爱好,可惜我们不是人人都想到这一层,甚至有不少人认为:有别人在替我们咀嚼文化,然后喂给我们吃。他们会说:'我们实在太忙了,因此,领导同志,你们想法子让我们娱乐娱乐,开开心,你们教教我们吧。'如果这样说下去,那么国家就得负责给我们刮胡子、洗澡,把我们领到裁缝铺和鞋店里去了。"

他站在讲台旁,身穿一套不新的、但却烫得笔挺的制服,皮靴擦得铿亮,这是他日常所穿的唯一的一身服装,不过此刻看上去很漂亮很大方。

"我老是在想着伏罗巴耶夫的演说,"突然柯姆科夫开门见山地说。"他不说什么老套话,却使人听了牢记不忘。"

列娜早就在等待着这毫无意义的第一句话,同样开门见山地问:

"他现在的健康情况怎么样?"

"您知道……"

"您老实说吧。"

"伏罗巴耶夫活着为了大家。他的身体组织非常复杂。对于像他这样的人是没有什么药物可施的。他们这种人生病也跟一般人不同。"

"他瘦得厉害。"

"瘦吗? 是的,他只剩下皮包骨头。连他的心脏也是如此。"

"哦,不,"列娜向前走了一步。"去年冬天您说过,改变生活是最好的方剂。如今他改变了,"她低声说。

"他改变得还不够。必须在改变中增加一点欢乐。要我来让您看一件不平凡的东西吗?"柯姆科夫突然改变话题,做了个手势要列娜跟着他。"在实际生活中——并不是在人跟人的关系里——死板的公式要少一些。我们走吧。离这里不远。"

他们离开道路走了几步,沿着陡峭的小径往下跑,绕过巉崖站住了。

下面的地面像一个飞机翅膀似的断裂开来。他们站在一个垂直的石壁边上。两棵巨大的威灵顿松的粗壮树干斜挂在悬崖之上,看来只要把树根一推,就会飞到空中去了。

"这就是'鹰之峰'!"列娜说。"我常常从下面仰望这个悬崖。它像一所鹰巢。不过,我怎么也弄不懂,它怎么会这样美。这是大自然的杰作。你再想不出更美的景色了!"

"这不是自然的杰作,"柯姆科夫说。"这是人的杰作。"

"真的吗? 那是谁?"

"这我可不知道。不过,这里显然保存着什么人强有力的生命的痕迹。第一,请您注意威灵顿松。在我们这里,除非在好的公园里,这种松树是不会有的,它们不会自然生长。没有人的手,没有能干的手,在这里是长不大的。"

"您这么想吗?"

"毫无疑问。您只要看它们是多么对称地矗立在裂缝的两边。这条裂缝显然是有人想利用来当台阶的。"

列娜单膝跪下来,审查似的观察着这条裂缝。玲珑的新月明亮地照耀着岩壁。

"是的,"她站起身来说,"您说得对。我甚至以为这条裂缝也是什么人的手工:它看上去很整齐。"

"您往这里瞧吧,"柯姆科夫兴奋地说,"您瞧那个石头凿成的扶壁吧。您说怎么样? 这肯定不是天然生成的。"

"那么房子原来盖在什么地方呢?"列娜看到一件不寻常的东西,很感兴趣,注意地环顾着。"这里原来是不是有过房子呢?"

"奇怪的就在于这里什么房子也没有。您用不着找! 没有房子,连屋基也没有。不过，您看，水管倒是有的，”医生用手在松树下摸了摸，拿起一块瓦管碎片来。

“这根管子原来是埋在山里的。我疑心他们建造公路的时候，把整个水路都破坏了，因此现在没有水流到这里来。不过，这该是花了多么巨大的劳动和精力呀！”

列娜问他这块碎片可能有多少年。

“至少有半个多世纪了，”柯姆科夫说，接着指指巨大的松树，补充说：“这些树大概有八十岁了，而水管决不会比它们年轻，可能更老些。”

“也许二百年前有人在这里住过？真可以拿这事写篇文章登到报上去。”

“谁可能在这里住过，我不知道，也无法猜想，”柯姆科夫摊开双手说，“不过我认为这里来过一个人，他懂得美是生活的必需品。他爬上这座岩壁，高兴得像发疯一样对自己说：‘我要给后人准备好这个地方。’他就动手干起来。他种了树，引导了水流，想在岩壁里凿出一条石级来，并且装上扶壁……”

列娜打断他问：

“但他为什么不给自己盖一所房子呢？”

“为什么？理由很简单。在当时要住在这里是不可能的，他知道他自己活不到那个时候——通到这里的道路已经筑成、他用不到吃苦而可以享受的时候。我是这么了解‘他’的，‘他’绝对明白他不是为自己而工作的。他只是为后辈装上路标——喂，你们注意这个角落呀！他仿佛向我们发出号召：继续我所开始的工作，做完它，生活下去——他就这样把自己的生活跟我们的生活联结起来了。”

“您没有向这里的老年人打听过吗?”

“打听过的。谁也不记得这里有什么人住过,或者打算住过。没有一个人的名字跟这个地方有一丝一毫的关系,哪怕在很久之前。”

他们沿着岩壁来回走了几次。

“还有灌木呢!”

“这是我的,”柯姆科夫说。“这是我种的。石榴、橄榄。我也想追随这位无名建设家的忘我劳动,即使能使我的生活向‘他’靠近一步也好。再过二十年,我们就会认不出岩壁来了。这里会建立起一所雄伟的疗养院,或是放上一座纪念碑,人们老远就能看到。先驱者的历史自然会被遗忘,将来人们会说建筑物是一下子造起来的。”柯姆科夫谈到这位先驱者,就像谈到他的亲人一样。“有的,列娜,世界上是有这样的人的。其中一部分人变为米丘林,另一部分像杰日尧夫①似的跑去开发新地,第三类人成为罗蒙诺索夫②,而第四类呢,他们既不离开家乡,也不从事发明和远征,他们使光秃的岩石可以住人,为子孙后代做准备。我忘记告诉您,这位先驱者还得把泥土搬到这里来,并且种上葡萄。现在葡萄变成野生而不会结实了,不过照样子看来,好像是当地的旧种,也许是荷马同时代人给我们带来的那些品种的后代。”

“恐怕‘他’也是个古人吧?”列娜问。

“哦,不!这肯定是个俄罗斯人。俄罗斯人没有来以前,谁也没有在这里看到过威灵顿松。这是我们的祖先种在这里的。而且,整个风

---

① 杰日尧夫(1638—1671),俄国著名探险家。

② 罗蒙诺索夫(1711—1765),俄国大学者和诗人。

格，事情本质都是纯粹俄罗斯式的，大胆泼辣，带着挑战性。他说：我亲爱的子孙们，这是我所发现和为你们准备的，接受我的礼物吧，你们高兴和感激吧。”

“负责来照顾这个断崖该不错吧，”列娜沉思默想地笑笑说。

“自然。不过我希望您想想那位建设者。他大概很像我们的伏罗巴耶夫，您以为对吗？他发现这个断崖，在上面做了记号，留给我们这么一个奇妙的谜。至于房子，他连木棚也不给自己盖一个！”

“但是，医生，他究竟需要些什么呢？您就只告诉我一个人吧：他需要什么？”列娜问着伏罗巴耶夫的情形。

“我对您说过了，给伏罗巴耶夫一点欢乐是错不了的……不过，我也说不准。我还不会对付这样的个性。他在我的眼里已经有两次要死，但他直到现在还活着。”

列娜叹了一口气，挽住医生的手。

“我们走吧，天要完全黑了。”

夜幕已张开在群山之上。空气新鲜而潮湿。各种声音都变得重浊了，仿佛它们被一层柔软的羽毛般的东西包住了。朦胧的月亮向地面倾泻着金属的光芒。一切都沉睡在月光和寂静中。

柯姆科夫低声说：

“有一次我在屠格涅夫的短篇小说《浮士德》里念到过一句很有意思的话：‘谁知道每个活在地面上的人会留下多少种子，这些种子要等他死后方才繁荣滋长。’列娜，等我们死了，我们就不会留下断崖、威灵顿松和粗笨的水管，我真羡慕那位无名的祖先……”

“我们就不会留下什么吗？”列娜不服气地问。“我们会留下前所未有的新人。我们会留下幸福。”

他们沉默了好一阵。夜沉睡着,不妨碍他们思索。他们想象在这个时候酣睡着的人们将会遇到漫长的快乐的梦,而清醒着的人们却在热烈地幻想着,宛如这些思想是举手可及的,跟那从山坡阴影中迎面而来的接二连三的银黑色树木一样。

列娜陶醉于这个忧郁之夜的美,想到人的生命是多么漫长,真正没有边际。瞧那个没有生命的断崖,它却包含着什么人的生命。瞧那个潺潺不息的溪流,也许它是一把顽强的铁锹开掘出来的生命的痕迹。而他们刚经过的那座桥也反映出什么人的不朽精神。还有这条道路、这些松树以及路畔的泉水——这些全都是人的生命。如果有一个魔法师能把这些无声的年代都复活过来,周围的一切东西都会说话,都会引吭高歌!“我用铁锹把水引过赤贫的山地,”河水会这么歌唱。“我在从密的森林里打开了一条道路,”道路会这么宣布。“我在风吹雨打的山坡上种下第一棵松树,这里就会有树林,可以给后人遮荫。”针叶树林会沙沙地低语。人们在地面上居住了千万年,大地考验了千万双人手的坚强和力量。谁能说此刻吹来的湿润过堂风的峡谷,完全是由山溪凿成而没有人力的帮助呢?谁说得出有多少代先人的骨灰和血液埋在地下的石块之间呢?

列娜突然像渴望幸福似的想把自己变成一小块土地,变成大石的一角或路畔的溪流,以便在肉体消灭之后仍旧生活下去。

将来谁也不会记得地面上曾经有过这么一个苏陵娜,但她在断崖上凿成的泉水却不会涸竭,她开辟的道路也不会被野生荆棘所阻塞,她手植的松林不会凋萎,而会在山坡上繁荣滋长,并且吸引许多飞鸟和走兽。同时,另一个女人也会在像今天这样的夜晚,带着温柔的爱和羡慕之情怀念着自己无名的先驱者。

她感到忧郁,想到她永远不能把今天充满着她那颗成长了和变得刚强了的心灵里的一切传达给她所挚爱的人。她感到悲哀,因为她什么也没有帮助他,却从他那里得到那么多。现在她还可以变得更能干,要是她的心灵以前不是那么贫乏的话。

第十二章

2 月出头，一个高大漂亮的女人在轮船快要启碇的最后几分钟里，跳上了一条就要从高加索海滨一个港口启碇的轮船。她穿着一件肩上留有肩章痕迹的皮大衣，手里提着一个小皮箱，仿佛她是突然决定这次旅行的。十级的东北风刮了两个昼夜，旅途看来是艰苦的，乘客也寥寥无几。

这女人在船舱里找好铺位，立刻走到甲板上，可是险些儿没被风刮倒，只得连忙回到舱里。空气混合着细小砂石，在旋转着，咆哮着，呻吟着。呼吸这种奔腾着的空气无比困难，它使人没法咽下嘴去，因为砂子哽塞着喉咙，使人感到像要窒息一般。

她回到船舱里，脱去皮大衣，露出身上那套裁制讲究的墨绿色衣裳和胸前的两条勋章带。她手里拿着一本书，走到休息室里。人们向她致敬，同时嘲笑那种推动一个单身女人去做危险航行的胆量。她克制地回答说要去干一件紧急的事，接着选了一把靠近水汀的沙发，坐下来看书。

在轮船出海的时候，她不曾向两岸瞧一眼。连最初几个浪头撞击船舷、使船身猛烈颤动并且摇晃起来的当儿,她也没有停止自己的沉思。

旅客们很快互相熟识着。一小时以后,许多人都彼此知道了名字和父名,他们谈论着风暴、簸荡和晕船药,谈论着船上的伙食,想出各种游戏方法,一面听无线电广播,一面高声发表自己对国际问题的看法。

只有她一人没有参加大家的谈话。她那美丽但却憔悴的脸现出厌烦的神气。她真害怕她的孤独会被人家破坏。事情果然很快就发生了。起初是那个非常爱好交际的活泼的少校,后来是那个带着女儿从苏胡米来的举动笨拙的瘦长森林学家在她身旁坐下来,并且引她讲话。

过了一会儿,他们知道她是个复员军医,在疗养院里休息了一阵,现在要去访问一个好久不见的病人。

"您选上了一个好日子!"少校哈哈大笑说,森林学家也表示同感说:

"要是您等过了风暴,乘下一班轮船,那就要舒服多了。"

她顺从地同意说最好是应该等过了风暴再走的。几分钟之后,谈话的人们已经用名字和父名来称呼她了。

"您太心急了,太心急了,阿列桑德腊·伊凡诺夫娜,"森林学家一再说,不知道他这话多么刺痛她的心。"我跟维特卡(他这样称呼自己的女儿,她的本名叫叶里扎维泰)的情形不同:我们不能耽搁。"说到这里他就急急地讲,他怎样接到老朋友钦巴耳的热情邀请,现在他带着女儿去作一次考察。

"季米里亚席夫说得好:'谁在生长单穗的地方种出双穗来,谁就值得赞美,'原话我已记不清了,不过大意是这样。我现在就是要去种些麻栎和雪松。"

在他身上,在这个森林学家身上,一点没有创造家和建设者的风度。他身体细长干瘪,瘦骨棱棱,倒有点像游牧人和流浪汉。这说明大地的号召也达到了这一类人,他们干瘪的身体也站了起来,并且寻求着在什么地方播种自己还没有丧失的信心和希望的种子。

那个少校打算经过敖德萨到里伏夫区去。他失去了家庭,没有任何牵挂,现在除了战场之外,也没有任何地方吸引他。他退入后备役,决定选择一个定居的地方——这是跟他最纯洁和可贵的回忆有联系的地方——喀尔巴阡山脚下一个小村子,在那边人家都知道、都记得他是一个解放者。他想到那边去重新开始他那被战争蹂躏了的生活。

还有两个女人,婆婆和儿媳妇,搬到乌克兰儿子和丈夫的地方去住。他是在受伤之后留在那边工作的。

有两家巴库工人搬到加里宁格勒去住。

行踪无定的旋风在国家上空飞驰,把人们吹向幸福的地方,在那边人们给自己找寻新的安身处和工作。

"我也要给自己找寻一个生活的地方,在那边我将像森林学家所说的麦穗那样生长,"高烈娃忧郁地想。"不过,谁晓得……不知谁说得好:幸福是一种副产物,人们获得它是在努力追求一种完全不同的东西的时候……"

晚上,当黑暗蒙住了海洋的景色、波浪的动荡变得更加剧烈时,旅客们都分散到船舱里去了,只有高烈娃、森林学家和他的女儿以及两个高加索人留在休息室里。一个风雨之夜的忧郁在这里似乎淡一些。

高加索人一清早就喝酒,唱歌,互相拥抱。他们刚吃完早饭就开始喝酒,唱歌,并且一直继续到深晚。他们对什么都漠不关心,除了永远没有尽头的歌曲之外——他们始终没有办法把一只歌从头到尾唱完,这不知道是那种歌根本没有一个结尾呢，还是他们找不到。

半夜里轮船有两次簸动得非常剧烈，把几扇舱门都震开。孩子们被惊醒而哭起来，甲板上传出水手们的说话声，同时在半明不暗的餐厅里重又点上了灯。

高烈娃却一动不动地坐着。

“没有什么可怕的，您说对吗？”森林学家低声问她。

她从沉思中清醒过来，像从瞌睡中清醒过来那样。

“是的，没有什么可怕的。过来，维特卡，坐到我这儿来，”她用白绒线大围巾的一角裹住女孩的身体。

“您打算住到什么地方去？”森林学家问。

“不知道。大概总能找到一个医院的。”

“跟我们一起去住吧。大家挤一挤，我们领您去。”

“不，不，谢谢。”

那么强烈地违反她的理智和自尊心的奇怪旅行快结束了。很难说明这一切是怎么发生的。那天她在船期表里看到伏罗巴耶夫所住城市的名字，再也无法跟自己斗争，不等在疗养院里住满规定的期限，也不通知他，就动身了。

有什么在等待着她呢？不久之前她在那边还是一个很被需要的人，而现在却成为多余的人了。想到这一层真是可怕，但要是不再试一下命运就走，那就更可怕。

从伏罗巴耶夫那儿，她始终没有收到过一封信。她跟高雷歇夫虽然保持着通信，但伏罗巴耶夫的情形他也一点不知道。

这一切都使人感到非常不安。

“也许他已经不在人间了？……也许我只能找到他埋骨之地的一

抔黄土？……"

然而，关于伏罗巴耶夫可能死去的念头，幸亏怎么也没有在她头脑里停留，它很快就消失了，只在脸颊上留下两条懦怯的泪水。

就这样带着泪水，她在沙发上睡着了。

黎明时分，轮船驶入了海水呈土色的小湾。在远方，在潮湿的防波堤上可以看到大堆的人群和卡车的行列，但是半罩着蒙蒙细雨的海岸看来却无人居住。

等旅客们纷纷走散了，高烈娃沿着潮湿而泞滑的舷梯下了船。

民警指示她到区委去的路。

肮脏的马路上，风把水潭里的泥浆吹得飞溅，百年古树弯下了腰，发出飒飒的响声，然而在海航之后，即使岸上的坏天气似乎也挺可爱。

伏罗巴耶夫不在区委。女秘书告诉她说，伏罗巴耶夫身体不好，躺在家里休息。

"离开这儿远吗？"

女秘书指给她看对街一座二层楼的房子。

"四号。门没有锁。马上有人要给他送邮件去了。"

"谢谢。"

她走到街上，发现手里拿着小皮箱，不知道该拿它怎么办，就站住了。不过，她决定不再回去，就一口气跑到二层楼上。她感到两膝发软——海航一定把她累坏了。

一扇半开的门立刻投入她的眼睛。她走了进去。

她从黑暗的外室看到大房间的一角、靠壁的一张行军床和斜倚在枕头上的他。

伏罗巴耶夫的脸一点也没有变，只是比以前苍白、憔悴和凝神多了。

隔壁有个孩子在低声唱歌。

他的眼睛离开纸头,等待着,看是谁进来。

“尤黎吗?”他咳嗽了一声,问道。“是你吗?”

“不,是我,”她低低地说,在门口站住了。她望着他,但是看不见,只听到和感觉到他,像是在睡梦里一般。

“是你?……我的苏拉……”他简直没有声音地问。

“是我。”

她穿过房间,没有脱大衣,就小心翼翼地在他床畔坐下来。

“苏拉……我的天!你怎么,是什么风把你吹来的?……”

“是我自己来的,阿廖沙,”她微微一笑,不知道该再说些什么好。“嗯,你怎么样……在你的天堂里?”

他什么也没有回答。他的目光代替了语言。他瞧着她,就像瞧着他自己一样,她担心他会在那里看到些什么。突然他的眼睛慢慢地、羞答答地闪出了那么真实的欢乐光芒,她明白了:一切都很好。

于是她俯下身去,吻着他那没有血色的有点孩子气的嘴唇,同时感到一只激动而有力的长者的手温柔地落在她的头上。

1945 年 6 月—1947 年 4 月

附录：

主要人物表

阿列克赛(阿廖沙)·维尼阿命内奇·伏罗巴耶夫——退伍上校。

阿列桑德腊(苏拉)·伊凡诺夫娜·高烈娃——外科军医。

耿那箕·阿列克桑德罗维奇·柯磊托夫——区委书记。

叶连娜(列娜,列诺奇卡)·彼得罗夫娜·苏陵娜——区委服务员。

索菲雅·伊凡诺夫娜·苏陵娜——列娜的母亲。

菲尧德尔·伊凡内奇·初曼德陵——胜利农场场长。

谢尔盖·康斯坦京内奇·希罗柯高罗夫——酿酒专家。

奥巴那斯·伊凡内奇·钦巴耳——哥萨克葡萄种植家。

维克多·奥迦诺夫——参加保卫斯大林格勒之战的荣誉军人。

伐尔娃腊(伐利雅)·奥迦诺娃——维克多的妻子。

尤黎·波德聂别斯柯——退伍的青年士兵。

娜塔里雅(娜塔莎)·波德聂别斯柯——尤黎的妻子。

杰联基·高罗德卓夫——退伍的炮兵。

马丽雅·鲍格达诺夫娜·密烈日柯娃——儿童疗养院院长。

图书在版编目（CIP）数据

草婴译著全集. 第十九卷/(苏) 巴甫连柯著；草婴译. -- 上海：上海文艺出版社, 2018

ISBN 978-7-5321-6802-6

Ⅰ.①草… Ⅱ.①巴… ②草… Ⅲ.①长篇小说－苏联 Ⅳ.①I11

中国版本图书馆CIP数据核字（2018）第251259号

发 行 人：陈　徵

策　　划：姜逸青 郑　理

责任编辑：夏　宁

装帧设计：周志武

书　　名：草婴译著全集. 第十九卷

作　　者：(苏) 巴甫连柯

译　　者：草　婴

出　　版：上海世纪出版集团　　上海文艺出版社

地　　址：上海绍兴路7号　200020

发　　行：上海文艺出版社发行中心发行

上海市绍兴路50号　200020　www.ewen.co

印　　刷：上海文艺大一印刷有限公司

开　　本：890×1240 1/32

印　　张：11.625

插　　页：6

字　　数：464,000

印　　次：2019年2月第1版 2019年2月第1次印刷

I S B N：978-7-5321-6802-6/I · 5429

定　　价：68.00元

告 读 者：如发现本书有质量问题请与印刷厂质量科联系　T: 021-57780459